Jenny Quintana

LOST SISTER

GOLDMANN
Lesen erleben

JENNY QUINTANA

LOST SISTER

Nichts ist schlimmer als die Wahrheit

Roman

Aus dem Englischen
von Nikolaus Stingl

GOLDMANN

Die englische Originalausgabe erschien 2017 unter dem Titel »The Missing Girl« bei Mantle, einem Imprint von Pan Macmillan, London.

Der Kaufmann von Venedig und *Hamlet* von William Shakespeare werden aus der Übersetzung von Schlegel/Tieck zitiert.

Der Abdruck von Auszügen aus »Des Himmels bestickte Kleider« und »Leda und der Schwan« aus William Butler Yeats, *Die Gedichte*, hrsg. von Norbert Hummelt, neu übersetzt von Marcel Beyer, Mirko Bonné, Gerhard Falkner, Norbert Hummelt, Christa Schuenke, © Luchterhand Verlag, 2005, geschieht mit freundlicher Genehmigung des Verlags.

Dieses Buch ist auch als E-Book erhältlich.

MIX
Papier aus verantwortungsvollen Quellen
FSC® C014496
FSC
www.fsc.org

Verlagsgruppe Random House FSC® N001967

2. Auflage
Deutsche Erstveröffentlichung April 2020

Umschlaggestaltung: UNO Werbeagentur, München
Umschlagmotiv: Chris Clor/getty images
Redaktion: Ann-Catherine Geuder
KS · Herstellung: kw
Satz: Uhl + Massopust, Aalen
Druck und Bindung: GGP Media GmbH, Pößneck
Printed in Germany
ISBN: 978-3-442-48648-9
www.goldmann-verlag.de

Besuchen Sie den Goldmann Verlag im Netz

Zum Gedenken an meine Eltern
Joyce und Jack Quintana

Prolog

Du bist im Herbst 1982 verschwunden, als die Bäume ihr grünes Gewand gegen ein goldbraunes eintauschten und unsere Mutter aus den Früchten, die wir im Garten pflückten, große Mengen Marmelade kochte. Ich war zwölf, mit unförmigen Kleidern und einer Kassenbrille. Du warst fünfzehn, mit wildem Haar und gertenschlank.

Zunächst glaubte ich, du würdest wiederkommen. Ich musste nur warten, draußen im Wald, wo die Vögel genauso stumm waren wie ich, als vermissten sie dich ebenfalls. Ich gewöhnte mir an, deine Jacke zu tragen, die Hände tief in den Taschen vergraben, wo sie mit den Busfahrscheinen, dem Staub und den vertrockneten Süßigkeiten spielten, die ich dort fand. Manchmal meinte ich dich zu sehen, wie du vorneweg ranntest, dich zwischen den Bäumen hindurchschlängeltest, aber es war nur Sonnenlicht, das durch die Zweige schimmerte, oder der Wind, der mit seinen Fingern durchs Laub strich. Dann wieder hörte ich dich lachen, aber es war nur Wasser, das über die Steine im Bach floss, oder Vögel, die plötzlich ihre Stimme wiederfanden. Es war, als hättest du nie existiert oder als hättest du dich aufgelöst und wärst vom Wind verweht worden.

Das war eine meiner Theorien: Dass du von selbst in Flammen aufgegangen wärst. Dass du zu kleinen Teilchen verbrannt wärst, sodass keine Spur mehr von dir zu finden war. Oder dass du emporgehoben, an einen anderen Ort befördert worden wärst, in den Himmel, wie es in der Kirche immer hieß. Aber wenn ich zu dem riesigen, dunklen Himmel aufblickte, konnte ich mir dich ganz allein dort oben nicht vorstellen, deshalb verfiel ich auf ausgefallenere Ideen: Du wärst weggelaufen und in Russland Tänzerin geworden. Du hieltest dich in einem Kloster versteckt. Du wärst als Wissenschaftlerin in der Antarktis.

Ich klammerte mich an jede dieser Theorien, weil sie mir zurückzuweisen halfen, was die Leute sagten. Du wärst auf dem Nachhauseweg von der Schule entführt, vergewaltigt und tot liegen gelassen worden. Du wärst geköpft worden, verstümmelt, und Teile deines Körpers lägen überall in der Gegend verstreut. Jeder Tag brachte neue Schrecken für mich, von denen ich dann träumte. Aus jedem Traum wachte ich schweißgebadet auf und schrie deinen Namen. Ich wollte diesen Leuten sagen, sie sollten damit aufhören. Du würdest wiederkommen. Du würdest mich nicht für alle Ewigkeit alleinlassen.

Aber die Gerüchte in der Gemeinde hielten sich hartnäckig. Freunde verstummten, wenn ich vorbeiging, obwohl ich ihre nicht geäußerten Worte hörte. Ich trug den Kopf hoch und behielt meine Gedanken für mich, murmelte sie wie Beschwörungen: Du warst in Spanien, lerntest Flamenco, verliebtest dich in dunkeläugige Zigeunerjungen. Alles Mögliche, um diese schleichenden Ängste zu vermeiden. Denn wenn ich an deinen potenziellen Entführer dachte, stellte ich mir vor, ein gefallener Engel wäre vom Himmel herabgestürzt, hätte dich mit gleichgültigen Armen an sich gerissen und wäre mit dir, seiner schönen Beute, geradewegs in die Hölle hinabgefahren.

1

Der Zug hielt hundert Meter vor dem Bahnhof. Eine Stimme kündigte eine kurze Verzögerung an. Die Leute um mich herum murrten, reckten an den Fenstern die Hälse und fragten sich, wie lange wir wohl hier festsitzen würden. Ich schloss die Augen, atmete tief ein und wieder aus, bog und streckte die Finger und pustete mir auf die Handteller. Sie taten weh, und mir ging auf, dass ich die ganze Strecke von Paddington bis hierher die Fäuste geballt hatte, sodass die Fingernägel meine Haut gekerbt hatten.

Draußen die vertrauten Wahrzeichen: viktorianische Häuser mit chaotischen Anbauten; ein schmales Stück Ödland, das sich neben den Gleisen entlangzog. Früher hatten Jungs es für ihre Mutproben genutzt; Vandalen hatten auf der Böschung Feuer gelegt. Jetzt war die Strecke abgezäunt. An Hecken hingen Plastiktüten, das Gras war mit leeren Flaschen übersät. Es war Herbst, doch von den üblichen Anzeichen war nichts zu sehen: keine Bäume, kein kupferrotes Laub, keine blassen Goldtöne. Der Ort war schmucklos. Deprimierend und still.

Vor ein paar Tagen war ich noch in Athen gewesen und hatte in der Oktobersonne Kaffee getrunken. Mein Handy hatte geklingelt, eine Stimme hatte sich gemeldet, und ich hatte Rita erkannt – die beste Freundin meiner Mutter. Es war die Art, wie sie meinen Namen, Anna Flores, gesagt hatte; wie sie das »r« gerollt hatte; wie sie die Stimme gesenkt und erklärt hatte, woran meine Mutter gestorben war. Ein Schlaganfall. Wann ich nach Hause kommen könne?

Rita hatte über die Beerdigung gesprochen und mich um meine Meinung gebeten: Eier mit Kresse oder Lachs mit Gurke; »Herr aller Hoffnung« oder »Bleib bei mir, Herr«. Ihre Worte hatten überhaupt nicht zu dem Souvlaki-Duft gepasst, der aus einem Restaurant herüberwehte, und zum Klang der einsamen Stimme, die in einer Bar sang. Hinterher hatte ich eine Ewigkeit weinend dagesessen und das Gefühl gehabt, der traurigsten Musik der Welt zu lauschen.

Der Zug ruckte an und kroch vorwärts. Die Fahrgäste rührten sich unter erleichtertem Gemurmel. Ich zog meine Jeansjacke an, hantierte mit meiner Tasche, überprüfte, ob alles da war, wo es hingehörte: Portemonnaie, Handy, Lippenstift, Givenchy-Fläschchen, Foto von meiner Mutter, Foto von Gabriella. Ein Mann im Regenmantel griff nach seinem Koffer. Ich folgte seinem Beispiel und hob meinen herunter.

Ein paar Leute stiegen mit mir aus. Ich sah ihnen nach, wie sie die Treppe hinauf- und über die Fußgängerbrücke eilten, sich mit ihren Fahrkarten und ihrem Gepäck abmühten. Ich stellte meinen Koffer ab, zog den Griff heraus und hielt inne, um mich umzusehen. Es hatte sich nicht viel geändert. Der leere Warteraum. Die kaputte Sitzbank. Die Überwachungskameras. Wann waren sie angebracht worden? Zu spät, um Gabriellas Abfahrt festzuhalten oder klarzustellen, was wirklich beobachtet worden war.

Drei Jahre. So lange war das her. Ein Boxenstopp, bevor ich nach Griechenland gegangen war, obwohl ich meine Mutter seither noch einmal gesehen hatte, als sie am Tag vor meinem endgültigen Abflug nach London gefahren war. Wenn ich jetzt an diese letzte Begegnung in einem Café im Harrods dachte, wo meine Mutter an ihrem Scone herumgestochert hatte, drehte sich mir vor Schuldgefühlen der Magen um. Drei Jahre. Und dazwischen nur Telefonate. Warum war ich davon ausgegangen, dass sie nicht totzukriegen war? Ich hätte besser als jeder andere wissen müssen, wie abrupt sich alles ändern kann.

Auf der anderen Seite der Gleise trat ein Schaffner aus einer Tür. Er schaute zu mir herüber, taxierte mich mit seinem Blick. Ich deutete ein Lächeln an, bog und streckte die Finger, als wäre mein Koffer schwer und ich nur kurz stehen geblieben, um zu verschnaufen. Dann straffte ich mich und steuerte, den glänzenden violetten Koffer hinter mir herziehend, die Treppe an. Ich hatte den Mann erkannt, allerdings so getan, als wäre das nicht der Fall. Er arbeitete schon seit Jahren am Bahnhof. Damals hatte er enge Hosen getragen, die so kurz waren, dass man seine bunten Socken sah; inzwischen reichten seine Hosen mit bescheidener Präzision bis ganz nach unten auf die Oberseite seiner Schuhe. Das war das Charakteristische an diesem Dorf: Die Leute blieben – außer mir. Ich fragte mich, ob er noch wusste, wer ich war.

Draußen auf der Straße wirkte der Himmel wie beschädigt, mit dunklen Wolken bandagiert. Die Bäume trugen kahle Äste wie Waffen, und auf dem Pflaster häufte sich Laub. Bald würde es von Männern in gelben Jacken zusammengefegt werden. Männern wie Tom. Einen Moment lang hielt ich den Atem an und lauschte, rechnete halb damit, das Rollen seines Karrens zu hören. An einem solchen Tag war er bestimmt unterwegs, den Blick gesenkt, auf seine Aufgabe konzentriert. Für alles andere blind.

Ich blinzelte und schüttelte den Kopf. Es hatte keinen Sinn, an die Vergangenheit zu denken. Stattdessen konzentrierte ich mich auf meinen Gang durch die Nebenstraßen mit ihren Reihenhäusern und den davor geparkten Autos, bemerkte ein neues Take-away, einen Pub mit geändertem Namen, ein Gebäude, das gerade renoviert wurde.

Die Straßen wurden breiter, und da stand das Haus meiner Mutter, eine ausladende viktorianische Doppelhaushälfte. Ich widerstand dem Drang, stillzustehen und den Anblick in mich aufzunehmen, so zu tun, als wäre dieser Besuch ganz normal. Ich zwang mich weiterzugehen und bog auf den Fußweg ein, und beim Quietschen der Pforte wurde mir flau im Magen. Die Haustür war schwarz, mit abblätternder Farbe und einem haarfeinen Sprung in der Glasscheibe. An der Wand wucherte eine Pfingstrose, und einen Moment lang erinnerte ich mich an blutrote, aus ihren Knospen hervorbrechende Blüten; an Gabriella, wie sie mir eine Blume ins Haar steckte. Ich hielt den Schnappschuss vor meinem geistigen Auge fest, bis er von den Rändern her verschwamm und verblasste, als würde der Entwicklungsvorgang eines Fotos rückwärts ablaufen.

Die Tür ging auf, ehe ich meinen Schlüssel finden konnte, und Rita stand in der Öffnung. »Anna«, sagte sie herzlich. Aus irgendeinem Grund hatte ich gedacht, ihre Schönheit wäre verblasst und sie hätte sich meiner Mutter angeähnelt: spatzenhaft, mit flaumigem Haar, die Augen vom Star getrübt. Stattdessen war sie drall in ihrem blauen Wollkleid, mit hellem, zu einem Bubikopf geschnittenem Haar. Ihr Gesicht hatte Falten, aber sie sah immer noch gut aus, mit hohen Wangenknochen und einer grünen Cateye-Brille.

Sie nahm meine Hand – ihr Griff war kräftig, und ich war im Nu über die Schwelle und stellte meinen Koffer ab. Und dann führte sie mich unter Entschuldigungs- und Begrüßungsformeln durch den Flur und bot mir Tee an, als wäre ich die Fremde im Haus. Vor dem Wohnzimmer blieben wir stehen. »Mach dir keine Gedanken wegen der alten Ladys«, flüsterte sie, zu mir herangebeugt. »Sie sind extra deinetwegen heute Morgen aufgetaucht.«

»Danke«, sagte ich. »Für alles, was du getan hast. Ohne dich hätte ich es nicht geschafft.«

»Natürlich hättest du das«, sagte Rita und drückte meinen Arm. »Kopf hoch, und rein mit dir.«

Das Zimmer, bemerkte ich mit einem beklemmenden Gefühl in der Brust, hatte sich kaum verändert. Der Nähkasten meiner Mutter mit dem Strickzeug obendrauf; das Kaminbesteck, mit dem mein Vater immer das Feuer geschürt hatte; der Stuhl mit der geraden Rückenlehne, auf dem Großmutter Grace immer gern gesessen hatte.

Die alten Ladys, gepudert und gebügelt, wandten sich mir in einer einzigen steifen Bewegung zu. Ich lächelte zurück, wusste, ich durfte nicht weinen. Ich wollte diese guten Menschen, die meiner Mutter wegen hierhergekommen waren, nicht in Verlegenheit bringen. Im Gefühl meiner Verantwortung straffte ich mich und ging durchs Zimmer. Mir war unwohl in dem schwarzen Kleid, dass ich aus meiner Garderobe herausgekramt hatte, und ich bedauerte meine Doc Martens. Zum Ausgleich zog ich, während ich mich auf die vordere Kante eines Lehnstuhls setzte, meine Jacke aus und versuchte sie zu verstecken, indem ich sie zusammengeknüllt hinter meine Füße legte.

Rita nahm den Stuhl mit der geraden Lehne; ihr Rücken ging in die Breite wie ein aufgegangener Kuchen und quoll über die Ränder. Sie verschränkte die Arme und machte Bemerkungen zum Wetter und zur Regenwahrscheinlichkeit. Die Ladys reagierten mit Nicken und Lächeln, genau wie ich. Als wir wieder in Schweigen verfielen, richtete ich den Blick auf die reglose Pendeluhr, den leeren Kaminrost, auf alles, nur nicht auf die mitfühlenden Gesichter der Menschen im Haus.

Es klingelte an der Tür, und Rita sprang auf, ehe ich eine

Chance hatte, mich zu bewegen. Sie kam mit dem Vikar zurück. Nicholas – ein dünner junger Mann mit einem Rucksack und einem unter den Arm geklemmten Motorradhelm. »Sie müssen Anna sein«, sagte er, beugte sich vor und ergriff meine Hand. »Es tut mir so leid. Was für eine schwierige Zeit.« Ich bedankte mich, und mir war bewusst, dass meine Stimme erstickt klang. Er ließ sich am Ende des Sofas nieder, als wäre das sein angestammter Platz. Und dann fuhr er fort, mit aufrichtigen, offenen Worten: Er sei noch nicht lange in der Gemeinde, aber meine Mutter habe er noch kennengelernt. »Sie war freundlich, gesellig, ein sehr beliebtes Gemeindemitglied«, sagte er.

Stimmte das? Meine Mutter war still. In sich gekehrt. Vereinsamte im Lauf der Jahre immer mehr. Jedenfalls hatte ich es so gesehen. Ich dachte, sie habe schon vor Jahren aufgehört, in die Kirche zu gehen.

»Esther hatte einen starken Glauben«, schaltete sich Rita ein.

Bis sie zu dem Schluss kam, dass Gott sie im Stich gelassen hatte.

Nicholas sah mich ernst an. Hatte ich die Worte etwa laut gesagt? Wenn ja, so reagierte er nicht darauf. Stattdessen wühlte er in seinem Rucksack und holte eine Gottesdienstordnung hervor, die er sodann mit mir durchzusprechen begann.

Während er redete, servierte Rita Tee in Mums guten goldgeränderten Tassen. Ich nahm mir einen Zitronenkeks von dem Teller, den sie anbot, und schmeckte Kindheitstage. Klebrige Kekse und Limonadendosen. Zwischen Herbstlaub hindurchblitzendes Sonnenlicht. Und da war Gabriella, die mit fliegendem Haar im Wald vor mir herrannte, mit ihrem Schal hängen blieb, während sie sich zwischen den Bäumen hindurchschlängelte, über abgebrochene Äste sprang und wie eine Katze landete.

»Möchten Sie noch etwas hinzufügen?«, fragte Nicholas und unterbrach damit meine Gedanken. »Zum Gottesdienst?«

Er beugte sich vor, das schmale Gesicht von Anteilnahme gefurcht. Ich schüttelte den Kopf und produzierte noch ein Lächeln. »Es ist alles perfekt. Vielen Dank.«

Rita räusperte sich und sah mich an. »Darf ich ein paar Worte sagen?«

»Natürlich«, erwiderte ich. Es trat ein kurzes Schweigen ein, das etwas Erwartungsvolles hatte. »Allerdings weiß ich nicht recht, ob ich …«

»Schon in Ordnung«, sagte Nicholas und tätschelte mir das Knie. »Die meisten Leute überfordert das.«

Nachdem sie gegangen waren, durchstreifte ich das Haus und gewöhnte mich daran, wieder da zu sein. Die Stille senkte sich um mich herab. Ich machte mich an dem Boiler in der Küche zu schaffen, und die Heizung sprang stotternd an. Ich ging nach oben und blieb vor der ersten geschlossenen Tür stehen. Gabriellas Zimmer. Als ich das Holz berührte, spürte ich den Puls der Erinnerung. Ich ging nicht hinein, aber ich wusste, das Zimmer war genau so, wie Gabriella es zurückgelassen hatte – bereit für sie, wenn sie nach Hause kam.

Mums Zimmer lag nebenan, und diesmal öffnete ich die Tür. Das Bett war nicht gemacht. Auf dem Nachtschränkchen lag eine Brille. Über einer Stuhllehne hing ein gesteppter Morgenmantel, darunter warteten zwei kastanienbraune Pantoffeln auf dem Teppich. Es sah so aus, als würde sie gleich zurückkommen, um ihr Bett zu machen, ihre Brille zu holen, in ihr Nachthemd zu schlüpfen. Ich setzte mich auf die Matratze. Das würde nicht geschehen. Es würde niemals geschehen. Meine Mutter war fort, zusammen mit dem Rest meiner Familie, und außer mir war niemand mehr da.

Ich atmete tief ein, um das Selbstmitleid zu unterdrücken, und griff nach dem Foto in meiner Tasche. Meine Mutter: Esther. Großmutter Grace hatte es vor vielen Jahren aufgenommen, an dem Tag, an dem meine Eltern sich kennenlernten. 1966, als ein Sommerunwetter Ziegel von Dächern gefegt und Äste abgerissen hatte; als Grace Button beim örtlichen Zeitschriftenhändler die Anzeigen durchgegangen war, den Finger über die Karten hatte gleiten lassen und bei Albert Flores stehen geblieben war.

Das Foto zeigte meine Mutter im Freien. Blonde Haarsträhnen wehten ihr übers Gesicht. Sie war von fragiler Schönheit, wie Gabriella, aber da war noch etwas schwerer zu Erkennendes, etwas Verlorenes in diesen großen grauen Augen. Ich starrte geraume Zeit auf das Foto, suchte das körnige Bild ab, fragte mich, was es war, was meiner Mutter schon damals fehlte.

Auf dem Nachtschränkchen stand eine Uhr. Sie war aus Gold, mit Einlegearbeiten aus Perlmutt, die Zeiger waren um Mitternacht stehen geblieben. Ich zog sie vorsichtig auf, stellte die Zeit zurück, ließ die Finger über das Kirschholz des Schränkchens und hinunter zu der einzigen Schublade gleiten. Ich zog sie sanft auf. Leer bis auf ein Buch. Es war ein Sammelalbum, wie diejenigen, die ich während der Ferien in Wales mit Postkarten gefüllt hatte. Von der Erinnerung noch lächelnd, schlug ich es auf, und ein Mädchen starrte mich an. Ich holte Atem, und die nicht ausgeatmete Luft in mir wurde kalt. Gabriella in ihrer Schuluniform, ein unterdrücktes Lachen in den Augen. Ich nahm jede Einzelheit in mich auf, das heimliche Lächeln, das Grübchen an ihrem Kinn. Mit dem Finger zeichnete ich ihr Haar und ihre Wangen nach, die Linie ihres Halses. Es war ein Zeitungsartikel: die Geschichte des verschwundenen Mädchens.

Kummer stieg in mir auf und schnürte mir die Kehle zu. Ich schloss das Buch und legte mich auf das Bett, vergrub das Gesicht im Kissen. Maiglöckchen. Der Duft meiner Mutter. Ich stellte mir vor, wie sie Bilder und Artikel ausgeschnitten hatte, um ein Sammelalbum über Gabriella zusammenzustellen. Wie die Schere um die Ränder wanderte. Wie Mum den Klebstoff auftrug. Das Papier glatt strich. Ich versuchte, die Bilder zu vertreiben, aber sie wollten nicht verschwinden. Und die Geschichte kehrte wieder, wie ich es vorausgesehen hatte. Wie sie es immer tat. Und der Schmerz und der Verlust durchliefen mein Bewusstsein in Wellen.

2

1982

Als ich hörte, dass ein Mann aus Spanien hierher, in unser Dorf, ziehen würde, zusammen mit seiner verrückten Frau, zerriss es mich schier vor Neugier. Sie hatten das Lemon Tree Cottage gekauft, ein Haus am Waldrand, das jahrelang leer gestanden hatte. Dass seine Frau verrückt war, war nur ein Gerücht, aber die Vorstellung gefiel mir. Verrückte Ehefrauen kamen normalerweise nur in Büchern vor, und nun würde es ganz in meiner Nähe eine echte geben.

Am Samstag sollten sie einziehen, und ich hatte vor, mich hinauszuschleichen und zu spionieren. Aber Mum hatte anderes im Sinn. Als ich aufwachte, hörte ich sie lautstark Gabriella antreiben. Es würde ein heißer Tag werden – perfekt für Gartenarbeit. Rasch schnappte ich mir meine Brille und lief zu Gabriellas Tür, gerade rechtzeitig, um sie protestieren zu hören. »Müssen wir?«, sagte sie und zog sich die Decke über den Kopf.

»Ja, Gabriella«, sagte Mum und riss energisch die Vorhänge zur Seite. »Und dann kannst du dein Zimmer aufräumen. Hier sieht es aus, als wäre ein Bulldozer durchgerast.«

»Aber ich muss noch Hausaufgaben machen«, ächzte Gabriella. »Und mich auf die O-Levels vorbereiten.« Sie betonte das »O« mit einem lang gezogenen Stöhnen.

»Die sind nächstes Jahr«, sagte Mum. »Nächstes Jahr bist du befreit. Aber dieses Jahr arbeitest du im Garten. Du auch, Anna.« Sie verließ das Zimmer, und wir hörten sie die Treppe hinunterpoltern.

»Himmelherrgott nochmal«, sagte Gabriella, die sich in letzter Zeit so einige blasphemische Kraftausdrücke angewöhnt hatte. »Womit habe ich das nur verdient?«

Ich ließ mich aufs Bett plumpsen, sodass meine verschränkten Arme mir unsanft gegen den Oberkörper schlugen. Unter Spaß stellte ich mir auch etwas anderes vor als Gartenarbeit, und außerdem passte es mir so gar nicht in den Kram. Ich ließ meinen Blick durch das vom Bulldozer heimgesuchte Zimmer wandern. Der Boden war ein einziges Durcheinander aus Kleidungsstücken, Schminkutensilien, kaputten Kassetten und Schallplatten ohne Hülle. Ich pflückte einen dunkelroten Lippenstift heraus, drehte am Gehäuse und schmierte mir etwas davon auf die Hand. Mit einem Blick aufs Bett schloss ich die Augen und stellte mir vor, ich trüge den Lippenstift. Ich war Kate Bush. Wirbelte in einem von Gabriellas Kleidern herum, führte auf der Bühne einen Windmühlen-Tanz auf.

»Ich weiß, was du da machst«, sagte Gabriella durch die Decke hindurch. Sie setzte sich auf, die Augen dunkel vom Make-up des Vortags, das Haar zu elektrischen Wellen aufgefächert. Ich grinste verlegen zurück und hielt ihr den Lippenstift hin. »Kannst du haben«, sagte sie mit übertrieben schwungvoller Geste. »Er gehört dir.«

»Wirklich?«

»Ja. Wenn du die nächste Hausarbeit übernimmst.«

»Mädels!« Mums Stimme drang die Treppe herauf. »Das Frühstück macht sich nicht von selbst.«

Gabriella kniff ein Auge zu, griff nach ihrem Walkman und kuschelte sich wieder unter die Decke, während ich, den Lippenstift in der Hand, aus dem Zimmer huschte.

Wir verbrachten den Vormittag an der Sonne und rupften Unkraut heraus, während Mum den Rasen mähte. Dafür trug sie ein rosa Hauskleid und ein Paar von Dads braunen Stiefeln. »Man muss ja keine Zehen riskieren«, sagte sie. Ich sah zu, wie sie mit ihrem zarten Körperbau das schwere Gerät hin und her schob und Grasschwaden hinter ihr zurückblieben. Im Schuppen stand der Luftkissenrasenmäher, den Dad vor sechs Monaten gekauft hatte. Er hatte ihn im Garten in Betrieb genommen, und wir hatten zugesehen, wie Mum naserümpfend herumgelaufen war und gesagt hatte, der, den sie habe, sei ihr lieber.

Als Mum fertig war, verschwand sie im Haus und überließ es uns, das Gras zusammenzurechen. Wir sprangen auf, froh, von dem Unkraut und den Würmern wegzukommen, bewarfen einander mit Gras und kreischten vor Lachen, ehe wir das Ganze zum Gartenfeuer-Haufen transportierten. Beide hatten wir uns nicht entsprechend angezogen: Gabriella in ihren Stiefeln und dem schwarzen Kleid mit Ärmeln aus Netzstoff, das die Hitze einfing und mit dem sie ständig an den Brombeerranken hängen blieb, ich in Jeans und einem dicken gelben Sweatshirt, das Mum auf dem Flohmarkt gekauft hatte. Bald war sogar das Lachen zu anstrengend. Wir kratzten die letzten Grashalme zusammen und schoben den Mäher in den Schuppen, wobei wir hofften, dass niemand bemerken würde, dass er nicht gereinigt worden war.

Wir lagen auf dem kurzgeschorenen Gras unter dem Zwetschgenbaum, die Augen geschlossen und die Hände auf der Brust überkreuzt, als wären wir tot. Der Duft von gemähtem Gras und Lavendel hing schwer in der Luft. Irgendwo weit weg dröhnte ein kleines Flugzeug, und ein Insekt ließ sich auf meinem Gesicht nieder. Ich spürte seinen trägen Flügelschlag, machte mir aber nicht die Mühe, es wegzuwischen.

Als ich die Augen öffnete, kreiste über mir ein Rotmilan;

mit ausgebreiteten Schwingen glitt er durch den endlosen Himmel. Ich sah ihm zu, bis er ganz plötzlich herabstürzte und aus meinem Blickfeld verschwand. Arme Maus. Oder war die Maus schon vorher tot? Waren Milane Aasfresser, oder jagten sie lebende Tiere? Ich verdrängte den Gedanken daran, wie der Vogel mit seinen Krallen ein Lebewesen zerriss, und wandte mich Gabriella zu.

Sie lag vollkommen still, die Haut im Kontrast zu ihrem Make-up und ihrem Kleid ganz blass. Wie eine blonde Morticia (oder eine Vampirin, wie Dad scherzte). Bewegte sich ihre Brust eigentlich noch?

»Gabriella«, sagte ich. Keine Antwort. »Gabriella.« Ich sprach laut, meine Stimme klang drängend, während ich sie mit dem Zeh anstieß.

Es folgte längeres Schweigen. »Ja?«

Mein Herzschlag verlangsamte sich wieder. »Nichts«, sagte ich, um einen normalen Ton bemüht.

Sie öffnete ein Auge. »Hast du etwa gedacht, ich wäre tot?«

»Quatsch.«

Ich wandte den Blick ab, damit sie mir die Wahrheit nicht am Gesicht ansah. Ich war überzeugt davon, dass bestimmte schreckliche Dinge nicht passieren würden, wenn man sie sich nur ganz genau ausmalte. Sie *konnten* nicht passieren, weil das hieße, dass man die Zukunft voraussagen konnte, und das konnte niemand. Jetzt versuchte ich, mich auf etwas anderes zu konzentrieren. Ein Bild des Lemon Tree Cottage erschien vor meinem geistigen Auge und verschwand gleich wieder. Gabriella wäre niemals damit einverstanden, dorthin zu gehen. Spionieren war nicht ihr Ding. Ich schlug stattdessen vor, Dad zu besuchen.

Sie stöhnte. »Schon wieder? Es gibt doch bestimmt was Besseres zu tun.«

»Was denn zum Beispiel?«

»Platten hören, fernsehen …«

»Dein Zimmer aufräumen.«

Ich zählte im Kopf. Als ich bei fünf angelangt war, erklärte sie sich bereit mitzukommen.

Das House of Flores war schmal und stand wie zusammengekauert zwischen den anderen Geschäften in der High Street. Ich fand immer, es wirkte wie ein alter Mann, der sich mühsam aufrecht hielt, und drinnen befanden sich die wirren Gedanken des alten Mannes: die wackeligen Tische und Stühle, das gesprungene Geschirr und der Nippes, das bunte Durcheinander der Bilder an der Wand. Einer der Drucke sah aus wie Gabriella – nur mit ordentlicheren Haaren. Es war das Porträt eines Mädchens mit schmalem Gesicht und mandelförmigen Augen. Ein Modigliani.

An den meisten Tagen stand Dad am Ladentisch, über das jeweilige Stück gebeugt, das er gerade bewertete, auf seine Aufgabe konzentriert. Er beschrieb es uns: Alter, Zweck, Material. Manchmal ließ er uns auch raten. (»Das ist das Porträt einer Königin. Das sind Perlen für eine Fürstin.« »Nein, nein. Das ist eine Herzogin, und das sind keine Perlen, sondern Similisteine.«) Dann wieder probierten wir Kleider an – Samtkleider, Capes, Seidentücher und Hüte – und stolzierten, als Leute aus der Vergangenheit verkleidet, auf und ab.

Als wir jetzt die Tür aufstießen und die Glocke ertönte, um unsere Ankunft anzukündigen, war Dad nirgendwo zu sehen. Wir lauschten in der staubigen Stille, bis wir Geräusche vernahmen, ein Rücken und Ächzen aus dem Hinterzimmer, Möbelstücke, die über den Holzboden schurrten, ein plötzlicher Bums, mit dem etwas herunterfiel. *»Madre mia«*, kam seine Stimme.

»Haushaltsauflösung«, formte Gabriella unhörbar mit den Lippen.

Wir wussten beide, was das hieß – Dad würde Stunden damit zubringen, das Leben eines Verstorbenen durchzugehen. Er würde spät nach Hause kommen, Geschenke mitbringen und uns mit Geschichten darüber bombardieren, was er alles gefunden hatte: eine ledergebundene Ausgabe von *Das verlorene Paradies*; einen mit einem Drachen bemalten Porzellanteller; einen Packen Fotos, jemandes Leben von der Kindheit bis zum Erwachsenenalter, von einem verblassten Band zusammengehalten. Eine Haushaltsauflösung war ein Glücksspiel. Das sagte er immer. Die vielen Stunden, die man damit zubrachte, ganze Stockwerke zu entrümpeln. Normalerweise waren die Dinge, die er fand, für jeden außer ihm wertlos. Dann wieder fand er, wenn er tief grub, ein Fossil. Etwas Wertvolles. Und wenn wir Pech hatten, wurden wir zum Ausgraben zwangsverpflichtet.

Gabriella legte einen Finger auf die Lippen, und wir zogen uns zurück, die Blicke ineinander verhakt, inständig darauf hoffend, dass das Läuten der Glocke mit dem Lärm zusammenfiel, den Dad machte. »Mädels. Seid ihr das?«, drang seine Stimme durch. Die Tür knallte zu, und weg waren wir, rannten die High Street entlang und den Chestnut Hill wieder hinauf, während Gelächter in mir aufsprudelte und mich ein Stechen an der Seite packte.

»Bleib stehen! Bleib stehen!«, sagte ich beim Einbiegen in die Devil's Lane und warf mich auf den Boden. Gabriella setzte sich neben mich und lehnte sich an meine Schulter. Ich lauschte dem Geräusch ihres Atems und der uns umgebenden Stille. Die Devil's Lane war eine Abkürzung zum Dorfanger. Dunkel und steinig, von hohen Hecken eingefasst, mit ein paar Häusern, die hinten an die Felder grenzten. Niemand wusste genau, woher sie ihren Namen hatte, obwohl eine Geschichte von einem Jungen berichtete, dessen Liebste an einem Fieber gestorben war. Er hatte einen Pakt mit dem Teufel geschlossen: seine Seele gegen einen weiteren Tag mit ihr.

Manchmal, wenn wir nicht in der Lane Schatten jagten, spielten wir *Was würdest du tun, wenn du nur noch einen Tag leben würdest?* Gabriella redete davon, in der Musikecke im Our Price rumzuhängen und den Jungen mit dem schläfrigen Blick, der dort arbeitete, um einen Kuss zu bitten. Ich fand das schwieriger zu entscheiden. Am Ende dachte ich, ich würde dorthin gehen, wo Gabriella hinging. Was Besseres gab es nicht.

Jetzt wühlte sie in ihrer Tasche und zog ein Päckchen Old Holborn hervor. Ich beäugte es argwöhnisch. »Ist das Dads?«, fragte ich.

Sie grinste, während sie Tabak in ein Rizla legte, das Papier zu einer Rolle drehte und mit der Zungenspitze den Rand anleckte. »Ist das ein Problem?« Ich zuckte die Achseln. Ich hatte sie schon oft rauchen sehen, deshalb überraschte es mich nicht. »Keine Sorge«, sagte sie. »Es ist nicht seiner.«

»Woher hast du ihn dann?«

»Gekauft, natürlich.« Sie zündete die schlanke Selbstgedrehte mit einem silbernen Zippo an, das eindeutig Dads war. »Ausgeborgt«, sagte sie, die Stimme heiser vom Rauch.

Ich sah zu, wie sie inhalierte und sich Tabakkrümel von den Lippen zupfte. Sie trug roten Lippenstift. Er färbte die Zigarette, sodass es aussah, als wäre sie an beiden Enden angezündet. Ich stellte mir vor, wie die beiden Enden brannten, knisterten, in der Mitte aufeinandertrafen und wie ein Feuerwerkskörper vor Gabriellas Nase explodierten. »Du sollst nicht rauchen«, sagte ich.

»Du hast leicht reden, Kleine. Warte, bis du in mein Alter kommst. Ich wette, dann probierst du's auch.«

»Nein, tu ich nicht, und außerdem sollst du mich nicht dazu ermutigen.«

Sie legte den Kopf schräg. »Kleine Spießerin.«

Ich wandte mich ab. Ich hasste es, wenn sie mich so nannte. Sie zerzauste mir die Haare. »War nur Spaß. Ich find's ja gut, dass es dir nicht egal ist. Mir wär's auch nicht egal. Wenn ich dich je beim Rauchen erwische, schlage ich dir die Zigarette aus der Hand.« Wie um es zu demonstrieren, drückte sie ihren Zigarettenstummel kräftig gegen den Boden und trat mit ihrem Stiefel darauf.

Am Ende der Lane hüpften wir über den wackeligen Zauntritt und schlenderten über den Anger, vorbei an dem mit Graffiti übersäten Spielplatz. Ein paar Jungs mit Igelfrisur hingen dort herum, rauchten und tranken aus Dosen. Sie sahen zu, wie wir vorbeigingen, die Blicke auf Gabriella geheftet. Ich warf ihr einen Seitenblick zu und erkannte an ihrem Lächeln, dass sie wusste, dass die Jungs hersahen. Sie saugte ihre Bewunderung auf, wie ich dosenweise Lilt aufsaugte, und ich hatte plötzlich das schwindelerregende Gefühl, dass sie mir entglitt. Ich legte ihr die Hand auf den Arm und zog sie an mich. Sie sträubte sich nicht. Die Jungs waren hinter uns, und ich spürte Gabriellas Körperwärme an meiner Seite.

Bis wir den Rand des Dorfangers erreichten, war die Idee mit dem Lemon Tree Cottage wieder aufgetaucht, und diesmal schlug ich vor, dorthin zu gehen.

»Wieso?«, fragte Gabriella.

»Weil da jemand Neues eingezogen ist.«

»Und?«

Ich zuckte die Achseln und versuchte, mir eine Antwort einfallen zu lassen, die ihr zusagen würde. »Es gibt sonst nichts zu tun, außer Dad bei der Haushaltsauflösung oder Mum beim Abendessen zu helfen.«

»Das kannst du ja tun, wenn du willst.«

»Ich habe schon Frühstück gemacht.«

Sie machte schmale Augen. »Ich habe dir den Lippenstift geschenkt.«

Ich machte meinerseits schmale Augen. »Das war für *eine* Hausarbeit. Und außerdem lässt Mum dir das sowieso nicht durchgehen.« Wir wussten beide, dass Mum es nicht nur mit unserer Vorbereitung auf ein häusliches Leben, sondern auch mit einer gerechten Verteilung der anfallenden Arbeiten sehr genau nahm.

Ich musste grinsen, als Gabriella sich geschlagen gab, und ging ihr voran aus dem Dorfanger hinaus und weiter die Chestnut Hill entlang.

Die Straße war zunächst kaum mehr als ein Fahrweg, der sich an Reihen von Cottages entlang durchs Dorf arbeitete und an der Kirche vorbeiwand. Dann wurde sie breiter und auch schneller, als sie das Dorf hinter sich ließ, und Autos vorbeisausten, die Schottersteine wegspringen ließen. Hier verliefen die Hecken wie ein ungepflegter Fransenbesatz zu beiden Seiten des Asphalts, der ausgefahren war, voller Schlaglöcher und Mulden. Auf einer einsamen Wiese drückten die Kühe ihre mächtigen Köpfe gegen ein Gatter mit fünf Querstangen. Daneben eine Masse aufgewühlter Erde, auf der sich die Rohbauten von Häusern drängten – Teil der neuen Siedlung.

Auf der Hügelkuppe bogen wir auf einen steinigen Fahrweg ab, der in Richtung Wald führte, vorbei an einem Cottage, dessen Dachstroh teilweise abgetragen und an den schadhaften Stellen vergilbt war. Von Dohlen weggepickt. Das Seltsamste, was seit Jahren im Dorf passiert sei, hieß es in der Zeitung. Jetzt kam trotz der Hitze Rauch aus dem Schornstein. Seitlich neben dem Haus hängte eine Frau Wäsche auf, während zu ihren Füßen ein kleines Kind herumkrabbelte. Sie starrte herüber, während wir vorbeigingen. Und dann kam ein Mann in einer Latzhose heraus und lehnte rauchend im Türrahmen.

Das zweite Haus war das Lemon Tree Cottage. Abgesehen davon, dass es leer stand und neben dem Haus mit den Dohlen lag, gab es zu dem Haus keine Geschichte. Aber beim Gedanken an eine Wahnsinnige auf dem Dachboden betrachtete ich es mit neuem Interesse.

Das Gebäude zeichnete sich wie ein Schatten hinter einem dunkelgrünen Geflecht ab. Vom Tor aus kämpfte sich ein mit Kies bestreuter Weg durch den Garten und zwängte sich an einer Reihe kaputter Terrakotta-Töpfe vorbei. Eine Pflanze mit violetten sternförmigen Blüten überwucherte den Türsturz und fiel in Kaskaden seitlich davon die Wände hinab. Es war kein Lebenszeichen wahrzunehmen, weder Menschen noch Geräusche, nur eine brütende Stille, die auf die Luft drückte, als nähme sie ihr den Atem.

Ich betrachtete die rautenförmigen Glasscheiben, als plötzlich eine Gestalt an einem Fenster im Erdgeschoss vorbeiflitzte. Wie hypnotisiert starrte ich hin. Sie bewegte sich leicht, tauchte in Schatten ein und war rasch verschwunden.

»Oben«, zischte Gabriella und stieß mich an.

Ein Mädchen. Von einem Fenster gerahmt. Blondes Haar, das ihr Gesicht umfloss.

Schritte knirschten auf Kies. Ein Mann, etwa so alt wie Dad, kam ums Haus herum. Ich erstarrte wie ein von Licht festgehaltenes Lebewesen. Er war blass – Gesicht und Haare, sogar seine Kleider – und sah Gabriella geradewegs an. »Gehen wir«, flüsterte ich und packte sie am Arm. Einen Moment lang sträubte sie sich. Ich zog kräftiger, bis sie nachgab, und scheuchte sie den Fahrweg entlang. Als ich mich kurz umdrehte, sah ich, wie der Mann uns vom Gartentor aus nachstarrte.

3

Am Tag der Beerdigung erwachte ich mit einem Gefühl der Angst und mit traumwirren Gedanken. Das Wetter entsprach meinen Empfindungen: Ein einziger Donnerschlag, und dann kam der Regen und strömte über die Fensterscheiben. Ich lauschte den Geräuschen, spürte die Last dessen, was mir bevorstand.

Unten machte ich Kaffee. Während ich in der altmodischen Küche mit ihrem abgenutzten Linoleum und dem Tisch, den angeschlagenen Schränken und der bestoßenen Spüle am Tresen lehnte und aus der Tasse meiner Mutter trank, kam mir der Gedanke, dass ich mich für jemanden ausgab, der hierhergehörte, die verlorene Tochter, die zurückgekehrt war. Doch da war niemand, der mich willkommen hieß.

Im Wohnzimmer nahm das Gefühl zu, während ich aufs Geratewohl Schubladen aufzog. Sie waren voller Papiere, Briefe und alter Adressbücher, die meinen Eltern gehört hatten. Fotos gab es auch. Ich fand eines von Gabriella auf dem Trafalgar Square, auf ihrem Arm aufgereiht Tauben. Meine Gedanken kehrten zu dem Sammelalbum zurück. Wie viele Bilder von Gabriella hatte meine Mutter hineingeklebt? Wie viele Artikel und Interviews hatte sie aufgehoben?

Später kamen, angeführt von Rita, im Gänsemarsch die Damen ins Haus. Alle trugen die gleichen schwarzen Röcke und Umschlagtücher. Nur Rita war anders angezogen. Unter ihrem Kunstpelzmantel sah ich flüchtig ein graues Seidenkleid. Sie war schon immer elegant gewesen. Und selbstsicher. Anders als meine Mutter, die immerzu gehetzt gewirkt hatte.

Gemeinsam warteten wir auf den Trauerzug, und als er kam, gingen wir stumm zu den Autos, und beim Anblick des fahlen Sargs und der respektvollen Anzugträger wurde mir schwer ums Herz. Beim Einsteigen wahrte ich die Fassung, doch als die Türen zuklappten und der Wagen anfuhr, war mir, als glitte meine ganze Welt mit mir davon, als hätte ich die Kontrolle verloren.

Wir fuhren die Chestnut Hill hinunter und die High Street entlang. Ein Kind zeigte auf uns und zupfte seine Mutter am Ärmel; ein alter Mann lüftete den Hut; eine Frau in einem Regenmantel mit geschlossenem Gürtel eilte in eine Einfahrt. Ich reckte den Hals, als wir am House of Flores vorbeifuhren, aber der Laden war geschlossen, wie nicht anders zu erwarten, und das alte Ladenschild schaukelte im Wind.

Die Kirche war brechend voll. Ich blickte mich um, und mir kam alles vertraut vor: die Buntglasfenster und die Mahagonibänke; sogar die bestickten Sitzkissen mit ihren Kreuzen und Tauben sahen so aus, als wären es noch die von damals, obwohl sie das nicht sein konnten, nicht nach so langer Zeit.

Rita drückte meinen Arm, während die Sargträger den Sarg abstellten und wir vorne Platz nahmen. Nicholas wirkte in seinem gestärkten Chorhemd noch jünger. Er hieß uns willkommen, sagte, warum wir hier seien, nämlich zu Ehren einer liebevollen Ehefrau, Mutter und Freundin. Rita trat vor, um ihre Rede zu halten. Sie sprach von der Loyalität meiner Mutter, ihrem Bekenntnis zu Gott und ihrem Gleichmut angesichts einer Tragödie. Sie sprach laut und selbstbewusst, und ihre Stimme zitterte nur einmal, als sie Esthers Töchter erwähnte.

Es folgten weitere Würdigungen. Dann noch ein Gebet. Ein Lied. Hinten in der Kirche schrie ein Baby. Ich hörte das Knarren der Tür und das leiser werdende Geschrei, als die Mutter mit dem Baby hinausging. Die Orgel spielte, und ich spürte Gabriella neben mir, die mit dem Fuß in einem ganz anderen Rhythmus klopfte; dem in ihrem Kopf.

Hinterher wurde der Sarg weggebracht, und wir traten hinaus auf den Kirchhof. Einer nach dem anderen kam auf mich zu, ergriff meine Hand und sprach mir in gedämpftem Ton sein Beileid aus. Gesichter mit Falten, Runzeln und vertrauten Augen, geschwächt und durch dicke Brillengläser spähend. Am liebsten hätte ich meine Sonnenbrille hervorgeholt, um mich vor all den guten Absichten zu schützen, aber der Himmel war grau, und es regnete wieder, ein leichtes Nieseln, das sich zum Guss steigerte. Ich versteckte mich stattdessen hinter dem Pilz aus schwarzen Schirmen, die mit einem einzigen, synchronen Klicken aufgingen, sobald der Sarg herabgesenkt wurde.

Und dann sah ich sie. Mrs Ellis. Sie war gerade am Gehen und trippelte auf dem Kiesweg in Richtung Friedhofstor. Sie war es, kein Zweifel, dünn und gebeugt, diese Vorwärtsneigung, diese raschen, kurzen Schritte, sogar die Einkaufstasche, der Regenmantel, die fleischfarbene Strumpfhose und die altmodischen Schnürschuhe.

Der Regen wurde kräftiger, während ich der sich entfernenden Gestalt hinterherstarrte. Der Wind frischte auf und griff nach meinen Kleidern. In der Ferne war leises Donnergrollen zu hören. Die Trauergäste vergaßen jede Etikette und wogten um mich herum und weiter in Richtung Tor. Ich beschleunigte meine Schritte, passte mich ihrem Tempo an. Ich musste Mrs Ellis' Gesicht sehen, obwohl ich es mir auch so vorstellen konnte: schmale Lippen, selbstzufriedenes Lächeln, die Haut straff über ihre Wangenknochen, den Kiefer, die Stirn gespannt. Auch ihre knochigen Hände sah ich vor mir, wie sie sie rang, während sie mit dem Reporter sprach und die Geschichte von Gabriella erzählte, dem verschwundenen Mädchen. Und wieder dachte ich an Tom, wie er seinen Straßenkehrerkarren schob, während seine Lippen sich im Selbstgespräch bewegten. Mrs Ellis hatte sie erspäht: Tom und Gabriella. Sie war eine Zeugin gewesen, einer der letzten Menschen, die meine Schwester gesehen hatten. Und Tom – arm, verwirrt, unschuldig – war verhört worden. Dabei war allerdings nichts herausgekommen.

Mein Herz donnerte so rasch, dass ich mich ganz schwach fühlte. Aber ich wollte sie trotzdem sehen. Ich wollte wissen, wie sie sich verändert hatte. Erst als sie durchs Tor ging, als ich mich vordrängte und sie zurückblickte, begriff ich. Es war nicht Mrs Ellis. Diese Frau war zu jung, Mitte vierzig, womöglich waren wir zusammen zur Schule gegangen, und dann ging mir auf, dass dem tatsächlich so war. Es war Martha. Aber ich hatte gar nicht so weit danebengelegen: Sie war Mrs Ellis' Tochter.

Einen Moment lang sahen wir beide einander an, und der Rest der Welt rückte aus dem Fokus. Da war nur Martha, wie im Scheinwerferlicht. Martha Ellis, die niemand mochte, die von allen drangsaliert und ignoriert worden war – außer von Gabriella.

Ich hielt Marthas Blick stand, aber dann schaute sie weg, und ihre Stirn furchte sich, als wüsste sie nicht, wer ich war. Dabei musste sie es wissen. Ihre Wangen waren teigig und eingefallen, ihre Lippen schmale Streifen. Ihre Augen huschten umher, als hätte sie Mühe mit dem Sehen, bis sie ganz plötzlich auf mir verharrten und ihr trüber Blick von Wiedererkennen und noch etwas anderem abgelöst wurde. Angst. Und das freute mich. Ich wollte, dass sie sich erinnerte. Ich wollte, dass sie den Schmerz und den Verlust empfand, genau wie ich.

Sie drehte sich um und eilte den Weg entlang, und der Regen troff mir übers Gesicht und vermischte sich mit meinen Tränen. Rita zog mich am Arm, bot mir ein Taschentuch an und drängte mich, meine Jacke anzuziehen. Sie lotste mich zurück zum Haus und sprach dabei in solch einem Tempo auf mich ein, dass meine Gedanken nicht mitkamen. Als wir dort eintrafen, kamen die Dorfbewohner mit ihren Gaben hereingestolpert: Platten mit dreieckigen Sandwiches und Kuchenstücken, feucht vom Regen.

Ich bewegte mich durchs Zimmer, begrüßte Leute, bedankte mich für ihr Kommen. Von Zeit zu Zeit musste ich an Martha denken und beschwor Bilder herauf: Martha, wie sie auf einer Türschwelle hockte; im Wald herumschlich; wie sie mir auf dem Dorfanger hinterherlief und mit ihrer wimmernden Stimme Geschichten erzählte.

Ich konzentrierte mich auf die Leute um mich herum und wappnete mich gegen ihr Mitgefühl. Immer wieder rückten Gesichter näher, drangen Worte durch. Ich stützte mich an harten Oberflächen ab, um mich aufrecht zu halten. Ich richtete den Blick auf Rita und sah zu, wie sie Tee machte, Sandwiches anbot, sich herabbeugte, um einer alten Dame das Umschlagtuch zurechtzuziehen.

»Du siehst aus wie Esther«, sagte ein Mann mit silbergrauem Haar, der neben mir stehen geblieben war. Ich lächelte höflich, dabei wusste ich, dass das nicht stimmte. Ich war dunkelhaarig, nicht blond; hochgewachsen, aber nicht so elegant wie meine Mutter. Der Mann blieb einen Moment lang stehen, starrte mich an, musterte mein Gesicht. Er war ebenfalls hochgewachsen und sah mir genau in die Augen. »Nicht körperlich, meine ich«, sagte er, als könnte er meine Gedanken lesen. Unbehaglich trat ich von einem Fuß auf den anderen. Was meinte er dann? Er sagte es nicht.

Als der Mann weiterging, trottete ich ihm nach und steuerte die Küche an. Rita und ein, zwei andere waren mit dem Abwasch beschäftigt, doch als ich mir ein Geschirrtuch griff, um ihnen zu helfen, schob Rita mich weg. Sie gab mir eine Tasse Tee, die heiß und süß war. Ich trank sie rasch, weil ich unbedingt helfen wollte. Ich nahm ein Messer aus der Schublade und schnitt ein Früchtebrot in dicke Brocken. »Die solltest du vielleicht dünner schneiden«, sagte Rita über meine Schulter. Ich lächelte, schnitt die Scheiben aber weiterhin genauso dick wie vorher. Sie hatte sich immer in unseren Küchenbetrieb eingemischt. Allerdings hatte Mum sie für unverzichtbar gehalten. *Ich weiß nicht, was ich ohne Rita täte,* hatte sie immer gesagt.

Irgendwann, als alles aufgegessen und das Geschirr abgeräumt war, brachen die Leute wie auf ein Stichwort in kleinen Grüppchen auf. Rita ging als Letzte. Sie verharrte an der Tür, knöpfte ihren Mantel zu. Früher hatte ich immer gedacht, sie gliche mit ihren schicken Kleidern und ihrer modischen Frisur einem Filmstar. Jetzt bot sie an, zu bleiben und mir Gesellschaft zu leisten.

»Ich komme schon zurecht«, erwiderte ich. »Wirklich.«

Sie nickte. »Ich verstehe, aber ich bin da, wenn du mich brauchst, und ich helfe wirklich sehr gern.« Sie legte den Kopf leicht zurück, um auf Augenhöhe mit mir zu kommen, und spähte durch ihre Brille. »Das House of Flores. Ich weiß, das kommt eigentlich noch zu früh, aber …« Sie verstummte, holte ein getüpfeltes Halstuch hervor, legte es sich um und tätschelte mir den Arm. »Nicht jetzt, meine Liebe. Mir ist klar, dass du allein sein möchtest. Wir treffen uns morgen Vormittag dort. In Ordnung?« Und fort war sie und schritt den Gartenweg entlang, ehe ich Zeit hatte zu antworten.

In der Küche goss ich mir ein Glas Rotwein ein und trank die Hälfte davon in einem Schluck. Ich dachte daran, wie Rita das Heft in die Hand genommen hatte, an die Leute, die hatten reden wollen, und an Martha auf dem Friedhof. Sie zu sehen war der größte Schock gewesen. Dieser Erinnerungsschub. Ihre schreckliche Mutter. Wie war es ihr ergangen?

Ich trank mein Glas leer und goss mir noch eins ein. Nippte daran und schmeckte Pflaumen. Die blauroten Früchte, die wir im Garten gegessen hatten. Zwetschgen auch. Farben und Geschmäcke. Das Rot von Gabriellas Lippenstift. Das Gelb ihres Kleides.

Drei Tage. Länger war ich nie geblieben, wenn ich meine Mutter besucht hatte, und ich hatte das Haus dabei nicht verlassen. Kurzbesuche, bei denen ich Leute und Orte im Dorf gemieden hatte. Noch länger, und die Vergangenheit würde sich vor mir ausrollen wie ein Dornenteppich, der mich aufforderte, ihn zu beschreiten, auf der Suche nach Antworten, die niemals kamen. Es geschah ja bereits. Ich spürte, wie die Stacheln der Erinnerung nach meiner Haut stachen.

Ich fasste augenblicklich einen Entschluss. Ich würde es Rita erklären. Ich hatte in Athen Wichtiges zu erledigen. Das House of Flores und alles andere würde warten müssen. Vielleicht würde Rita ja ihre Hilfe anbieten, und ich würde sie dafür bezahlen, dass sie alles regelte.

Drei, vier Tage. Dann wäre ich wieder weg.

Ich nickte, um mich selbst zu überzeugen. Trank noch ein Glas Wein. Versuchte, die Stimme in meinem Kopf zu ignorieren. Die meine Überlegungen in Frage stellte. Mir sagte, dass ich, ganz gleich wie oft ich glaubte, dem Ruf widerstehen zu können, ganz gleich, wie sehr ich mich dafür schalt, dass ich mich wieder damit befasste, niemals aufhören würde, immer und immer die gleichen Fragen zu stellen, Fragen, die mich schon mein Leben lang nicht losließen.

4

1982

»Wo seid ihr gewesen?«, wollte Mum wissen, die Hände in die Hüften gestemmt.

»Im House of Flores«, sagten wir wie aus einem Mund, denn wir trauten uns nicht zu sagen, dass wir hinterher noch durchs Dorf gezogen waren. Mum wusste immer gern, wo wir waren. Ich stellte mir vor, wie sie unseren Tagesverlauf auf einer Karte verzeichnete, wie ein General, der auf einer Tischplatte Truppen verschiebt.

»Na«, sagte sie missbilligend. »Euer Vater müsste eigentlich so schlau sein, euch nicht so lange dazubehalten.«

Sie hätte weitergeschimpft, wenn Rita nicht da gewesen wäre, die mit einer Tasse Tee am Küchentisch saß. Wie wir, so besaß auch Ritas Familie ein Geschäft – den Metzgerladen in der High Street. Sie hatte die Angewohnheit, Geschenke mitzubringen – Krimis für Mum und übriggebliebenes Fleisch. Am liebsten waren ihr Innereien, und heute hatte sie uns zum Abendessen ein Päckchen mit Leber mitgebracht.

Jetzt zwinkerte sie durch ihre grüne Cateye-Brille und fragte, wie wir in der Schule zurechtkämen. Sie stellte immer die gleiche Frage. Wir gaben immer die gleiche Antwort. »Gut, vielen Dank.« Normalerweise setzte das jeder weiteren Diskussion ein Ende.

»Mehl«, sagte Mum und holte eine fast leere Tüte hervor. »Wir brauchen Mehl, um die Leber zu braten.«

Ich stöhnte insgeheim auf. Warum verspürte Rita nur das Bedürfnis, uns Innereien mitzubringen? Wo sie doch überhaupt nie mit uns zusammen aß. Sie sah Mum beim Kochen zu, und dann ging sie nach Hause. Ich stellte sie mir in einem ihrer Faltenröcke mit perfekt dazu passender Bluse vor, wie sie Krabbencocktail, Steak und Pommes spachtelte, während wir auf faden Leberstücken herumkauten. Es war nicht fair.

Gabriella schlenderte aus der Küche. »Nicht zu laut«, rief Mum ihr hinterher. Einen Moment später hämmerten Siouxsie and the Banshees durch die Zimmerdecke.

Ich wollte ihr gerade folgen, als Mum mich zu fassen bekam. »Anna«, sagte sie. »Geh bitte Mehl kaufen.«

»Muss ich?«

»Ja.« Sie gab mir eine Pfundnote aus ihrem Portemonnaie. »Normales Mehl. Und bring das Wechselgeld wieder.«

Ich zog ein Gesicht und stampfte aus der Küche. Das war ungerecht. Warum musste immer ich Besorgungen machen? Und nicht nur das ... Wie konnte Mum mich ausschimpfen, weil ich so spät kam, und mich dann losschicken und den Gefahren aussetzen, derentwegen sie sich Sorgen machte?

Wie zum Beweis, dass ich recht hatte, hing vor der Telefonzelle eine Bande Jungs herum, die rauchten und sich die Kippen teilten. Mein Herz schlug schneller, während ich vorbeiging, aber sie riefen mir nichts nach, wie es manche Jungs im Dorf taten, und als ich einen Blick auf ihre zerrissenen Jeans und Igelfrisuren erhaschte, dachte ich, dass es sich bestimmt um Freunde von Gabriella handelte.

An der Ladentür steckten drei stämmige Frauen, die Handtaschen in die Armbeuge gehängt, die Köpfe zusammen. Ich ging um sie herum und steuerte ein Regal im hinteren Teil des Ladens an. Kein normales Mehl. Nur mit Backpulver gemischtes. Ginge das auch? Während ich noch überlegte, senkten die Frauen die Stimme. Ich machte einen Schritt in ihre Richtung und lauschte.

Vandalen hatten auf dem Bahndamm Feuer gelegt. Ein Junge wäre bei einer Mutprobe auf dem Gleis fast ums Leben gekommen. Der Sohn einer Nachbarin war im Wein- und Spirituosengeschäft beim Klauen erwischt worden: eine Dose Red Stripe und ein Päckchen Discos.

Ich gähnte. Ich hatte schon Spannenderes zu Ohren bekommen.

»Keine gute Mutter«, sagte eine der Frauen.

Ich nahm mir eine Tüte Mehl und hörte die Wörter Lemon Tree Cottage. Da ich die näselnde Stimme erkannte, schaute ich hinüber. Es war Mrs Henderson, unsere unmittelbare Nachbarin, das fiese Gesicht ganz gierig vor lauter Mitteilungsdrang. Die Frau war wie eine leere Essigflasche, sagte Mum immer – sie roch streng und war leicht zu durchschauen.

»Er heißt Edward Lily«, verkündete sie. »Er ist Engländer. Seine Frau war Spanierin.« Sie hielt inne. »Hat sich umgebracht.« Hörbares Nach-Luft-Schnappen. Ich trat einen Schritt näher, griff nach einem Päckchen Puddingpulver und betrachtete eingehend das Etikett. »Es heißt, sie war verrückt.«

So viel stimmte also immerhin.

»Und die Tochter ist auch nicht ganz richtig im Kopf.«

Die Gestalt am Fenster.

»Tochter?«, sagte die Dritte. »Ich habe gehört, es ist seine neue Frau.«

»Tochter«, sagte Mrs Henderson sehr bestimmt. Sie mochte es nicht, wenn man ihr widersprach. »Lydia.«

Ein Mann betrat den Laden, und die Frauen unterbrachen ihr Gespräch. Ich ging mit dem Mehl zur Kasse, und während Mrs Bloom es eintippte, schob sich Martha Ellis herein, ein Mädchen in Gabriellas Jahrgang. Sie trug ein dünnes Kleid und eine schäbige Strickjacke. Ihre Sandalen waren abgewetzt, die Haare hingen ihr schlaff auf die Schultern. Ich quittierte ihre Anwesenheit mit einer Grimasse und konzentrierte mich darauf, mein Portemonnaie zu öffnen und Mrs Bloom den Geldschein zu reichen.

Martha wohnte in der Acer Street, in einer Doppelhaushälfte mit Rauputzfassade und Blumentöpfen im Garten. Manchmal sah ich sie auf der Eingangsstufe sitzen, ihre Schultasche gegen die Knie gelehnt. Dann wieder zog sie auf dem Spielplatz hinter anderen Mädchen her, bis die ihr sagten, sie solle verschwinden. So war Martha, hängte sich ständig an andere Leute dran, und es war ihr egal, ob die das wollten oder nicht.

Ich nahm mein Wechselgeld, schob mir die Brille energisch die Nase hinauf, schnitt Martha noch eine Grimasse und ging in weitem Bogen um sie herum aus dem Laden.

Als ich nach Hause kam, war Dad da. Durch die Decke hämmerte immer noch Siouxsie und konkurrierte mit dem Radio. Ein Sprecher kommentierte das Ende des Falkland-Krieges, doch als Mrs Thatcher zu Wort kam, beugte sich Dad zum Radio hinüber und schaltete es aus. »Das reicht jetzt wirklich«, sagte er, steuerte den Kühlschrank an und nahm eine Flasche Milch heraus. Er durchstieß die Deckelfolie und trank direkt aus der Flasche.

Ich gab das Mehl Mum, die nicht bemerkte, dass ich das falsche gekauft hatte. Sie schüttete etwas davon auf einen Teller, würzte die Leberstücke, wendete sie im Mehl und erhitzte Öl in einer Pfanne, ehe sie gehackte Zwiebeln und die Leber hineingab. Bald zog der fleischige Geruch durch die Küche. Ich setzte mich an den Tisch, rümpfte die Nase und kniff sie mir zu.

Und Mum ließ sich immer noch darüber aus, dass wir zu spät gekommen waren, knallte einen Topf auf den Herd und schnaufte wie eine Lokomotive. Dad krempelte sich die Ärmel hoch und wartete, bis sie Dampf abgelassen hatte. So war er – ebenso ruhig wie Mum feurig war. »Man könnte meinen, sie hätte das romanische Blut«, sagte er. »Nicht ich.«

Durch die halboffene Hintertür kam Jasper hereingeschlichen. Er wand sich um die Beine meines Stuhls, und ich strich ihm über sein gelbbraunes Fell. Ich wünschte, ich wäre so leise wie eine Katze. Dann wäre es leichter zu lauschen, alles herauszufinden, was ich wissen wollte.

Dad überflog die Schlagzeilen in der Zeitung und las interessante Schnipsel laut vor. Mum schrie in Richtung von Gabriellas Zimmer, dass das Abendessen fertig sei, während Rita, die zu einem Krimispiel im örtlichen Herrensitz wollte, in einen Mantel schlüpfte, dessen Kragen wie ein totes Kaninchen aussah. Sie versprach, am nächsten Tag wiederzukommen, uns zu erzählen, wer der Täter gewesen ist, und uns ein Päckchen Nieren fürs Abendessen mitzubringen. »Oder ein Schweineherz, wenn ihr Glück habt.«

Gabriella erschien. »Herr des Himmels«, sagte sie, setzte sich hin und stupste mit ihrer Gabel das Fleisch an. »Müssen wir das essen?«

»Fluch nicht, und jawohl, wir müssen«, sagte Mum. »Es enthält viel Eisen.«

»Ja«, sagte Gabriella und spießte ein Stück auf. »So fühlt sich's auch an.«

»Nun werd nicht gleich unhöflich«, sagte Dad, schlug seine Serviette auseinander und steckte sie sich oben ins Hemd. »Denk dran. Du hast Glück, dass du überhaupt etwas hast.« Seine Stimme war fest, aber seine Augenwinkel kräuselten sich, wie immer, wenn er etwas nicht ganz ernst meinte.

»Iss«, sagte Mum und sah mich an, obwohl ich gar nichts gesagt hatte. »Du auch, Anna.«

Ich schnitt ein winziges Stück Leber ab und steckte es mir in den Mund, während Gabriella ein Stückchen für Jasper auf den Boden fallen ließ. Ich grinste und wartete auf meine Chance. Dabei achtete ich mit einem Auge auf Mum, die mit fester Entschlossenheit aß, und mit dem anderen auf Dad, der sein Essen in sich hineinschaufelte.

Als Dad fertig war, holte er sich eine Dose Bier und erzählte von dem Haushalt, den er gerade auflöste. Er lag am Ortsrand und hatte einer reichen alten Dame gehört. »Es gibt eine Bibliothek, wo sich die Bücher vom Boden bis zur Decke stapeln«, sagte er und rieb sich die Hände. »Haufenweise Erstausgaben. Und eine Grammophon-Sammlung. Die müsstet ihr mal sehen.«

»Hört sich nach einer Menge Arbeit an«, sagte Mum.

Dad zuckte die Achseln. »Vielleicht. Aber die Zeit ist begrenzt. Offenbar will der Sohn das Haus so schnell wie möglich auf den Markt bringen. Dabei fällt mir ein: Ich habe gehört, das Lemon Tree Cottage hat einen neuen Besitzer.«

»Ach ja? Dazu gehört einiges an Mut. Das Haus steht seit Jahren leer. Wer das wohl ist?« Ich wollte es ihnen gerade sagen, als Mum klappernd Messer und Gabel auf ihren Teller legte und mir einen langen angelegentlichen Blick zuwarf. Folgsam schnitt ich in das Stück Leber und verfütterte, während Mum sich um den Reispudding kümmerte, einen größeren Brocken an Jasper.

»Apropos Musik«, sagte Gabriella, schob ihren Teller von sich und stand auf.

»Wer hat denn von Musik geredet?«, sagte Dad.

»Grammophon-Sammlung. Das ist doch Musik, oder?«

Er lachte, während sie hinter seinen Stuhl trat und die Arme über seine Schultern baumeln ließ. Ich machte schmale Augen. Worauf war sie aus?

»Es gibt ein Konzert. Im Top Rank.«

»Aha«, sagte Dad und nahm sie an beiden Händen.

Mum, die auf dem Boden kniete, um den Pudding aus dem Ofen zu nehmen, blickte auf. »Da gehst du nicht hin«, sagte sie. »Du bist zu jung.«

»Aber alle gehen. Bernadettes Mum sagt, sie fährt uns hin, wir müssen nur noch jemanden finden, der uns abholt.« Gabriella hielt inne. »Dad?«

Er schaute zu Mum hinüber, die gerade die Folie von der Auflaufform abzog. »Esther?«, sagte er. »Ich hätte nichts …«

»Ich habe nein gesagt. Sie ist zu jung.«

»Aber das ist nicht fair. *Alle* anderen dürfen.«

»Das bezweifle ich stark«, sagte Mum und griff in den Schrank, um Schälchen herauszuholen. »Aber ich kann gern herumtelefonieren und mich erkundigen.«

Gabriella zog ein Gesicht. Wir alle wussten, dass nur Bernadette tun durfte, was sie wollte.

»Egal«, sagte Dad. »Wie wär's stattdessen mit einem Dad-und-älteste-Tochter-Tag? Ein Kinobesuch und hinterher ein Wimpy?«

Ich verspürte Neid und schaute hinüber zu Mum, um zu sehen, wie sie es aufgenommen hatte, aber ihr Gesicht zeigte einen merkwürdigen Ausdruck, eine Mischung aus Missbilligung und Freude, und plötzlich fühlte ich mich ausgeschlossen, als stünde ich am Rand meiner Familie und blickte von außen auf sie. Die Empfindung brauchte einen Moment, um mich zu durchlaufen, und dann schloss ich sie weg und ließ meine Gedanken stattdessen wieder über den Tag wandern: zu dem Gesicht mit der Wolke von Haaren im Fenster; zurück zu den Jungs auf dem Spielplatz; wieder vorwärts zu dem Mann, der Gabriella angestarrt hatte.

Wenn ich das Lemon Tree Cottage das nächste Mal ausspionierte, würde ich allein gehen. Ständig sahen die Leute meine Schwester an. All diese Männer und Jungs. Dass sie schön war, hieß noch lange nicht, dass sie ihnen gehörte.

Dann fiel mir wieder ein, wie dunkel es um das Cottage gewesen war. Wie wäre es wohl nachts? Diese Schatten in dem verwilderten Garten und die Dohlen nebenan, die am Dach pickten. Sich vorzustellen, man wohnte dort. Alles Mögliche konnte passieren, und kein Mensch würde es erfahren. Ich schauderte und hielt Jasper ein letztes Stückchen Leber hin; er zwickte mich in den Finger, als er es sich schnappte.

5

Die Glocke bimmelte, als die Tür aufschwang und Briefe und Papiere über den Boden glitten. Ich trat vor und schloss die Tür hinter mir. Um mich herum senkte sich Dunkelheit herab wie ein Leichentuch.

Das House of Flores: ein großspuriger Name für einen Secondhandladen. Dad hatte ihn sich ausgedacht, stolz auf das Geschäft, das er aus dem Nichts aufgebaut hatte. Er war achtzehn gewesen, als er damit angefangen hatte, auf einen rostigen Transporter zu sparen, mit dem er das Gerümpel der Leute zur Müllkippe fuhr.

Jetzt roch es im Laden nach Staub, ungelüfteten Räumen und einem ganz leichten Hauch von Tabak. Es roch nach meinem Vater und nach meiner Schwester; nach verlorenen Träumen und Kummer. Ich zog das Rollo an der Tür hoch, und das Licht strömte herein. Der Laden war ein heilloses Durcheinander, wie immer; die Wände ein Mosaik aus Bildern, wahllos aufgehängt, ohne Rücksicht auf die Motive. Der Modigliani war immer noch da. Unverkauft. Das Mädchen mit den Mandelaugen. Einen Moment lang erzitterte die Luft, als meine Schwester vorbeipirouettierte. Ich beschwor ihr Gesicht herauf, sie lachte beim Tanzen, und Dad, der vom Ladentisch aus zusah, reinigte gerade mit größter Präzision eine Petroleumlampe und ging damit um, als wäre es ein Abendmahlkelch.

Sich den Geistern, Dämonen und all den anderen Spukgestalten zu stellen war der beste Weg, sie auszutreiben. Also versuchte ich es und betrachtete absichtlich jeden Teil des

Ladens: die Theke mit ihrem veralteten Computer und ihrem veralteten Telefon; die Tür, die ins Hinterzimmer führte; die antik aussehenden Stühle, die an der Wand gestapelt waren; die verschnörkelten Tischchen, die sich auf dem Teppich drängten; die ausgestopften Tiere und die Spiegel mit Goldrahmen. Und die Schaufensterauslage mit ihrer verstaubten Glas- und Töpferware, den angelaufenen Silberbestecken, gesprungenen Lampen und Kerzenleuchtern. Man kam sich vor wie in einer Kirche oder Krypta, und es herrschte auch die gleiche Stille und Ruhe.

Schließlich hob ich die Briefe auf und legte sie auf den Ladentisch. Ich griff aufs Geratewohl einen Umschlag heraus. Und dann ging es mir noch schlechter. Es war eine Stromrechnung. Rot. Hieß das, man würde uns den Strom abstellen? *Uns.* Was sollte das denn? Es gab kein *uns.* Es gab nur *mich.* Ich kramte meine Lesebrille hervor, riss weitere Umschläge auf und sortierte die Post in Stapeln: Rechnungen, Müll, Zahlungen von Kunden.

Draußen hielt ein rot-weißer Mini. Rita quetschte sich heraus und kam zur Tür. Sie wirkte arbeitsbereit, und ich befürchtete plötzlich, sie erwartete von mir, dass ich den Laden öffnete und der Verkauf weiterging. »Morgen«, sagte sie im Hereinkommen. »Hast du gut geschlafen?« Und ehe ich antworten konnte, verzog sie das Gesicht und sagte: »Natürlich nicht. Dumme Frage.«

Rita war die Art von Mensch, die auf dem Sofa kampieren würde, wenn sie glaubte, gebraucht zu werden, also sagte ich ihr, ich hätte gut geschlafen.

Sie schien zufrieden und wandte sich der Post auf dem Ladentisch zu. »Martin und Martin«, sagte sie und tippte mit den Fingern auf den Stapel. »Die brauchst du. Rechtsanwälte in der High Street.«

Ich spürte das Joch der Verantwortung schwerer werden: das Testament, das Haus, der Laden mitsamt seinem Inhalt. Wie sollte ich das nur schaffen? Das Durcheinander, die schiere Menge von Kram war gewaltig. Ich sehnte mich nach meiner schlichten Wohnung in Athen, meinem unkomplizierten Job als Englischlehrerin. Nach den Leuten, die nichts von meiner Vergangenheit wussten. *Drei, vier Tage,* wiederholte ich im Kopf.

»Jedenfalls«, sagte Rita, nahm einen Umschlag in die Hand und drehte ihn um, »dachte ich, ich sollte es dir sagen.« Sie hielt inne und runzelte die Stirn, schaute zu mir herüber und wandte den Blick ab, ehe sie fortfuhr. »Wie die Dinge stehen.«

»Ich habe Arbeit in Athen«, sagte ich rasch. »Schüler. Und eine Wohnung. Dass ich im Dorf lebe und den Laden offen halte, kommt nicht in Frage. Überhaupt nicht. Ich werde auf jeden Fall verkaufen. Tatsächlich habe ich mich gefragt ...«

»Natürlich«, fiel sie mir ins Wort. »Ich wusste, dass du das sagen würdest. Nein. Ich dachte eher an ...« In ihrer Stimme lag eine gewisse Nervosität, die ich bei ihr noch nicht gehört hatte. »Die Haushaltsauflösung.« Sie legte den Umschlag hin und ging zum Schaufenster.

»Welche Haushaltsauflösung?«

Kurzes Schweigen. »Edward Lily.«

Das Licht draußen trübte sich. »Wovon sprichst du?«

»Edward Lily«, wiederholte sie, beugte sich vor und nahm eine Vase aus der Auslage in die Hand. »Seine Sachen sollen in ein paar Tagen hier eintreffen.« Sie wandte sich mir zu, mit zugleich entschuldigender und schuldbewusster Miene. »Er ist ein paar Monate vor deiner Mutter gestorben, verstehst du. Sein Anwalt hat darum gebeten, dass der Inhalt des Lemon Tree Cottage hierherkommt. Das regelt offenbar Edward Lilys Schwester, aber unsere Ansprechpartner sind Martin und Martin. Das Meiste von dem, was sie behalten will, hat sie, glaube ich, schon aussortiert, und um den Rest … kümmern wir uns. Darauf hatte sich deine Mutter anscheinend schon mit Edward Lily geeinigt. Vor seinem Tod, meine ich.« Sie hielt inne. »Alles in Ordnung?« Jetzt wirkte sie besorgt.

Ich schüttelte den Kopf. Nein, nichts war in Ordnung. Edward Lily. Noch ein Name aus der Vergangenheit. Und, wie Tom, noch jemand, der wegen des Verschwindens meiner Schwester verhört worden war. Eine Zeitlang war ich regelrecht besessen gewesen von Edward Lily, hatte heimlich sein Haus und seine Tochter beobachtet. Einmal war ich sogar bei ihm eingebrochen. Und Mum. Sie hatte doch gewusst, dass er zu den Verdächtigen gehörte. Warum übernahm sie dann seine Haushaltsauflösung? Warum hätte sie diese Erinnerungen wieder aufleben lassen wollen, denn genau das wäre doch bestimmt passiert, wenn sie sich durch seine Besitztümer gewühlt hätte? Außerdem hatte sie Haushaltsauflösungen immer gehasst, weil sie so viel von Dads Zeit verschlungen hatten.

Rita sah mich abwartend an. »Ich verstehe einfach nicht, warum Mum das übernommen hat«, sagte ich schließlich. »Und außerdem bin ich davon ausgegangen, dass ich das House of Flores eher verkleinern würde, als noch mehr Arbeit anzunehmen.«

Rita bedachte mich mit einem betrübten Lächeln, von dem ich, trotz allem, Schuldgefühle bekam. »Schon gut«, sagte sie. »Das verstehe ich.«

Ich runzelte die Stirn, dachte zurück. Edward Lily hatte das Dorf ein Jahr nach Gabriellas Verschwinden verlassen. Oder waren es achtzehn Monate gewesen? Jedenfalls hatte ich nicht gewusst, dass er zurückgekehrt war. »Ich dachte, das Lemon Tree Cottage stünde leer«, sagte ich.

»Edward Lily ist zwar weggezogen«, sagte Rita, »hat aber das Cottage nie verkauft oder ausgeräumt. Ungefähr vor einem Jahr ist er zurückgekommen, um auf Dauer hier zu leben.« Sie hielt inne und nestelte an der Vase. »Hör zu. Ich weiß, das ist viel verlangt, aber deine Mutter wollte das nun mal tun, und ich, na ja, ich habe versprochen, ihr zu helfen.«

»Aber ich verstehe einfach nicht, warum ihr das wichtig war.« Ich starrte hoffnungslos auf eine kaputte Standuhr, als könnte sie meinem Verständnis auf die Sprünge helfen. Der Laden war voller kaputter Sachen. Was sollte ich nur damit anfangen? Außerdem wusste ich, was eine Haushaltsauflösung mit sich brachte: Sie abzuwickeln würde viel länger als drei, vier Tage dauern. Womöglich würde ich wochenlang im Dorf festhängen.

Jetzt war der richtige Moment, um Rita zu fragen, ob sie erwägen würde, das Ganze gegen Bezahlung zu beaufsichtigen. Aber so, wie sie mich ansah – den Mund leicht geöffnet, als wartete sie mit angehaltenem Atem auf meine Antwort –, bezweifelte ich, dass sie ja sagen würde. Und dann kam mir der Gedanke, dass ich, wenn meine Mutter den Auftrag angenommen hatte, ihrem Wunsch nachkommen musste. Das war das Mindeste, was ich tun konnte. Rita hielt es offenbar für wichtig. Ich sagte zögernd: »Na ja, wenn Mum sich bereiterklärt hat …«

Rita stellte sichtlich erleichtert die Vase ab. »Eine gute Entscheidung. Ich gebe dir Bescheid, wann die Sachen kommen. Deine Mutter hätte sich gefreut. Sie war sehr stolz auf dich, Anna. Sie hat gesagt, du hättest eine Gabe, einen Blick für schöne Dinge.«

»Tja …« Ich verstummte, wusste nicht recht, was ich darauf sagen sollte, neigte aber eher dazu, es nicht zu glauben und mich zu fragen, warum meine Mutter mir das nie selbst gesagt hatte.

Rita erklärte, sie müsse zu einem Malkurs, und verabschiedete sich. Ich beobachtete sie durchs Schaufenster, wie sie in den Wagen stieg, den Motor aufheulen ließ und mir beim Anfahren zuwinkte. Trotz meiner herzlichen Gefühle für sie fragte ich mich, warum ich mich hatte breitschlagen lassen. Rita war so. Entscheidungsfreudig. Überzeugungskräftig. Herrin der Lage. Mit einem Hang zur emotionalen Erpressung.

Auf dem Nachhauseweg machte ich beim Co-op halt und kaufte mir eine Fertigmahlzeit – Hähnchen-Jalfrezi – und eine Flasche Rotwein. Erst an der Kasse fiel mir wieder ein, dass Mums alte Mikrowelle schon vor Jahren den Geist aufgegeben hatte.

Im Haus war es trotz der Heizung kalt. Ich stellte meine Tüten in der Küche ab, drehte den Temperaturregler höher und steuerte Mums Zimmer an. Ich konnte genauso gut mit ihren Sachen anfangen. Bemüht, nicht an das Sammelalbum in der Schublade zu denken, setzte ich mich an die Frisierkommode und öffnete eine Schmuckschatulle. Ich nahm ein paar Stücke heraus, die ich kannte: Bernsteinohrringe, die wie Tränen geformt waren. Ein goldener Armreif, eine Perlenkette. Eine Saphirbrosche.

Es gab auch einen Samtbeutel mit einem Saphiranhänger darin. Ich nahm die Kette heraus, hielt sie ans Licht und versuchte, mich zu erinnern. Hatte ich Mum das je tragen sehen? Ich hatte immer gern dabei zugeschaut, wie sie sich für besondere Gelegenheiten feinmachte, aber an dieses Stück konnte ich mich nicht erinnern. Seufzend fragte ich mich, wie viele andere Sachen ich wohl noch vergessen hatte.

Das Licht draußen hatte sich getrübt, und obwohl es erst fünf Uhr war, ging ich nach unten, machte in einem Topf das Currygericht warm und goss mir ein Glas Wein ein. Ich schlang das Essen im Stehen hinunter und dachte dabei über die Haushaltsauflösung nach. Das Lemon Tree Cottage. Ich versuchte mir das Haus vorzustellen, wie es damals gewesen war, konnte mich aber nur vage daran erinnern; es war zu lange her. Ich schloss die Augen, strengte mein Gedächtnis an, und ganz langsam ergaben sich ein Umriss und ein Hintergrund. Der verwilderte Garten mit den darin herumwuselnden Lebewesen; die kaputten Blumentöpfe; das steinerne Cottage, die dunklen Fenster mit ihren Läden und das plötzlich aufblitzende Orange. Und dann ich, mit zwölf Jahren, wie ich von dort floh. Meine Füße über den Fahrweg hämmerten.

Später räumte ich die Küchenschränke aus, nahm Dosen und Tüten heraus und stellte sie zur Seite. Ganz hinten stand ein Glas selbstgemachtes Apfelkompott. Ich starrte auf die Handschrift meiner Mutter auf dem Etikett, bis mein Blick verschwamm und die Küche plötzlich von einem blubbernden Geräusch und dem erdigen Geruch von Früchten erfüllt war.

Ein Klopfen an der Tür ließ mich aufschrecken. Ich schaute durch den Spion und sah Rita. Ihr Gesicht war ernst und traurig, mit herabgezogenen Mundwinkeln; sie hielt die Arme so vor dem Oberkörper, dass sie mit den Händen die Ellbogen berührte, sich selbst gleichsam im Griff hatte. Und ich verstand. Sie war eine Frau, die eine gute Freundin verloren hatte, eine Frau in Trauer.

Ich machte die Tür auf, und ihre Traurigkeit verwandelte sich in ein Lächeln. Sie breitete die Arme zu einer Willkommensgeste aus, als wäre ich diejenige, die auf ihrer Schwelle stand und sie besuchte. »Ich dachte, ich sage dir, dass die Entrümpler angerufen haben. Die erste Charge von Edward Lilys Sachen kommt morgen früh zum Laden.«

»So bald schon?«

»Ich weiß. Tut mir leid, dass es so kurzfristig ist.«

»Schon gut«, sagte ich nach kurzem Zögern. »Ich werde da sein.«

»Bist du dir sicher?«

»Ja. Natürlich.« Jetzt konnte ich es nicht mehr zurücknehmen.

Wir blieben noch einen Moment verlegen stehen. Sollte ich sie hereinbitten? Ein freundliches Gesicht. Ein Mensch, der meine Vergangenheit kannte. Noch während die Möglichkeit winkte, schob ich meine Gefühle zur Seite und kapselte sie ab. Außerdem war ich mir durchaus der zu drei Vierteln geleerten Flasche Wein bewusst sowie des Umstandes, dass mir bereits der Kopf schwamm und ein weiteres Glas mir den Rest geben konnte. Als sie daher fragte, ob ich Gesellschaft wolle, schüttelte ich den Kopf und sah ihr nach, wie sie den Gartenweg zurückging.

Die Nacht war klirrend kalt, der Samthimmel mit Gold und Silber durchwirkt. *Des Himmels bestickte Kleider.* Ich lächelte schief, als es mir wieder einfiel. Als junges Mädchen war ich ganz versessen gewesen auf Yeats. Ich hatte mich abgemüht, seine Gedichte zu verstehen, und dann hatten sie plötzlich einen Sinn ergeben. Wenn nur alles so funktionieren würde.

Jenseits des Gartenwegs war Bewegung, ein Zittern im Laub. Ich kniff die Augen zusammen, hielt nach einer Gestalt im Schatten Ausschau. War das ein Seufzer oder ein Rascheln von Zweigen? »Hallo?«, rief ich. Niemand antwortete. »Rita?« Die Nacht war ruhig. Ein Bellen. Ein Fuchs. Früher hatte es hier von Füchsen gewimmelt, die auf der Suche nach Fressen herumschlichen. Mrs Henderson, unsere Nachbarin, hatte Hühner gehalten, bis ihnen eines Nachts die Hälse durchgebissen worden waren. Sie war zu uns nach Hause gekommen und hatte Zeter und Mordio geschrien. Gabriella hatte geflüstert, dass Mrs Henderson es selbst getan habe. Schließlich sei sie eine Hexe, oder? Das wisse doch jeder. Ich hatte behauptet, es sei Brian gewesen – ihr unheimlich aussehender Sohn.

Ich machte mich wieder an die Schränke, schottete mich innerlich ab und zwang mich, nicht daran zu denken, wie gewaltig die Aufgabe war. *Kleine Schritte,* hatte Daddy immer gesagt, wenn eine Haushaltsauflösung anstand. *Nimm dir ein Zimmer vor. Unterteile es in Abschnitte. Nimm dir einen Abschnitt vor. Unterteile ihn in Augenblicke eines Lebens.*

Ich ließ den letzten Rest Wein in mein Glas tröpfeln, und als er getrunken war, suchte ich, bis ich in der Anrichte eine halbleere Flasche Cinzano fand. Ich trank ein Glas, verzog angesichts des Geschmacks das Gesicht, aber es funktionierte. Mein innerer Zwiespalt milderte sich ab.

Ich richtete meine Energie auf den Schrank unter der Treppe, durchwühlte ihn, zog Brettspiele und Videos, Kassetten und Schmalfilmrollen hervor. Der Projektor stand ganz hinten, zusammen mit dem Stativ und der in einer Plastikhülle steckenden Leinwand. Spontan holte ich alles heraus, baute es im Wohnzimmer auf, legte aufs Geratewohl eine Filmrolle ein und ließ die Stummfilme laufen. Die Aufnahmen waren nicht chronologisch. Eben noch strampelte Gabriella in einem silbernen Kinderwagen mit den Beinen, und dann waren wir älter, auf dem Dorffest; wir standen auf dem Trafalgar Square und fütterten Tauben, dann waren wir wieder auf dem Dorfanger und sahen den Ringkämpfen in einem provisorischen Ring zu. Ruckend schwenkte die Kamera von meiner Mutter, die sich gerade eine Haarsträhne hinters Ohr steckte, über den Rest der Zuschauer mit ihren lautlosen Anfeuerungsrufen.

Ich erkannte Gesichter, deren Namen meinem Gedächtnis längst entfallen waren. Und da waren Gabriella und ich, die

Arme umeinander geschlungen. Gabriella grinste, machte ein Kussmündchen und vollführte eine Bewegung wie ein Knicks, während ich verlegen durch meine Kassenbrille starrte. Gabriellas Haar war glatt, und sie trug kein Make-up, also musste das gewesen sein, bevor sie sich in Siouxsie verliebt hatte. Ein, vielleicht auch zwei Jahre vor ihrem Verschwinden.

Die Kamera zoomte heran, drängte mich aus dem Bild. Gabriella schaute weg und wieder hin, ihr Lächeln schüchtern und unsicher. Und dann war Dad wohl weggegangen, denn die Kamera wackelte und schwenkte über den Anger. Weiter ging er, vorbei an der Zeder, die Treppe hinunter und um den Teich. Mit langsamem Flügelschlag stieg ein Schwan auf. Zum Surren der Spule sah ich dem stummen Flug zu, bis der Film abrupt endete.

Ich durchstreifte meine Kindheitsjahre, spielte jede Szene zweimal ab und stoppte den Film in dem Augenblick, in dem Dad Gabriella in den Fokus nahm. Sah sie ihn oder jemand anderen hinter ihm an? Ich beugte mich vor und suchte die Gesichter im Publikum ab. Wieder hielt ich den Film an und setzte mich in meinen Sessel. Die Stille im Haus ging mir an die Nerven. Die einzigen Geräusche waren der Wind, der am Fensterriegel zerrte, und die leise seufzenden Rohre.

Die Vorhänge waren offen. Ich schaute hinüber auf die tiefe Dunkelheit draußen. Jeder könnte an das Glas treten und mich hier in meinen Sessel gekuschelt sehen. Die Vorstellung ließ mich schaudern. Ich sollte die Vorhänge zuziehen. Und doch konnte ich mich nicht rühren. In meinem Körper breitete sich eine schwere Kälte aus, die mich niederdrückte und auf meinem Platz festhielt. Ich blickte wieder auf die Leinwand. Was, wenn jemand in diesem Publikum wusste, was mit meiner Schwester passiert war? Was, wenn derjenige schon damals geplant hatte, sie zu entführen?

Der Wind rüttelte mit solcher Macht am Fenster, dass ich hochschreckte und hinstarrte. Ein neuer Gedanke packte mich. Ich war, für so lange wie schon seit Jahren nicht mehr, ins Dorf zurückgekehrt. Ich hatte keine Wahl gehabt. Was, wenn ich aufhörte, mich zu wehren? Was, wenn ich mir zugestand, noch einmal anzufangen, wenn ich noch einmal herauszufinden versuchte, was passiert war? Was, wenn das der Augenblick war, in dem ich die Wahrheit aufdecken sollte?

Wieder und wieder stellte ich mir die gleichen Fragen. Wieder und wieder wies ich sie zurück und führte die Argumente dagegen an, die ich mir schon seit Jahren einredete. Es war zu lange her, sämtliche Ermittlungsansätze waren ausgereizt, es hatte keinen Sinn, die Vergangenheit aufzurollen. Unentwegt kamen die Fragen und Antworten, bis ich von den Widersprüchen völlig erschöpft war. Und irgendwann hörte ich zu denken auf. Wandte mich wieder dem Projektor zu und sah mir die Filme noch einmal an.

6

1982

Sonntags gingen wir zur Kirche. Den Gottesdienst verpassten wir nur, wenn wir so krank waren, dass wir das Bett hüten mussten. Gabriella täuschte manchmal Krankheit vor (mit dem Thermometer-in-Ovomaltine-Trick), aber Mum fiel nie darauf herein. Dad war vom Gottesdienstbesuch befreit, mit der Begründung, dass sein katholischer Vater aus Chile noch vor Dads Geburt – Onkel Thomas war damals zwei Jahre alt – gestorben war; ihre jüdische Mutter, deren Eltern den russischen Pogromen entkommen waren, hatte entschieden, was Religion angehe, reiche es jetzt, und sich geweigert, ihre Söhne irgendeiner Religion zuzuordnen.

Gabriella brachte das gern aufs Tapet. In einer freien Welt müsse sie das Recht haben, es wie ihr atheistischer Vater zu halten. Um ihre Auffassung zu verdeutlichen, stellte sie einige ihrer Lieblingsfragen: Welchen Sinn hat es zu beten, wenn Gott nicht antwortet? Woher weiß man, dass es Gott gibt, wenn man ihn nicht sehen kann? Woher wissen wir, dass wir eine Seele haben, wenn man sie auf keinem Röntgenbild sieht? Mum antwortete in etwa so wie bei allem, was sie wollte und wir nicht. Wenn Gabriella erwachsen sei, stehe es ihr frei, gottlos zu sein. Bis dahin gehe sie zur Kirche. (Und du auch, Anna.)

Tatsächlich machte mir das nichts aus. Die Kirche war in Ordnung. Ich mochte die Düfte: Kerzenwachs, vermischt mit Blumen und Weihrauch. Ich betrachtete gern die Buntglasfenster und stellte mir vor, wie die Figuren zum Leben erwachten, wenn die Sonne hindurchschien. Ich malte mir aus, wie sie aus ihren Bildern kletterten, sich der Gemeinde zugesellten und ihre Geschichten erzählten, in Sprachen, die wir wundersamerweise verstanden.

Es war die übliche Szene, bevor wir aufbrachen. Gabriella kam in einem Kleid herunter, das eine Schulter freiließ, die Augen in Schwarz und Gold geschminkt. Mum sagte ihr, sie sehe lächerlich aus, und Gabriella antwortete, das sei Mode. Es folgte der unvermeidliche Streit. (»Warum darf ich mir die Haare nicht schwarz färben?« »Wenn du erwachsen bist, steht es dir frei, dein Aussehen zu ruinieren. Bis dahin tust du, was ich sage.«) Und als das vorbei war, wandte Gabriella sich an Dad, der einen Kompromiss vorschlug. Das hieß, sie stakste wieder nach oben und erschien drei Minuten später mit einem zerrissenen Sweatshirt über ihrem Kleid.

Schließlich waren wir in der Kirche und hatten drei Viertel des Gottesdienstes hinter uns. Der Organist spielte, und der Vikar spendete die Kommunion. Keine von uns beiden war gefirmt worden, Gabriella hatte sogar gedroht, in einen Hungerstreik zu treten, wenn man sie zwinge, aber ich folgte allen anderen nach vorn zum Altar, empfing den Segen und amüsierte mich hinterher damit, reihum zu schauen. Ich erkannte Leute von der Schule, darunter auch Lucy Carlisle, die in der Fünften abgegangen war und jetzt eine Kittelbluse trug.

Auf dem Weg zurück vom Altar beugte sich Mum zu Lucys rotgesichtiger Mutter herab und flüsterte ihr etwas zu, worauf deren Wangen noch heller glühten, während ein paar Leute sich nach den beiden umdrehten. Neben mir saß Gabriella mit geschlossenen Augen da und wand sich ihre Haare um die Finger. Ich wusste, was sie machte: Sie blendete den Gottesdienst aus, füllte den so entstehenden Raum mit Tönen und klopfte mit den Füßen den Rhythmus. Ich stupste sie an. Sie öffnete die Augen. »Lucy Carlisle«, formte ich mit den Lippen.

Sie zuckte die Achseln. »Wen interessiert Lucy Carlisle?«

Mum interessierte Lucy Carlisle. Es stand ihr ins Gesicht geschrieben, und ich meinte zu wissen, was sie zu Lucys Mutter gesagt hatte. Sie hatte Lucy in die Anlaufstelle der Kirche eingeladen. Die für Drogenabhängige, unverheiratete Mütter und Frauen, die von ihren Männern verprügelt wurden.

Als wir von der Kirche zurückkamen, roch es im Haus nach Schweinebraten und gekochtem Kohl. Jede Woche fiel es Dad zu, sich um das Sonntagsessen zu kümmern, und wehe ihm, wenn er das nicht tat. Mum und ihre Dienstmädchen – Gabriella und ich – bereiteten das Essen vor, ehe wir morgens gingen. Einmal hatte Dad die Füße hochgelegt und sich so in ein Buch vertieft, dass er vergaß, den Herd einzuschalten. Beim Nachhausekommen hatten wir rohes Rindfleisch und rohe Kartoffeln vorgefunden, und Dad hatte Erhabenes von Dickens falsch zitiert. (»Es ist viel, viel besser, ein Buch zu lesen, als das Essen zu kochen«, hatte er gesagt.)

Ein Tischgebet sprach Mum nur sonntags, und nachdem sie aufgetragen und Dad den Braten in Scheiben geschnitten hatte, redete sie von Dankbarkeit für unser Essen und alles, was wir sonst noch hatten. Ich öffnete ein Auge, um zu sehen, was Gabriella tat; sie sah mich mit aufgerissenen Augen und aufgeblasenen Wangen an. Ich verkniff mir das Lachen und konzentrierte mich auf Mum, die inzwischen darüber sprach, wie wichtig es sei, Verfehlungen zu vergeben.

Hinterher fragte ich, was eine Verfehlung sei. »Frag Lucy Carlisle«, sagte Gabriella, ehe Mum antworten konnte.

Später sagte Dad, er wolle einen Spaziergang machen. Ich erbot mich mitzugehen und kündigte das Ereignis als Dad-und-jüngste-Tochter-Gang durchs Dorf an. Gabriella verdrehte die Augen, aber ich ignorierte sie. Ich war entschlossen, den Ausflug so lange auszudehnen, wie es nur ging.

Wenn wir allein waren, erzählte mir Dad oft Geschichten aus seiner Vergangenheit und welches besondere Band zwischen ihm und Onkel Thomas bestanden habe. Sie waren nicht kleinzukriegen gewesen – hatten Rücken an Rücken gegen die Schulhofschläger gekämpft, denen ihr ausländischer Name nicht gepasst hatte. »Nichts ist so einzigartig wie Geschwisterliebe«, sagte er dann. Und ich nickte heftig, dachte an Gabriella und malte mir Szenen aus, in denen ich sie vor den bösen Jungs im Dorf rettete.

Dad machte beim House of Flores halt, um eine Vase zu holen, die er einer alten Dame versprochen hatte, die in einem der Stiftungshäuser wohnte. Als wir klopften, wartete ich an der Tür, während er die Vase hineintrug und gemäß den Anweisungen der Frau aufstellte. Ich vertrieb mir die Zeit damit, mein Spiegelbild im Fenster des Erdgeschosses zu betrachten, und bewunderte meine neueste Zufallserwerbung – eine von Gabriella aussortierte schwarze Schleife, die aussah, als säße eine riesige Motte in meinem Haar.

Irgendwann kam Dad heraus, nachdem er die angebotene Tasse Tee dankenswerterweise abgelehnt hatte. Ich hakte mich bei ihm ein und zwang ihn so, sich meinem langsamen Tempo anzupassen.

Wir kamen am *Eagle* vorbei, wo Dad freitagabends einen trinken ging. Wenn er dann nach Hause kam, roch er immer nach Bier und Tabak und brachte Mum eine Flasche Babycham und uns allen Pommes vom Fish-and-Chips-Laden mit, der spätabends noch offen hatte.

»Wir haben schon ewig keine Pommes mehr gehabt«, sagte ich.

»Du hast recht, Annie. Überhaupt haben wir in letzter Zeit nicht allzu viel unternommen, wie?«

»Kriegen wir bald mal wieder welche?«

Für eine Antwort blieb keine Zeit. Aus dem Pub drang Gebrüll. Dad sagte mir, ich solle mich nicht vom Fleck rühren, und verschwand im Inneren. Das Gebrüll ging weiter. Ich zählte bis drei, schob langsam die Tür auf und spähte mit zusammengekniffenen Augen durch den Rauch. Ein Mann stieß immer wieder den Zeigefinger vors Gesicht des Barmanns, der in einer kapitulierenden Geste die Hände hochhielt. »Tut mir leid, Kumpel«, sagte er. »Geht nicht.« Ich erkannte den Betrunkenen – Mr Ellis, einen kleinen, stämmigen Mann in einer braunen Lederjacke, mit einem kantigen Gesicht und dunklen, in der Mitte gescheitelten Haaren. Ich hatte schon erlebt, wie er die Straße entlangtorkelte und nach seiner Frau brüllte. Mum sagte, er sei ein Tyrann. Und *obwohl wenig für seine Frau* spreche, habe sie *so einen Mann* nicht verdient. Und was die arme alte Martha angehe … Mum konnte sich gar nicht vorstellen, wie das Leben *bei der ständigen Streiterei* für sie war.

Jetzt ging Dad geradewegs auf ihn zu, und ich dachte, dass Mr Ellis jeden Moment herumwirbeln und ihm einen Faustschlag ins Gesicht versetzen oder eine Flasche packen und sie auf seinem Schädel zerschmettern würde, wie man es in Fernsehkrimis sah. Ich hätte mir keine Sorgen zu machen brauchen. In fünf Minuten hatte Dad Mr Ellis beruhigt, der daraufhin zur Tür hinauswankte. Ich sah ihm nach, wie er im Zickzack die Straße entlangtaumelte.

Der Barmann bot uns, auf Kosten des Hauses, etwas zu trinken an, aber Dad schüttelte den Kopf und sagte, wir müssten nach Hause. Ich war enttäuscht. Ich hätte gern noch eine halbe Stunde Limonade getrunken und Erdnüsse gegessen, während Dad Kunststückchen mit Bierdeckeln machte und mir Geschichten erzählte – eine Verlängerung unseres Ausflugs.

»Manchen Menschen geht es einfach zu gut«, brummte er auf dem Weg nach Hause. »Der da sollte sich mehr um seine Frau und seine Tochter kümmern und weniger das da machen.« Er deutete auf den Pub.

Ich hakte mich bei ihm unter, stolz darauf, dass sich mein Dad, von den Freitagen abgesehen, nur um Frau und Töchter kümmerte und *das da* überhaupt nicht machte.

Am folgenden Sonntag verkündete Mum, wir würden *verteilen* gehen. Ich stöhnte, und Gabriella protestierte, sie habe zu viele Schularbeiten auf. Wir wussten, was *verteilen* hieß. Es hieß, zu den Leuten zu gehen und ihnen Broschüren mit den Terminen von Gottesdiensten, Basaren und Flohmärkten durch die Briefschlitze zu schieben. Manchmal gehörte dazu auch, in die Häuser zu gehen und still zu sitzen, während Leute – normalerweise alte Leute – langatmig über ihre Krankheiten, Feiertage, Friseure und die Befindlichkeit junger Leute redeten.

Mum steckte sich die Haare ordentlich zu einem Knoten auf. Sie trug ein beiges Kleid und eine beige Strickjacke, dazu eine Kette mit weißen Perlen. Beige sei eine gute Farbe für Kirchenangelegenheiten, sagte sie. Sie sei neutral wie unser Herr. Ich wusste nicht recht, was sie damit meinte, da ich fand, dass der Herr nicht im Geringsten neutral war. Er hatte sehr eindeutige Präferenzen. Liebte Er nicht am meisten Sünder und diejenigen, die bereuten?

Nach dem üblichen Krach wegen Gabriellas Kleidung und

Make-up im ägyptischen Stil (ich fiel in meinen Jeans und dem gelben T-Shirt mit dem Bild einer Karibikinsel vorne drauf nicht weiter auf) gingen wir aus dem Haus.

Wir begannen wie üblich am Rand des Dorfes und arbeiteten uns an der Kirche und der Schule vorbei durch die Nebenstraßen zur High Street vor. Gott sei Dank gingen wir in keine Häuser. Doch als wir die Acer Street erreichten, war deutlich zu erkennen, dass es Mum juckte, irgendeinen Arglosen zu einem Wohltätigkeitsbasar, einem Kirchentee oder, wenn sie Glück hatte, zu einem Sonntagmorgengottesdienst zu locken. Das verriet die Art, wie sie ging, ein zielstrebiges Schreiten, so rasch, dass ich traben musste, um mit ihr Schritt zu halten.

Mum brauchte einen Vorwand, und Nummer fünfundzwanzig lieferte ihr einen. Als sie gerade die Broschüre durch den Briefschlitz stecken wollte, ging die Tür auf und Mrs Ellis erschien, in der Hand eine leere Milchflasche. »Ah«, sagte Mum, und ihr Gesicht hellte sich angesichts der Gelegenheit auf. »Ich mache heute Gemeindebesuche. Möchten Sie gern ein Gespräch?«

Mrs Ellis blinzelte sie an. »Ich glaube nicht …«

»Es wäre doch schön, einmal über unsere Pläne für den Sommer zu sprechen«, sagte Mum lächelnd. Sie nahm Mrs Ellis die Flasche aus der Hand und stellte sie auf die Türschwelle.

Mrs Ellis machte den Mund auf, aber es kam nichts heraus. Fahrig griffen ihre Hände nach dem Tuch, das sie um den Hals geschlungen hatte. Das Tuch war grau, genau wie ihre ausgeleierte Strickjacke, und sie trug eine schmutzige, um die Taille festgebundene Schürze, die bis zum Saum eines dicken braunen Rocks reichte. Widerstrebend trat sie zurück, und wir folgten ihr ins Haus.

In dem schmalen Flur war es dunkel. An einer Garderobe hingen Jacken, darunter waren Schuhe verstreut, und an der Wand stapelten sich Pappkartons. Im Haus roch es nach feuchten Kleidern und noch nach etwas anderem, etwas Süßlichem, Übelkeit Erregendem. Es erinnerte mich an die Kirche.

Einen Moment lang sagte niemand etwas. Ich schaute von Mum zu Mrs Ellis zu Gabriella. Gabriella starrte auf das Halstuch. Es war verrutscht, und auf Mrs Ellis' Hals waren winzige blaue Flecken zu sehen. Mrs Ellis musste es wohl auch aufgefallen sein, denn ihre Hände zuckten nach oben und zogen das Tuch wieder zurecht.

Sie ging uns voran ins Wohnzimmer. Es war klein und mit Möbeln vollgestellt. Und heiß. Ein Heizstrahler an der Wand war voll aufgedreht. Ein altes braunes Sofa und zwei dazu passende Sessel standen einem Schwarz-Weiß-Fernseher mit leise gestelltem Ton gegenüber. Hier war der Übelkeit erregende Geruch übermächtig. Er kam von Dutzenden rosafarbener Blumen, die überall im Zimmer in Vasen verteilt waren. In einem der Sessel fläzte Mr Ellis. Er schnarchte, die Beine ausgestreckt und die Füße auf einen ramponierten Plastikpuff gelegt. Sein Hemd war aufgeknöpft, der oberste Knopf seiner Hose und die Gürtelschließe waren geöffnet, sodass sein haariger weißer Bauch zu sehen war.

Mum blieb stehen, als ob sie den Besuch nun womöglich bereute, aber es war zu spät. Mrs Ellis räumte einen Stapel Boulevardblätter vom Sofa und beförderte sie auf den Boden. Ich sah Schlagzeilen in riesigen Buchstaben und Fotos von Kriegsschiffen vorne drauf. Von dem Geräusch wachte Mr Ellis auf. Ein Speichelfaden war ihm seitlich aus dem Mund und in die Bartstoppeln auf seinem Kinn gelaufen. Er machte ein finsteres Gesicht.

»Wir haben Besuch«, sagte Mrs Ellis mit weinerlicher Stimme. »Ist das nicht nett, Charlie?«

Er gab keine Antwort, sondern starrte uns drei weiter an. Mum setzte sich mit verkniffenem Lächeln auf die Sofakante. Mrs Ellis bot Tee an und eilte, ohne auf eine Antwort zu warten, aus dem Zimmer, sodass ihre Pantoffeln hörbar über den Holzboden im Flur flappten. Es herrschte Schweigen, bis Mr Ellis sich hochstemmte und seiner Frau folgte.

Erhobene Stimmen. Wir sahen einander an, aber keiner von uns sagte etwas.

Mrs Ellis kam mit einer einzigen Tasse Tee zurück. Die reichte sie Mum, die sie vorsichtig entgegennahm. »Ich habe ein Stück Zucker reingetan«, sagte sie und setzte sich in den anderen Sessel.

Mum verzog das Gesicht, als sie einen Schluck nahm. »Ich habe mich gefragt, ob sie nicht einmal zu unserem Kirchentee kommen möchten. Er findet regelmäßig freitagnachmittags um zwei Uhr statt. Sie brauchen nichts mitzubringen, die Damen backen wunderbaren Kuchen – Rührkuchen, Biskuitrolle, Scones.« Sie hielt inne. Keine Reaktion von Mrs Ellis.

Ich verlor das Interesse und richtete den Blick auf das Bild an der Wand vor mir – ein Druck, der eine Vielzahl von Insekten zeigte: Käfer, Fliegen, Ameisen, in Reihen angeordnet. Ich zählte sie, rechnete aus, wie oft jedes Insekt vorkam, und ließ mich vom Redefluss umspülen, als mich etwas, was Mum sagte, aufblicken ließ. »In der Anlaufstelle ist jeder willkommen, und die Gespräche dort sind streng vertraulich.« Sie warf einen kurzen Blick in Richtung Tür. Gabriella griff nach einer der Zeitungen und blätterte sie durch, als interessiere sie das Gespräch nicht. Ich wusste, das Gegenteil war der Fall. Ich wusste, sie achtete auf jedes Wort.

Verlegen rutschte ich auf dem Sofa herum. »Musst du auf die Toilette, Anna?«, fragte Mum rasch. Ich musste nicht.

Mum sah mich vielsagend an. »Bestimmt erlaubt dir Mrs Ellis, ihre zu benutzen.«

Mrs Ellis neigte den Kopf, als gäbe sie die Erlaubnis.

»Die Treppe hoch, vermute ich«, sagte Mum und sah Mrs Ellis Bestätigung heischend an. Mrs Ellis nickte erneut.

Mir blieb keine Wahl, und ich stampfte aus dem Zimmer, blieb aber am Fuß der Treppe stehen. Am anderen Ende des Flurs stand die Tür zur Küche offen. Auch die Hintertür war sperrangelweit geöffnet; ein Luftzug wehte herein. Es geschähe Mum recht, wenn ich aus dem Haus gehen und verschwinden würde. Ich würde ein paar Stunden wegbleiben. Dann würde sie es sich zweimal überlegen, mich noch einmal auszuschließen. Stattdessen stieg ich die Treppe hinauf und hangelte mich dabei am Geländer hoch, als nähme ich an einem Tauziehwettbewerb teil. Ich hoffte, Martha wäre nicht zu Hause, ich hatte nämlich keine Lust, mir ihre winselnde Stimme anzuhören. Noch schlimmer, womöglich würde sie meinen Freundinnen erzählen, dass ich bei ihnen zu Hause gewesen war. Ich würde mich in der ganzen Schule lächerlich machen.

Vom oberen Flur gingen drei Türen ab, alle drei einen Spaltbreit offen. Ich konnte nicht anders, ich musste den Kopf ins erste Zimmer stecken. Es war das von Martha. Zum Glück keine Spur von ihr. Ich musterte die jämmerliche Behausung mit ihren kahlen Wänden. Es gab kaum mehr als einen stumpfen Teppich, ein Einzelbett, eine kleine Kommode und einen Schrank. Wo waren die Schallplatten und Kassetten, die Bücher und die Poster? Ich war schwer in Versuchung, in den Einbauschrank zu schauen, verkniff es mir aber.

Das zweite Zimmer war ein einziges Durcheinander. Mein Blick wanderte von dem schäbigen Schaffellvorleger, der wie ein totes Tier vor dem Schrank lag, zu dem ungemachten

Doppelbett und weiteren Zeitschriften- und Pappkartonstapeln, wie die im Flur. In diesem Zimmer roch es muffig, nach ungewaschener Haut. Naserümpfend schob ich mich rückwärts hinaus, bemüht, nicht auf den zerknitterten Pyjama auf dem Bett zu schauen.

Im Badezimmer stand ein Wäscheständer mit feuchten Socken und Unterhosen aufgeklappt auf der blassrosa Badewanne. Hier konzentrierte ich mich darauf, die Toilettenbrille nicht zu berühren und nicht auf die Flecken auf dem Teppich zu schauen. Ich verspürte ein schreckliches Gefühl der Übelkeit im Magen, das ich zu ignorieren versuchte, und sagte dem lieben Gott (und meiner Mutter) ein rasches Dankeschön dafür, dass es bei uns zu Hause nicht so aussah. Beim Händewaschen musste ich an Martha denken, wie sie da stand, wo ich jetzt stand, in den angestoßenen Spiegel schaute und sich zum Schlafen fertig machte. Es war ein schreckliches Haus. Kalt, dunkel und elend. Ich trocknete mir die Hände an meinen Jeans ab. Als ich das Bad verließ, hörte ich, wie die Haustür zuschlug. Gut. Mr Ellis war weggegangen.

Unten drang immer noch Stimmengemurmel aus dem Wohnzimmer, und so schlich ich mich weiter zur Küche, um festzustellen, wie es dort aussah. Die Arbeitsflächen waren vollgestellt, die grün gestrichenen Schränke mit Flecken bespritzt. Es gab eine Tischplatte zum Herunterklappen mit zwei Stühlen und den Überresten eines Frühstücks – schmutzige Teller, im Toaster eine Scheibe kalter Toast. An der Wand lehnte ein fadenscheiniger Mopp in einem Metalleimer.

Ich ging nach draußen. Es war ein warmer Tag, dunstig und heiß. Auch hier war der Blumenduft stark, um die Bäume und in den Rabatten: Lavendel, Geißblatt und Fingerhut. Ich kannte sie von den Gartenbüchern, die Mum las, nur gelang es ihr nie, Blumen zum Wachsen zu bringen, nicht so wie hier.

Neben der Tür stand ein Hasenkasten. Ich bückte mich, um zu sehen, was darin war. Ein kleines Tier huschte weg und verschwand im Stroh. Verblüfft richtete ich mich rasch wieder auf, sodass mir von dem Blut in meinem Kopf schwindelig wurde. Ich hörte ein Geräusch. Mr Ellis kam mit einem Werkzeugkasten aus dem Schuppen. Er war also doch nicht weggegangen, wie ich geglaubt hatte, und jetzt stand er auf dem Rasen, das Sonnenlicht fing sich in seiner Gürtelschnalle, und seine nackten Füße im Gras glichen fahlen dicken Fleischscheiben. Er winkte mich zu sich. Ich schleppte mich zu ihm und wünschte, ich wäre geradewegs zu Mum zurückgegangen.

»Willst du mal sehen?«, sagte er, ging in die Hocke und klappte den Kasten auf.

Höflich starrte ich auf das Durcheinander von Werkzeugen, rostigen Drahtspulen und kaputten Steckdosen. Er nahm eine Zange heraus, hielt sie mir hin und öffnete dabei die Greifbacken. »Weißt du, wofür die ist?« Er grinste.

»Zum Reparieren von Sachen«, sagte ich. »Mein Dad hat auch welche.«

Langsam und immer noch grinsend schüttelte er den Kopf. »Meine ist dazu da, neugierigen Kindern die Nase abzuzwicken.« Er nahm einen Hammer heraus. »Und mit dem da«, sagte er und schwenkte ihn, »mit dem da hau ich ihnen auf die Finger, wenn sie Geld aus meiner Brieftasche klauen.« Er hielt den Draht hoch. »Und der da ist zum Händefesseln, dann hört die Zappelei auf.«

Ich wich zurück, aber er rückte näher an mich heran und schob den Kopf vor, bis ich seinen abgestandenen Atem roch. Die Hintertür knarrte. Martha stand da und starrte uns beide an. Mr Ellis bemerkte sie ebenfalls und grinste erneut. »Ah, Martha, du kommst gerade recht«, sagte er und öffnete und schloss die Zange. Ich ergriff die Gelegenheit und schob mich an Martha vorbei zurück ins Haus und ins Wohnzimmer.

»Nelken«, sagte unsere Mutter, als wir gingen. »Habt ihr die Nelken in den Vasen gesehen? Wunderschön, oder? Ganz gleich, was man auch über sie sagt, aber diese Familie muss grüne Daumen haben.«

Auf dem Nachhauseweg legte Mum ein schnelles Gehtempo vor, wie immer, wenn sie etwas beschäftigte. »Worüber haben sie geredet?«, zischte ich Gabriella zu, während wir hinterhertrödelten.

»Nicht viel«, sagte sie. »Über die Kirche.«

»Warum wollte Mum mich dann loswerden?«

»Du bist paranoid.«

»Bin ich nicht. Sie hat mich aufs Klo geschickt. Warum hast du dableiben dürfen?«

»Weil ich älter bin als du, Kleine. Ich weiß über diesen Kram Bescheid.«

»Welchen Kram?«

Sie zuckte die Achseln und pflückte ein Blatt von einem Lorbeerstrauch in einem Vorgarten. Weiter vorne näherte sich Mum unserem Haus. Aus dem Gartentor nebenan kam Mrs Henderson, und ich stellte mir vor, wie es Mum wohl damit ging. Sie mochte Klatschbasen nicht. *Wer im Glashaus sitzt,* sagte sie gern. *Niemand ist vollkommen. Sich an die eigene Nase fassen.*

Gabriella hatte Mrs Henderson ebenfalls erspäht. »O Gott!«, sagte sie und zog mich am Arm. »Warten wir, bis die alte Hexe weg ist.«

Wir setzten uns auf eine Mauer. »Welchen Kram?«, wiederholte ich.

Sie seufzte und riss einen Streifen von dem Lorbeerblatt ab. »Nichts.«

Ich kniff die Augen zu schmalen Schlitzen zusammen. »Warum sagt mir nie jemand die Wahrheit?«

Sie imitierte meinen Blick. »Du bist einfach zu jung.«

Eigentlich wollte ich ihr von Mr Ellis und seinem Werkzeugkasten erzählen, aber ich wusste nicht genau, was ich sagen sollte. Von seinen kleinen, hässlichen Augen, seinem unheimlichen Lächeln und den komischen Sachen, die er sagte, bekam ich das Gruseln.

»Was hältst du von Mr Ellis?«, begann ich. »Ich mag ihn nicht. Er ist …«

Gabriella unterbrach mich. »Du musst ihn auch nicht mögen. Du wohnst ja nicht mit ihm zusammen. Im Gegensatz zu Martha.«

Ich runzelte die Stirn. Das Gespräch hatte die falsche Richtung genommen. Ich wusste, dass mir Martha eigentlich leidtun müsste, aber das war nicht der Fall. Gabriella war viel netter als ich und machte sich Gedanken darüber, wie es den Leuten ging. Ihr tat sogar Mrs Hendersons Sohn leid, dessen Wimpern so hell waren, dass man sie gar nicht sah, und der uns ständig von seinem Fenster aus anstarrte. Mrs Henderson sagte, er sei von zarter Gesundheit und außerdem *schrecklich klug.* Das verstand ich nicht, da er nie etwas sagte und zu nichts eine Meinung hatte.

Ich spähte die Straße entlang, um zu sehen, was mit Mum war. Die beiden unterhielten sich miteinander, obwohl Mum ein paar Schritte zurückgewichen war, als wollte sie wegkommen, und nun auf ihre typisch nervöse Art an ihren Haaren zupfte.

Irgendwann eiste Mum sich los und eilte ins Haus. Ich rührte mich nicht. Ich hatte noch keine Lust, heimzugehen.

Ich wollte mich mit Gabriella unterhalten, aber sie war damit beschäftigt, das Lorbeerblatt in kleine Stückchen zu reißen, schaute in die Ferne und klopfte mit dem Fuß. Mich hatte sie komplett vergessen. Ein Song ging ihr nicht mehr aus dem Kopf, und sie schlug dazu den Takt.

Als wir nach Hause kamen, waren Mum und Dad in der Küche, und ihren Gesichtern war deutlich anzusehen, dass irgendetwas nicht stimmte. Dad saß zusammengesackt auf seinem Stuhl. Mum war blass, und wo sie an ihrem Haar gezupft hatte, hingen einzelne Strähnen herunter.

»Was ist denn los?«, fragte Gabriella und sah von einem zum anderen.

»Nichts«, sagte Mum rasch. »Nichts, worüber ihr euch Gedanken machen müsst.«

Uns konnte sie nichts vormachen. Irgendetwas ging hier vor. Im Kopf spielte ich die Möglichkeiten durch. Jasper? Nein, er war in der Ecke und schlabberte seine Milch auf. Großmutter Grace oder Großvater? Waren sie krank? Großvater erkältete sich ständig oder musste das Bett hüten, und Großmutter Grace hatte Arthritis. Vielleicht ging es um Onkel Thomas oder den Laden.

In der Hoffnung auf einen Hinweis sah ich Dad an, aber er schien gar nicht wahrzunehmen, dass wir überhaupt da waren.

Mum ging zur Spüle und lehnte sich mit dem Rücken dagegen. »Geht auf eure Zimmer«, sagte sie mit gepresster Stimme. »Ich rufe euch, wenn das Abendessen fertig ist.«

Wir hüteten uns, Einwände zu erheben. Wir verließen die Küche, und sowie wir das taten, fingen Mum und Dad wieder zu reden an, mit leisen, eindringlichen Stimmen, die Worte unverständlich, aber lauter werdend, während wir die Treppe hinaufgingen. Ich beugte mich übers Geländer. »Das ändert alles«, sagte Mum.

Ich wollte instinktiv allein sein. Während ich durch den oberen Flur zu meinem Zimmer ging, spielte ich weitere Möglichkeiten durch. Vielleicht hatte es etwas mit der Familie Ellis zu tun. Mum hatte sich unwohl gefühlt, als wir von dort weggegangen waren. Gabriella hatte nicht damit herausrücken wollen, worüber Mum und Mrs Ellis geredet hatten. Oder hing es mit Mrs Henderson zusammen? Hatte sie Mum irgendetwas mitgeteilt? Vielleicht war Brian weggelaufen, oder er war krank. Ich versuchte, Mitgefühl zu empfinden, aber es gelang mir nicht.

Ich saß auf dem Bett, zappelte mit den Beinen und kaute an meinem Daumennagel. *Das ändert alles.* Das hatte Mum gesagt. Aber was war *das,* und warum war *das* so wichtig?

Bemüht, meine Fragen so weit wie möglich zu verdrängen, nahm ich meinen neuesten Enid-Blyton-Band vom Regal und vertiefte mich in *Dolly.* Eine Stunde verging. Mein Magen knurrte. Warum hatte Mum uns nicht zum Abendessen gerufen? Ich legte mein Buch zur Seite, ging auf den Flur und steckte den Kopf in Gabriellas Zimmer. Immer noch angezogen, war sie, die Ohrstöpsel ihres Walkmans im Ohr, eingeschlafen. Auf Zehenspitzen ging ich hinein und sah zu, wie ihre Brust sich hob und senkte. Ihre Augenlider zitterten, als träumte sie. Ich streckte die Hand aus, um sie zu berühren, überlegte es mir aber rasch anders. Wenn ich sie aufweckte, wäre sie sauer.

Unten hielt ich das Ohr an die Wohnzimmertür und hörte das Stimmengemurmel meiner Eltern. Und von Rita. Wann war sie gekommen? Und was war so wichtig, dass Mum vergessen hatte, uns Essen zu machen? Ich war am Verhungern.

In der Küche machte ich zwei dicke Sandwiches mit viel

Edamer und Salatsoße. Auf dem Rückweg lauschte ich erneut an der Wohnzimmertür, verstand aber nicht, was gesagt wurde. Eine Bewegung in der Nähe der Tür ließ mich zusammenfahren. Ich huschte davon und flitzte die Treppe hinauf. Ich deponierte ein Sandwich neben meiner schlafenden Schwester und suchte Zuflucht in meinem Zimmer.

Während ich langsam und unter großem Gekrümel kaute, überlegte ich mir, was da vor sich ging. Noch mehr Geheimnisse. Zwischen Erwachsenen. Ob sie es Gabriella sagen würden? Dass irgendwer sich die Mühe machen würde, es mir zu sagen, bezweifelte ich.

7

»Rita Saunders?«, sagte der Mann und blickte kaum von seinem Klemmbrett auf.

Ich schüttelte den Kopf. »Anna Flores.«

Seine Augen huschten zu dem Schild über der Ladentür, dann geradewegs zu mir. Er hielt meinen Blick fest, sprach mit ruhiger Stimme. »Tut mir leid«, sagte er. »Ihr Verlust auch.«

»Danke.«

»Ich bin David. Zuständig für die Entrümpelung.«

Er streckte mir die Hand entgegen, und ich ergriff sie. Seine Handfläche war warm und rau von harter Arbeit. Er hielt mir das Klemmbrett hin, und ich las die Details auf dem Formular. *Name: Edward Lily. Adresse: Lemon Tree Cottage.* Mein ganzer Körper kribbelte, als ich die Worte las, und ich schloss die Augen und vergegenwärtigte mir den zugewucherten Garten und die nebenan pickenden Dohlen. David hustete. Meine Vorstellungsbilder verblassten. Ich überflog noch einmal die Informationen, unterschrieb, und nachdem er das Klemmbrett wieder an sich genommen hatte, warf ich einen Blick in den Transporter. Er war vollgestopft mit Möbelstücken, hochkant gestellt und zusammengefügt wie Puzzleteile. »Das ist ja eine ganze Menge«, sagte ich.

»Und es kommt noch eine Menge mehr.«

Mit einem flauen Gefühl setzte ich ein Lächeln auf, zeigte auf die Ladentür und sagte ihm, dass alles nach hinten käme. David nickte bestätigend, und erst jetzt sah ich ihn mir richtig an. Er war ein paar Jahre älter als ich, schlank, mit sehnigen, dünnen Armen. Schmuddelig, in derben Stiefeln und Jeans, seine dunklen Haare eine Spur zu lang, und er hatte einen Bartschatten, der ihm stand.

Zwei magere junge Männer in Overalls, die den Eindruck machten, als wären sie lieber woanders, folgten uns in den Laden. Rita und ihr Neffe Mattie, den sie für diesen Job angeheuert hatte, übernahmen die Regie, während ich mich mit Papierkram beschäftigte, aber es war unmöglich, das Schurren und Ächzen und die entnervten Ausrufe zu ignorieren, mit denen sie die Möbelstücke in dem verfügbaren Raum unterbrachten.

Das Leben eines Toten, dachte ich jedes Mal, wenn die Männer durch den Laden latschten und mit ihren Stiefeln Erde und trockene Blätter hereinschleppten. Irgendwann war der Inhalt des Transporters verstaut, und die Männer verabschiedeten sich. Allerdings erst, nachdem ich mich bereiterklärt hatte, später zum Cottage zu gehen und mir anzusehen, was noch übrig war.

Mattie war schmächtig und Mitte zwanzig, mit einer schwarzen Tolle und der Angewohnheit, sich am Kinn zu kratzen. Nachdem die letzten Kartons gestapelt waren, verabschiedete er sich ebenfalls. Er müsse zu einer Taufe. »Das erste Kind meines besten Freundes«, sagte er und tätschelte seine Tolle, ehe er überraschend tief errötete. Vermutlich dachte er, es sei taktlos, so kurz nach dem Tod eines Menschen von einem Neugeborenen zu sprechen.

Rita krempelte ihre Ärmel hoch, bereit, sich in die Arbeit zu stürzen. Ich schaute von ihrem eifrigen Gesicht auf den gewaltigen Haufen von Edward Lilys Sachen und verspürte ein plötzliches Widerstreben, sie jetzt schon zu sichten. Ich schlug vor, morgen wiederzukommen.

Rita hob die Augenbrauen. »Bist du dir sicher?«

Ich nickte. »Mattie hat keine Zeit mehr, und ich habe zu Hause einiges zu erledigen.«

»Na schön. Wenn du es so möchtest.« Sie tätschelte meinen Arm und sagte nichts weiter, sondern hüllte sich bloß in ihr Umschlagtuch, dessen Enden sie sich eng um die Schultern schlang.

Als sie beide gegangen waren, betrachtete ich den Berg von Sachen vor mir. Wie seltsam, dass ich einmal im Haus dieses Mannes gewesen und dass sein Haus jetzt zu mir gekommen war. Ich versuchte, mir vorzustellen, Mum wäre hier. Es fiel mir schwer. Nach Dads Tod hatte Onkel Thomas den Laden übernommen, und Mum hatte jede Beteiligung daran vermieden. Und als auch Onkel Thomas gestorben war, hatte sie ständig davon geredet, sie wolle den Laden verkaufen oder nur an wenigen Wochentagen öffnen. Wenn ich zu Hause gewesen war, hatte sie sich sogar geweigert, mit mir hierherzukommen. Umso merkwürdiger, dass sie diese Haushaltsauflösung übernommen hatte. Was hatte es so schwierig gemacht abzulehnen?

Ich ließ meinen Blick über die Wildnis von Habseligkeiten wandern, mit denen der Raum überladen war. Die Atmosphäre schien sich durch all diese Sachen verändert zu haben. Sie war ruhiger und auch feierlicher als vorher. Und persönlicher. Ich registrierte den ramponierten Ledersessel, die Chaiselongue mit ihrer abgewetzten Polsterung, das Service antiker Tassen. Dinge, auf denen gesessen und gelegen, aus denen getrunken worden war.

Vorn stand ein Eichenholzschreibtisch mit Beinen im Queen-Anne-Stil und einer Platte, die sich hochklappen ließ. Jetzt, als ich das Holz berührte und die Kratzer unter meinen Fingerspitzen spürte, empfand ich die Erregung, die mein Vater mir vermittelt hatte. *Einen Blick für schöne Dinge.*

Hatte meine Mutter das wirklich gesagt? Wenn ja, erfüllte es mich mit unvermutetem Stolz. Der Schreibtisch war von der Sorte, die möglicherweise Geheimfächer enthielt. Ich ließ die Finger über die Kanten gleiten und verspürte eine kindliche Enttäuschung, als ich nichts fand: keine Knöpfe oder Hebel. Ich klappte die Platte hoch, durchstöberte das Durcheinander von Papieren, das zutage trat, und griff einen kleinen Stapel Fotos heraus.

Es waren hauptsächlich Porträts: eine spröde wirkende Frau mittleren Alters, die Haare straff zurückgekämmt und zu einem Knoten aufgesteckt; ein Pfeife rauchender Mann mit vorstehendem Kinn und Schnurrbart; ein verlegen dreinschauender Junge, derselbe Junge als Teenager und später als junger Mann mit runder Brille, abstehenden Ohren und einem länglichen, feinknochigen Gesicht. Vermutlich Edward Lily. Als ich ihn das erste Mal gesehen hatte, war er bereits mittleren Alters gewesen. Waren seiner Schwester diese Fotos entgangen? Andererseits: Sie waren verschwommen, schlecht fotografiert. Vielleicht aussortiert.

Ein Foto zeigte ein Mädchen mit hellem Haar. Obwohl das Bild unscharf war, wusste ich, um wen es sich handelte. Sie stand verlegen vor einem Gebäude mit Rundbogenfenstern und Balustraden. Der Ort musste in Spanien liegen, wo Edward Lily vor seinem Einzug ins Lemon Tree Cottage gelebt hatte, und das war Lydia, seine Tochter – die ich als verrückt phantasiert hatte. Auf dem Foto trug sie ein langes, fließendes Kleid und hielt einen breitkrempigen Hut locker in der Hand.

Ich betrachtete das Bild, und es zog mich förmlich in sich hinein. Lag es an Lydias Körperhaltung, an dem distanzierten Ausdruck in ihren Augen oder an dem Haarschopf, der ihr Gesicht umrahmte? Oder an der altmodischen Kleidung?

Ich war mir nicht sicher, aber während ich da in dem staubigen Zimmer stand, kam es mir vor, als ob ihr Geist die Hände nach mir ausstreckte, mir die Arme um den Hals schlang, mich an sich zog, Anspruch auf mich erhob.

Eine Uhr schlug an, ein gedämpftes Geräusch im hinteren Teil des Raums, das eine Erinnerung in mir auslöste. Die Pendeluhr zu Hause. Als Gabriella verschwunden war, war die Uhr stehengeblieben. Die Stille war wie ein Ausdruck ihrer Abwesenheit gewesen. Nach dem Tod meines Vaters hatte ich eines Tages, als meine Mutter nicht im Haus war, einen Stuhl genommen, war hinaufgestiegen und hatte den Schlüssel kräftig herumgedreht, und als das Ticken wiedereingesetzt hatte, schien es, als ob meine Schwester und mein Vater vielleicht wieder nach Hause kämen. Danach zog ich jeden Abend die Uhr auf. Wenn ich sie kräftig genug aufzog, würde die Zeit vielleicht rückwärtslaufen und wir würden noch einmal beginnen. Aber das passierte natürlich nicht. Die Uhr lief immer nur vorwärts: endlose Stunden verstreichender Zeit, von Einsamkeit und Verlust. Von Zeit ohne Gabriella.

Ich nahm das Foto von Lydia und ein paar von Edward Lily mit in den Verkaufsraum. Draußen war es düster, und die Lampen warfen Schatten an die Wand, dennoch widerstrebte es mir zu gehen. Es erschien mir sicherer hier, wo niemand mich beobachtete, niemand Antworten von mir erwartete. Wo die einzigen Fragen diejenigen waren, die ich mir selbst stellte.

8

1982

Ein paar Tage nach unserem Besuch bei den Ellis' sollten Mum und Rita zu einem Einkaufsbummel nach London fahren. Das machten sie zwei-, dreimal im Jahr, und das Ereignis war schon wochenlang im Kalender vermerkt.

Seit dem Tag, an dem Mum vergessen hatte, unser Abendessen zu machen, herrschte im Haus düstere Stimmung. Meine Eltern waren wortkarg, während Gabriella und ich uns fragten, was nicht stimmte. Mum war auf einmal streng mit uns, bestand darauf, dass wir von der Schule direkt nach Hause kamen, und ließ uns vor dem Abendessen unsere Schularbeiten machen. Wir vergeudeten zu viel Zeit, sagte sie, wenn wir im Dorf herumzögen oder uns im Laden aufhielten. Dad ging dazu über, uns morgens zur Schule zu fahren. Bei der Haushaltsauflösung fange er lieber später an, sagte er. Anstatt also um sechs aus dem Haus zu gehen, fuhr er erst um halb neun los und setzte uns unterwegs ab.

Jetzt sahen wir die Abendnachrichten. In York war ein Teenager verschwunden – auf dem Bildschirm erschien kurz das Foto einer Fünfzehnjährigen in Schuluniform, mit blondem Haar und Ponyfrisur. Die nächste Einstellung zeigte ihre Eltern, die sich an den Händen hielten und in die Kamera sprachen. Mum schaltete den Fernseher aus.

»Ich blase es ab«, sagte sie, an Dad gewandt, der in seinem Sessel saß.

Er tauchte hinter seiner Zeitung auf. »Was bläst du ab?«

»London, am Samstag.«

Er sah sie ein, zwei Momente lang an. »Das ist nicht nötig.« Er warf einen kurzen Blick zu Gabriella und mir herüber, die wir auf dem Boden fläzten. »Wir kommen schon klar, oder, Mädels? Hähnchenbrust nach Kiewer Art zum Abendessen?« Wir nickten heftig. Es war jedes Mal ein Fest, wenn Dad für die Küche zuständig war: Er boykottierte die Mikrowelle nicht.

Mum zupfte an ihrem Haar herum. »Ich weiß nicht recht.«

Dad faltete die Zeitung zusammen. »Ich kann schon auf sie aufpassen«, sagte er ruhig.

Natürlich konnte er auf uns aufpassen. Worüber machte Mum sich Sorgen?

»Wir sind doch keine Babys mehr«, sagte Gabriella und holte von der anderen Seite des Zimmers ihren Walkman, hantierte mit einer Kassette.

»Das hat auch niemand behauptet«, erwiderte Dad. »Alles ist in Ordnung. Mum fährt nach London.« Er küsste sie auf Wange.

Meine Stimmung hob sich; die beiden vertrugen sich anscheinend wieder. Ich wechselte einen Blick mit Gabriella, die mit den Achseln zuckte und den Kopf schüttelte. Dad, der das bemerkte, nahm ebenfalls Blickkontakt mit ihr auf. Sie setzte sich auf den Boden und lehnte sich an seine Beine, sodass ihre Haare sich an seiner Hose elektrostatisch aufluden. Ich sah den beiden zu, wie sie sich, in ihrer eigenen Welt, über Musik unterhielten. Und anstatt gereizte Laute von sich zu geben, wie sie es sonst tat, wenn Gabriella von The Clash und Siouxsie und all den anderen Bands schwärmte, die sie mochte, lehnte sich Mum zurück und hörte zu.

Irgendwann verschwand Mum. Von dem Telefon im Flur aus rief sie Rita an, und sie planten ihren Ausflug nach London.

Als der Samstag kam, machte Mum sich fertig – kämmte sich die Haare durch, schminkte sich die Lippen, legte goldene, wie Tränentropfen geformte Ohrringe an. Beige war für die Kirche. Für London wählte sie ein fliederfarbenes Kleid mit Schmetterlingsärmeln und dazu passendem geflochtenem Gürtel. »Was meinst du?«, fragte sie, drehte sich vor dem dreiteiligen Klappspiegel und befestigte einen goldenen Armreif an ihrem Handgelenk. Ich bestaunte die Verwandlung. Keine Spur von Marmeladekochen, Schimpfen oder Kirche. Mum hatte zwei Seiten, wie einer dieser Hampelmänner aus Holz, bei denen vorn eine andere Figur aufgemalt ist als hinten.

Sie durchstöberte den Rest ihres Schmucks und holte einen Smaragdring hervor. Ich hatte ihn schon einmal gesehen: einen dünnen Goldreif mit einem funkelnden Stein. Sie hielt ihn einen Moment lang ins Licht, ehe sie ihn wieder weglegte. Als ich sie fragte, warum sie ihn nicht tragen wolle, sagte sie, dafür sei sie nicht fein genug angezogen. War der Ring so teuer, dass sie sich nicht traute, ihn anzulegen? Teurer als die Saphirbrosche, die Dad ihr an Weihnachten geschenkt hatte und die sie sich jetzt ans Kleid heftete?

Später setzten wir Mum am Bahnhof ab, wo sie sich mit Rita treffen wollte. »Brot und Lardy Cake, Anna«, sagte sie, öffnete die Beifahrertür und drehte sich nach hinten, um mich in die Wange zu kneifen. »Du besorgst das, ja? Ach ja und etwas von dem Wachspapier, das ich immer oben auf Eingemachtes lege.« Sie sah Gabriella an, öffnete den Mund, als wollte sie etwas sagen, überlegte es sich dann jedoch anders. Stattdessen wandte sie sich an Dad und sagte: »Bist du dir sicher, dass ich …«

»Ja«, sagte er, zog sie an sich, und sie gaben sich einen Abschiedskuss.

Ich kurbelte das Fenster herunter, sah ihr traurig nach und vermisste sie schon jetzt.

Gabriella stieß mich kräftig in die Rippen. »Was ist denn los mit dir?« Ich rieb mir die Augen, murmelte etwas von Staubkörnchen und fragte, ob sie Lust habe, zum Bäcker mitzukommen und hinterher zum Dorfanger.

»Heute nicht, Kleine«, sagte sie und entwirrte, während sie ausstieg, das Kopfhörerkabel ihres Walkman. »Hab schon was vor.«

»Wo willst du hin?«, fragte Dad und öffnete die Fahrertür.

»Zu Bernadette«, erwiderte Gabriella mit erstauntem Gesicht.

»Nichts da. Du sollst mir beim Kochen helfen.«

»Das hab ich nie gesagt.«

»O doch, das hast du, junges Fräulein. Zurück ins Auto.«

»O Gott. Meinst du das ernst?«

»Ja.«

»Hat das was mit Mum zu tun?« Als er zögerte, verdrehte sie die Augen. »Hab ich mir schon gedacht.«

»Dann also zurück ins Auto, bitte.«

Gabriella zog ein Gesicht, gehorchte aber. Wenn Mum ihr das gesagt hätte, wäre es etwas ganz anderes gewesen. Dad schaffte es immer, Gabriella dazu zu bringen, dass sie Dinge tat, die sie eigentlich nicht tun wollte. Mir dagegen hätte er nicht zureden müssen, damit ich ihm half, das Abendessen zu kochen, und auf der Nachhausefahrt fragte ich mich, warum er sich für Gabriella und nicht für mich entschieden hatte.

Auf dem Weg zum Bäcker tröstete ich mich mit dem Gedanken an das Dorffest. Jedes Jahr kochte Mum für ihren Stand Marmelade. Obst aus dem Garten: Pflaumen und Zwetschgen, und Äpfel, wenn wir auf der Obstwiese welche klauen gingen und einen ganzen Beutel voll mitbrachten, mit Bauchschmerzen von zu viel Früchten. Mum konnte einfach nicht widerstehen, sondern wusch und schälte, entkernte und schnippelte und gab das Ganze in ihren riesigen Metalltopf, wo es weich wurde, zerging und mit dem Zucker reagierte, und im Haus roch es tagelang süß.

Beim Bäcker holte ich das Einmachpapier und bat die junge Frau hinter dem Tresen um ein Landbrot und einen Lardy Cake mit dicker Zuckerkruste am Boden. Sie schob Brot und Cake in Papiertüten, während ich die Vitrine mit den glasierten Teilchen, Cremeschnitten und Krapfen betrachtete, aus denen Marmelade troff. Ich überlegte gerade, ein Vanilletörtchen zu kaufen, als ein Mann hereingeschlendert kam, der ein helles Jackett und einen Panamahut trug. Ich erkannte ihn sofort. Es war der Mann aus dem Lemon Tree Cottage.

Die Röte stieg mir ins Gesicht und färbte mir die Ohren, aber anstatt schleunigst zu verschwinden, richtete ich meine Aufmerksamkeit auf ein Fach mit Fleischpasteten und lauschte dem Gespräch. Die junge Frau hinter dem Tresen war freundlicher zu ihm, als sie zu mir gewesen war, kicherte und errötete. »Kann mich einfach nicht an dieses Wetter gewöhnen«, sagte er mit freundlicher Stimme, als sie die Preise in die Kasse eintippte. Er klopfte seine Taschen ab und zog eine Handvoll Münzen hervor. »Und an das Kleingeld auch nicht.«

Während ich vorgebeugt die Dekoration auf dem Deckel eines Steak and Kidney Pie betrachtete, spürte ich eher, als dass ich es sah, wie er neben mir stehen blieb. »Hallo«, sagte er.

»Hi.« Ich richtete mich auf und blinzelte ihn an.

Einige Augenblicke lang betrachtete er mich aus blauen Augen hinter einer runden Brille. Sein Gesicht war schmal, seine Nase dünn und spitz. Vermutlich sah er gut aus, da er mich an einen der alten Filmstars wie Paul Newman oder vielleicht Frank Sinatra denken ließ, jemanden, der Mum gefiele. Ich senkte den Blick auf die Tüte mit Krapfen, die er in der Hand hielt. Er bemerkte es, lächelte und sagte: »Um meine Tochter in Versuchung zu führen.« Und fügte hinzu, als wäre es ihm gerade erst eingefallen: »Lydia. Sie ist wählerisch.«

Mit erneutem Erröten dachte ich daran, wie ich zum Fenster des Lemon Tree Cottage hinaufgestarrt hatte, und rieb mir das Gesicht, um die Röte zu kaschieren. Bildete ich es mir bloß ein, oder hatte sich sein Gesichtsausdruck geändert? War da ein ganz schwaches Zeichen des Wiedererkennens?

»Tja, dann«, sagte er nach ein paar Sekunden. »Nett, dich kennenzulernen.« Er schlurfte davon, als wäre er müde oder hätte Schmerzen.

Ich sah ihm nach, wollte unbedingt mehr erfahren. Edward Lily war faszinierend mit seinem Märchen-Cottage, seiner Krapfen essenden Tochter und seiner verrückten spanischen Frau. Was für Geheimnisse hatte er noch?

»Auf Wiedersehen«, sagte ich plötzlich, weil ich nicht wollte, dass diese Begegnung vorüberging, ohne dass ich etwas gesagt hatte.

Wieder blieb er stehen und blinzelte rasch. Ich hatte lauter gesprochen als beabsichtigt. Meine Haut prickelte vor Verlegenheit, aber er nickte, schnitt eine Grimasse und warf der jungen Frau hinter dem Tresen einen Blick zu, während er hinausging und mich mit einem merkwürdigen Gefühl in der Magengrube, einer Art nervösem Flattern, zurückließ. Ich hatte nicht vorgehabt, die Aufmerksamkeit auf mich zu lenken. Doch jetzt war ich überzeugt, dass er die Spionin in mir entdeckt hatte.

Als Mum aus London zurückkam, hatte sie schmutzige Haare von der Luft in der U-Bahn, und von dem Gedränge im Zug war ihr Kleid zerknittert. Sie zeigte uns, was sie gekauft hatte: ein Paar Schuhe aus lila Satin, die sie an- und auszog und prompt wieder in die Schachtel zurücklegte. Aber sie wirkte fröhlicher als zuvor, sie erzählte von ihren Abenteuern in der Oxford Street, während wir die Hähnchenbrust nach Kiewer Art aßen (mit Verzögerung, weil Gabriella Dad mit einem Abstecher in die Stadt und zum Our Price abgelenkt hatte). Dad war ebenfalls entspannt und zog Gabriella wegen des Jungen mit dem schläfrigen Blick im Plattenladen auf. Ich beobachtete die beiden neidisch und wünschte, ich wäre dabei gewesen, aber mein Mund war fettig von Butter und Knoblauch, und zum Nachtisch gab es Strudel mit Vanillesoße, also würde ich mich nicht beschweren.

Nachdem wir die Spülmaschine eingeräumt hatten – Dad hatte darauf bestanden, dass Mum sich ausruhte, während er die Töpfe scheuerte –, klopfte es an der Hintertür. Es war Rita. Wir zogen ins Wohnzimmer um, wo Rita und Mum Platten heraussuchten und Dad drei Gläser, eine Flasche Cinzano und eine Schale Twiglets holte.

Wir ließen uns auf dem Sofa nieder, um zuzusehen, wie die Erwachsenen sich lächerlich machten, was ihnen auf spektakuläre Weise gelang, indem sie zu »Jailhouse Rock« Jive tanzten. Als Smokey Robinson lief, setzte sich Rita, und Mum und Dad tanzen eng umschlungen zu »Being With You« und sahen einander tief in die Augen.

Ich lehnte mich gegen Gabriellas Schulter, sodass sie sich nicht von der Stelle rühren konnte, und dachte, dass alles gut werden würde. Was auch immer passiert war und Mum und Dad so aufgeregt hatte – es war vorbei. Alles war wieder normal. Ich wollte Gabriella gerade detailliert von meiner Begegnung beim Bäcker erzählen, als die Klappe des Briefschlitzes klapperte, und bevor irgendwer reagierte, sprang ich auf und rannte hinaus, um nachzusehen, was es war.

Ein länglicher weißer Umschlag lag auf der Fußmatte. Ich bückte mich und hob ihn auf. Vorne drauf stand in winziger Druckschrift der Name – Esther. Ich hielt den Umschlag gegen das Licht, versuchte festzustellen, was darin war, aber er war aus starkem Papier, von Basildon Bond.

»Was ist das?«, fragte Rita, die im Flur erschien.

Ich zuckte zusammen und versteckte den Brief hinter meinem Rücken. »Nichts«, sagte ich.

Rita hob die Augenbrauen und streckte die Hand aus. Ertappt gab ich ihr den Umschlag, den sie einen Moment lang musterte und dann, ohne dass sich ihr Gesichtsausdruck änderte, in die Tasche ihres Rockes schob.

»Ich gebe ihn deiner Mutter später«, sagte sie und wandte sich ab.

»Was ist das?«, fragte ich leicht verärgert. Immerhin hatte ich ihn gefunden. Warum konnte dann nicht auch ich ihn Mum geben?

Sie zögerte. »Der Gemeindebrief.«

Das stimmte nicht. Der Gemeindebrief wurde, mehrfach gefaltet, durch den Briefschlitz gesteckt. Ich musste es schließlich wissen, hatte ich doch Mum geholfen, Hunderte davon zu falten und auszutragen. Argwöhnisch sah ich Rita nach, die von mir wegging. Wieso hatte sie gelogen?

Ins Wohnzimmer zurückgekehrt, entschied sich Rita für den Stuhl mit der geraden Lehne, setzte sich und sah, die Hände auf den Knien, Mum und Dad beim Tanzen zu. Gabriella hörte auf ihrem Walkman Musik, also blieb mir nichts anderes zu tun, als nach einer Ausgabe von *Smash Hits* zu greifen und Twiglets zu knabbern. Ich blätterte mich durch die Seiten, und meine Augen glitten über Bilder von Fun Boy Three und Elvis Costello.

Mum kam und beugte sich zwischen uns. Ihr Atem roch

süß von der Limone im Cinzano, und sie lallte ganz leicht. »Prächtiges Mädchen«, sagte sie zu Gabriella und gab ihr einen Kuss. Sie kniff mich in die Wange. »Du auch, Anna.«

Im Aufblicken ertappte ich Rita dabei, wie sie uns drei anstarrte. Sie verzog das Gesicht, als unsere Blicke sich trafen. Ich wandte mich ab. Rita hatte wegen des Briefs gelogen. Würde sie ihn Mum überhaupt geben? Wenn nicht, beschloss ich, würde ich etwas sagen, und so verbrachte ich den Rest des Abends damit, auf meinen großen Moment zu warten. Es war nicht nötig. Als Rita aufbrach, schob sie Mum den Brief in die Hand und tätschelte ihr den Arm. »Sag Bescheid, wenn ich helfen kann«, sagte sie ruhig, während sie zur Tür hinausging.

Mum ging sofort zu Bett. Dad folgte kurz danach. Und gleich darauf war die gelöste Stimmung des Abends dahin: Die beiden stritten sich wieder, und ihre lauten Stimmen dröhnten durch die Wand.

9

Das Café war ein Gegenentwurf zum House of Flores. Minimalistisch. Allerdings wusste ich nicht, ob das vielleicht an fehlenden finanziellen Mitteln lag. *Irgendwas* brauchte man doch an den Wänden. Ein altes Foto des Dorfes vielleicht? Ein Bild vom Wald?

Der Mittagsbetrieb war vorbei. Ich bestellte einen Espresso und ein Schinken-Sandwich bei einer jungen Frau in schwarzem Kleid, die rote Lippen und glänzende schwarze Haare hatte, mit Ausnahme einer Strähne vorn, die sie blauviolett gefärbt hatte, wie der Flügel einer Elster. Vielleicht hatte sie sich, was ihren Geschmack in puncto Kleidung anging, von ihrer Mutter inspirieren lassen, denn sie war zu jung, um die Achtziger noch miterlebt zu haben. Was für ein Gedanke. Ich war alt genug, um die Mutter dieser jungen Frau sein zu können.

Ich entschied mich für einen Platz am Fenster und breitete die Fotos auf dem Tisch aus. Ich musste die Gene meines Vaters geerbt haben. Die Neugier lag unserer Familie im Blut.

Edward Lily hatte gut ausgesehen als junger Mann. Ich dachte über seine Frau nach. Sie hatte sich umgebracht, oder? Jedenfalls hatte man sich das im Dorf erzählt. Wieso? Ich konnte nur raten: Verlust, Ernüchterung, Kummer. Die Unsicherheiten des Lebens.

Die Leute draußen eilten vorbei – die Köpfe zum Schutz gegen den Wind gesenkt, die Hände in die Taschen geschoben. Auf der anderen Straßenseite tauchte Martha auf. Während ich sie beobachtete, wie sie die High Street entlangzappelte, immer wieder an ihrer Jacke zog und ihre Einkaufstasche höherhievte, spürte ich die Unruhe wiederkehren, die ich auf dem Friedhof erlebt hatte – jene Erinnerung an Marthas Mutter als Zeugin, an das Verhör von Tom und seine Freilassung.

Der arme Tom. Man hatte ihn schlecht behandelt im Dorf. Die Leute hatten ihn im Handumdrehen zum Schuldigen erklärt; sie waren über sein Leben hinweggetrampelt. Die Medien hatten sich kräftig daran beteiligt, hatten, wie sie es immer tun, die Stimmung aufgeheizt und seinen Arbeitstag durchleuchtet. Nur ich hatte an seine Unschuld geglaubt. Ich und vermutlich seine Mutter.

Die Unruhe verwandelte sich in Schmerz. Ich überließ mich der Empfindung, weil ich aus Erfahrung wusste, dass mir nichts anderes übrigblieb, und bald erschöpfte sich das Gefühl und stumpfte auf ein erträgliches Maß ab.

Auf der anderen Straßenseite blieb Martha stehen. Hatte sie mich gesehen? Sie verharrte am Rand des Bürgersteigs, überlegte es sich dann jedoch anders, drehte um und ging den Weg zurück, den sie gekommen war.

Mir fiel mein Versprechen wieder ein, zum Lemon Tree Cottage zu kommen, und ich trank meinen Kaffee aus und biss rasch ein paarmal von dem Sandwich ab. David wartete bestimmt schon auf mich, und es gab keinen Grund, ihn im Stich zu lassen.

Es war dreißig Jahre her, dass ich die Strecke gegangen war, aber sowie ich aufbrach, wusste ich, dass ich sie nicht vergessen hatte. Meine Füße trugen mich vorwärts und gingen denselben Weg zurück, durchs Dorf, die Chestnut Hill hinauf und weiter die Hauptstraße entlang.

So vieles war noch genauso, und so vieles war anders. Der vernachlässigte, mit Schlaglöchern übersäte Asphalt, die ungepflegten Hecken und die Felder, die sich rechts von mir hinzogen. Alles unverändert. Aber aus den Baustellen auf der linken Seite war eine Minisiedlung geworden, ein geordnetes Labyrinth aus lauter gleichen Häusern und Einfahrten, die durch akkurate Straßen miteinander verbunden waren, mit niedrigen Mauern, Ligusterhecken und Koniferen, die zurückgeschnitten werden mussten.

Als ich auf dem Hügelkamm angelangt war und auf den Fahrweg abbog, war es, als wäre die Zeit stehengeblieben. Es herrschte die gleiche Stille. Das gleiche Gefühl, in einer anderen Welt zu sein. Ein Traktor auf dem Weg zu den Feldern dahinter hatte frische Furchen gezogen. Kupferfarbenes Laub fleckte die Hecken und leuchtete im Nachmittagslicht – die einzigen hellen Stellen zwischen den verschiedenen Schattierungen von Braun.

Ich ging langsam und unterdrückte mein Unbehagen. Das war das Gefühl, das ich auf diesem Fahrweg immer verspürt hatte. Es war eine Angewohnheit, sagte ich mir. Eine unwillkürliche Reaktion.

Das erste Cottage sah verlassen aus, das Dachstroh war praktisch verschwunden. Einige Fenster waren mit Brettern vernagelt. Im Garten hing eine alte Wäscheleine aufs Gras herab, und an der Wand lehnte ein rostiger Rasenmäher.

Der Transporter stand vor dem Lemon Tree Cottage. Das Haus selbst wirkte heller, klarer umrissen, wie immer bei Orten, die man lange Zeit nicht gesehen hat. Es gab bestimmte Merkmale, die ich vergessen hatte, wie zum Beispiel die Neigung des Schornsteins und die rautenförmigen Glasscheiben, aber der Garten war noch genauso verwildert, wie ich ihn in Erinnerung hatte, mit Sträuchern und Pflanzen, die zu nah an die Mauern heranwucherten. Durch die offene Haustür konnte ich in den Flur sehen, und meine Fingerspitzen kribbelten bei dem Gedanken, hineinzugehen, die Möbel und die Wände zu berühren, die Vergangenheit auf meiner Haut zu spüren.

In der Ferne war das dumpfe Tuckern des Traktors und die Schreie einer Schar Möwen zu hören, die von der Küste hierhergekommen waren und über den Feldern kreisten, wo der Farmer wohl gerade die Erde umgepflügt hatte. Von Spaziergängern mit Hunden oder dem einen oder anderen Farmarbeiter abgesehen, konnte man hier tagelang niemandem begegnen.

David trat aus dem Cottage, in der Hand eine Stehlampe. »Da sind Sie ja«, sagte er.

»Natürlich«, und dann, nur um etwas zu sagen: »Sind Ihre Jungs auch da?«

Er verzog das Gesicht. »Einer hat beschlossen, dass er krank ist, und der andere war müde und musste nach Hause.« Ich lächelte und trat zur Seite, als er sich an mir vorbeischob, um zum Transporter zu gelangen. Er hantierte mit der Lampe herum, bis sie zwischen die anderen Sachen passte. »Sollen wir hineingehen?«, sagte er und knallte die Tür zu.

Ich nickte, als wäre es eine Belanglosigkeit, doch mein Herz hämmerte, während wir den Gartenweg entlanggingen, und als ich über die Schwelle trat, stockte mir der Atem.

Im Haus roch es feucht und holzig. Der Teppich hatte Flecken, genau wie die Wände, mit helleren Vierecken, wo Bilder gehangen hatten. Das Wohnzimmer war leer bis auf einen Schaukelstuhl mit ramponiertem Polster. »Ich lasse immer bis zum Schluss einen Stuhl stehen«, sagte David, der meinem Blick gefolgt war. »Häuser zu entrümpeln dauert lang.« Er sah auf seine Armbanduhr. »Soll ich Sie herumführen, oder sehen Sie sich selbst um?«

»Ich sehe mich selbst um«, erwiderte ich, ein wenig zu rasch.

Er hob die Augenbrauen, sagte jedoch nichts weiter dazu, sondern bot lediglich an, wiederzukommen und mich abzuholen. »Erspart Ihnen einen Gang im Dunkeln«, fügte er hinzu. »Ich wohne in die Richtung. Ein paar Kilometer weiter, an der Hauptstraße, etwas zurückgesetzt.«

Ich kannte die Stelle, die er meinte: eine Reihe alter Cottages mit langen Gärten und Wald dahinter. »Seit wann wohnen Sie da?«, sagte ich, um einen beiläufigen Ton bemüht. Möglicherweise lebte David schon seit Jahren im Dorf. Wenn es so war, wusste er über mich Bescheid. Nicht, dass ich ihn erkannte, also war er vermutlich nicht auf meine Schule gegangen.

»Seit ungefähr sechs Monaten. Davor war ich in Japan. Und davor in London.«

»In Japan? Was haben Sie da gemacht?«

»Ein bisschen gearbeitet, dies und das, eigentlich so gut wie alles, aber bloß ein paar Jahre lang. Es war …« Er verstummte.

»Exotisch?«, bot ich an.

»Kathartisch«, sagte er gleichzeitig. »Und zufallsbedingt.«

Kurzes Schweigen trat ein. Es war eine seltsame Kombination von Wörtern. »Wieso?«

»Zufallsbedingt, weil Japan das erste Land war, das mir einfiel, und kathartisch, weil es mir hinterher besserging. Das bedeutet kathartisch doch?« Er hob die Hand. »Antworten Sie nicht. Ich lasse Sie dann mal weitermachen. Soll ich Sie denn nun später abholen?«

Es war verlockend, aber ich lehnte ab. »Ich gehe lieber zu Fuß. Die Bewegung tut mir gut.« Zumindest der erste Teil meiner Antwort stimmte.

Sobald die Haustür zugefallen und der Transporter weggefahren war, wurde die Stille absolut. Das Haus diktierte: keine tropfenden Wasserhähne oder scheppernden Rohre; keine seufzenden Balken oder Gewusel auf dem Dachboden. Ich stampfte aus dem Zimmer, wenn auch nur, um ein Geräusch zu hören, stieg etwas langsamer die Treppe hinauf und spürte die Bretter leicht nachgeben. Die fünfte Stufe knarrte, ebenso die neunte. Meine Gliedmaßen kribbelten. Über mir bewegte sich ein Schatten. Folgte ich meinem eigenen Gespenst, meinem zwölfjährigen Selbst, wie es auf Zehenspitzen durchs Cottage schlich?

Die Treppe machte einen Knick, und ich ging bis ganz nach oben. Dort setzte ich mich auf den muffigen Teppich. Das Fenster vor mir rahmte die Bäume. Die Nachmittagssonne sank, der graue Himmel wurde schieferfarben, doch immer noch hob das Licht die wie polierten Gold- und Rottöne hervor. Eine späte Schwalbe flitzte über den Himmel. Zwei Möwen erschienen. Flogen im Zickzack, jagten. Ein aggressiver Flug.

Das Bücherregal hinter mir im oberen Flur war nicht mehr da. Vor Jahren war das ganze Haus mit Büchern und Ziergegenständen vollgestopft gewesen. Gott, ich war praktisch eingebrochen. Woher hatte ich nur den Mut genommen? Zwölf Jahre alt und entschlossen herauszufinden, was mit meiner Schwester passiert war. Wann hatte ich diesen Kampf aufgegeben?

Und *warum* hatte Mum diese Haushaltsauflösung übernommen? Ich vergegenwärtigte mir das Sammelalbum in der Schublade. Was, wenn sie zur Detektivin geworden war, so wie ich damals? Vielleicht hatte sie das ja sogar schon öfter gemacht, Haushaltsauflösungen von Leuten übernommen, die im Dorf gestorben waren, und dann ihre Habseligkeiten durchgesehen und nach Hinweisen gesucht. Mich schauderte. Das war morbide. Meine Phantasie ging mit mir durch. Das lag an diesem Haus. Es hatte diesen Effekt auf mich. Verrückte Mädchen. Männer, die Leute einsperrten.

Trotzdem erkundete ich die Zimmer. Das Bad war altmodisch, die Einrichtung vom Alter angeschlagen. Da war eine Zahnbürste, die allein in einem armseligen Plastikbecher stand, daneben ein Elektrorasierer, ein Kamm und eine Flasche Haaröl. Das eine Schlafzimmer war leer. In dem anderen war ich schon gewesen. Jetzt war eine graue Tagesdecke über das Bett gebreitet, darauf stapelten sich Kissen. Ich öffnete den Kleiderschrank. Mottenkugeln. Der chemische Geruch war nicht zu verkennen. In der Schublade unten fand ich stapelweise Papiere und noch ein paar Fotos. Die Papiere sahen aus wie Rechnungen oder Kopien von Rechnungen, die an Kunden verschickt worden waren. Sie waren auf Spanisch geschrieben und trugen den Briefkopf eines Ladens namens La Plata mit einer Adresse in Sevilla. Edward Lilys Geschäft, vermutlich; der Grund, warum er in Spanien gewesen war. Die Fotos nahm ich an mich, weil ich sie zu den anderen legen wollte.

Unten zog es mich erneut ins Wohnzimmer. Dankbar, dass David den Schaukelstuhl hatte stehen lassen, setzte ich mich und sah die Fotos durch, auf denen ich Sevilla erkannte: die Giralda, den Alcázar, und da war Lydia auf der Plaza de España, mit einem Schultertuch mit Rosenmuster.

Die Haustür ging auf, Schritte schlurften durch den Flur. Ich kam nicht mehr dazu, mich bemerkbar zu machen, ehe eine Frau auftauchte. Sie schrie auf, als sie mich sah. Lydia? Ihre Mutter? Nein. Lydias Mutter war tot. Und das war kein Gespenst mittleren Alters in einer Strickjacke, die Faust vors Herz gekrampft. Es musste eine Nachbarin oder Freundin sein. Zu jung für Edward Lilys Schwester.

Ich sprang auf und trat vor. »Es tut mir so leid. Ich wollte Sie nicht erschrecken.« Die Frau blieb, wo sie war, hielt sich mit einer Hand am Türrahmen fest. »Ich bin Anna, vom House of Flores, dem Laden, wo das alles …« Ich machte eine

Kunstpause, schwenkte die Hand durch die Luft und hielt inne, als mir klar wurde, dass das in einem leeren Zimmer eine sinnlose Geste war. Die Frau blickte sich mit großen Augen um. Sie war klein und stämmig, mit einem Wust grauer Haare; ihr Gesicht vor Entsetzen weiß. Ich geriet in Panik. O Gott, war das eine Verwandte, die noch nicht wusste, dass Edward Lily gestorben war?

»Sie wissen, was passiert ist?«, fragte ich, um Fassung bemüht.

»Ja.« Sie fuhr sich mit der Hand über die Stirn, als wollte sie es sich aus dem Kopf wischen. »Ja, natürlich. Es lag nur daran, dass ich Sie gesehen habe …« Sie zeigte auf den Stuhl, und ich drehte mich automatisch um und sah hin. »Da habe ich ihn gefunden«, sagte sie leicht verstört. »Ich muss die ganze Zeit daran denken. Ich dachte, er schläft. Ich habe seinen Namen gesagt, und er hat nicht geantwortet. Ich habe ihn angefasst, um ihn zu wecken, verstehen Sie, aber er war mausetot.« Sie verstummte, schlug ein Kreuz, und dann wankte sie, die Hände wie eine Schlafwandlerin ausgestreckt, durchs Zimmer, gefolgt vom Duft von etwas Blumigem. Sie ließ sich geradewegs auf den Stuhl plumpsen, sodass er zu schaukeln anfing.

»Auf dem Boden lag ein Bild«, sagte sie und deutete mit dem Finger auf den Teppich. »Genau da. Er hat es sich wohl gerade angesehen, als er starb. Und da war ein Geruch. Ich dachte, es wäre der Abfall. Ich hätte nie im Leben gedacht …« Jetzt war ihre Stimme weinerlich, und sie verstummte. »Als ich sah, dass er gestorben war, wollte ich als Erstes meinen Mann anrufen, ist das zu glauben? Er ist schon seit fast drei Jahren tot. So durcheinander war ich.«

»Wie schrecklich«, sagte ich, weil ich nicht recht wusste, was ich sonst sagen sollte. »Sind Sie seine …?«

»Haushälterin. Dawn. Ich bin zum Saubermachen gekommen. Der Mann, der mit dem Transporter, der hat gesagt, das geht in Ordnung.« Sie zückte ein Taschentuch und schnäuzte sich die Nase. »Ich will nicht, dass die Leute denken, ich hätte das Haus vernachlässigt.«

»Wie lange haben Sie Mr Lily gekannt?«

»Seit Jahren«, sagte sie. »Seit der Zeit, als er das Cottage gekauft hat. Anfang der Achtziger.« Sie beugte sich vor und musterte mich. »Wie lang ist das jetzt her?« Sie runzelte die Stirn, als würde sie an etwas erinnert, und sah mich noch einmal an. »Natürlich«, sagte sie, und ihre Miene hellte sich auf. »Sind Sie nicht …?« Sie verstummte.

Ich wich der Frage aus, indem ich rasch selbst eine stellte. »Kannten Sie Lydia? Ich kann mich an die Zeit erinnern, als sie hier wohnte.«

Dawn blickte über ihre Schulter, als lauschte womöglich jemand, beugte sich näher heran und bremste den Schaukelstuhl mit den Füßen. »Lydia war …« Sie verstummte, zog eine Grimasse und tippte sich mit zwei Fingern an die Schläfe. »Verstehen Sie, was ich meine?« Ich wandte den Blick ab, wollte nicht antworten. »Aber das war ja wohl auch nicht anders zu erwarten, nachdem ihre Mutter, wissen Sie …« Wieder schlug sie ein Kreuz. »Isabella habe ich nicht gekannt. Aber Mr Lily hat mir leidgetan, weil er sich ganz allein um Lydia kümmern musste. Das war so schade. Und sie war ein liebes Mädchen. Auf ihre Weise.«

Jetzt war ich neugierig. »Wie war sie denn so?«

»Na ja, lieb, wie ich schon sagte, aber still, sehr still. Und so dünn. Ich weiß noch, wie viel Sorgen sich Mr Lily gemacht und dass er ihr immer Leckereien mitgebracht hat, um sie in Versuchung zu führen.« Sie wandte den Blick ab und zog ein Gesicht, als versuchte sie, sich zu entscheiden, ob sie mehr sagen sollte.

Ich drängte sie nicht, obwohl ich es wissen wollte. Meiner Erinnerung nach war sie in England geblieben, als ihr Vater nach Spanien zurückgekehrt war. Ich fragte mich, ob sie seit seinem Tod im Cottage gewesen war.

»Das glaube ich nicht«, sagte Dawn, als ich fragte.

»War sie bei der Beerdigung?«

Sie schüttelte den Kopf. »Da waren nur ich, Mr Lilys Schwester und ein paar Leute aus dem Dorf.«

»Glauben Sie, Lydia ist...« Ich zögerte. »Gestorben?«

»Nein. Die Schwester hat von ihr gesprochen, allerdings nicht gesagt, warum sie nicht bei der Beerdigung war. Was Lydia anging, war Mr Lily auch sehr zugeknöpft – jedenfalls mir gegenüber.« Sie räusperte sich. »Um ehrlich zu sein, ich habe mich immer gefragt, ob er sie in irgendeiner Einrichtung untergebracht hat.«

»Was denn für eine Einrichtung?«

»Für Leute, die... Sie wissen schon, diese Art von Problem haben.« Sie wandte den Blick ab, als wäre es ihr peinlich, darüber zu reden.

»Sie meinen, ein Heim?«

»Ja, oder ein Kloster. So was gibt es doch in Spanien, oder?«

Ich sah ein Bild von Lydia vor mir, wie sie durch einen steinernen Gang schwebte oder in einem abgeschiedenen Garten saß, von Orangenbäumen und Bougainvillea umgeben.

»Glauben Sie wirklich, er hätte sie so abgeschoben?«

»Na ja... diese Generation«, sagte Dawn in dem gleichen verschwörerischen Ton, den sie eben schon angeschlagen hatte. »Die haben so was getan, oder?«

Sie hatte recht. Meine Mutter hatte eine entfernte Cousine gehabt, von der sie nie gesprochen hatte. Als ich das herausfand, waren sowohl Großmutter Grace und Großvater Bertrand als auch Onkel Thomas schon tot gewesen. Ich hatte einen Brief auf dem Küchentisch gesehen. Er war von einem Wohnstift in London gekommen, eine Anfrage an meine Mutter als einzige noch lebende Verwandte, ob man ihr die Sachen ihrer Cousine schicken könne. Mary. Aus dem Brief ging hervor, dass sie jahrelang in dem Stift gewohnt hatte. Ich wusste noch, dass ich deswegen zornig geworden war und meiner Mutter Heimlichtuerei vorgeworfen hatte, weil sie ihre Cousine nie erwähnt hatte. »Damals war das anders, Anna«, hatte sie gesagt. »Ich erwarte nicht, dass du das verstehst, aber für solche Sachen hat man sich geschämt.«

»Was denn für Sachen?«, hatte ich gesagt. »Geisteskrankheiten? Familiengeheimnisse?«

»Beides«, hatte sie zurückgefaucht. »So hat die Gesellschaft damals eben funktioniert. Deine Generation hat davon keine Ahnung.«

Ich hatte versucht, mehr aus ihr herauszubekommen. Ich hatte Erklärungen gewollt, Rechtfertigungen, aber sie hatte die Lippen zusammengepresst, und selbst ein noch so hartnäckiges Nachbohren von meiner Seite hatte ihr keine Worte mehr entlocken können.

Jetzt herrschte Schweigen, während ich mir überlegte, was ich noch zu Dawn sagen konnte. »Mr Lily muss für Ihre Hilfe dankbar gewesen sein«, sagte ich schließlich.

»Ich war dankbar für die Arbeit. Robert auch.«

»Robert?«

»Mein Mann. Na ja, damals noch nicht.« Sie lächelte. »Das kam erst später. Vermutlich habe ich das Mr Lily zu verdanken, weil er uns beide eingestellt hat.« Sie brach ab und wirkte plötzlich verloren.

Am Ende schlug ich vor, sie solle zum Laden kommen und sich ein Erinnerungsstück aussuchen, und als sie fragte, ob sie, soweit sich noch Sachen von Lydia im Cottage befänden, diese zur Seite legen und sich auch davon etwas aussuchen dürfe, stimmte ich zu. Ich bezweifelte, dass Edward Lilys Schwester irgendetwas von sentimentalem Wert dagelassen hatte, und Dawn empfand trotz der ungeschickten Art, wie sie über Lydia sprach, ganz offensichtlich eine Zuneigung zu dem Mädchen.

Dawn verschwand, um sich ans Putzen zu machen, und ich machte einen Gang in den Garten. Das Licht ließ nach. Ich würde im Dunkeln nach Hause gehen. Trotzdem blieb ich noch, spazierte über den ungepflegten Rasen, und meine Gedanken kehrten zu der Idee zurück, dass meine Mutter dazu übergegangen war, in anderer Leute Häuser zu stöbern, weil sie nach Indizien für ein Verbrechen suchte. Das Bild passte nicht zu der gebrochenen Frau, zu der sie geworden war. Hatte die Polizei dieses Cottage überhaupt durchsucht? Vermutlich ja, als die Ermittlungen auf Hochtouren gelaufen waren und Edward Lily unter Verdacht gestanden hatte. Aber wie weit war die Polizei gegangen? Hatte man jede Bodendiele hochgehoben, jede Schublade geleert? Hatte man im Schuppen nachgesehen, im Wasserfass, den Höhlungen in den Bäumen? Bestand die Möglichkeit, dass entweder hier oder woanders im Dorf ein Hinweis übersehen worden war?

Ich blickte zurück zum Haus. Dachpfannen fehlten, an den Fensterbänken blätterte die Farbe ab, und an der Veranda saß über der Hintertür ein Stück Dachpappe locker. Die Läden im Erdgeschoss waren geschlossen, wodurch das Haus düster und abweisend wirkte. Verbarg sich hier etwas? Lohnte es sich, noch einmal zu suchen, dort anzufangen, wo ich damals aufgehört hatte?

Von einem Baum hinter mir flog eine Taube auf, und ihr Flügelschlag ließ mich herumfahren. Ich beobachtete, wie sie pickend über den Boden watschelte. Der Traktor in der Ferne war verstummt. Nur der Wind zauste die Blätter. Im Unterholz regte sich ein Lebewesen. Es war so ruhig hier. So einsam. An einem solchen Ort konnte alles passieren.

Hatte meine Mutter das auch geglaubt?

Was hatte sie zu finden gehofft?

Ich brauchte einen klaren Blick auf die Dinge. Der Tod meiner Mutter, die Rückkehr in das Dorf, all die vertrauten Namen und Gesichter hatten mich erschüttert. Ich dachte zu viel über die Vergangenheit nach.

Und doch spürte ich, während ich dastand und das Cottage betrachtete, wie sich tief in mir etwas regte und durch das Chaos meiner Gedanken fand. Ich spürte es erneut, als ich den Gartenpfad hinter mir ließ und den Fahrweg entlangging. Noch war es fern, aber es machte sich immer stärker bemerkbar, und ich erkannte, was es war. Nach all den Jahren der Abwesenheit kehrte mein Durchhaltewillen wieder, das Bedürfnis, die Wahrheit zu erfahren.

10

1982

Der letzte Tag des Schuljahrs endete mit einer langweiligen Preisverleihungszeremonie in der Aula. Die Schule mit ihren Betonblocks und den Lehrern, die ständig Nervenzusammenbrüche hatten, war durchweg öde. Ich hatte aufs humanistische Gymnasium gehen wollen, wo das Gebäude dem Herrenhaus in einem Schauerroman glich, die Mädchen Blazer und Gürteltaschen trugen und Latein lernten und niemand einen Brillenschlange oder Streberin nannte, nur weil man im Unterricht zuhörte. Aber Saint Barnabas lag tragischerweise in der Stadt – dreißig Minuten mit dem Bus; die Fahrt passte Mum nicht, und Dad missfiel der Elitegedanke. »Jesus, Maria und Josef«, sagte Gabriella, als ich ihr von meinem Traum erzählte. »Latein ist tot. T.O.T. Und hast du mal deren Uniformen gesehen? Röcke bis zu den Knöcheln.«

Mrs Green, die Direktorin, spulte noch immer eintönig ihre Rede ab und verteilte Pokale und Plaketten. Wir saßen in Reihen und nickten mit den Köpfen, bis Miss Pretty auf die Bühne trat, um den Gewinner des Kunstwettbewerbs bekanntzugeben. Da wachte die Schule auf. Miss Pretty war jung. Sie trug Kleider mit Rüschen und große Kreolen – genau so sollte eine Kunstlehrerin aussehen.

Das mit einem Tuch verhüllte Bild stand auf einer Staffelei. Mit großer Gebärde zog Miss Pretty das Tuch weg, und zum Vorschein kam das Porträt eines alten Mannes. »Und die Gewinnerin ist«, sagte sie mit ausgebreiteten Armen, als wollte sie uns alle an sich ziehen, »Martha Ellis.«

Schweigen.

»Martha Ellis«, sagte ein Junge in der Reihe hinter mir. »Die kann doch überhaupt nicht malen.«

Aber sie konnte doch, und da auf der Bühne war der Beweis, und da war Martha, die zu spärlichem Applaus die Treppe hinaufstieg.

Hinterher, als es klingelte und wir hinausströmten, suchte ich nach Gabriella. Ich fand sie bei Martha. Beide betrachteten sie den Preis – zwei Eintrittskarten zu einer Ausstellung in der Tate Gallery in London. Ein dunkles Gefühl stieg in mir auf und durchlief meinen ganzen Körper. Ich versuchte, es zu verdrängen. Warum sollte mich das kümmern? Aber Martha lächelte und schleimte sich auf ihre typisch irritierende Art bei meiner Schwester ein, und ich konnte nicht anders.

»Bist du so weit?«, fragte ich mit hoher, gezwungener Stimme.

»Wofür?«, sagte Gabriella, die sich mir mit verwundertem Gesichtsausdruck zuwandte.

»Wir müssen nach Hause.«

»Ach ja?« Sie runzelte die Stirn.

Ich setzte eine ernste Miene auf. Ich dachte, sie würde widersprechen, aber sie verabschiedete sich von Martha und folgte mir zum Tor. Als ich zurückblickte, starrte Martha uns nach, die Hand ausgestreckt, als wollte sie die Eintrittskarten weggeben. Ich presste die Zähne aufeinander, ging schneller und zog Gabriella mit mir.

»Warum müssen wir nach Hause?«, fragte Gabriella.

»Müssen wir gar nicht«, sagte ich. Dabei schaute ich mich um, noch während ich das sagte, und rechnete halb damit, Dad in seinem Transporter warten zu sehen. Er war dazu übergegangen, uns auch von der Schule abzuholen und nicht nur hinzubringen. Oder bestand zumindest darauf, dass wir gemeinsam zum House of Flores anstatt auf direktem Weg nach Hause gingen. »Du bist genauso paranoid wie Mum«, hatte Gabriella ihm vorgeworfen. Er dagegen hatte behauptet, er wolle nur mehr Zeit mit seinen Mädchen verbringen.

»Warum hast du dann gelogen?«, fragte Gabriella jetzt.

»Ich dachte, ich müsste dich retten.«

Sie sah mich an. »Sei nicht blöd, Anna. Was ist eigentlich los mit dir? Hast du denn mit niemandem Mitleid?«

Meine Wangen röteten sich. Gabriellas Missbilligung war wie ein Schwall kalter Luft, durch dessen Kraft meine Sturheit zerfiel. Den Rest des Weges legten wir schweigend zurück, und mein Gesicht brannte vor Scham. Gabriella hatte recht. Ich war blöd. Ich hätte sie und Martha zufriedenlassen sollen. Gabriella versuchte bloß, nett zu sein.

»Tut mir leid«, murmelte ich, als wir ankamen. Ich zog an der Pfingstrose neben der Tür. Die Blüten waren blutrot und platzten schier aus den Hüllen. Ich pflückte eine und hielt sie Gabriella hin. »Tut mir leid. Richtig, richtig leid. Du kannst mit Martha in die Ausstellung gehen, wenn du magst.«

»Das hatte ich eigentlich gar nicht vor«, sagte sie, nahm die Blüte und bedachte mich mit einem weiteren missbilligenden Blick. »Also, wenn es jetzt Tickets für Siouxsie gewesen wären …« Sie grinste. »Vergiss es.« Sie nahm eine Klemme aus ihrem Haar und befestigte die Pfingstrose damit in meinem. Dann trat sie zurück und bewunderte den Effekt. »Du siehst toll aus, Anna Flores. Wie eine Flamencotänzerin. Ich wünschte, ich hätte dein schwarzes Haar. Oder dass Mum mir wenigstens erlauben würde, es zu färben.«

»Vielleicht solltest du es einfach tun«, sagte ich mit mehr Nachdruck, als ich beabsichtigt hatte.

Sie starrte mich an, den Mund vor Überraschung leicht geöffnet. »Was ist denn aus der kleinen Spießerin geworden?«

Ich zuckte die Achseln und lächelte. Wir waren wieder vereint, diesmal allerdings gegen Mum.

Später, als ich in den Spiegel schaute, waren einige Blütenblätter der Pfingstrose abgefallen. Wie viel besser die Blüte an der Pflanze ausgesehen hatte. Ich hätte sie dort lassen sollen. Schuldgefühle mulmten in meinem Bauch, gesellten sich zur Eifersucht hinzu. Aber es war nicht die verwelkende Blüte, die mir Schuldgefühle machte; es war die Erinnerung an Martha, wie sie die Eintrittskarten mit ausgestreckter Hand niemandem anbot.

Die Ferien begannen, und wir gewöhnten uns an unsere Freiheit. Mum machte mit uns einen Ausflug in die Stadt, und wir stritten darüber, ob wir uns im Kino *Rocky III* oder *Annie* ansehen sollten. Am Ende sahen wir uns beide an, und hinterher aßen wir im Debenhams Krapfen.

Am ersten heißen Tag beschlossen wir, picknicken zu gehen. Mum lag mit Kopfschmerzen flach, einen feuchten Waschlappen auf der Stirn. Sie um Erlaubnis zu fragen hatte keinen Sinn, da wir wussten, sie würde Theater machen, also nahmen wir uns einfach ein Päckchen schottische Eier, ein paar Sausage Rolls und einen Battenberg-Kuchen und schlüpften zur Tür hinaus.

Tom der Straßenkehrer kam gerade vorbei. Wir kannten ihn schon seit Ewigkeiten. Er trug immer einen bunten Schal, den seine Mutter gestrickt hatte, und schob seinen Karren, aus dem, wie zu einem Dreizack vereint, sein Laubstecher, seine Schaufel und sein Besen hervorstanden. Die perfekten Mordwaffen, sagte Rita einmal, zum Erstechen, Vergraben und Erde-Wegfegen.

Tom war erst knapp über zwanzig, aber uns kam er älter vor, weil er gebeugt ging. Er hatte riesige Augen, und sein

Blick war ständig in Bewegung, sodass man nie wusste, ob er einen gerade ansah oder ob er überhaupt zuhörte, was den Teenagern im Dorf, die ihm gern Schimpfworte nachriefen oder ihn mit Steinen bewarfen, den Spaß verdarb. Jetzt lächelte Gabriella und sagte wie immer hallo; und er ignorierte sie wie immer.

Wir spazierten die Chestnut Hill hinauf, weil wir vorhatten, auf dem Fahrweg in Richtung Wald abzukürzen. Die Luft roch nach gemähtem Gras, und winzige Fliegen summten uns ins Gesicht. Im Garten des strohgedeckten Hauses stand ein Korb mit feuchter Wäsche unter der durchhängenden Leine. Aus dem Haus drang das dünne Geschrei eines kleinen Kindes. Ein Rasenmäher war stehen gelassen worden. Das Gras war zur Hälfte geschoren, die andere Hälfte war noch lang und ungezähmt. Wie eine schiefe Frisur.

»Human League«, flüsterte ich, um Gabriella zum Lachen zu bringen. Sie griff sich ans Herz und grinste. Der Junge mit dem schläfrigen Blick im Our Price war Phil Oakey wie aus dem Gesicht geschnitten.

Vor dem Lemon Tree Cottage stand ein dunkelroter Transporter. »Dad«, sagten wir gleichzeitig und sahen einander an. Eine Lieferung? Das war plausibel. Jeder im Dorf kaufte Möbel im House of Flores.

»Sollen wir klopfen?«, schlug Gabriella vor.

»Wozu?« Ich ging rasch am Gartentor vorbei, und Gabriella folgte. Ich hatte keine Lust, Edward Lily noch einmal zu begegnen. Sicher hatte er mich beim Bäcker erkannt und glaubte jetzt, ich spionierte ihm nach. Wir waren bereits ein paar Schritte weitergegangen, als eine Tür zuschlug. Wir blickten zurück. Dad schritt den Pfad entlang. Er öffnete die Fahrertür des Transporters, sprang hinein und fuhr, Staub hinter sich aufwirbelnd, den Fahrweg entlang davon.

Wir zuckten die Achseln, wanderten weiter durch den Wald und aßen im Gehen unser Picknick. Wir hatten eine feste Strecke, der wir stets folgten, einen Rundweg, bei dem wir einen vom Blitz gespaltenen Baum und eine Bank mit eingeschnitzten Graffiti als Orientierungspunkte verwendeten. Stimmen ein Stück weit voraus veranlassten uns, in eine Richtung abzuschwenken, die wir normalerweise nicht einschlugen. Der Pfad hier war ein schmaler Streifen harter Erde, der wie ein fahles, trockenes Bachbett zwischen den Bäumen hindurchschnitt. Das Geäst zu beiden Seiten war ineinander verhakt und bildete einen düsteren Korridor, der immer dichter wurde, je weiter wir gingen, bis wir schließlich eine Stelle erreichten, die so zugewuchert war, dass ein Weiterkommen unmöglich wurde.

»Sollen wir umkehren?«, sagte ich und spähte in die Schatten, doch Gabriella bog bereits nach einer Seite ab. Ich sah ihr nach, wie sie sich geräuschvoll einen Weg durchs Unterholz bahnte und ihr Körper nach und nach verschwand, bis sie nicht mehr zu sehen war.

Nach einer Weile schaute ich auf meine Uhr. Abgesehen vom Schrei eines Vogels in der Ferne und einem Rascheln im Dickicht war es still im schattigen Wald. Ich ging los, stieß gegen Wurzeln und Steine. Wieder sah ich auf meine Uhr. Sieben Minuten waren vergangen. Und wenn man die Minute mitzählte, die ich nicht hingesehen hatte, kam man auf acht. »Gabriella?«, rief ich. Keine Antwort, und inzwischen war auch die Temperatur gefallen. Der Schweiß auf meinen Handflächen kühlte ab. »Gabriella?«, rief ich erneut. Immer noch nichts bis auf das Wispern eines Lebewesens im Gras.

Frierend folgte ich dem Weg, den sie gegangen war. Eine Maus wuselte quer über meinen Pfad, und ich trat zur Seite und stolperte. Ich packte einen Brombeerzweig, um das Gleichgewicht nicht zu verlieren, und verzog das Gesicht, als die Dornen mir in die Haut stachen und kleine Blutströpfchen aus den Einstichen quollen. Voller Panik bog ich ins Unterholz ab. Ich drückte Zweige zur Seite, die mir ins Gesicht zurückschnellten, und tastete mich im Halblicht vorwärts, bis ein Aufblitzen von Farbe mich zum Stehen brachte, und da, an einem Strauch hängen geblieben, hing ein Stofffetzen. *Wie eine Halskette aus Rubinen.* Das hatte Gabriella gesagt, als sie sich das Tuch am Morgen um den Hals geschlungen hatte, obwohl es für mich eher wie ein Rinnsal Blut ausgesehen hatte, das sich über ihre blasse Haut zog. Ich löste den Fetzen und umklammerte ihn, in meinem Kopf überschlugen sich die Möglichkeiten. Sie war entführt worden. Ein Verrückter hatte sie verschleppt.

Eine Hand packte mich an der Schulter. Ich schnappte nach Luft und drehte mich um, mit offenem Mund, drauf und dran zu schreien, aber es war Gabriella. Ich hätte sie am liebsten angebrüllt und gefragt, warum sie mich allein gelassen hatte, aber sie hatte den Finger auf die Lippen gelegt und bedeutete mir mitzukommen. Ich holte tief Luft und folgte ihr, und mein Herzschlag verlangsamte sich auf sein normales Tempo, während wir uns zwischen den Büschen hindurchschoben und die Lücke erreichten, in die sie verschwunden war.

Der Wald endete abrupt, und der Boden fiel zu einer Lichtung ab. Um den Rand der Senke bildeten die nach innen geneigten Bäume einen Kreis, sodass ihre Äste sich überschnitten und kein Licht hindurchdrang. Ein dichter Unterwuchs aus Dornengestrüpp und Sträuchern reichte bis an eine steile Böschung aus Erde und Steinen heran, die in die eigentliche Senke hinabführte.

»Schau«, flüsterte Gabriella und zeigte mit dem Finger in die entsprechende Richtung.

Ich blinzelte, bis meine Augen sich an die Dunkelheit gewöhnt hatte. Neben einem umgestürzten Baumstamm auf der anderen Seite der Lichtung kniete eine Gestalt. Es war Martha. Sie hatte ein Loch in den Boden gegraben und legte eine Schuhschachtel hinein. Jetzt scharrte sie es mit den Fingern wieder zu.

Ich packte Gabriella am Ärmel. Keine von uns sagte etwas. Eine Krähe rief. Eine andere antwortete. In der Luft lag der strenge Geruch feuchter Erde, vermischt mit verrottender Vegetation. Ich rechnete damit, dass eine Nebelwolke aufsteigen und uns verschlucken würde. Ich wartete. Nichts passierte. Ich rührte mich, und ein Stein kullerte die Böschung hinunter. Wir erstarrten, während Martha zusammenfuhr und angestrengt in unsere Richtung schaute, blind die Düsternis absuchte. Stumm sahen wir von unserem Versteck aus zu, wie sie Brombeerzweige über die Stelle zog und dann auf der anderen Seite der Senke die Böschung hinaufkletterte.

Nun, da Martha fort war, hatte sich auch das Gefühl des Geheimnisvollen verflüchtigt. Ich dachte an meine eigene Schuhschachtel, die ich unter dem Bett versteckt hielt. Sie barg nichts weiter als Fossilien und Muscheln, die ich in den Ferien gesammelt hatte, ein paar Postkarten und gepresste Blumen. Dass Marthas Schachtel interessanter war, bezweifelte ich.

»Wir könnten sie ausgraben«, sagte ich halbherzig und bedauerte es sofort, als Gabriella zu lachen anfing.

»Was glaubst du denn, was du da findest?«, sagte sie. »Wir reden hier von Martha. Was glaubst du denn, was sie versteckt hat?«

Ich wandte den Blick ab. Ich wollte nicht sagen, woran ich dachte. Noch vor ein paar Monaten wäre Gabriella die Erste gewesen, die hinuntergegangen wäre und nachgesehen hätte. Ich änderte meinen Gesichtsausdruck, tat so, als interessierte es mich nicht. »Ich hab nur Spaß gemacht«, sagte ich achselzuckend.

»Nein, hast du nicht.«

»Doch, hab ich.« Ich sprang auf. »Los, Wettrennen.« Aber sie rannte nicht, sondern hing zurück, während ich den Pfad entlangsprintete. Mir wurde klar, dass ich künftig besser darauf achten musste, was ich zu Gabriella sagte. Sie war dabei, sich zu verändern, und ich musste mich anpassen.

Mum war immer noch in ihrem Zimmer, schlief und ahnte nichts davon, dass wir weg gewesen waren. Und als Dad nach Hause kam, eilte er sofort nach oben, und die beiden blieben eine Stunde lang für sich. Später machte er in der Mikrowelle Curry und Reis warm und sagte, wir Mädchen könnten ausnahmsweise vor dem Fernseher essen und uns *Top of the Pops* ansehen.

Das war etwas ganz Neues, und es lenkte mich ab, bis ich schlafen ging. Dann kam mir ein Bild von Martha in den Sinn, wie sie im Wald kauerte. Was würde jemand wie sie verstecken? Meine Gedanken verweilten bei den Möglichkeiten: ein Tagebuch, Geld, Briefe. Ihr nachzuschnüffeln war nicht in Ordnung. Doch als ich daran dachte, wie Martha versucht hatte, Gabriella zum Mitkommen in die Ausstellung zu bewegen, beschloss ich, dass es ihr recht geschah, wenn ich ihre Schachtel ausgrub. Und außerdem war es ein Geheimnis, und Geheimnisse mochte ich nicht.

Am Ende malte ich mir so lebhaft aus, wie ich mich in den Wald zurückschlich und meinen Plan ausführte, dass es mir, als ich die Augen schloss, so vorkam, als wäre es tatsächlich geschehen.

Früh am nächsten Morgen steckte ich den Kopf in Gabriellas Zimmer. Sie schlief auf der Seite liegend; unter der Decke lugte ein gestreiftes Pyjamabein hervor.

Ich ließ sie schlafen, ging auf Zehenspitzen nach unten, schnappte mir aus dem Schrank unter der Spüle eine Pflanzschaufel und verließ das Haus. Mit Frühstück hielt ich mich erst gar nicht auf, sondern stopfte mir die Taschen mit Ingwerplätzchen voll, die ich auf dem Weg in den Wald aß. Ich wusste, ich würde vielleicht Ärger kriegen, wenn Mum dahinterkam, dass ich allein losgezogen war, aber das war mir egal. Außerdem schien sie sich viel mehr Sorgen zu machen, wenn Gabriella aus dem Haus ging, obwohl ich die Jüngere war. Was glaubte sie eigentlich, was Gabriella vorhatte?

Das Lemon Tree Cottage brütete stumm vor sich hin, während ich vorbeieilte. Im Garten regte sich nichts. Kein Lüftchen bewegte Bäume oder Pflanzen. Ich warf einen verstohlenen Blick auf die Fenster im ersten Stock, aber von dem verrückten Mädchen, das durchs Glas gestarrt hatte, war nichts zu sehen.

Im Wald beeilte ich mich, flitzte zwischen den Bäumen hindurch, sprang über tote Äste, Wurzeln und Steine, wich Dornenranken und Ansammlungen von Pilzen aus. Nachdem ich ein paarmal falsch abgebogen war, fand ich den fahlen Pfad. Der Fahle Pfad. Der Name gefiel mir. Der Ring von Bäumen wäre dann der Kiefernkreis. Die Senke die Satanssenke. An ihrem Rand blieb ich stehen, ging in die Hocke und kletterte hinunter. Unten erschien es mir noch dunkler als zuvor, als hätte sich das Laubdach über Nacht verdichtet. Ich wartete, bis meine Augen sich an das Düster gewöhnt hatten, dann steuerte ich die Stelle neben dem umgestürzten Baumstamm an. Ein Steinhäufchen markierte sie, wie ein Miniaturgrabmal.

Martha hatte die Schachtel nicht sehr tief vergraben. Ich stieß schon nach kurzer Zeit darauf. Ich hebelte sie heraus und legte sie auf den Boden. Es war eine ganz gewöhnliche Schuhschachtel, wie meine, und einen Moment lang spürte ich die Last meines Gewissens, das mir sagte, ich solle sie zurücklegen. Ich wischte die Erde davon ab, meine Finger schrappten über den Deckel. Um mich herum schienen die dunklen Schemen des Unterholzes einen Schritt näher zu treten, als drängten sie mich weiterzumachen. Rasch, bevor ich es mir anders überlegen konnte, klappte ich den Deckel auf.

Als Erstes schlug mir der Geruch entgegen: ein süßlicher, fauliger Gestank. Ich hielt mir die Hand vor den Mund, um nicht würgen zu müssen. In der Schachtel lag ein brauner verkrümmter, mit getrocknetem Blut bedeckter Körper. Ich starrte das zerfleischte Geschöpf an und musste kräftig schlucken. Ich hatte schon immer den Verdacht gehabt, dass Martha verrückt war, und jetzt wusste ich es mit Sicherheit. Hier war der Beweis. Sie hatte ihr eigenes Meerschweinchen getötet. Sie hatte einen Hammer genommen und ihm den Schädel eingeschlagen. Kleine Knochensplitter stachen aus dem Fell hervor. Die Übelkeit kam wieder.

Ich nahm mich zusammen, hob mit Daumen und Zeigefinger den Deckel auf und setzte ihn auf die Schachtel, die ich in das Loch zurückbeförderte. Das Grab, das ich aufgewühlt hatte, klaffte mir entgegen. Ich sollte es wieder zuschütten: Martha könnte zurückkommen. Aber mir schwamm der Kopf, ich beugte mich zur Seite und erbrach mich.

Wackelig stand ich auf, wischte mir mit dem Handrücken den Mund ab und wich zurück. Ich konnte die Schachtel nicht noch einmal anfassen. Außerdem durfte Martha ruhig wissen, dass man ihr auf die Schliche gekommen war. Warum sollte sie glauben, ihr Geheimnis wäre sicher? Während ich zum Rand der Senke hinaufkletterte, fragte ich mich, was Gabriella wohl sagen würde, wenn sie Bescheid wüsste. Würde sie Martha ebenso sehr verachten wie ich?

11

Als ich die Falltür aufhakte, ließ sich die Leiter ganz leicht herunterziehen. Der Dachboden wurde von einer einzelnen Glühbirne beleuchtet, die unsicher an einem Stück dünnem Draht hing. Ich kletterte hinauf und trat vorsichtig über die Dielen bis zu einem Stapel Kisten, die ich als meine erkannte.

Ich öffnete eine und fand Bücher: Poe, Wilde, Brontë, Collins – Geschichten von Gespenstern und Wahnsinn. *König Lear. Macbeth.* Meine Freunde von der Universität – engere Freunde als die Studenten, die ich gemocht, aber immer auf Distanz gehalten hatte.

Den Augenblick meiner Ankunft in London hatte ich als Erleichterung empfunden. Als ich die Mile End Road entlanggegangen und durch das Tor des Colleges getreten war, hatte ich die Freiheit gespürt. Die Leute hatten sich nicht an den Fall Flores erinnert, und wenn doch, hatten sie ihn nicht mit mir in Verbindung gebracht. Ich hatte meine Rolle als Schwester des vermissten Mädchens abgelegt, hatte den klaustrophobischen Mantel des Dorfes abgestreift. Ich hatte meinen Platz unter den anderen Seminarteilnehmern eingenommen und war das geworden, was ich angestrebt hatte: unauffällig. Und da niemand mich wirklich gekannt hatte, war es mir, als ich ging, leichtgefallen, mich zu verabschieden, leichtgefallen auch, neue Freunde und Liebhaber zu finden, die noch weniger wussten.

Jetzt, während ich meine Bücher durchstöberte und *Hamlet* zutage förderte, stellte ich mir vor, wie der Dachboden von

Stimmen voller Wahnsinn und Leidenschaft widerhallte. Ich könnte meine hinzufügen, und niemand würde es hören.

Die zweite Kiste enthielt Überreste von Kindheit: räudige Teddybären und kaputte Puppen, eine Menagerie von Porzellantieren und ein schwer leserliches Tagebuch, das nach und nach versandet und zu einem Buch voller Gedichte geworden war, abgeschrieben in meiner schönsten Handschrift.

Meine Erinnerungen spulten sich ab. Und wie bei den alten Schmalfilmen meines Vaters ruckten und rutschten die Bilder und erstarrten in einem Moment von Aktion. Zwei Mädchen, die Hand in Hand ins Meer rannten. Sich einen Hang hinunterkugelten. Enten fütterten. Auf Schaukeln. Ein ernstes Gesicht mit losem hellem Haar. Ein dunkleres Kind mit provisorisch reparierter Brille.

Ich fand ein Schulheft. Es enthielt meine Notizen, meine Liste von Verdächtigen, die unbeholfene Suche eines kleinen Mädchens nach der Wahrheit. Ich überflog die Namen: Edward Lily, Charlie Ellis, Stuart Henderson, Rupert Sullivan. Wer von ihnen weilte wohl noch unter den Lebenden? Und was war mit Tom? Der arme Tom. Geopfert und ausgestoßen. Beschuldigt, meine Schwester entführt zu haben, und das war hängengeblieben, auch nachdem er entlastet worden war. Man hatte ihn als Perversen abgestempelt und aus dem Dorf vertrieben. Wer weiß, wo er jetzt steckte? Und die Frauen, die Mädchen. Alle waren sie in meinem Heft aufgeführt, ihre Bewegungen vermerkt, ihre Verbindung zu Gabriella schwarz auf weiß festgehalten. Jeder Mensch im Dorf war verdächtig gewesen. Jeder von ihnen, ob tot oder lebendig, war es immer noch.

Auf der anderen Seite des Dachbodens stand eine Metalltruhe. Mit dem Schulheft in der Hand trat ich über die Dielen. In der Truhe waren Kleidungsstücke, alte Kleider und Schals, ein Paar ausgefranste Satinschuhe. Ich stellte mir Mum vor, wie sie sie trug und verstohlene Blicke auf ihre Füße warf. Unter den Kleidern befanden sich ein Umschlag mit Dokumenten und eine Holzschatulle. Ich versuchte, die Schatulle zu öffnen, aber sie war verschlossen, und es war kein Schlüssel da. Neugierig nahm ich sie an mich und stieg mit ihr und dem Umschlag die Leiter hinunter.

Ich ließ mich auf dem Sofa nieder und studierte zunächst die Dokumente, die ich eins nach dem anderen vorsichtig auseinanderfaltete. Das Leben der Eltern meiner Mutter, Grace und Bertrand Button, niedergelegt auf dünnem, vergilbtem Papier voller Stockflecken. Ihre Geschichte schien komplett zu sein. Geburt, Heirat, Tod. Alle ihre Urkunden waren zusammengeheftet. Im Vergleich dazu gab es auf Dads Seite fast nichts, was nicht weiter verwunderlich war, da weder sein Vater noch seine Mutter in England geboren waren. Ein Großteil seiner Geschichte war verlorengegangen.

Mum und Dad waren offenbar auch nicht sonderlich achtsam gewesen. Das einzige Dokument, das ich von ihnen fand, war Mums Geburtsurkunde. Ich stöberte noch eine Zeitlang herum und suchte nach mehr, ehe ich es aufgab. Irgendwann würde ich darauf stoßen, und dann wäre es interessant, alles zusammenzufügen, einen Stammbaum zu erstellen. Ich überlegte, online zu recherchieren, die Urkunden anzufordern, sie zu vervollständigen, bis mir einfiel, dass es kein WLAN gab. Mum hatte keinen Computer gehabt.

Wieder zog ich an dem Schloss der Holzschatulle. Es gab nicht nach. Wenn Dad bei einer Haushaltsauflösung auf einen Schrank oder eine Tür gestoßen war, die er nicht hatte öffnen können, hatte er das Schloss mithilfe einer Büroklammer und einer Zange geknackt. Nun holte ich, mit leichten Gewissensbissen, die Werkzeuge, probierte seinen Trick aus, und das Schloss gab ein zufriedenstellendes Klicken von sich.

Drinnen befand sich ein in blauen Samt eingeschlagenes Taufarmband. Es war wunderschön gearbeitet, mit zwei kleinen Herzen, in die jeweils ein winziger Stein eingelassen war, und dem vorne eingravierten Schriftzug *Gabriella.* Ich hielt es an meine Lippen, sodass das Metall von meinem Atem beschlug. Hatte Gabriella von diesem Armband gewusst? Hatte ich auch eins bekommen? Ich glaubte nicht.

Ich saß da, versuchte, mich zu erinnern, und drängte meinen Groll zurück. Hatten meine Eltern von Gabriella mehr gehalten als von mir? Nein. Ich verwarf den Gedanken. Das war kleinkariert, egoistisch und gemein von mir. Was spielte es für eine Rolle, wenn sie nur für sie ein Armband gekauft hatten? Sie hatten uns beide gleichermaßen geliebt. Und ich war das zweite Kind. Jeder wusste, dass das zweite Kind weniger Aufmerksamkeit bekam.

Später ging ich ins Café. Die Autos fuhren mit eingeschalteten Scheinwerfern vorbei, und obwohl es erst zwei Uhr war, kam es einem wie eine verfrühte Abenddämmerung vor.

Es regnete, und eine Frau, die einen altmodischen Kinderwagen schob, blieb stehen, um die Haube zu richten. Sie schaute mit ängstlich suchendem Blick hinter sich, bis ein Mädchen mit zugeknöpfter Jacke erschien, woraufhin sie voller Erleichterung lächelte.

Das Armband steckte in meiner Tasche. Ich holte es hervor und hielt den kleinen Kreis in der hohlen Hand. Es war unrecht, eifersüchtig zu sein. Meine Eltern hatten dieses Geschenk für ihr erstes Kind gekauft; eine Tochter, die ihnen nach fünfzehn Jahren genommen worden war. Jetzt waren sie tot, und ich war die Einzige, der das noch etwas ausmachte.

Der Regen wurde heftiger. Ein Mann im Anzug kam zur Tür hereingestürzt, klappte seinen Regenschirm zusammen und öffnete und schloss ihn mehrmals, um die Wassertropfen abzuschütteln; hinterm Tresen war das Zischen von Dampf, das Klappern von Geschirr und das Lachen der Bedienung zu hören, während die beiden sich unterhielten.

David erschien mit einer gefalteten Zeitung unterm Arm und gab seine Bestellung am Tresen auf. »Zum Hier-Essen oder zum Mitnehmen?«, fragte die Bedienung. Als er »Zum Mitnehmen« antwortete, verspürte ich leichte Enttäuschung und trank meinen Kaffee aus.

Auf dem Weg hinaus erspähte er mich und kam zu mir herüber. »Ich hätte angeboten, Ihnen was mitzubringen, wenn ich Sie gesehen hätte«, sagte er mit einem Blick auf meine leere Tasse. »Espresso?«

Ich lächelte. Warum nicht?

Er stellte seinen Plastikbecher und seine Papiertüte auf den Tisch und kam mit Kaffee und einem Plunderstück wieder. Ich hob die Augenbrauen, als er beides vor mich hinstellte. »Ich fand, Sie sehen hungrig aus«, sagte er, setzte sich und lächelte verlegen. Er wandte sich der Bedienung zu und hob mit fragender Geste seinen Becher. Als sie ihm durch Winken und Nicken ihr Einverständnis signalisierte, nahm er den Deckel ab, pustete auf die Flüssigkeit und trank.

»Wie ist die Haushaltsauflösung?«, fragte er.

Ich überlegte einen Moment lang, ehe ich sagte: »Heftig.«

Er lachte herzlich. »Das ist genau das richtige Wort.« Er warf einen Blick auf das halb gelöste Kreuzworträtsel in seiner Zeitung. »Von denen könnte ich noch ein paar gebrauchen. Drei waagerecht: *Die Hauptstadt von Italien, angeblich.* Und die Lösung heißt nicht Rom.«

Ich zog ein Gesicht. »Dann fragen Sie mich lieber nicht. Für Kreuzworträtsel bin ich nicht zu gebrauchen, besonders wenn sie hintersinnig sind.«

»Das ist das schnelle Kreuzworträtsel – angeblich.«

»Na ja, es könnte alles Mögliche sein. Alt, touristisch, heilig.«

Er lächelte, öffnete die Papiertüte und inspizierte ihren Inhalt. Er zog ein Teilchen heraus und hielt es in Richtung der Bedienung hoch. Sie schüttelte amüsiert den Kopf und wedelte mit der Hand, um ihm zu zeigen, dass es ihr gleich war.

»Vier Buchstaben. Der vierte ist ein G.«

»Mehr haben Sie nicht?«

Er zuckte die Achseln. »Ich bin für Kreuzworträtsel auch nicht zu gebrauchen. Weiß nicht, warum ich überhaupt welche mache.«

»Gehirnfutter.«

»Vielleicht.«

Kurzes Schweigen trat ein, während er aß. Er trug ein kariertes Hemd und hatte einen Knopf zu schließen vergessen. Ich verkniff es mir, darauf hinzuweisen, und konzentrierte mich stattdessen auf sein Gesicht. Die Bartstoppeln standen ihm. Er war eindeutig attraktiver, als ich ihm zugebilligt hatte. Humorvoll auch. War er verheiratet? Während ich eine Mandel aus meinem Plunderstück pflückte und daran knabberte, warf ich einen raschen Blick auf seine linke Hand. Also Single. Obwohl man das eigentlich nie sagen konnte.

Die Frau mit dem Kinderwagen kam zurück. Das kleine Mädchen hatte einen riesigen Regenschirm aufgespannt und wurde vom Wind hierhin und dahin gezogen. Ich sah zu, wie sie die Straße entlanggingen, und als ich mich wieder umdrehte, hatte David im Kauen innegehalten und musterte mich mit forschendem Blick. Mir wurde klar, dass ich lächelte. »Sie erinnert mich an jemanden«, sagte ich und spürte einen Druck im Magen, als ich darüber nachdachte, was ich gesagt hatte. Wer von beiden: die Frau oder das Mädchen? Gabriella das

Kind, das es gegeben hatte, oder Gabriella die Mutter, die es nie geben würde?

Tränen drohten, und ich hoffte, David hatte nichts bemerkt. Aber so leicht kam ich nicht davon. Er legte den Rest seines Gebäcks hin und sprach so leise, dass er unter dem Geräuschpegel des Cafés blieb. »Das mit Ihrer Mutter tut mir leid. Es ist bestimmt nicht leicht, alles allein machen zu müssen.«

Die Bemerkung kam so unerwartet, dass mir erneut die Tränen in die Augen stiegen. »Danke«, erwiderte ich unter kräftigem Blinzeln.

Er kam wieder auf die Haushaltsauflösung zu sprechen, gab eine Prognose, wie lange es dauern würde, damit fertig zu werden, bot Rat und zusätzliche Hilfe von ihm selbst und seinen Jungs an. Er habe jede Menge Kontakte, sagte er mir, und, noch wichtiger, einen Transporter. »Ein Mann mit einem Transporter«, sagte er und trank seinen Kaffee leer, »kriegt alles von A nach B.« Er warf einen Blick auf seine Uhr. »Lust auf einen Drink?«

Einen Moment lang war ich verdattert. »Dafür ist es noch ein bisschen früh«, sagte ich.

Er grinste. »Dafür ist es nie zu früh.«

Was sollte ich sagen, wo ich im Grunde seiner Meinung war? Ich suchte nach einer passenden Ausrede und sagte ihm, ich hätte vorgehabt, in die Bücherei zu gehen. Zum Teil stimmte das sogar, da ich vorgehabt hatte, in den nächsten ein, zwei Tagen dorthin zu gehen, um das WLAN zu nutzen. Das konnte ich genauso gut vorverlegen.

Er machte einen wegwerfenden Schlenker mit der Hand. »Bücherei? Pub? Ist das eine Alternative?«

Ich lächelte. »Vielleicht ein andermal.«

Er rührte sich nicht, sondern strich nur die Papiertüte glatt und faltete sie zu Vierecken. »Das fände ich schön«, sagte er schließlich.

Und plötzlich wurde mir klar, dass ich das auch schön fände.

Nachdem er gegangen war, blieb ich noch ein paar Minuten sitzen und schaute hinaus auf die Passanten. Ein alter Mann kam angetrottet, die Hände in den Taschen seines Mantels. Zwei Mädchen im Teenageralter, die Arm in Arm und kichernd vorbeigingen. Ein Junge. In düsterer Stimmung. Er trat gegen die Bordsteinkante. Ein unaufhörlicher Strom von Menschen. Er war endlos. Ewig. Ich lächelte über die Lösung von Davids Suchbegriff. Und dann wurde ich traurig: so viele Menschen, so viele verschiedene Leben. Kein Wunder, dass einige von ihnen verschwanden.

12

1982

Das Bild des Meerschweinchens ging mir nicht aus dem Kopf. Zur Abendessenszeit betrachtete ich die Scheiben Zunge auf meinem Teller und bat darum, aufstehen zu dürfen. Mum ließ mich gehen, ohne nachzufragen. Sie und Dad waren still, weshalb ich vermutete, dass ihr Problem nicht gelöst war.

Ich schlief schlecht, wachte im Lauf der Nacht mehrmals auf und musste jedes Mal an den zerschlagenen, blutbeschmierten Körper denken. Am liebsten wäre ich zu Gabriella gegangen, um ihr zu erzählen, was ich gesehen hatte. Aber jedes Mal, wenn ich mich dazu durchgerungen hatte zu beichten, dachte ich an ihren bedächtigen, vorwurfsvollen Blick und an ihre Worte: *Hast du denn mit niemandem Mitleid?*

Als ich am nächsten Morgen nach unten kam, lag Gabriella noch im Bett. Mum war in der Küche und schrubbte auf allen vieren den Herd. Sie hatte die Backbleche und den Rost schon gescheuert, die jetzt blitzblank auf dem Abtropfbrett standen, und ich bemerkte, dass sie Töpfe und Pfannen aus einem Schrank geräumt hatte, um ihn zu säubern.

»Können wir heute in die Stadt fahren?«, fragte ich, um einen beiläufigen Ton bemüht, und nahm mir eine Scheibe kalten Toast aus dem Ständer.

Mum zog den Kopf aus dem Herd und wrang in einem Eimer mit seifigem Wasser einen Lappen aus. Sie zog an den Fingern ihrer Gummihandschuhe, die ein leises Plopp von sich gaben, und forderte mich auf, mich zu setzen.

»Ich wollte etwas mit dir besprechen«, sagte sie.

Ich sah das Bild des toten Meerschweinchens vor mir, und mein Magen krampfte sich zusammen.

»Es ist nur…« Mum verstummte. Vielleicht sollte ich gestehen, ehe sie weiterredete. »Sie ist jetzt in einem gewissen Alter.«

Ich starrte sie an. »Wer?«

»Gabriella.« Sie zupfte an einer Haarlocke. »Sie ist jetzt in einem gewissen Alter, wo sie gewisse Dinge tut.«

»Was denn für Dinge?« Nun, da ich mir sicher war, dass es nicht um das Meerschweinchen ging, biss ich in meinen Toast.

»Hör zu, Anna«, sagte Mum eilig. »Ich mache mir Sorgen um deine Schwester. Ich glaube, sie könnte Dinge tun, die uns – deinem Vater und mir – vielleicht nicht gefallen.«

Mir fiel nichts ein, was Gabriella sich hatte zuschulden kommen lassen – vom Rauchen abgesehen. Waren sie dahintergekommen?

»Kannst du mir helfen, Anna?«

»Wie denn?«

»Sag mir Bescheid, wenn du sie mit jemandem reden siehst… jemandem, den wir nicht kennen, meine ich.« Sie lächelte strahlend. »Abgemacht?«

Ich öffnete den Mund, um nein zu sagen, aber das Wort verflüchtigte sich mit meinem Atem. Es lag daran, wie Mum mich ansah – eindringlich und traurig zugleich. Mich durchdrang das Gefühl, dass etwas Einschneidendes passiert war. Ich seufzte tief und nickte, kaute halbherzig meinen Toast. Ich hatte gelogen. Ich hatte nicht vor, meiner Schwester nachzuspionieren, oder zumindest hatte ich nicht vor, Mum Bericht zu erstatten.

Später putzte Mum den Herd, die Töpfe und Pfannen fertig, dann säuberte sie das Badezimmer, scheuerte jede Fliese an der Wand und schrubbte die Wanne, als wollte sie die Farbe davon abrubbeln.

Gabriella tauchte erst zur Mittagszeit aus ihrem Zimmer auf. Immer noch im Schlafanzug, kam sie verschlafen in die Küche getrottet, während Mum Sandwiches machte, für die sie mit heftigen, fahrigen Bewegungen das Brot schnitt. Sie blickte kaum auf, als Gabriella erschien, und obwohl ich fest damit rechnete, dass Mum ihren Unmut über die Vergeudung des Vormittags laut kundtun würde, sagte sie kein Wort.

Belinda Stocks Eltern waren letztes Jahr geschieden worden. Sie hatte uns in allen Einzelheiten die Kräche geschildert, die sie gehabt hatten, das Geschirr-Zerschlagen und Schreien und Kleider-aus-dem-Fenster-Werfen. Bei meinen Eltern war nichts dergleichen vorgekommen, aber es gab auch andere Szenarien zu bedenken. Jane Taylors Dad war zum Laden an der Ecke gegangen, um ein Päckchen Tabak zu kaufen, und war für drei Monate verschwunden. Ihre Mum hatte das Haus von oben bis unten und von einer Seite zur anderen geputzt, bis er schließlich wieder nach Hause gekommen war.

Das Putzen kam mir durchaus bekannt vor, deshalb folgte ich Dad nach dem Abendessen in den Garten. Er lehnte am Zwetschgenbaum und rauchte. Wir blieben einige Augenblicke lang stumm. Meine Frage zu stellen widerstrebte mir. Wie schnell konnte ein *Ja* oder *Nein* mein Leben verändern.

Schließlich sagte ich doch etwas. »Dad. Stimmt irgendwas nicht?«

Er sah mich an. »Wieso fragst du das, Anna?« Und, als ich die Achseln zuckte: »Es gibt nichts, worüber du dir Sorgen machen musst. Nichts, was dich betrifft.«

Ich holte tief Luft. »Ist es wegen Mum? Wollt ihr …« Ich zögerte. »Wollt ihr euch scheiden lassen?«

Er warf seine Zigarette weg, wirbelte herum und packte

mich an den Schultern. »Nein«, sagte er und senkte den Kopf, bis sein Gesicht auf einer Höhe mit meinem war. »Das würden deine Mutter und ich nie tun. Ganz gleich, was passiert, wir lieben uns. Und euch lieben wir auch. Dich und Gabriella. Nichts kann daran etwas ändern.« Ich nickte. Ich wollte ihm so sehr glauben. Ich wollte es so dringend, dass ich mich nicht rührte. Ich sagte ihm nicht, wie sehr er mir mit seinen Fingern wehtat, die sich in meine Schultern bohrten.

Am nächsten Morgen hatte sich trotz Dads Versprechungen offenbar nichts geändert. Mums Gesicht war weiß, ihre Augen glitzerten. Dad war unrasiert und spät dran.

Er riss sich zusammen, als ich erschien, und stand unsicher auf. Mum folgte ihm aus dem Zimmer, und sie redeten leise miteinander. Ich strengte meine Ohren an, um zu verstehen, was sie sagten, hörte aber nur, wie Mum ihm sagte, er solle wegbleiben. Wegbleiben wovon?

Mum hörte mit Putzen auf und ging dazu über, den Schrank unter der Treppe auszuräumen und alte Regenmäntel und kaputte Spielzeuge zu Haufen aufzutürmen. Ich bot meine Hilfe an, und sie akzeptierte und hielt jedes Stück hoch, damit ich meine Meinung dazu sagte: ein platter Hüpfball, ein Satz Plastik-Wombles, noch verpackt. Ihre Stimmung hellte sich auf, bis sie ein Paar alte Sandalen fand, die Gabriella gehört hatten.

Mir wurde eng um die Brust, als ich sah, wie sie weinte. Ich holte ein Papiertaschentuch aus der Schachtel im Wohnzimmer. Als ich es ihr gab, berührte sie mein Haar. Ich lehnte mich gegen ihre Hand, wollte sie eigentlich fragen, was sie habe, fürchtete mich aber zu sehr vor ihrer Antwort, blieb deshalb stumm und wartete darauf, dass sie etwas sagte. Sie zog mich an sich, und ich atmete den Duft ihres Parfüms ein, Lily of the Valley, das, das sie immer trug. Dad hatte gesagt, es gebe keine Scheidung. Wie ehrlich war er gewesen? Warum sonst wäre Mum so außer Fassung?

Mum seufzte und schnäuzte sich die Nase. »Tut mir leid, Anna. Ich bin albern. Es liegt an diesen Sandalen. Sieh sie dir an.« Sie versuchte zu lächeln. »Wäre es nicht schön, wenn alles so bliebe, wie es ist?«

Ich erbot mich, Dad holen zu gehen, aber Mum schüttelte den Kopf, und als ich vorschlug, Gabriella zu suchen, weinte sie nur wieder.

Bis zur Mittagszeit hatte Mum die ausrangierten Stücke aus dem Schrank in Säcke gepackt, stand in der Küche und machte Chutney. Ich beschloss, sie einem Test zu unterziehen, indem ich ihr Fragen nach Wochenenden und Feiertagen stellte und ihre Antworten genau unter die Lupe nahm. Sie antwortete ausführlich, und nichts deutete darauf hin, dass unsere Zukunft als Familie abrupt enden könnte. Ich kam zu dem Schluss, dass Mum ein Geheimnis hatte, aber nicht unbedingt plante, sich scheiden zu lassen.

Das Problem war, dass ich nun selbst zwei Geheimnisse hatte: Marthas Schuhschachtel und Mums Bitte, für sie zu spionieren. Beide wollte ich unbedingt mit Gabriella teilen.

Sie war in ihrem Zimmer, hatte sich schick angezogen und sprayte sich gerade mit einer Dose Harmony die Haare ein. Ich fragte sie, wohin sie wolle, und als sie »Nirgendwohin« antwortete, bekam ich ein flaues Gefühl im Magen. Es war die Art von Antwort, die sie meinen Eltern gab, nicht mir.

»Kann ich mitkommen?«, fragte ich mit hoffnungsvoller Stimme.

Sie schlang sich ein gelbes Tuch um den Hals und schloss

einen Nietengürtel. »Heute nicht. Bin verabredet.« Ich schniefte laut, und wie um mich zu entschädigen, warf sie mir einen Armreif zu. Ich nahm ihn und streifte ihn mir aufs Handgelenk. »Und sag Mum nicht, dass ich weggegangen bin«, sagte sie. »Du weißt doch, wie sie ist. Besonders in letzter Zeit. Sag ihr, ich mache Hausaufgaben und will nicht gestört werden.«

»Das wird sie nicht glauben.«

»Dann sag ihr, ich bin im Garten. Irgendwas.«

Ich erklärte mich dazu bereit, doch sobald die Haustür zuging, folgte ich Gabriella. Ich würde ihr nachspionieren, wie Mum es von mir verlangt hatte, aber ich würde ihr nicht erzählen, was ich herausfand. Am Gartentor erlitt mein Plan Schiffbruch. Mrs Henderson und Brian verstellten mir den Weg.

»Ist deine Mutter da?«, fragte Mrs Henderson geziert. »Ich wollte ihr meine Hilfe für das Fest anbieten.«

Neben ihr trat Brian unbehaglich von einem Fuß auf den anderen. Keiner von uns sah Mrs Henderson an. Wir schauten beide Gabriella nach, die die Straße hinunter entschwand.

»Na?« Mrs Hendersons Gesicht erschien vor meinem. Sie wartete auf eine Antwort.

Ich warf einen letzten Blick die Straße entlang, auf der nun keine Gabriella mehr zu sehen war, und öffnete widerstrebend die Tür. Mum erschien und machte ein langes Gesicht, als sie sah, wer die Besucher waren, aber sie bat die beiden trotzdem in die Küche. Manieren. Auch so eine ihrer Regeln. Und Gastfreundschaft. Die sich in diesem Fall allerdings nicht auf einen Platz im Wohnzimmer erstreckte.

Für mich galt der Verhaltenskodex nicht. Falls Brian glaubte, ich würde ihn unterhalten, hatte er sich geschnitten. Ich stürzte davon, sodass ihm nichts anderes übrigblieb, als seiner Mutter zu folgen, und vertrieb mir die Zeit, indem ich fernsah, in Zeitschriften blätterte und darauf wartete, dass sie wieder gingen.

Irgendwann schlug die Haustür zu. Mum murmelte vor sich hin, dass sie von *dieser Frau* ganz bestimmt keine Hilfe brauche, dann steckte sie den Kopf ins Zimmer und fragte nach Gabriella.

»Die ist oben«, sagte ich, ohne den Blick von *Danger Mouse* abzuwenden, der gerade die Menschheit vor Baron von Etzmolchs Plan rettete, die Welt mit Vanillesoße zu überschwemmen. Mum nickte, sagte aber nichts weiter dazu. Als sie wieder wegging, fragte ich mich, ob ich sie überreden konnte, uns zum Abendessen Strudel zu machen. Mit Vanillesoße.

Der Abspann lief. Ich gähnte. Die meisten meiner Freundinnen waren im Urlaub. Sie hatten Glück, besonders diejenigen, die im Ausland waren. Selbst unsere übliche Reise in den Norden von Wales war flachgefallen. »Dein Vater sagt, wir sollten dieses Jahr nicht fahren«, hatte Mum gesagt, als ich sie nach dem Grund gefragt hatte. »Er findet, wir müssen sparen.«

»Wofür?« Sie hatte die Achseln gezuckt und den Blick abgewandt. Noch mehr Geheimnisse.

Trotzdem, soviel ich wusste, war Belinda Stock zu Hause, also zog ich los, ohne Mum Bescheid zu sagen. Nicht, dass es sie gestört hätte, dass *ich* wegging. Sie machte sich nur Gedanken darum, wohin Gabriella ging.

Es war an diesem Tag heiß wie in einem Backofen, und ich bedauerte rasch, dass ich enge Jeans und ein langärmeliges Snoopy-Top (fünfzehn Pence auf dem Flohmarkt) trug. Belinda wohnte in der Nähe der Schule, in einem modernen Haus mit Mansardenfenster. Niemand reagierte, als ich klingelte, aber ich blieb trotzdem gute fünf Minuten unter dem

Vordach stehen, drückte die Klingel und dachte, dass sie schon kommen würde, wenn ich lange genug dablieb.

Irgendwann gab ich es auf und spazierte bis ans Ende der Straße und die Acer Street hinauf. Auf der anderen Seite kam Tom vorbei, die Räder seines Karrens rumpelten übers Pflaster. Er blieb unter einem Baum stehen und blickte auf. Im Geäst sang ein Vogel. Auch ich hörte zu und erkannte eine Amsel. Ich wollte gerade weitergehen, als eine Tür zuschlug. Müßig schaute ich an den Häusern entlang, um festzustellen, wer es war. Aus dem Haus von Marthas Eltern kam Gabriella. Mit offenem Mund sah ich zu, wie sie ihren Walkman am Gürtel befestigte und in Richtung zu Hause davonspazierte. Als wäre es das Selbstverständlichste der Welt, Martha zu besuchen.

Ein paar Sekunden später ging die Haustür erneut auf. Diesmal erschien Martha mit einer Einkaufstasche. Sie kam auf mich zu. Um mich zu verstecken, war es zu spät. Ich fummelte an meiner Brille herum und machte einen Schritt, als wäre ich die ganze Zeit in Bewegung gewesen, aber Martha fiel nicht darauf herein und bedachte mich im Vorbeigehen mit einem verschlagenen Lächeln.

Zu Hause stampfte ich die Treppe hinauf und in Gabriellas Zimmer. »Was ist denn los?«, fragte sie und legte den *New Musical Express* hin, in dem sie gerade gelesen hatte.

Ich biss mir auf die Lippe und versuchte, die nagende Eifersucht zu ignorieren, die in meinem Bauch rumorte. Ich legte die Hand darauf, um das Gefühl zu dämpfen, aber es wollte nicht vergehen. »Du hast mir gar nicht gesagt, dass du Martha besuchen wolltest«, sagte ich vorwurfsvoll.

Gabriella runzelte die Stirn. »Warum hätte ich dir das denn sagen müssen?«

»Weil ich dir immer sage, was ich mache.«

»Ach ja?« Sie starrte mich ihrerseits an.

Einen Moment lang bereute ich die Frage, aber jetzt war es zu spät. Und außerdem brannte ich vor Neugier. »Wann hast du dich denn mit ihr verabredet?«

»Gar nicht. Ich wollte zu Bernadette, hab's mir aber anders überlegt, als ich Martha getroffen habe.«

»Du hast sie getroffen?«

»Ja, aber ohne dass ich es vorhatte. Sie war einfach da.«

Martha war nie einfach nur da. Gabriella kannte ihren Ruf genauso gut wie ich. »Wo denn?«

»Auf der Straße. Saß vor ihrem Haus. Was soll denn das? Ich hab es dir doch schon mal gesagt, Anna. Sie tut mir leid.«

Gabriella verdrehte die Augen und fing wieder zu lesen an. Obwohl mir klar war, dass ich mich dumm verhielt, verharrte ich am Fenster, kaute auf den Nägeln und wollte unbedingt weitere Einzelheiten wissen.

»War ihre Mum da?«, fragte ich.

»Nein«, sagte Gabriella, ohne den Blick von der Seite zu heben.

»Und ihr Dad?«

Jetzt sah sie mich an. »Nein. Der ist weggegangen.«

Das freute mich. Die Vorstellung, dass er in Gabriellas Nähe war, gefiel mir nicht. Trotzdem, ich wollte es wissen. »Wohin denn?«

»Keine Ahnung. Ich hab nicht gefragt.«

Ich verzog das Gesicht. »Wahrscheinlich war er im Pub. Da ist er ständig.«

»Heute war er jedenfalls nicht im Pub. Er ist irgendwohin gegangen, hat mit seiner Arbeit zu tun. Hat Martha gesagt. Und ihr Auto war auch weg.«

»Was? Der Morris Minor?«

Sie verdrehte die Augen. »Himmelherrgott, was ist denn

los mit dir? Was interessiert dich das?« Sie tastete unter ihrem Kissen herum, brachte eine Handvoll Süßigkeiten zum Vorschein und warf mir einen Bazooka Joe zu. »Vergiss es, Anna. Ich mag Martha nicht lieber als dich. Sie tut mir leid. Das ist alles.«

Bedrückt wickelte ich das rosa Stück Kaugummi aus und steckte es mir in den Mund. Noch vor ein paar Monaten hätten wir uns hingesetzt und wären jeden Schritt durchgegangen, den Martha getan hatte. Jetzt wurde ich ignoriert. War auf mich allein gestellt. Ich überlegte, wie ich ohne Schwester und ohne Freundinnen, mit denen ich zusammen sein konnte, den Rest der Sommerferien überstehen sollte. Wenn ich Gabriella nur irgendwohin ans Ende der Welt, zum Beispiel in das Cottage in Wales, befördern und sie ganz für mich allein haben könnte. Dann wären alle Probleme gelöst.

Beim Abendessen brachte ich die Frage aufs Tapet. Warum fuhren wir dieses Jahr nicht weg, wie es alle anderen im Dorf getan hatten?

»Wir sparen«, sagte Dad, während er müde an seinem Kotelett herumsäbelte. »Ich dachte, eure Mutter hätte das erklärt.«

»Ja, aber wofür?« Ich sah Mum an.

»Nichts, worüber du dir Gedanken machen musst«, sagte sie leise.

Ich seufzte und musste daran denken, wie oft ich mich über unsere Reisen nach Wales beklagt hatte. Jetzt gab es nichts, was ich lieber wollte, als im Regen mit Gabriella an einem steinigen Strand zu sitzen, Sandwiches zu essen und darauf zu warten, dass die Sonne herauskam. Wir beide, weit weg von nervigen Leuten wie Martha. Weg von der trübseligen Atmosphäre, die sich in unserem Haus breitmachte.

Ich wollte gerade wieder anfangen, mich zu beklagen, als

Dad sich räusperte. »Das ist vielleicht ein guter Zeitpunkt, um es euch zu sagen …« Er sah kurz zu Mum hinüber, dann wieder auf uns. »Wir überlegen umzuziehen.«

Ich verlor die Fähigkeit zu sprechen. *Umzuziehen*, formten meine Lippen. Ich hatte mein Leben lang hier gewohnt. »Wieso?«, sagte ich, als ich endlich die Sprache wiederfand.

»Wir überlegen, uns zu verändern.« Er senkte den Blick auf seinen Teller.

»Aber wohin ziehen wir denn?«

»Vielleicht nach London – in die Nähe von Onkel Thomas.«

»Aber London ist teuer. Das sagst du doch immer.«

»Nicht überall … und vielleicht wohnen wir eine Zeitlang bei eurem Onkel, bis sich alles geregelt hat.«

Gabriella starrte Dad an, die Gabel halb zum Mund geführt, und in ihrem Gesicht zeichnete sich Ungläubigkeit ab. »Das ist nicht dein Ernst«, sagte sie.

»Was ist mit der Schule?«, schaltete ich mich ein.

»Vielleicht schicken wir dich aufs Gymnasium«, sagte Dad.

»Aber du kannst Gymnasien nicht ausstehen.«

»Wenn es dich glücklich macht.«

»Es macht mich nicht glücklich. Und was ist mit dem House of Flores? Das können wir doch nicht aufgeben.«

Dad sah mich traurig an und schüttelte den Kopf. »Tut mir leid, Anna. Aber du wirst sehen, es ist das Beste so.« Er wandte sich an Gabriella. »Wie hört sich das denn für dich an?«

»Schwachsinnig. Ich mache gerade die mittlere Reife.«

Dad rieb sich das Kinn. »Das weiß ich, aber …«

Gabriella ließ ihre Gabel fallen. »Ich kann doch jetzt nicht die Schule wechseln, oder, Mum?«

Mum schüttelte den Kopf, antwortete Gabriella jedoch

nicht. Stattdessen wandte sie sich an Dad. »Es ist nicht machbar, oder?«

»Wir schaffen das …«

»Nein, das schaffen wir nicht, Albert. Und was hätte es für einen Sinn? Es ist doch keine Lösung.«

Gabriellas Stuhl schrappte über den Boden, als sie aufstand. »Ich gehe jedenfalls nirgendwohin«, sagte sie mit einem tödlichen Blick auf Dad. »Ihr könnt nicht von mir verlangen, dass ich jetzt die Schule wechsle. Oder meine Freunde. Ich gehe nicht mit.«

Sie stürmte aus dem Zimmer, und ich hielt den Atem an, während meine Eltern einen Blick wechselten, den ich nicht verstehen sollte.

13

Die Bücherei war ein altes Gebäude, das am Rand des Dorfes thronte. Ich erinnerte mich, wie die Bibliothekarin immer durch die schmalen Gänge gestrichen war, einen Finger ständig auf die Lippen gedrückt. Es war ein düsterer Ort voller Atmosphäre gewesen, mit Winkeln, wie gemacht für Kinder, um im Verborgenen Süßigkeiten und Geheimnisse auszutauschen. Wie gemacht für mich, um mir Abenteuergeschichten auszusuchen, die in Internaten, in Dschungeln oder auf Meeren spielten; und dann in die Gänge für Erwachsene zu geraten, wo ich auf Lyrik und Poe stieß.

Jetzt war es ein hellerer Ort, ergänzt um mehrere Computer und einen jungen bärtigen Bibliothekar mit einer fröhlichen Art. Ich ließ mich nieder, googelte eine Ahnenforschungs-Website, zahlte bei der ersten, die angezeigt wurde, eine befristete Mitgliedschaft und tippte Albert Flores ein: Geburt, Heirat, Tod. Meine Finger betätigten die Tasten, und ich fand meine Großeltern. Hannah und Luis, Heirat 1932. Und deren erstes Kind, Thomas Flores, Geburts- und Todesdatum. Für Gabriella Flores gab es nur ein Ergebnis: das Geburtsdatum.

»Anna.« Ich fuhr zusammen, als mir jemand auf die Schulter tippte. Es war Rita, ein Buch in der Hand.

Ich minimierte das Fenster. »Hab zu Hause kein WLAN«, sagte ich und nahm ihre Frage damit vorweg.

»Das wundert mich nicht. Esther war kein Freund von Computern. Das nächste Mal kannst du zu mir kommen und meinen benutzen.«

»Danke.« Ich lächelte sie an.

»Wie wär's, wenn ich das hier abgebe, und wir gehen zusammen raus?« Sie senkte die Stimme. »Es ist eine Woche überfällig, aber ich hoffe, er merkt es nicht.« Sie deutete mit dem Kinn auf den Bibliothekar, und ich sah mir den Titel ihres Buches an. *Wiedersehen mit Mrs Oliver.* Sie las also immer noch Krimis.

Während sie damit beschäftigt war, über ihre Säumnisgebühr zu verhandeln, bestellte ich Kopien von Dads Geburts- und Sterbeurkunde und der Heiratsurkunde meiner Eltern, dann stieß ich am Eingang zu ihr. »In welche Richtung gehst du?«, fragte sie.

Ich versuchte, mir ein plausibles Ziel einfallen zu lassen. »Zum Friedhof.« Ich war seit der Beerdigung nicht mehr dort gewesen. Ich sollte hingehen und nach den Blumen sehen.

»Perfekt«, sagte Rita, als hätte sie das Gleiche vor. »Ich komme mit. In der Kirche gibt es immer was zu tun.«

Wir brachen auf. Es hatte zu regnen aufgehört, aber es lag eine Kühle in der Luft, und im Gehen träumte ich von einem milden Herbst in Athen und fragte mich, wann ich dorthin zurückkäme. Meine Rückkehr nach England dauerte schon viel länger an, als ich erwartet hatte. Was würde mit meinem Job passieren? Ich hatte um Urlaub gebeten, aber wie lange würde man warten?

Rita unterbrach meine Gedanken. »Ich arbeite schon seit Jahren an meinem Familienstammbaum«, sagte sie und bedachte mich mit einem Blick von der Seite. »Ich finde es am besten, sich jeweils eine Generation nach der anderen vorzunehmen.« Sie hielt kurz inne, und als ich nicht antwortete: »Womit beschäftigst du dich denn zuerst?«

»Ich weiß nicht recht«, sagte ich vage. »Ich hab ja gerade erst angefangen.«

»Tja, ich weiß nicht, ob du das bedacht hast oder wie wichtig es für dich ist, aber …« Sie verstummte, während eine Frau mit einer Strickmütze näher kam, Rita anlächelte und mir einen neugierigen Blick zuwarf. Rita wartete, bis sie fort war. »Soweit ich weiß, hat deine Mutter nie eine Sterbeurkunde beantragt.«

»Wie meinst du das?«

»Für … Gabriella. Sie hat nicht beantragt, sie für tot erklären zu lassen. Also gibt es im Personenstandsregister auch keine Sterbeurkunde.«

Warum erzählte sie mir das? Ich hatte schon vermutet, dass Mum das nicht getan hatte. »Das hab ich auch nicht gedacht«, sagte ich.

Rita nickte und zog ihr Schultertuch enger um sich. »Ich dachte, ich erwähne es für alle Fälle.«

Wir gingen schweigend weiter, obwohl ich das Gefühl hatte, dass Rita noch mehr auf dem Herzen hatte. Was es auch war, es blieb unausgesprochen, bis wir das Friedhofstor erreichten, wo sie stehen blieb und ihre Brille zurechtrückte. »Da ist noch etwas.«

Ich sagte nichts, während wir unter dem Eingangsdach des Friedhofs standen, an dessen anderem Ende die graue Kirche aufragte. Der Organist übte gerade, die Musik erreichte ein Crescendo und verklang. Über uns kreiste ein Rotmilan.

Wir sahen dem Vogel zu, während sich ihm ein zweiter anschloss und beide gleichzeitig auf das Feld dahinter herabstießen. »Armes Ding«, sagte ich laut, weil ich an eine Feldmaus denken musste, die zerrissen wurde.

»Aas«, sagte Rita. »Sie sind Aasfresser.«

Einige Sekunden vergingen, während wir den Blick auf den leeren Himmel gerichtet hielten und wohl beide hinausschoben, was auch immer Rita sagen wollte. Ich hätte ihr beispringen und sie zum Weiterreden auffordern können, aber plötzlich wollte ich es nicht mehr wissen.

Aber ich hatte keine Wahl: Sie setzte von Neuem an, und die Worte sprudelten aus ihr hervor, als hätte sie ihre Gedanken aufgespeichert und auswendig gelernt. »Manchmal erzählen uns unsere Eltern bestimmte Dinge aus einem bestimmten Grund nicht, ob dieser Grund nun stichhaltig oder weniger stichhaltig ist. Wenn wir uns durch ihr Leben wühlen, müssen wir die Konsequenzen tragen. Sei nachsichtig, Anna. Mehr sage ich nicht.« Sie sah mich mit einer Eindringlichkeit an, die ich von ihr nicht kannte.

Was meinte sie? Inwiefern würde ich nachsichtig sein müssen? Was könnte ich denn entdecken? Es war ja nicht so, dass ich versuchte, meinen Eltern am Zeug zu flicken. »Ich verstehe nicht«, sagte ich endlich. »Ich suche gar nicht nach etwas Bestimmtem.«

»Nicht?« Sie richtete den Blick auf mich und entspannte sich. Sie tätschelte meine Hand und sagte: »Keine Sorge. Das wird schon alles. Denk an meine Worte. Komm zu mir, wenn du irgendetwas brauchst – einen Computer, einen Rat, ganz gleich was.« Sie schritt in Richtung Kirche und winkte mir im Gehen zu.

Ich starrte ihr nach, verwirrt, weil ich nicht wusste, was sie meinte, und das Gefühl hatte, ich müsste es eigentlich wissen. Bemüht, mein inneres Gleichgewicht wiederzufinden, ging ich zu einer Bank auf der anderen Friedhofsseite, vor einer Reihe von Buchen. Hier hatte ich eine Unmenge von Grabsteinen vor mir. Darunter verteilt so viele Verlorene. Einige Grabsteine waren beschädigt und rissig; andere kunstvoll, mit in Stein gehauenen Engeln, wieder andere so klein, dass sich einem das Herz zusammenzog. Nach einigen Augenblicken ging knarrend die Kirchentür auf, und Rita erschien mit einer der alten Ladys. Eilig verschwanden sie um die Ecke des Gebäudes.

Zwei Minuten später kehrten sie mit einer Gießkanne zurück, und diesmal winkte mir Rita mit ausladender Geste zu. Ich winkte zurück und dachte erneut über das nach, was sie gesagt hatte. Hatte sie aus Erfahrung gesprochen? Vielleicht war sie auf ein schreckliches Geheimnis gestoßen, als sie ihren eigenen Stammbaum erforscht hatte, und hatte mich deshalb vor möglichen Entdeckungen in meinem gewarnt. Aber nein, es war konkreter gewesen, persönlicher. Überlegter. Was, glaubte sie, würde ich finden?

Sobald die Kirchentür zugeschlagen war, legte sich wieder Stille über den Friedhof. Ich stand auf, stampfte mit den Füßen, damit sie warm wurden, und spazierte an den dürren Bäumen und Büschen, dem ungemähten Gras und den vernachlässigten Grabsteinen vorbei in einen besser gepflegten Teil, wo die in jüngerer Zeit Begrabenen lagen. Den Stein auf dem Grab meiner Eltern hatte man weggenommen, um den Namen meiner Mutter einzumeißeln, und in der Zwischenzeit durch ein schlichtes Holzkreuz ersetzt. Ich verbrachte einige Zeit damit, die verwelkten Blumen zu entfernen. Ich musste frische niederlegen. Was machte man sonst noch, wenn man ein Grab pflegte?

Um mich inspirieren zu lassen, sah ich mich um. Auf den anderen Gräbern lagen Tulpen- und Rosensträuße, einige waren auch mit Heidekraut bepflanzt. Die pflegeleichte Variante für Leute, die keine Zeit oder keine Lust hatten, sie zu besuchen. Das würde auch für mich gelten, sobald ich wieder nach Griechenland verschwand. Ich sollte mit Rita reden, sie darum bitten, dass sie sich an meiner Stelle um das Grab meiner Eltern kümmerte.

Ich ging weiter, bewegte mich durch das Kreuzundquer von

Pfaden und las die Inschriften auf den Steinen. Es waren vertraute Namen darunter: Henderson. Stock. Sullivan. Frühere Generationen – Eltern und Großeltern von Kindern aus meiner Schule. Hier ein jüngerer Bruder oder eine ältere Schwester. Die Tragödie des Geschwistertodes.

Nahebei fiel mein Blick auf ein mit blauen und grauen Steinen verblendetes Grab. Ich beugte mich hinab und las den Namen: Edward Lily. Natürlich war sein Grab auch hier. Seine Rolle als Vater und Ehemann blieb unerwähnt, nur Geburts- und Todesdatum waren aufgeführt.

In einer Ecke drängte sich eine Gruppe von Grabsteinen. Sie mochten einmal gut gepflegt gewesen sein, doch nun waren sie so von Nesseln und hohem Gras zugewuchert, als wäre niemand mehr da, der sich um sie kümmerte. Hier war ein gesprungener Blumentopf, da eine umgestülpte Metallvase. Und in sämtliche Steine war derselbe Familienname eingemeißelt. Ellis. Ich sah genauer hin. Die Familie war seit Generationen im Dorf. War niemand mehr da, der sich um die Gräber kümmern konnte – von Martha abgesehen? Vielleicht dachte sie nicht daran. Bei manchen Leuten war das so. Bald würde ich auch nicht mehr daran denken. Falls Rita nicht auf meine Bitte einging, würden die Gräber meiner Eltern bald ebenso vernachlässigt aussehen.

Wie erbarmungswürdig hier alles war. Eine Menge vergessener Menschen. Ihre Körper am Vermodern, ihr Geist dahin. Und wie morbide ich geworden war. Was hatte mich an diesen Ort geführt, wo ich über Friedhöfe spazierte und an die Toten dachte? Einmal hatte ich hier mit Gabriella Verstecken gespielt, während wir darauf gewartet hatten, dass unsere Mutter in der Kirche fertig wurde. Da war es ein glücklicher Ort gewesen. Ein Spielplatz, kein Friedhof. Wir hatten nicht gewusst, dass Leben sich in Tod verwandelte, dass Verlust eine Bedrohung war, die sich unversehens anschlich.

Eines der Gräber war beschädigt. Ich bückte mich, um es eingehender zu mustern, und fuhr gleich darauf zurück. Der Stein trug eine Inschrift, die ich nur noch mit Mühe lesen konnte: Charles Stanley Ellis und Dorothy Maureen Ellis. Sonst stand nichts darauf, aber es war der Zustand der Inschrift, der mich schockierte. Die Buchstaben halb weggekratzt, als hätte jemand versucht, sie herauszumeißeln, und der Rest des Steins wie von einem rasenden Gehämmer mit Löchern übersät.

Das Anspringen eines Motors ließ mich zusammenfahren, aber es war nur ein Mann, der auf der anderen Seite des Friedhofs einen Rasenmäher schob. Ich erwog, ihm das mit dem Grab zu erzählen oder es vielleicht Rita zu sagen.

Nicholas erschien mit seinem Motorradhelm unterm Arm am Friedhofstor. Ich hatte ihn seit der Beerdigung nicht mehr gesehen, obwohl er vorgeschlagen hatte, ich solle zu einem Gespräch oder zum Sonntagsgottesdienst vorbeikommen, wann immer ich Zeit hätte. Bislang hatte ich das vermieden, und da er mich jetzt nicht gesehen hatte, würde ich ihn auch nicht auf mich aufmerksam machen. Wahrscheinlich wusste er ohnehin über den Zustand der Gräber Bescheid. Vandalismus war ein verbreitetes Problem. Im Dorf war es das schon immer gewesen. Früher.

Die Kirchentür öffnete und schloss sich knarrend, als Nicholas hineinging. Eine Trübnis hatte sich über die Gräber gesenkt. Ich hatte kaum bemerkt, wie rasch der Nachmittag verstrichen war und wie schnell die Temperatur fiel. Die Kälte kroch unter meine Kleidung. Ich fröstelte, knöpfte mir die Jacke fest zu und pustete auf meine Hände.

Neben der Kirche bewegte sich etwas. War es ein Schatten,

ein vom Wind geschüttelter Baum, Rita, die noch Wasser holen wollte, oder etwas anderes? Wieder fröstelte ich.

Gelangweilte Teenager, sagte ich mir, während ich zum Friedhofstor zurückging. Bestimmt hatten sie das Grab entweiht. Und niemand hatte die Familie Ellis gemocht. Charlie Ellis war ein Tyrann gewesen. Und ein Säufer. Mrs Ellis mochte ein Opfer gewesen sein, aber sie war auch ein unangenehmer Mensch gewesen. Für kurze Zeit hatte sie sich als Zeugin in ein günstiges Licht gesetzt, aber ihre Schilderung war ungenau gewesen und dann zu nichts weiter als einer Aussage in einer archivierten Akte geworden. Wenn sie noch am Leben gewesen wäre, hätte ich sie aufgesucht und sie ihre Geschichte noch einmal erzählen lassen. Dass sie wie so viele andere aus dem Dorf tot war, ließ die Möglichkeit, dass die Wahrheit jemals ans Licht kam, in noch weitere Ferne rücken.

Ich schüttelte diese Gedanken ab und ging durchs Friedhofstor. Hinter mir seufzte der Wind. Ich blickte zurück. Das Licht neben der Kirche verdunkelte sich.

14

1982

Die letzten Ferientage wurden vom drohenden Umzug überschattet. Gabriella weigerte sich, darüber zu reden. »Es passiert ja doch nicht«, sagte sie immer wieder. »Ständig sagen sie, wir machen irgendwas, und dann machen wir's doch nicht.« Ich hörte mir das an, aber ich war anderer Meinung. Meiner Ansicht nach handelten unsere Eltern genau andersherum. Wenn sie eine Entscheidung trafen, wurde sie auch umgesetzt. Vielleicht, wegen Gabriellas Prüfungen, nicht dieses Jahr, aber im nächsten.

Ich redete mir ein, der Umzug sei eine gute Idee, führte alles auf, was am Dorf schlecht war, stellte mir stattdessen vor, in London zu leben und das Gymnasium zu besuchen, von dem Dad gesprochen hatte. Ich stellte mir eine prächtige neue Kirche wie die St. Paul's Cathedral vor, in die wir gehen konnten. Vielleicht würde ich sogar Orgel spielen lernen. Warum London mir das würde bieten können, wusste ich zwar nicht recht, aber die Vorstellung gefiel mir, also behielt ich sie bei.

Am ersten Schultag nach den Ferien betrat ich den Betonklotz der Schule und tröstete mich mit dem Gedanken, dass ich bald weggehen würde. Ich war eine Außerirdische, die sich mit den anderen unlustigen Kids durch Korridore drängte, die schon jetzt nach verschwitzten Synthetiksocken und der Angst der um Anpassung bemühten Erstklässler rochen.

Meine Zuflucht waren die Unterrichtsstunden, wo ich mich zwischen den Seiten der Lehrbücher verkroch. In Englisch hatten wir eine neue Lehrerin, eine dünne Frau mit dunklem Haar und blasser Haut, die eine Leidenschaft für Joyce, Shaw und Yeats hegte. Sie hieß Miss O'Dell und war *so irisch wie nur irgendmöglich*, jedenfalls sagte sie uns das, als sie ins Klassenzimmer kam und die Wörter *IRA Abschaum* auf die Tafel gekritzelt fand. Sie machte uns mit Shakespeare bekannt: »›Hat nicht ein Jude Augen? Hat nicht ein Jude Hände, Gliedmaßen, Werkzeuge?‹«, deklamierte sie und fixierte uns dabei mit ihrem durchdringenden Blick.

Am folgenden Samstag fand das Fest statt, und deswegen freute ich mich, im Dorf zu sein. Ich wachte auf und rannte hinunter in die Küche. Mum und Rita verpackten Marmeladengläser in Pappkartons, die Dad in den Transporter laden und zum Dorfanger fahren sollte. Der ganze Küchentisch stand voller Gläser: glänzend gelb, rot und schwarz, alle je nach Inhalt mit karierten Hütchen in verschiedenen Farben obendrauf.

Ich wartete auf Anweisungen. Mum wirkte gehetzt. Sie schob eine Packung Rice Krispies in meine Richtung und sagte mir, ich solle mich hinsetzen und essen. Ich setzte mich still, verfolgte mit einem Auge die Vorgänge und richtete das andere auf den Lyrikband, den Miss O'Dell mir geliehen hatte. Wenigstens hatte Mum die Regel vergessen, dass bei Tisch nicht gelesen wurde. Oben signalisierte das Hämmern von Gabriellas Musik, dass sie wach war.

Mum schaute kurz zur Decke, sagte aber nichts. Sie schloss einen der Kartons. »Wo bleibt nur Albert?«, sagte sie. »Inzwischen müsste er hier sein.«

Stattdessen erschien Jasper, schob sich durch die offene Hintertür, sprang auf den Tisch und leckte sich die Pfoten. Rita stieß ihn hinunter. »Tut mir leid, Dicker«, sagte sie. Ich machte schmale Augen und aß meine Krispies fertig. Dass einer von uns das tat, war in Ordnung, aber Rita? Überrascht und verärgert sprang Jasper auf meinen Schoß. Ich streichelte ihn, um ihn so zum Bleiben zu bewegen. Ab und zu versuchte er, die Freiheit zu erlangen. Ich wusste, Rita würde ihm wieder einen Schubs versetzen, wenn er noch einmal auf den Tisch sprang, also hielt ich ihn fest und brachte ihn mit leisen Worten, die ich aus meinem Buch ablas, dazu, sich zu fügen. »›Tritt sanft, du trittst ja auf meine Träume‹«, sagte ich, während Jasper meine Oberschenkel knetete.

Sie packten weiter die Kartons, während Mum wegen der Zeit Theater machte und Rita ihr sagte, sie solle ruhig bleiben, sich aufzuregen bringe gar nichts. »Es ist nur eine Lieferung im Ort«, sagte sie.

»Wenn es das mal wirklich ist«, murmelte Mum.

Ich blickte von meinem Buch auf und ertappte die beiden dabei, wie sie einen Blick wechselten. Wo sollte Dad denn sonst sein, wenn er nicht arbeitete?

Endlich waren die Kartons verschlossen, und Mum setzte sich mit übertriebenem Plumpsen an den Tisch. Sie drehte ihren Ehering, nahm ihn ab, streifte ihn wieder über, während Rita sie abzulenken versuchte, indem sie von ihrem letzten Krimispiel-Abend erzählte. »Man hätte es nicht für möglich gehalten«, sagte sie. »Stuart Henderson mit dem Bleirohr in der Bücherei.« Ich hielt es durchaus für möglich. Mr Henderson war untersetzt und kräftig. Wenn seine Frau eine Essigflasche war, dann war er eine Flasche Bier.

Die Haustür ging auf und schlug zu. Schwere Schritte im Flur. Dad kam in die Küche marschiert, ging geradewegs zur Spüle, drehte den Hahn auf und hielt eine Hand unters Wasser.

»Was hast du gemacht?«, sagte Mum und stürzte vorwärts, während Jasper mit einem Jaulen auf den Boden sprang, weil meine Hände sich unwillkürlich in sein Fell gekrallt hatten.

Dad atmete schwer und beugte sich mit steifem Rücken über die Spüle. »Nichts, was ich nicht schon längst hätte machen sollen«, sagte er. Seine Stimme klang angespannt, als hätte er den Mund voller Dinge, die er nicht sagen wollte. Er hörte sich nicht wie Dad an. Er sah auch nicht wie er selbst aus, als er sich mit vor Zorn funkelnden Augen zu uns umdrehte. Mein Herz klopfte stärker. Was war passiert?

»Ich hab dir doch gesagt, du sollst wegbleiben«, zischte Mum, packte seine Hand und untersuchte deren Rücken.

Er gab keine Antwort. Ich warf einen Blick auf Rita. Sie stand ebenfalls, die Lippen zusammengepresst, die Hände ineinander verschränkt. Sie sagte nichts, doch so wie sie schaute, mit wissendem Blick, dachte ich, dass ihr vollkommen klar war, was mein Dad getan hatte. Hatte er sich geprügelt? War das möglich? Dad war der Vermittler, der Pazifist. So beschrieb ihn Mum immer.

Jetzt wickelte Mum seine Hand in ein Geschirrtuch ein. Beide waren sie weiß im Gesicht, und Mum schluckte kräftig, versuchte, nicht zu weinen.

»Wir müssen los«, sagte Dad abrupt. »Anna, hol Gabriella.«

Ich stand auf, und mir zitterten die Beine, während ich zur Tür ging.

»Wir sollten zu Hause bleiben«, sagte Mum. Ich blieb stehen.

»Nein, Esther. Verdammt noch mal, nein. Warum sollen wir uns auf einmal anders verhalten?«

»Wir haben keine Wahl. Wir müssen zuerst reden.«

»Noch nicht.« Dad blieb stehen und sah mich an. »Anna. Ich habe dich gebeten, Gabriella zu holen.«

Ich trat in den Flur, lehnte die Stirn gegen die Wand, holte tief Luft. Sie redeten immer noch. Dads Stimme leise und beharrlich. Mums unsicher und ängstlich.

»Es wird nichts passieren«, sagte Dad.

»Das weißt du nicht. Du weißt gar nichts. Alles hat sich geändert. Wir müssen zuerst reden.«

»Nein. Vertrau mir. Ich habe das geregelt.«

»Mit einer Drohung? Mit Gewalt? Wozu soll das denn gut sein? Das macht doch alles nur noch schlimmer. Rita, sag es ihm.«

Rita sagte etwas, das ich nicht verstand. Dad beendete das Gespräch: »Na gut. Heute Abend. Und jetzt machen wir weiter wie üblich. Bitte, Esther. Noch einen Tag.«

Ich spähte durch den Spalt in der Tür. Mum nickte kurz, bevor sie ihre Schürze abnahm und sie auf die Seite legte.

Für September war es warm, und der Dorfanger pulsierte von Menschen. Frauen spazierten in losen buntbedruckten Kleidern umher. Männer in Hemdsärmeln standen grüppchenweise beieinander; Kinder schlängelten sich zwischen Tischen und bunten Fähnchen hindurch. Der Lärm steigerte sich, während wir uns durchs Geschehen drängten. Die Leute mussten schreien, um sich beim Scheppern des Karussells und der Musik von den Buden verständlich zu machen. »So macht man das«, kreischte das Kasperle vom Puppenstand.

Ich packte Gabriella am Arm, weil ich Angst hatte, dass sie mir entschlüpfte. Mum hatte uns gesagt, wir sollten zusammenbleiben, und nach allem, was geschehen war, hatte ich vor zu gehorchen. Wir sprachen über den Vorfall mit Dad. Ich schilderte die Szene, merkte jedoch, dass Gabriella mich nicht ernst nahm.

»Hast du Dad je wütend werden sehen?«, sagte sie. »Geschweige denn jemanden schlagen?«

Sie hatte recht, es war schwer zu glauben. Und als ich alle Leute im Dorf durchhatte, mit denen er eine Prügelei gehabt haben könnte, erschien es mir selbst auch immer unwahrscheinlicher. Gabriella hörte nicht einmal mehr zu. Sie war zu sehr damit beschäftigt, sich umzusehen, um festzustellen, ob der Junge mit dem schläfrigen Blick vom Our Price auch da war. Ich hoffte nicht. Es strichen auch so schon genug Jungs um uns herum. Was auch kein Wunder war. Gabriella sah toll aus, als gehörte sie mit ihrem schwarz-gelben getüpfelten Kleid, den Stiefeln und dem kräftigen Rot auf ihren Lippen auf ein Plattencover.

Wir erreichten das Zentrum des Festes, als die Blaskapelle einsetzte. Männer in roten Uniformen und Schirmmützen marschierten in Formation und spielten dazu Trompete und Posaune. Eine Gruppe von Gabriellas Freundinnen erschien und versuchte, sie loszueisen, aber sie schüttelte den Kopf, während ich mich an ihr festhielt. Und dafür war ich dankbar.

Die Blaskapelle hörte auf zu spielen und wurde von einer volkstümlichen Tanzgruppe abgelöst. Wir zogen weiter zum Süßigkeitenstand – Gläser mit Rhabarber, Pudding, Birnendrops und Anisbonbons. Wir suchten uns etwas aus und drängten uns zu der Stelle durch, wo sich die Mannschaften für das Tauziehen versammelten: Vierschrötige Männer krempelten sich die Ärmel hoch und legten sich mit roten Gesichtern gemeinsam ins Zeug.

Gegen drei stieß Dad, der allein unterwegs gewesen war und ein paar Runden auf dem Dorfanger gedreht hatte, am Marmeladenstand zu uns. Er wollte ins Bierzelt gehen. Mum bedachte ihn mit einem Blick und öffnete den Mund, als wollte sie Einwände erheben, aber er bremste sie. »Wir machen jedes Jahr das Gleiche, und dieses Jahr ist es nicht anders.« Er wandte sich an uns. »Bleibt zusammen, ihr beiden.« Damit ging er, und Gabriella verdrehte die Augen.

Es stimmte, dass die Männer, einschließlich Dad, immer ins

Bierzelt flüchteten – zuerst nur ein paar einsame Versprengte, dann drängten sie sich in Massen hinein. Es gab Gejohle und viel Gelächter; manchmal auch einen Streit, der im Verlauf des Nachmittags auf der Skala der Ernsthaftigkeit mehrmals nach oben schnellte wie das Metallgewicht beim Hau-den-Lukas.

Wir kauften uns Zuckerwatte und aßen sie neben der Wurfbude. Ich hatte Gabriella schon überredet, mit mir zum Karussell zu gehen, als eine Gestalt erschien. Die Sonne stand hinter ihr, aber ich wusste, es war Martha. Es war die Art, wie sie die Schultern krumm machte, als versuchte sie, nicht gesehen zu werden.

Ich hoffte, Gabriella würde sie ignorieren. Stattdessen plauderte sie mit ihr, bot ihr Zuckerwatte an, bat sie, zum Karussellfahren mitzukommen. Ich biss die Zähne zusammen und wartete auf Marthas Antwort. Glücklicherweise schüttelte sie den Kopf und lehnte ab, blieb jedoch stehen, nestelte an der Tasche ihres Kleides und sah so aus, als wollte sie etwas sagen, obwohl sie stumm blieb. Schließlich murmelte sie, sie treffe sich mit ihrer Mum, und verschwand. Gabriella warf mir einen Blick zu, als wäre das meine Schuld, aber das war mir ausnahmsweise egal.

Es war dasselbe Karussell wie letztes Jahr und das Jahr davor und wahrscheinlich auch das Jahr davor. Ich erkannte die rote und gelbe Kuppel, die kreuz und quer mit grellen Glühbirnen bestückt war, und die mit Orgelpfeifen und goldenen Putten dekorierte Säule in der Mitte. Und derselbe Junge war dafür zuständig. Schwarzhaarig und dunkeläugig, mit breitem Grinsen und einem Zwinkern für Gabriella. Wir bezahlten, und ich stieg zuerst auf, nachdem ich mich für ein blau-weißes Pferd mit erschrockenen Augen entschieden hatte. Vor mir kletterte ein kleines Mädchen mit einem kurzen weißen Kleid und Rüschenschlüpfer auf ein rosa Pony. Ihre Mutter blieb bei ihr und sprang erst im letzten Moment ab, als die Musik einsetzte und wir uns zu drehen begannen.

Die Geschwindigkeit nahm zu. Ich wandte mich auf meinem Platz um und suchte nach Gabriella. Hinter mir saß ein Mann mit Mütze, der in aller Ruhe eine Pfeife rauchte. Neben ihm saß ein Junge in Shorts, der sich an der gedrehten silbernen Stange festklammerte. Besorgt blickte ich mich um. Wo war Gabriella hin? Dann sah ich sie neben dem Karussell stehen und mit dem dunkelhaarigen Jungen plaudern. Ich schluckte kräftig und unterdrückte die Tränen. Sie hatte es sich anders überlegt, oder sie hatte von vornherein nicht mitfahren wollen.

Das Karussell drehte sich noch schneller. Die Lautstärke der scheppernden Musik nahm zu. Wieder verschwand Gabriella. Ich reckte den Hals, um festzustellen, wohin sie gegangen war, und erblickte flüchtig ihre Gestalt, wie sie die gleiche Strecke, die wir gekommen waren, über den Dorfanger zurückging, vermutlich auf der Suche nach dem Jungen vom Our Price. Immer ließ sie mich allein. Wie damals, als sie zu Martha gegangen war.

Jetzt klang die Musik misstönend. Die Pferde waren schäbig und erschienen mir kleiner, als sie im Vorjahr gewesen waren. Die Drehung war schwerfällig. Das Karussell war kindisch. Kein Wunder, dass Gabriella keine Lust gehabt hatte. Als die Fahrt endlich vorbei war, schälte ich mich vom Pferd, stolperte an den Rand der Plattform und drängte mich an der besorgten Mutter vorbei. Ich war dumm. Die Fahrt war etwas für Babys und ihre Eltern.

Die Atmosphäre des Festes hatte sich verändert. Junge Frauen stolzierten am Bierzelt vorbei und winkten den jungen Männern drinnen zu. Ältere Frauen und Kinder saßen unter Bäumen auf Decken, plünderten Picknickkörbe und ließen sich letzte Leckerbissen schmecken. Etwas abseits spielte eine Gruppe Jungs Fußball. Teenager lagen auf der Wiese und hörten auf einem Ghettoblaster in voller Lautstärke »Come on Eileen«. Die Musikkapelle hatte das Spielen eingestellt; ihre Mitglieder saßen im Schatten der ausladenden Zeder, die Mützen abgenommen, ihre Instrumente neben sich. Sogar das Karussell stand still, und ein Mann im Overall kroch unter den Pferden durch.

Ich erspähte Dad im Bierzelt: Er zeigte keinerlei Anzeichen seines früheren Zorns. Ich schlenderte näher heran. Auf einer Seite des Eingangs stand Martha mit dem Rücken zu mir. Ich machte ein finsteres Gesicht. Wusste sie, wo meine Schwester war? Ich hatte keine Lust, sie zu fragen, aber mir blieb keine Wahl.

»Hast du Gabriella gesehen?«, fragte ich.

Martha drehte sich um. Irgendwie wirkte sie anders. Ihr Haar war ungeschickt mit einem Tuch zurückgebunden. Verlegen langte sie nach oben, nahm eine Strähne, die sich gelöst hatte, und wickelte sie sich um die Finger. Ich erkannte Gabriellas Geste, und das entfachte meinen Zorn. »Also, wo ist sie?«, fauchte ich.

»Woher soll ich das wissen?«, sagte sie und starrte giftig zurück.

Ich wandte den Blick ab, bemüht, ihr nicht die Befriedigung des Gedankens zu verschaffen, sie besäße eine Information, die ich wollte. Ich ballte die Fäuste und zählte im Kopf. Ich würde nicht noch einmal fragen.

Aus dem Bierzelt drang Gebrüll. Das Geräusch schwoll an, ein Glas zerklirrte. Nervös scharten sich Frauen zusammen, reckten sich auf die Zehenspitzen, schoben sich näher an den Eingang. Mrs Ellis erschien, ihr graues Kleid hing an ihrer klapperdürren Gestalt, ihr Gesicht war verkniffen und weiß.

Der Streit verlagerte sich nach draußen. Als Erster kam ein dünner Mann, der sich, die Brille schief im Gesicht, die blutende Nase hielt. Er taumelte und stürzte zu Boden. Mr Ellis folgte, die Hände zu zwei großen Fäusten geballt. Eine dunkelhaarige Frau stürzte mit einem Taschentuch vorwärts und betupfte das Gesicht des Opfers. »Sie sollten sich schämen«, schrie sie Mr Ellis an, ihr kleines Gesicht trotzig. Dad betrat die Arena und redete leise auf Mr Ellis ein. Andere meldeten sich mit Vorhaltungen zu Wort. Frauen mischte sich ein. »Er ist es nicht wert!«, schrie eine von ihnen. Ich war mir nicht sicher, von wem sie sprach.

Neben mir beobachtete Martha die Szene mit ihrem Vater im Mittelpunkt, ohne dass sich ihr Gesichtsausdruck änderte. Ich wollte mich gerade entfernen und meine Suche fortsetzen, als sie etwas sagte. »Du solltest auf deine Schwester aufpassen«, sagte sie. »Er könnte ein Perverser sein, weiß man's.«

»Wer?«

Sie schwieg einen Moment lang, als müsste sie zuerst entscheiden, ob sie antworten sollte. »Der, mit dem sie geredet hat.«

Nach einem Moment des Schweigens fragte ich erneut: »Wer?«

Sie wandte kurz den Blick ab, und ihr Gesicht verhärtete sich. »Das geht dich nichts an.«

»Es geht mich mehr an als dich.« Ich versuchte es anders. »Was hat er zu ihr gesagt?«

»Weiß nicht. Ich hab's nicht gehört, oder?« Sie hielt inne, und nun glitt ein verschlagenes Lächeln über ihr Gesicht. »Aber er hat ihr was gegeben.«

»Was denn?«

Sie beugte sich zu mir vor, bis ich ihren Atem heiß am Hals spürte. »Einen Brief.«

Mit offenem Mund starrte ich sie an. »Ein Mann hat meiner Schwester einen Brief gegeben?« Sie nickte, und ich machte ein finsteres Gesicht. Martha war eine Lügnerin. Das wusste jeder. Ich zuckte betont lässig die Achseln und blickte mich um, als interessierte mich das nicht, dann sagte ich: »Wahrscheinlich jemand von der Kirche.«

Sie lachte. »Nein.«

Ich wurde rot. »Na, dann ist es unser Onkel Thomas. Der ist heute zu Besuch.« Das zu sagen war dumm, und Martha musste wissen, dass es nicht stimmte.

»Warum sollte euer Onkel Gabriella einen Brief geben?«

»Weil er das eben macht.« Ich wollte unbedingt wissen, von wem sie in Wirklichkeit redete, aber ich wollte es nicht zeigen. Und jetzt starrte sie über meine Schulter, als sähe sie den Mann hinter mir stehen. Ich würde auf keinen Fall hinsehen. Diese Befriedigung würde ich ihr nicht verschaffen. Stattdessen warf ich ihr noch einen verächtlichen Blick zu und ging weg.

Ein paar Minuten später suchte ich den Dorfanger ab. Verdächtige Männer waren natürlich nicht zu sehen – aber wie konnte ich das sagen, wo ich doch gar nicht wusste, nach wem ich suchte? Vielleicht war der Brief von dem Jungen vom Our Price oder von jemandem aus der Schule. Oder aber Martha hatte ihn selbst geschrieben – ein erbärmlicher Schrieb, mit dem sie Gabriella sagte, wie sehr sie sie mochte.

Am Marmeladenstand war Rita mit Einpacken beschäftigt. Mum stand allein und beschattete sich mit der Hand die Augen, während sie den Dorfanger absuchte. Ich hielt mich außerhalb ihres Blickfelds und ging weiter in Richtung Teich, in der Hoffnung, Gabriella dort zu finden.

Sie stand allein unter der Zeder. Erleichterung durchströmte mich. Es gab keinen Brief. Es gab keinen Mann. Martha hatte ihn erfunden. Martha mit ihren blöden schmutzigen Klamotten und ihrer blöden Frisur. Wann hatte sie je ein Tuch getragen? Ein Tuch! Hitze stieg in mir auf, bis meine Wangen brannten. Schlagartig traf mich die Erkenntnis. Gabriella hatte es ihr gegeben. Sie hatte es sich vom Kopf genommen und es Martha geschenkt. Und Martha hatte versucht, mich eifersüchtig zu machen, indem sie es zur Schau stellte. Ich biss mir auf die Lippe. Gabriella war nicht besser. Warum musste sie mit jedem Mitleid haben?

Ich trat näher und rief Gabriellas Namen, aber obwohl sie zu mir herüberschaute, blieb ihr Blick ausdruckslos. Ich war mir nicht sicher, ob sie überhaupt wahrnahm, dass ich da war. Ich blieb trotzdem, von ihrer Gleichgültigkeit wie erstarrt, und wartete darauf, bemerkt zu werden, bis sie sich schließlich ohne einen Blick zurück auf den Weg über den Dorfanger machte.

Mit einem Gefühl der Hilflosigkeit sah ich ihr nach, wie sie wegging, die Arme locker an den Seiten. Und dann wurde mein Hals trocken. Sie hatte ein Blatt Papier in der Hand. Das war der Brief. Martha hatte die Wahrheit gesagt. Und wenn sie in diesem Punkt die Wahrheit gesagt hatte, warum hätte sie dann über den Mann lügen sollen? Ich blickte mich unbehaglich um. Inzwischen lichtete sich die Menge, die Leute spazierten vom Dorfanger. Ich folgte langsam, meine Gedanken in Aufruhr. Wer war der Mann?

An diesem Abend blieb Gabriella in ihrem Zimmer. Mum ging zur Kirche, um, wie sie sagte, zu beten, und Dad zog sich in die Küche zurück.

Ich schnappte mir meinen Lyrikband, legte mich auf den Läufer vor dem Kamin und las, ohne etwas zu verstehen, »Leda und der Schwan«, bis es an der Tür klingelte. Dad ging aufmachen, aus dem Flur drang Ritas Stimme. Ich schlich mich durchs Wohnzimmer und lauschte.

»Sie waren auf dem Fest zusammen«, sagte Rita.

Kurzes Schweigen. »Woher weißt du das?«

»Mrs Henderson. Die alte Klatschbase. Ich habe sie mit ihren Freundinnen über Gabriella reden hören.«

»Sie kann unmöglich etwas wissen.« Dads Stimme klang scharf.

»Nein, das nicht. Aber … dir muss klar sein, was das bedeutet.«

In die Küche zurückgekehrt, schlossen sie die Tür.

Stirnrunzelnd wandte ich mich wieder Yeats zu, doch nun erschien mir das Gedicht noch verwirrender. Ich versuchte, die Zeilen laut aus dem Gedächtnis aufzusagen, aber meine Konzentration war dahin. Ich legte das Buch weg und schaltete den Fernseher ein. Die Nachrichten handelten praktisch nur von der Beisetzung von Fürstin Gracia Patricia. An den Tod zu denken war zu traurig, deshalb schaltete ich wieder aus und wanderte auf und ab, bis sich endlich die Haustür öffnete. Rita ging. Auf Zehenspitzen schlich ich mich in den Flur und spähte in die Küche.

Dad versuchte, sich eine Zigarette anzuzünden, aber das Feuerzeug gab keine Flamme. Er hielt inne, als er mich sah, und bedachte mich mit einem schmalen Lächeln, das seine Augen nicht erreichte. »War das Rita?«, fragte ich unbeholfen.

Er nickte und betätigte erneut das Feuerzeug. »Rita. Ja. Sie hat nach deiner Mutter gesucht.«

»Stimmt irgendwas nicht?«, fragte ich behutsam, weil ich sah, wie seine Hände zitterten.

Das Feuerzeug gab eine Flamme, und er inhalierte. Unsere Blicke trafen sich, und er wandte seinen ab. »Nichts, worüber du dir Sorgen machen musst, Anna«, sagte er. »Nichts, was dich betrifft.«

Es war schon das zweite Mal, dass er das zu mir sagte, und diesmal glaubte ich ihm bestimmt nicht.

Sobald Mum nach Hause kam, verschwanden sie und Dad in Gabriellas Zimmer; sie zogen die Tür hinter sich zu, schlossen mich aus. Ich stand am Fuß der Treppe, sehnte mich danach, ihnen zu folgen, traute mich aber nicht zu stören. Ich ließ mich auf die unterste Stufe sinken und schlang die Arme um mich, versuchte, das Eis aufzutauen, das sich in meinem Bauch gebildet hatte. Ich war eine Außenseiterin. Eine Waise. Ein Wechselbalg. Irgendwie anders. Von meiner Familie ausgeschlossen. Ich schloss die Augen und stellte mir die drei vor, wie sie mit einer Kordel verbunden waren, die mich nicht einbezog.

Lange Zeit war es still im Haus. Das Pendel schwang. Jasper erschien und miaute nach seinem Fressen. Ich ging mit ihm in die Küche, öffnete eine Dose Whiskers und löffelte Brocken davon in seinen Napf.

Die Stille explodierte. Eine Tür knallte. Füße stampften auf den Treppenabsatz. »Dazu hatte sie kein Recht«, schrie Gabriella. »Es hat nichts mit ihr zu tun. Für wen hält sie sich eigentlich?«

»Sie hat doch nur versucht zu helfen«, sagte Mum.

»Sie hat Märchen erzählt. Ihr seid alle gegen mich.«

Dad sagte etwas. Seine Worte unhörbar.

»Himmelherrgott nochmal. Wie kannst du das sagen? Himmelherrgott nochmal. Lasst mich in Ruhe.«

Die Stille kehrte zurück. Eigentlich war jetzt Mum an der Reihe, laut zu werden, Gabriella das Fluchen zu verbieten. Aber sie sagte kein Wort. Nur Dad war wieder zu hören, er sprach leise, versuchte wie immer Frieden zu stiften.

Ich schlich ein paar Stufen hoch, lauschte angestrengt. »Nichts hat sich geändert«, sagte Dad. Ich stellte mir vor, wie er Gabriellas Hand nahm, sie an sich zog und ihr übers Haar strich. »Wir reden. Wir finden eine Lösung.«

»Nein, tun wir nicht«, sagte Gabriella, und ihre Stimme brach.

»Natürlich werden wir das. Das weißt du auch. Komm wieder rein.«

Das Türschloss klickte, offenbar hatte er sie überredet. Und wieder einmal ließ man mich allein, und ich stand auf der Treppe, mir war schwindelig, und der Teppich unter meinen Füßen schien sich zu bewegen. Ich hielt mich am Geländer fest und versuchte vergeblich, irgendetwas zu begreifen.

Gabriella kam nicht zum Abendessen herunter. Mum deckte den Tisch und tat Schmortopf auf – Fleisch und Gemüse, obendrauf Klößchen –, aber sie kleckerte Soße aufs Tischtuch und spielte dann nur mit ihrem Essen, schob es mit der Gabel auf ihrem Teller herum. Irgendwann räusperte sie sich. »Hast du gelauscht, Anna?«

Ich schüttelte den Kopf und spießte ein Klößchen auf, das nicht richtig gar war und nach Fett und Salz schmeckte. Ein Stückchen blieb mir im Hals stecken.

»Irgendwas musst du doch gehört haben«, sagte sie und fixierte mich mit ihrem Blick. Wieder schüttelte ich den Kopf.

»Jetzt ist nicht der richtige Zeitpunkt«, mischte sich Dad ein.

»Das hast du schon mal gesagt.«

»Jetzt ist es anders.« Er sprach leise.

»Inwiefern anders?«

»Eins nach dem anderen.«

»Was Besseres fällt dir nicht ein?«

Ich hielt den Atem an, wollte unbedingt, dass sie mir sagten, was los war. Dad verharrte regungslos, nur eine Ader an seiner Schläfe pochte sichtbar.

Mum räumte den Tisch ab und trug die Teller zur Spüle. »Anna«, sagte sie. »Wir müssen …«

»Esther. Stopp. Das reicht.«

»Nein. Wenn wir es ihr nicht sagen, wird Gabriella es tun.«

»Nein, das wird sie nicht«, sagte Dad, plötzlich laut. »Ich habe ihr gesagt, sie soll das nicht tun.« Er wandte sich mir zu, mit weißem Gesicht und mahlenden Kiefern. »Lass uns bitte allein, Anna.«

Ich war froh darüber und ging mit schweren Schritten die Treppe hinauf zu Gabriella.

Sie kniete auf dem Boden und stopfte Kleider in einen Koffer. Eine heiße Welle der Panik durchlief mich, und ich packte sie am Arm. »Was machst du da?«

»Wonach sieht's denn aus?« Sie schüttelte meine Hand ab.

»Du packst«, sagte ich, aber meine Stimme war rau.

»Na und?«

»Du kannst mich nicht allein lassen. Was ist denn passiert?«

Sie schüttelte den Kopf, aber ihre Schultern sanken herab. »Nichts ist passiert.« Sie schob noch einen Pulli in den Koffer.

Mir kamen die Tränen. Gabriella hatte Geheimnisse. Sie hatte noch nie welche gehabt. Aber mein Instinkt sagte mir, dass sie mir nie wieder etwas erzählen würde, wenn ich weiter darauf herumritt. »Na gut«, sagte ich kläglich. »Aber du gehst nicht weg, oder?«

Gabriella seufzte. »Eines Tages schon.«

Eine Träne lief mir übers Gesicht. Gabriella kam zu mir herüber und legte mir einen Arm um die Schultern. »Aber ich werde dich nicht vergessen, Kleine«, sagte sie. »Du bist meine Schwester. Das bleibt so, egal was passiert.«

Ich starrte sie an, sog ihre Worte auf. »Dann geh nicht«, sagte ich. »Schwestern halten zusammen.«

»Ja«, sagte sie leise. »Das hab ich dir doch gesagt. Das bleibt so, egal was passiert.«

Ich nickte und legte den Kopf an ihre Schulter, aber sie rückte schon wieder von mir ab und kehrte zu ihrem Koffer zurück, drückte den Deckel zu und schob ihn unters Bett.

Die Tage stolperten vorwärts. Gabriella ließ jeden Morgen das Frühstück aus, und Mum nahm es stillschweigend hin. Dad bestand darauf, uns zur Schule zu fahren, bis zu dem Tag, an dem Gabriella ihm ins Gesicht schrie, sie wolle allein gehen, und wenn er sie nicht lasse, gehe sie endgültig von zu Hause weg. Ich hörte mit klopfendem Herzen zu und dachte an den unter ihrem Bett verstauten Koffer. Angesichts dieses Ausbruchs erstarrte Dad einen Moment lang, dann gab er nach und ließ uns zu Fuß gehen.

In der Schule lief ich ihr nur selten über den Weg. Und wenn doch, nahm sie mich kaum wahr, so umlagert wie sie war von Jungs mit Igelfrisur, die um ihre Aufmerksamkeit rangelten. Martha war auch dabei. Schnappte mir Gabriellas Lächeln weg, grabschte an Aufmerksamkeit, was sie kriegen konnte. Für mich blieb nichts übrig.

Nachmittags wartete ich am Tor und beeilte mich, früh da zu sein, ehe Gabriella verschwinden konnte. Manchmal sprach sie mit mir, beantwortete Fragen danach, wie ihr Tag gewesen war, oder ließ mich quasseln, Geschichten erzählen, die ich übertrieb, um sie zum Lachen zu bringen. Meistens aber war sie still. Und die Stimmung wurde gedrückt von einer Schicht von Traurigkeit, die ich nicht durchdringen konnte.

An diesen Tagen blieb Gabriella, wenn wir nach Hause kamen, in ihrem Zimmer und verweigerte sich meinen Versuchen, sie zu überreden, zum Abendessen herunterzukommen. Ich sehnte mich danach, dass Mum laut wurde und sie dazu zwang. Stattdessen brachte sie ihr einen Teller mit Broten nach oben, den sie später unangerührt wieder abholte. Ich beobachtete das mit einer Mischung aus Groll über die Extrawurst, die Gabriella gebraten bekam, und Trauer über die Abwesenheit meiner Schwester.

Dads Geburtstag kam. Es war Samstag, und die Verwandtschaft war eingeladen. Das war Tradition, und obwohl Mum murrte, während sie sich im Haus beschäftigte, putzte und überprüfte, ob genug zu Essen da war, wurde der Besuch nicht abgeblasen. Onkel Thomas und Donald kamen als Erste. »Überraschung!«, sagte Onkel Thomas, als ich die Tür aufmachte, und holte ein Ei hinter meinem Ohr hervor. Ich hatte ihn diesen Trick schon hundertmal vorführen sehen, aber ich lachte trotzdem, während er mir einen Stups unters Kinn gab und ins Wohnzimmer zu meinen Eltern ging.

Donald, der seine Pfeife rauchte, drückte mir im Vorbeigehen einen Gegenstand in die Hand. Einen Ammoniten. Ich grinste. Er war Geologe. Außerdem war er Onkel Thomas' bester Freund. So bezeichneten ihn jedenfalls meine Eltern. Ich folgte ihnen und sah zu, wie sie sich neben Dad auf dem Sofa niederließen. »Das ist schön«, sagte Onkel Thomas und streifte sich die Schuhe ab. Er hatte ein großes Loch in der Spitze seiner einen Socke.

Großmutter Grace war eine wohlbeleibte Frau von kräftiger Gestalt, die sich in direktem Widerspruch zu ihrem Namen ungelenk bewegte. Sie setzte sich auf den Stuhl mit der geraden Lehne und stützte sich dabei schwer auf ihren Stock, als handelte es sich um einen Stab und sie stünde im Begriff, auf Pilgerfahrt zu gehen. Großvater Bertrand, ebenso beleibt wie sie, kam hinter ihr hereingeschlurft, plumpste in den Sessel, versank darin und ließ die Arme über die Stützen hängen, sodass es aussah, als wäre er geschmolzen.

Gabriella war abwesend, was ich vorausgesehen hatte. Ich hatte versucht, sie aus ihrem Zimmer zu locken, aber sie hatte sich geweigert und mich mit diesem teilnahmslosen Blick bedacht, an den ich mich mittlerweile gewöhnt hatte. Bestimmt würden Mum und Dad darauf bestehen, dass Gabriella sich zu uns gesellte – die Familie sei wichtig, sagte Mum, die tragende Säule der Gesellschaft (neben der Kirche) –, aber Gabriella erschien trotzdem nicht.

Ich ließ mich auf dem Läufer vor dem Kamin nieder und sah zu, wie Mum mit einem wie aufgemaltem Lächeln Sandwiches mit Fischpaste und Früchtebrot auf unserem guten Geschirr und Tee in Tassen mit Goldrand herumreichte. Die Gesprächsthemen reichten von Onkel Thomas' Zauberladen im Nordwesten von London – eine Aladinshöhle voller Furzkissen, präparierter Würfel und falscher Bärte – bis zum Falklandkrieg. Sogar Dad, der in den letzten Tagen ebenso in sich gekehrt gewesen war wie Gabriella, riss sich zusammen und beteiligte sich am Gespräch. »Im Augenblick ist die *Belgrano* vielleicht ein Triumph für Thatcher«, sagte er, »aber bei den nächsten Wahlen …« Er bewegte die Hand hin und her. »Wem die Stunde schlägt.« Unterdessen döste Großvater Bertrand, und Donald hielt sich, abgesehen von einem gelegentlichen Zwinkern in meine Richtung, heraus und stopfte seine Pfeife neu.

»Man könnte meinen«, sagte Großmutter Grace und stieß dabei mit ihrem Stock auf, als wollte sie der Diskussion ein Ende bereiten, »die Leute hätten genug von Kriegen und dergleichen.«

Die Erwachsenen stimmten ihr lauthals zu. Eine kurze Gesprächspause trat ein, und ich glaube, wir alle wussten, was als Nächstes kam, denn es konnte kein Familientreffen geben, ohne dass Großmutter Grace die Geschichte erzählte, wie meine Eltern sich kennengelernt hatten. Mum räumte ab, klirrte mit Geschirr, stapelte ungleichmäßig Teller aufeinander. Dad stand auf, wühlte in seiner Tasche und murmelte etwas von Tabak.

»Liebesgeschichten sind sehr viel netter«, sagte Großmutter Grace, während meine Eltern beide den Raum verließen. »Es war 1966.«

Ich unterdrückte ein Gähnen, wandte den Blick ab, drückte mir die Faust gegen den Mund und bemerkte erst in diesem Moment, dass Gabriella hereingekommen war. Sie setzte sich neben mich, und in der Hoffnung auf eine Reaktion stupste ich sie an, aber sie lächelte nicht. Sie trug ein zerrissenes T-Shirt, das eine Schulter freiließ, einen zerknitterten schwarzen Rock und lila Lippenstift. Ihre Haare waren zurückgekämmt und standen vom Kopf ab. Donald, bemerkte ich, betrachtete sie neugierig. Onkel Thomas, damit beschäftigt, sich den Bauch zu kratzen, hatte in Erwartung der bevorstehenden Geschichte einen glasigen Blick aufgesetzt.

»Es war ein Sommergewitter in London.«

Ich schloss die Augen und stellte mir eine übertriebene Version der Szene vor, in der der Wind durch den Garten der Buttons fauchte, Pflanzen ausriss und Teile des Schuppens und des Dachs wegfegte.

»Wir mussten jemanden finden, der den ganzen Müll wegschaffte, all die abgebrochenen Äste und dergleichen. Ich bin zum Zeitungsladen gegangen, und da war die Karte: Flores Abfallentsorgung. Es klang so hübsch. Flores.«

So ein schöner Name, sagte ich lautlos zu Gabriella, aber sie sah nicht her. Sie zupfte an einem Faden an ihrem Rock und wickelte ihn sich um den Finger.

»So ein schöner Name«, sagte Großmutter Grace. »Esther hat an dem Tag gekränkelt. Sie hatte es mit dem Magen. Und als Albert mit seinem kleinen Transporter kam, hat sie schon auf ihn gewartet.«

»Wohl kaum«, sagte Mum, die gerade ins Zimmer zurückkehrte. »Ich war zufällig da, das ist alles.« Sie bemerkte Gabriella und machte einen zögernden Schritt auf sie zu. Sie sahen einander an, eine stumme Kommunikation, die mich ausschloss. Donald warf einen Blick herüber. Er musste bemerkt haben, dass irgendetwas nicht stimmte, anders als Onkel Thomas, der sich immer noch am Bauch kratzte, den Kopf zurückgelegt und die Augen geschlossen.

»Jedenfalls bist du ganz schön flink in den Garten hinuntergeflitzt, als du gesehen hast, wie gut er aussah«, setzte Großmutter Grace ihre Geschichte fort.

Mum schüttelte den Kopf, nahm einen überquellenden Aschenbecher und verließ mit einem weiteren Blick auf Gabriella den Raum.

»Die Wahrheit ist, eure Mutter hat sich elend gefühlt, bis sie euren Vater kennenlernte«, sagte Großmutter Grace. »Sie hat eine Phase durchgemacht, nicht wahr, Bertrand?« Keine Antwort. »Sie ist in ihrem Zimmer geblieben, hat sich Ausreden ausgedacht, um nicht zur Arbeit zu müssen. Sie hat die Buchführung für eine Firma gemacht. Eine ausländische Firma. Wohlgemerkt, die Buchführung. Sie war nicht bloß eine Schreibkraft. Trotzdem, es war nicht schön dort, nicht wahr, Bertrand? Dort, wo sie war. Central London. Zu hektisch.« Sie nickte, als pflichtete sie sich selbst bei. Onkel Thomas kratzte sich an der Schulter. Donald griff nach der Zeitung.

London. Wie ernst war es Dad damit gewesen, dass wir dort

wohnen sollten? Je mehr ich jetzt darüber nachdachte, desto mehr wollte ich dorthin. Alles würde besser, wenn wir wegzogen. Man konnte dort so viel unternehmen. Vor ein paar Monaten hatten wir einen Tagesausflug dorthin gemacht. Hatten die National Gallery besucht und auf dem Trafalgar Square die Tauben gefüttert. Wir hatten uns an einer der Buden Körner gekauft, uns dann wie Vogelscheuchen hingestellt und die Vögel gezählt, die sich auf unsere Arme setzten, um festzustellen, wer die meisten anlockte. Mum hatte ein Foto gemacht. Klick. Die Vögel waren weggeflogen.

Ich schaute zu Gabriella hinüber, aber sie bemerkte es nicht, war zu sehr mit dem Faden beschäftigt. Sie wickelte ihn so eng um ihren Finger, dass die Haut rot anschwoll.

Großmutter Grace hatte zu reden aufgehört und lächelte, während sie sich die Geschichte in Erinnerung rief. »Weißt du noch, Thomas?«, fragte sie. »Esther war wie verwandelt, als sie deinen Bruder kennenlernte.«

Onkel Thomas zog an seinem Pullover. »Ist es hier drin so warm?«, sagte er, ohne auf sie einzugehen. »Oder kommt mir das nur so vor?«

»Genau so war es«, nahm Großmutter Grace den Faden ihrer Erzählung wieder auf. »Von dem Tag an, an dem sie sich verliebt hat, lief sie im Tran herum wie ein krankes Kind.«

Zack. Der Faden riss. Gabriella keilte mit dem Bein aus. Sie traf die Kohlenschütte, die gegen das Kaminbesteck krachte.

»Du meine Güte«, sagte Mum, die gerade hereinkam, als Gabriella aufsprang und aus dem Zimmer rannte. Die Haustür knallte zu. Mum schaute reihum; alle schwiegen.

»Hormone«, sagte Onkel Thomas schließlich, die Stimme gedämpft, weil er sich gerade den Pullover über den Kopf zog.

Und dann redeten alle weiter, als wäre nichts passiert. Ich wusste es besser. Ich sah den Schmerz in Mums Gesicht. Was hatte Gabriella jetzt schon wieder aufgeregt? Etwas, was Großmutter Grace gesagt hatte? Ich versuchte zurückzudenken, aber es war dieselbe alte langweilige Geschichte, die sie immer gern erzählte. Ich musterte Großmutters Gesicht, um darin vielleicht eine Antwort zu finden, aber sie ließ durch nichts erkennen, dass irgendetwas nicht stimmte, sondern war zu sehr damit beschäftigt, Donald anzuweisen, er möge Großvater Bertrand, der gerade einnickte, die Tasse samt Untertasse aus der erschlaffenden Hand nehmen.

Onkel Thomas faltete seinen Pullover zusammen. Er legte ihn zur Seite und wechselte einen Blick mit Mum. Ein prickelndes Gefühl schoss durch meinen Körper, als ich begriff. Onkel Thomas wusste genau, was vor sich ging. Im Gegensatz zu mir war er in das Geheimnis eingeweiht.

15

Martha war auf der Straße, als ich aus der Kanzlei Martin und Martin kam und mir noch das Wort »Nachlass« in den Ohren klang. In der Hand hielt sie einen Mopp mit einem zottigen, grobfädigen Kopf und einem in Plastik eingeschweißten Stiel. Ich nickte ihr nur kurz zu, in der Hoffnung, dass sie ebenfalls keine Lust hatte zu reden, und machte vorsichtshalber einen Abstecher in die Metzgerei – Ritas altes Familiengeschäft.

Der Laden wurde traditionell geführt, mit Sägemehl auf dem Boden und Kreidetafeln, auf denen die Sonderangebote standen. An Haken hingen Fasane und Kaninchen. Auf der Arbeitsfläche lag eine ganze Tierhälfte, von einem Schwein oder einem Schaf. Der Laden war sauber, die Kühltheke blankgeputzt, aber nichts überdeckte den Geruch nach altem Blut, nach Fleisch und den Knochen toter Tiere.

Während ich noch überlegte, was ich kaufen sollte, kam eine Frau mit einem Kopftuch herein. Ich bedeutete dem Metzger, sie zuerst zu bedienen, und trat ans Fenster, um nachzusehen, ob Martha gegangen war. Das war sie nicht. Sie stand auf der anderen Straßenseite, als wartete sie darauf, dass ich herauskam. Wie lästig sie war. Ich hatte keine Lust, mit irgendjemandem in diesem Dorf zu reden, schon gar nicht mit Martha. Außerdem war der Himmel dunkelviolett, was auf Regen hindeutete, und wenn ich mich nicht beeilte, würde ich klatschnass werden.

Die Frau mit dem Kopftuch sah zu mir herüber. Sie war Ende sechzig, und ich war mir sicher, dass ich sie kannte. Kein

Wunder. Hier kam mir jeder bekannt vor. Sogar der Metzger, dessen Muskeln unter seinem Overall hervortraten, während er sein Hackmesser schärfte, sah nach jemandem aus, den ich kannte. »Anna Flores«, sagte die Frau mit lauter Stimme, als kündigte sie meinen Auftritt an. »Mrs Henderson. Ich wohne nebenan. Tut mir leid, das mit Ihrer Mutter.«

Die Essigflasche. Die Dorf-Klatschtante. Sie musste bei der Beisetzung und dem anschließenden Empfang gewesen sein. Ich hatte sie nicht bemerkt. Vielleicht hatte ich aber auch unbewusst darauf geachtet, ihr aus dem Weg zu gehen. Die Frau war schon immer widerwärtig gewesen. Ich lächelte gezwungen, spürte Gereiztheit in mir aufsteigen.

Sie lächelte zurück, ein Echsenlächeln, die Lippen gekräuselt. »Wenn ich irgendetwas tun kann …«

»Danke«, sagte ich rasch. »Das ist sehr freundlich von Ihnen, aber ich komme schon zurecht. Rita hilft mir …«

»O ja, Rita. Die Frau ist ein Juwel.« Sie wandte sich an den Metzger. »Ist es nicht so, Peter? Deine Tante ist ein Juwel. Weißt du noch, als mein Stuart gestorben ist? Rita war sehr gut zu mir.«

»Absolut«, pflichtete Peter bei, während er auf die Tierhälfte auf der Arbeitsfläche einhieb.

Stuart. Ihr unsympathischer Mann. Kantig gebaut, stand er immer hinter Mrs Henderson wie eine Wand, an die sie sich nie ganz anlehnte.

»Es muss allerdings schwierig sein«, sagte sie jetzt. »Zu verstehen, meine ich, wenn man keinen …«

»Waren das zwei Koteletts oder drei?«, fragte Peter.

Während sie ihre Bestellung wiederholte, ergriff ich meine Chance und schob mich in Richtung Tür, aber sie redete weiter, ohne ein einziges Mal den Blick von mir zu nehmen. »Wenn man keinen Ehemann hat«, beendete sie ihren Satz.

»Oder sonst jemand Nahestehenden.« Ihre Augen funkelten vor Interesse. Ich blieb stumm. Ich wusste, was sie im Sinn hatte. Sie wollte über Gabriella reden.

Peter wickelte die Koteletts ein und legte sie auf die Theke. »Wie ich höre, gibt es eine Haushaltsauflösung«, sagte Mrs Henderson, während sie einen Geldschein hinüberreichte. »Vielleicht kann ich dabei helfen. Oder aber Brian. Sie erinnern sich doch an meinen Sohn? Er ist sehr hilfsbereit.«

Mein Gott. Wohnte Brian etwa immer noch zu Hause? War er nicht älter als ich? Farblos und verschlagen. So hatte ich Brian in Erinnerung. Mrs Hendersons Achillesferse, so wie sie ihn vergötterte. »Danke«, sagte ich. »Aber das ist alles unter Kontrolle.«

»Freut mich zu hören.« Sie hielt inne. »Geht es nicht um Edward Lilys Haus?«

»Richtig.«

Sie sah mich neugierig an. »Wie interessant.«

»Ja«, sagte ich, entschlossen, das Gespräch zu Ende zu bringen. »Haushaltsauflösungen sind immer interessant.« Ich machte einen weiteren Schritt in Richtung Tür.

»Diese aber ganz besonders, finden Sie nicht auch? Um das Lemon Tree Cottage gab es so viele Gerüchte.«

Die du in die Welt gesetzt hast.

»Ich habe mich ja doch gefragt, warum Ihre Mutter …« Sie ließ den Rest ihrer Worte ungesagt, wie eine Reihe stummer Vorwürfe. Was wollte sie mir sagen? Meine Mutter hätte die Haushaltsauflösung nicht übernehmen dürfen. Wieso? Weil Edward Lily verdächtig gewesen war? Weil es Gerüchte gegeben hatte, er habe seine Tochter auf dem Dachboden eingesperrt? Weil er ein Zugezogener gewesen war? Letzteres war am wahrscheinlichsten. Dieser Umstand erregte bei Mrs Henderson bestimmt weit mehr Anstoß als alles andere.

»Mum hat die Haushaltsauflösung übernommen, weil sie ein netter Mensch war«, sagte ich mit fester Stimme. »Die Arbeit musste getan werden, also hat sie den Auftrag angenommen.«

Mrs Henderson hob die Augenbrauen, eine Andeutung von Überraschung angesichts meines Tons. Sie wandte sich ab, um ihren Einkauf an sich zu nehmen, den Mund bereits geöffnet, um wieder etwas zu sagen. Aber ich nutzte die Gelegenheit und rief Peter im Hinausschlüpfen zu, dass ich später wiederkommen würde.

Martha war fort. Gut. Mit eisigen Fingern zog ich meine Jacke enger um mich. Der Himmel hatte die Farbe gewechselt. In den wenigen Minuten, die ich mich im Laden aufgehalten hatte, war das Dunkelviolett zu Schwarz geworden. Während ich mich auf den Nachhauseweg machte, spürte ich meinen Frust darüber, dass ich Zeit mit Mrs Henderson vergeudet hatte und nun auch noch nass werden würde. Hatte sie meiner Erklärung über meine Mutter Glauben geschenkt? Ich bezweifelte es, da ich sie ja selbst nicht recht glaubte. Einen Moment lang bedauerte ich, dass ich sie nicht hatte reden lassen. Wenn jemand im Dorf über Edward Lily und die Haushaltsauflösung Bescheid wusste, dann sie. Vielleicht das nächste Mal … Ich verwarf den Gedanken. Ich hatte schon vor Jahren genug davon gehabt, Leuten wie Mrs Henderson zuzuhören. Jetzt musste ich es genauso wenig.

Ich ging schnell, mit gesenktem Kopf, und gerade als ich beim House of Flores anlangte, sah ich, dass Martha im Eingang stand. Ich blieb stehen. Diesmal konnte ich nirgendwohin, hatte keinen Vorwand, sie zu ignorieren. Man könnte meinen, sie verfolgte mich, so wie sie immer da war. Schritte im Dunkeln. Schatten auf dem Friedhof. Offenbar wurde ich allmählich paranoid.

Wir sahen uns an. Sie hatte dunkle Male unter den Augen, und ich spürte wieder die gleiche alte Mischung aus Mitleid und Verachtung. »Hallo, Martha«, sagte ich.

Unverwandt erwiderte sie meinen Blick. »Anna.«

Ich trat unbehaglich von einem Fuß auf den anderen und räusperte mich. »Ich hab dich bei der Beerdigung gesehen«, sagte ich schließlich. »Auf dem Friedhof, aber nicht in der Kirche. Warst du da?«

Sie schüttelte den Kopf. »Ich mag keine Beerdigungen«, sagte sie, und ihre Stimme war leise und kratzig, als wären die Stimmbänder außer Übung. »Ich bin ihnen nicht gewachsen.«

Wer zum Teufel ist das schon?, hätte ich am liebsten geantwortet. Ich machte eine Bewegung, um anzudeuten, dass ich gehen wollte, aber sie ließ den Hinweis unbeachtet, und in das nun folgende, verlegene Schweigen hinein sagte ich: »Bist du immer noch in Nummer fünfundzwanzig?« Sie nickte. »Das mit deinen Eltern tut mir leid. Ich hab es mitbekommen ...«

»Ja«, sagte Martha abrupt. »Sie sind tot.« Sie klang, als wäre das belanglos, als spräche sie von einem Paar entfernter Verwandter, die sie nie kennengelernt hatte, oder von zwei ungeliebten Haustieren. Ich hatte große Lust, sie zu fragen, ob sie bei *deren* Beerdigung gewesen sei oder ob sie sich dem auch nicht gewachsen gefühlt habe, aber ich verkniff es mir. So wenig ich Martha auch leiden konnte, dass sie so schreckliche Eltern gehabt hatte, war nicht ihre Schuld.

Ich bemühte mich noch ein paar Sekunden, mir eine passende Antwort einfallen zu lassen. Schließlich sagte ich, um Mitgefühl zu zeigen, leise: »Es tut mir leid, das zu hören.«

Sie öffnete den Mund, um etwas zu sagen, überlegte es sich dann aber offenbar anders, zuckte die Achseln und wandte den Blick ab.

»Na denn«, sagte ich, drückte die Schultern durch und versuchte zu signalisieren, dass das Gespräch für mich zu Ende war. »Ich muss dann mal.«

Martha senkte den Blick. Wie sie dastand, wirkte sie so dünn wie ein Schilfrohr. Der Wind könnte sie wegpusten. Und so müde. Ich wurde ihr gegenüber milder gestimmt. Vermutlich schlief sie nicht genug. Seit ich nach Hause gekommen war, hatte ich selbst oft wachgelegen und versucht, nicht in meine Träume hinüberzugleiten – alte Albträume von Dämonen, die sich an Mauern entlangschlichen, sich zwischen Ästen versteckten und meine Schwester packten, während ich aus einiger Entfernung zusah, erstarrt, außerstande einzugreifen.

»Du siehst müde aus«, sagte ich zu Martha, und meine Stimme war von widerwilliger Freundlichkeit. »Es ist einsam in einem Haus, wenn alle fort sind. Findest du nicht auch?« Ihre Augen waren wässrig und fahl. Ich sprach rasch und hölzern, wollte sie nicht weinen sehen. »Besonders, wenn man darin aufgewachsen ist. Ich kann mir nicht vorstellen, wie das für dich ist. Deine Mutter war…« Ich verstummte und bemühte mich, mir eine gute Eigenschaft einfallen zu lassen.

Martha runzelte die Stirn, und ich sah, wie sich die Muskeln in ihrem dürren Hals bewegten, als sie schluckte.

Ich versuchte es erneut. »Weißt du noch, als ich zu euch nach Hause gekommen bin? Ich hab mit deiner Mutter im Wohnzimmer gesessen und ihr Fragen gestellt. Das war nicht lange nach Gabriellas Verschwinden.« Gabriella. Der Name lag schwer in der Luft. »Was ist mit ihr passiert?« Marthas Augen weiteten sich. Eine neue Empfindung. Eine Andeutung von Trauer oder Schmerz?

»Sag es mir«, sagte ich sanft. »Was ist mit deiner Mutter passiert?«

Martha fuhr zusammen, als hätte ich sie geschlagen, und

mir wurde mit einem jähen Luftandrang in meiner Brust klar, dass sie geglaubt hatte, ich hätte mich nach Gabriella erkundigt. Ich atmete langsam aus und zählte bis zehn. »Deine Mutter«, sagte ich, und nun stolperte ich beim Versuch, den Fehler wiedergutzumachen, über meine Worte. »Ich hab mich nur gefragt, was mit ihr passiert ist.«

»Sie ist gestürzt«, sagte Martha endlich.

Ich errötete und senkte die Stimme. »Das tut mir leid. Ist das zu Hause passiert?«

»Nein«, sagte sie und schaute hinter sich, als ob dort jemand lauschte. »Auf einer Treppe. Sie ist ausgerutscht.« Ich wartete, wollte sie jetzt nicht drängen. »Es war auf dem Dorfanger. Am Teich. Den kennst du doch?«

Natürlich kannte ich den Teich mit seinem ekelhaften Geruch nach verfaulendem Röhricht, das schon zu lange in stehendem Wasser liegt.

»Warst du dabei?« Ich berührte sie am Arm.

»Ja«, sagte Martha und wich zurück.

Ich sah es vor mir: Frühmorgendlicher Dunst und Mrs Ellis, wie sie die moosigen Stufen hinabstieg und sich dabei am Geländer festhielt. Bestimmt hatte sie das getan, Mrs Ellis. Sie grabschte immer nach allem: nach Marthas Hand, wenn sie sie von der Schule nach Hause zerrte, nach dem Arm ihres Mannes, wenn sie wollte, dass er sich aus einer Auseinandersetzung heraushielt, nach dem Ellbogen des Reporters, um ihre Aufrichtigkeit zu zeigen. Ich stellte mir vor, wie sie stürzte, hinfiel, in Zeitlupe die Treppe hinunterrollte und dann, heftig und brutal, mit dem Kopf auf einem Stein aufschlug. Ich sah, wie das Blut sich ausbreitete und den Boden befleckte. *Hast du sie geschubst?*, hätte ich Martha am liebsten gefragt.

Ich schauderte und drückte mir die Handfläche gegen die feuchtkalte Stirn. All diese Erinnerungen und wilden Phantasien machten mich krank. Natürlich hatte Martha sie nicht geschubst. Martha war ein Mäuschen.

»Und dein Vater?«, sagte ich. Ich musste mich zum Sprechen zwingen.

»Herzinfarkt«, sagte sie, und an ihrer Schläfe pochte der Puls.

Jetzt erinnerte ich mich wieder an seinen Tod. Ich war damals noch in der Schule gewesen. Die Nachricht hatte sich im Dorf verbreitet, wie solche Nachrichten das tun. In diesem Fall hatte sie keine großen Wellen geschlagen. Er war nicht sehr beliebt gewesen, anders als mein Vater, bei dessen Beisetzung ein solches Gedränge geherrscht hatte, dass ich mir unter den vielen wohlwollenden Menschen ganz verloren vorgekommen war. Plötzlich hatte ich diesen schrecklichen Tag deutlich vor mir. Rita hatte Mum beigestanden, und Onkel Thomas und Donald hatten sich um mich gekümmert. Ich erinnerte mich, wie ich in der Kirche zwischen den beiden eingeklemmt gewesen war, und später, beim Leichenschmaus, hatten sie sich gestritten, und ich hatte mich in Gabriellas Zimmer verdrückt. Rita hatte mich Stunden später gefunden, wie ich dort auf dem Boden lag. Mum hatte ich keinen Vorwurf gemacht. Sie war damals nur noch ein Gespenst gewesen, blass und dünn, hatte sich immer mehr in sich selbst zurückgezogen. Sie hatte gar nicht die Fähigkeit gehabt, auch noch mich zu verkraften.

Ich schüttelte den Kopf, um meine Gedanken zu sammeln und mich in die Gegenwart zurückzuversetzen. Martha rührte sich noch immer nicht. Wieder sprach ich, um die Stille zu füllen. »Ich habe gerade mit einer Haushaltsauflösung zu tun«, sagte ich. »Edward Lily. Das Lemon Tree Cottage. Er ist gestorben, aber das hast du ja wahrscheinlich gehört.« Sie nickte. »Ich werde noch eine ganze Weile im Dorf sein. Wenn du willst…« Ich hielt abrupt inne. Was wollte ich ihr da eigentlich vorschlagen?

Sie sah mich mit blinzelnden Augen an. Als sie sprach, war ihre Stimme belegt, als klebten ihr die Worte an der Zunge fest. »Du hast nie mit mir reden wollen.«

»Wie meinst du das?«

»Du hast mich nicht gemocht.« In Marthas Stimme lag ein Anflug von Trotz.

Ich musterte sie, und mein Mitgefühl ließ schlagartig nach. Ihre Augen waren flink und scharf. Sie war gerissen und hinterhältig. So war sie schon immer gewesen. Angewidert wandte ich den Blick ab, mein Mitleid war komplett dahin. Ein dünnes Rinnsal Schweiß lief seitlich an meinem Körper hinab. In meinem Kopf drehte sich alles. Ich musste nach Hause.

Ich befeuchtete mir die Lippen und suchte nach Worten. »Wieso hat es dir was ausgemacht, was ich denke? Du hast dich doch nur für Gabriella interessiert.«

Sie warf mir einen Blick zu, der so voller Bösartigkeit war, dass es mir vorkam, als durchstieße ein Stück Feuerstein meine Haut. »Du bist schuld«, sagte sie mit belegter Stimme. »Du hättest deine Schwester nicht aus den Augen lassen dürfen. Jedenfalls hätte ich das nicht getan, wenn sie meine Schwester gewesen wäre.«

Ich starrte sie an, versuchte zu begreifen. »Was willst du damit sagen?«

»Das weißt du doch.«

»Nein. Das weiß ich nicht.« Meine Stimme wurde lauter. »Sag es mir.«

»All diese Männer. Und Jungs. Die um sie rumschnüffelten. Da musste ja was passieren. Das war doch sonnenklar.«

»Wovon zum Teufel redest du?«

Aber sie war schon weg, hatte sich in einer einzigen heftigen Bewegung umgedreht und eilte die Straße entlang, während der Quast des Wischmopps neben ihr her wackelte.

Ich starrte ihr nach, das Blut rauschte mir in den Ohren. Eine neue Empfindung wallte in mir auf, und diesmal wusste ich, es war Hass: ein dunkelroter Hass, ranzig wie faulendes Fleisch.

Die Welt um mich herum kam ins Kippen. Ich lehnte mich gegen die Ladenfront und wartete darauf, dass die Übelkeit sich legte. Mein Gesicht war brennend heiß. Ein schwerer Regentropfen klatschte hart auf meine Wange. Und dann ging es los. Eine Sintflut. Die schräg auf mich einprasselte und mich durchnässte. Aber ich rührte mich nicht. Weil ich an einen anderen Herbsttag vor dreißig Jahren denken musste, der ganz anders gewesen war als dieser, ein goldener Tag, sonnig und warm. Was für ein schönes Wetter für diese Jahreszeit, hatten die Leute gesagt, die Art von Tag, an dem Gutes geschieht.

Ich presste fest die Hände zusammen, zwang die Erinnerungen herbei. Es war tatsächlich Gutes passiert. Mum hatte Gabriella verziehen. Das mit ihren Haaren. Sie hatte ihr das mit ihren Haaren verziehen. Und die Sonne hatte geschienen, die Vögel hatten gesungen, und Mum hatte Marmelade gekocht. Und ich hatte auf dem Weg zur Schule eine Feder gefunden. Und meine Brille. Was war nochmal mit meiner Brille passiert? Sie war kaputtgegangen, Gabriella hatte gelächelt, und wir hatten vereinbart, uns nach der Schule zu treffen.

An jenem Tag im Herbst – der Art von unerwartetem, sonnigem Tag, an dem nur Gutes passiert. Das hatten die Leute gesagt. Aber sie hatten sich geirrt. Die unsichere Wärme und die wechselnden Farben; die sich lösenden Blätter und das zerstreute Licht. Die Schönheit des Tages war zu fragil gewesen. Am Ende hatte es keinerlei Unterschied gemacht.

16

1982

»Was hast du getan?« Mums Stimme klang vor Wut gepresst.

Ich riss den Kopf von meinem Buch hoch. Gabriella, die in der Küchentür stand, sah aus, als wäre sie den Seiten von *Smash Hits* entsprungen. Es waren ihre Haare, pechschwarz und hochgekämmt. Ich öffnete den Mund, um zu sagen, sie sehe unglaublich aus, besann mich jedoch eines Besseren. Dies könnte zur schlimmsten Explosion in der Schlacht zwischen Mum und Gabriella führen, und ich wollte nicht dazwischenkommen.

»Geh nach oben und wasch das aus.«

»Das ist gefärbt«, sagte Gabriella und hob trotzig das Kinn.

Mum kniff die Lippen zu einem Strich zusammen und stellte die Schüssel hin, die sie gerade abtrocknete. Sie schüttelte den Kopf und wandte sich ab. Gabriella verließ den Raum.

Es war Sonntag, der Tag nach Dads Geburtstag. Ich sollte wie üblich mit Mum zur Kirche gehen. Gabriella blieb zu Hause. Dad war früh aus dem Haus gegangen – wohin wusste ich nicht, aber ich hatte ihn sagen hören, er werde wieder zurück sein, bevor wir gingen.

Planänderung. Mum machte keine Anstalten, sich für die Kirche fertig zu machen. Stattdessen beschäftigte sie sich mit den Vorbereitungen fürs Mittagessen, würzte das Rindfleisch, mischte den Teig für Yorkshire Pudding. Sie arbeitete langsam, verrichtete jeden Arbeitsschritt, als verlangte er ihre volle Konzentration.

»Gabriella hat sich die Haare gefärbt«, sagte sie, als Dad nach Hause kam. Ohne Kommentar ging er nach oben.

Später, und zum ersten Mal seit einer Ewigkeit, aß Gabriella mit uns. Sie hatte sich die Haare geglättet und zurückgebunden. Vermutlich hatte Dad sie dazu überredet. Vielleicht glaubte er, das würde den Effekt minimieren, aber der Strang schwarzer Haare, der ihr wie ein Pantherschwanz über den Rücken fiel, ließ sich nicht verstecken. Und auch Mums Zorn war deutlich wahrzunehmen; er durchdrang Wände und Böden und steckte uns alle an.

Im Lauf der nächsten Woche wurde es neblig und kalt. Was im Haus an Wärme geblieben war, wurde in die Kluft gesogen, die zwischen Mum und Gabriella klaffte. Und dennoch spürte ich, dass zumindest Mum sich versöhnen wollte. Sie wurde nachgiebiger, und sie zeigte ihre Gefühle mit winzigen Gaben auf Gabriellas Teller. Strich ihr zusätzlich Butter auf ihren Toast. Rührte den Rahm von der Milch in ihren Porridge.

Am Sonntag überlegte es sich das Wetter wieder anders. Jetzt war der Himmel klar und blau, voller Verheißungen, die er, wie wir wussten, nicht halten konnte. Die Pflaumen- und Zwetschgenbäume im Garten waren voll und schwer. Und prompt hob sich auch Gabriellas Stimmung.

Wir waren draußen im Garten, sammelten Obst, sprangen hoch, um Äste herunterzuziehen, kicherten, wenn die Zweige zurückschnellten, und ließen sonnengereifte Wurfgeschosse über den Zaun fliegen. Ich rannte barfuß herum und quietschte, wenn ich das Fallobst zwischen meinen Zehen schmatzen spürte, während Gabriella sich vor Lachen bog.

Mum war dankbar für unsere Gaben. Sie legte den Arm um Gabriella und flüsterte ihr ins Ohr. Gabriella ging nicht so weit zu antworten, aber sie wich auch nicht zurück.

Ein paar Tage später blubberte morgens, als wir herunterkamen, Marmelade auf dem Herd, und ihre klebrige Süße drang in jede Ritze und Nische des Hauses. Mum stand mit aufgekrempelten Ärmeln an der Spüle. Sie bemerkte es kaum, als wir durch die Küche rauschten und uns unsere Schultaschen und Toastscheiben schnappten.

Draußen auf der Straße hatten die Bäume ihr grünes Gewand gegen ein goldbraunes eingetauscht. Und der Wind, gleichgültig gegenüber dieser Schönheit, riss es von den Zweigen und schleuderte es wirbelnd zu Boden.

Wir kamen an Tom vorbei, der seinen Karren schob, Laub zusammenkehrte und dazu in stummem Selbstgespräch die Lippen bewegte. Wie immer lächelte Gabriella ihm zu und ging voraus, den Körper von irgendetwas Traurigem gebeugt – ihren Geheimnissen, vermutete ich. Wenn ich nur dahinterkäme, was sie waren. Ich spazierte hinterher, lauschte dem Vogelgesang, blieb stehen, um eine Elsterfeder zu betrachten, die auf dem Bürgersteig lag. Beim Bücken fiel mir die Brille von der Nase, und als ich sie aufhob, stellte ich fest, dass ein Bügel nur noch lose am Scharnier saß. *»Madre mia«*, sagte ich. Das brachte Gabriella zum zweiten Mal zum Lächeln, und als wir am Schultor ankamen, machte ich mir ihre nachgiebigere Stimmung zunutze und bat sie, sich nach der Schule mit mir zu treffen.

»Geht nicht«, sagte sie und schlenderte davon.

»Wieso?«, rief ich ihr nach und spürte, wie sich Enttäuschung in mir breitmachte. Ich sehnte mich so sehr danach, dass alles wieder so wurde wie früher, und ihr Lächeln hatte mich hoffnungsvoll gestimmt.

Sie drehte sich um und kam wieder zurück. »Bin schon verabredet.«

Ich runzelte die Stirn. Mit wem? Was hatte sie vor? Ich

blieb ruhig. Sie würde sich ärgern, wenn ich ihr Fragen stellte. Stattdessen rang ich die Hände und bettelte mit weit aufgerissenen Augen, um sie zum Lachen zu bringen.

Es wirkte. »Na gut, Kleine. Hinterher.«

Ich grinste, Erleichterung durchströmte mich und schmolz den Kloß in meiner Kehle. »Wo? Im Laden? Da waren wir schon eine Ewigkeit nicht mehr.«

Ein finsterer Ausdruck huschte über ihr Gesicht. Sie würde ablehnen. Doch dann lächelte sie wieder, etwas trauriger, und erklärte sich zu meiner Überraschung einverstanden.

»Um welche Zeit?«, rief ich, aber sie hörte mich schon nicht mehr. Ich beschattete mir die Augen und sah ihr nach, bis sie verschwunden war.

Nach der Schule ging ich allein zum House of Flores. Für Oktober war es immer noch warm, so warm, dass ich meine Jacke auszog und sie mir um die Taille band. Ich hasste meine Jacke. Sie war aus blauer Wolle, ein von Gabriella übernommenes Stück, das ich auftrug. Sie besaß einen Parka. Ich konnte es gar nicht abwarten, bis sie genug davon hatte und er mir gehörte.

Als ich ankam, stand Rita mit einer neuen Kurzhaarfrisur am Tresen, und mir fiel auf, wie viel jünger als Mum sie aussah. Ihr Gesicht war glatt, das von Mum dagegen zeigte Falten. »Sorgenfalten«, hatte Mum lachend gesagt. »Die da heißt Anna. Und die heißt Gabriella. Sie werden tiefer, je älter ihr beiden werdet.«

Rita begrüßte mich mit breitem Lächeln und einem fröhlichen Hallo. »Nierchen«, sagte sie, nahm ein ordentliches weißes Packet in die Hand und hielt es mir entgegen. »Das bringst du deiner Mutter mit, ja?« Ich zog ein Gesicht. Dad bemerkte es nicht. Er hob kaum den Kopf. Er polierte gerade ein Silbermesser. Es hatte einen Griff, der wie eine Kobra geformt war. Rita ging, und er arbeitete weiter still vor sich hin, brummte nur irgendetwas, als ich ihm Fragen nach dem Messer stellte.

Während ich auf Gabriella wartete, probierte ich einen Samthut mit Feder an, fügte noch ein Schultertuch – schwarze Seide mit Fransen – hinzu und stolzierte vor einem Spiegel hin und her. Aber ohne Gabriella machte es keinen Spaß, und nun ging die Dämmerung in Dunkelheit über, und die Straßenlaternen schalteten sich ein. Ich konnte nicht still sitzen, spielte mit Ziergegenständen herum, zog eine Uhr auf, hielt sie mir ans Ohr und lauschte dem Ticken. Wo blieb nur Gabriella? Was, wenn sie doch beschlossen hatte, fortzugehen, von zu Hause wegzulaufen?

Irgendwann murmelte ich Dad eine Entschuldigung zu und ging. Beim Metzger warf ich im Vorbeigehen einen kurzen Blick durchs Schaufenster, wo nun Rita im Overall hinter der Theke stand und bediente. Sie winkte, aber ich ignorierte sie, hielt den Kopf gesenkt und eilte weiter, die Hände in die Jackentaschen geschoben. Die ganze Zeit dachte ich an den Koffer und stellte mir vor, wie Gabriella das Haus verließ.

Ich stürzte durch die Haustür und traf auf Stille. Kein Geschepper in der Küche. Kein fröhliches: »Seid ihr das, Mädels?« Nichts als der Schlag der Pendeluhr im Wohnzimmer. Ich ließ meine Schultasche fallen, wartete darauf, dass mein Herzschlag sich wieder verlangsamte, und ermahnte mich, nicht blöd zu sein. Mum und Gabriella waren weggegangen. Vielleicht hatte es in der Schule ein Problem gegeben, oder sie waren noch schnell etwas einkaufen gegangen. Ich schluckte kräftig. Was ich mir da zurechtlegte, war dürftig, und das wusste ich, aber es hatte trotzdem keinen Sinn, sich Sorgen zu machen. Dass sie beide nicht da waren, war besser, als wenn nur Gabriella gefehlt hätte. Um sicherzugehen, sah ich in der

Küche nach. Der Topf mit der Marmelade stand kalt auf dem Herd. Von Abendessen war nichts zu sehen. Die Arbeitsfläche war mit schmutzigem Geschirr übersät. In der Spüle stand Abwasch. Was hatte Mum nur den ganzen Tag gemacht?

Sie saß im Wohnzimmer und starrte auf den nicht eingeschalteten Fernseher. Ein Geruch hing in der Luft. Tabak. Aber nicht der von Dad. Er war süßer. Eine Pfeife. Und der Aschenbecher auf dem Couchtisch war benutzt worden. Vielleicht waren Donald und Onkel Thomas zu Besuch gekommen. Aber jetzt waren sie nicht da, und ich konnte mir nicht vorstellen, dass sie gekommen und gleich wieder gegangen waren, ohne auf Dad zu warten. Außerdem sah Mum so traurig aus, dass sie unmöglich mit den beiden gesprochen haben konnte.

»Was ist denn los?«, fragte ich und kniete mich neben sie. »Wo ist Gabriella?«

Sie sah mich an, als ob sie mich nicht kannte, dann hellte sich ihr Gesicht etwas auf, und sie lächelte schwach. »Nichts, Liebes. Ich bin nur nicht ganz auf dem Damm. Das ist alles. Ist das nicht albern von mir?«

Ich nahm ihre Hand, und meine Augen füllten sich mit Tränen. Hatte sie allein hier gesessen? Wieder warf ich einen Blick auf den Aschenbecher. Nein. Jemand war hier gewesen. Wer? Eine Nachbarin mit schlechten Nachrichten? Der Arzt, der ihr gesagt hatte, dass sie krank war? Ich schob diese Gedanken beiseite. Mum hatte mal wieder Kopfschmerzen. Das war alles. »Soll ich dir eine Aspirin holen?«, fragte ich und drückte ihre Finger. »Oder ein Glas Wasser?«

Sie schüttelte den Kopf, riss sich sichtlich zusammen, tätschelte mir die Schulter und sagte: »Es geht schon wieder. Ich mache gleich Abendessen.«

»Soll ich dir helfen?«

»Nein. Lauf nach oben und zieh dich um. Es geht schon.«

Gabriellas Tür war angelehnt, und ich stieß sie ganz auf. Die Vorhänge waren zugezogen, im Zimmer war es dunkel und stickig. Das Bett war nicht gemacht, der Schlafanzug lag als wirres Häuflein auf dem Boden. Während mein Herz schneller schlug, kniete ich mich hin und schob die Hände unters Bett. Ich tastete im Dunkeln herum, bekam nichts zu fassen; langte weiter nach hinten, und meine Finger streiften die harte Schale des Koffers.

Gott sei Dank. Ich hockte mich auf die Fersen und grinste vor Erleichterung. Gabriella war nicht weggelaufen. Natürlich nicht. *Du bist meine Schwester,* hatte sie zu mir gesagt. *Das bleibt so, egal was passiert.* Schwestern halten zusammen. Ganz gleich, was für Probleme Gabriella hatte, sie würde mich nie verlassen. Wahrscheinlich hatte sie Mum angerufen, um ihr zu sagen, dass sie später kommen würde, und war in der Schule geblieben, um irgendwelche Extraaufgaben zu erledigen oder um einer der Lehrerinnen zu helfen, oder sie war zu einer Freundin nach Hause gegangen. Ich ging die Treppe wieder hinunter. Bestimmt wusste Mum, wo Gabriella war. Und jetzt hatte ich erst mal Hunger und wollte Abendessen.

Mum stand am Fuß der Treppe und sah mich mit gar nicht mehr leerem Gesicht an. »Was soll das heißen, wo ist Gabriella?«, fragte sie.

Mein Lächeln schwand. Die Haustür ging auf, und Mum fuhr herum. Nicht Gabriella. Es war Dad; er sah müde und blass aus. »Charlie Ellis«, sagte er. »Er hat im Pub Rabatz gemacht. Hat seinen Job verloren. Tod eines Handlungsreisenden, weiß Gott.« Er schwenkte das Päckchen mit den Nieren. »Das hast du vergessen, Anna. Nieren von Rita.«

Mum schaute an ihm vorbei. »Ist sie bei dir?«, fragte sie.

Er schloss die Tür. »Wer? Rita?«

Sie packte ihn am Arm. »Gabriella. Wo ist Gabriella?«

Eine Sorgenfalte erschien kurz in seinem Gesicht. »Ist sie denn nicht hier?«

»Nein«, sagte Mum, und ihre Stimme hob sich. »Anna ist allein nach Hause gekommen.«

Beide sahen mich an. »Wir wollten uns im Laden treffen«, sagte ich, und mein Herz fing an hämmern.

»Wann?«, fragte Mum.

»Nach der Schule.«

»Warum seid ihr nicht zusammen hingegangen?«

Ich zögerte. »Sie wollte zuerst noch woanders hin.«

»Wohin? Wohin wollte sie?«

»Das weiß ich nicht.« Meine Stimme war schwach.

»Das musst du doch wissen, Anna. Denk nach. Antworte mir.«

»Lass gut sein, Esther«, sagte Dad. »Es ist noch früh. Sie wird schon auftauchen.«

»Aber vielleicht ist sie …«

»Nein. Das würde sie nicht tun. Hör auf, Esther. Das hat keinen Sinn. Sie wird zurückkommen. Es ist noch nicht spät. Denk an Anna.« Wieder sahen sie mich an.

Einige Augenblicke verstrichen. »Ich hatte Besuch«, sagte Mum, und nun klang ihre Stimme gedämpft, wie unter einer Last von Gedanken.

Stille bis auf die Pendeluhr und das Rauschen des Blutes in meinen Ohren. Ich hatte recht gehabt. Es war jemand da gewesen. Wer? Dad fragte nicht nach, also wusste er es vermutlich. Er winkte mich zu sich und schob meine Mutter in Richtung Wohnzimmer. »Setz dich«, sagte er. »Ich mache Anna ein Sandwich.«

Ich folgte ihm in die Küche. Er legte die Nieren auf den Tisch. Blut sickerte durch die Verpackung wie rote Tinte auf

Löschpapier. Jasper schnupperte und ging im Kreis, während Dad das Chaos des Vormittags durchstöberte und versuchte, etwas zu essen für mich aufzutreiben. Kein Brot. Er machte ein Omelett, briet es aber zu lang; es war wie Gummi, und meine Zähne klickten auf ein Stück Eierschale. Ich hörte auf zu essen und fragte, ob ich aufstehen dürfe. Er gab keine Antwort, also verließ ich den Raum.

Mum telefonierte im Flur und wand sich dabei das Kabel um die Hand. »Ja, genau, Phyllis«, sagte sie gerade. »Ich habe mich gefragt, ob Bernadette weiß, ob sie noch in der Schule bleiben musste.« Kurzes Schweigen. »Aha. Na gut. Danke. Ich versuche es mal bei Nicolas Mutter. Rufst du mich an, wenn du irgendetwas hörst? Ja. Ich denke, sie muss jemanden getroffen haben. Genau. Danke. Danke. Ich sage dir Bescheid.«

Ich setzte mich auf die unterste Stufe, während Mum eine weitere Nummer wählte, und mein Körper wurde kalt, während ich ihrer angespannten Stimme lauschte. Inzwischen hatte ich nur noch eine Frage im Kopf. Wo war Gabriella?

Das Hämmern an der Tür weckte mich auf. Ich kämpfte mich aus meinem Traum und sah auf den Wecker. 22 Uhr. Mir war kalt. Ich war auf der Decke eingeschlafen. Ich trug noch meine Schuluniform. Warum war Mum nicht zu mir gekommen und hatte mir gesagt, ich solle mich zum Schlafen fertig machen? So hatte man mich noch nie mir selbst überlassen, und dann fiel es mir wieder ein. Gabriella war nicht nach Hause gekommen. Vielleicht war sie ja inzwischen da, und sie waren zu sehr mit Streiten beschäftigt, um mich holen zu kommen. Ich tastete nach meiner kaputten Brille und setzte sie auf. Die Vorhänge waren offen. Der Himmel war hell und klar, der Mond fast voll, nur ein Stückchen fehlte.

Ich schlich auf den Treppenabsatz. Gabriellas Tür stand offen, wie ich sie zurückgelassen hatte, sie konnte also nicht nach Hause gekommen sein, außer sie war noch unten. Allerdings hörte ich Stimmen: meinen Vater, noch einen Mann, und das Geräusch eines Funkgeräts, aus dem jemand sprach, dem der Mann antwortete. Ich beugte mich übers Geländer. Im Flur stand ein Polizist, seinen Helm unter den Arm geklemmt. Es war der örtliche Bobby. Ich hatte ihn auf dem Dorfanger gesehen, wie er mit den Jungs auf dem Spielplatz plauderte, oder auf den Straßen, wenn er Streife ging. Er gehörte nicht in unser Haus.

Der Polizist blickte auf, und ich starrte zurück, die Augen klebrig von Schlaf. Dad kam mich holen, er ging langsam, sein Gesicht war grau, und er sah besorgter aus, als ich ihn je erlebt hatte. »Gabriella ist immer noch nicht nach Hause gekommen«, sagte er leise, nahm mich bei der Hand und führte mich nach unten.

»Wo ist sie?«, fragte ich, aber Dad gab keine Antwort.

»Das ist PC Atkins«, sagte er.

Der Polizist bedachte mich mit einem freundlichen Lächeln. »Hallo, Anna. Tut mir leid, dass wir dich stören müssen. Ich muss dir ein paar Fragen stellen. Ist das in Ordnung?«

Ich nickte und kniff mich in den Handrücken, um dahinterzukommen, ob das real oder bloß ein Traum war.

Im Wohnzimmer setzte ich mich neben Mum aufs Sofa. Sie nahm meine Hand, und ihre Haut fühlte sich kalt an. Wie Eis. PC Atkins saß, den Helm noch immer unterm Arm, aufrecht auf dem Stuhl mit der geraden Lehne. In seiner dicken blauen Uniform massig, beugte er sich vor und sprach mit sanfter Stimme, während Dad stumm hinter ihm stand und den Blick auf mein Gesicht gerichtet hielt.

Ich antwortete einsilbig auf die Fragen des Polizisten. Und

je mehr er nachhakte und je mehr meine Schläfrigkeit nachließ, desto mehr erweiterten sich meine Einsilber zu längeren Ausdrücken, Sätzen, Absätzen.

Er wollte genau wissen, was an jenem Vormittag geschehen war, also erzählte ich von der Marmelade, der Feder, dem Laub. Ich erzählte ihm, dass meine Brille kaputtgegangen war, und bewies es, indem ich ihm zeigte, wie ich den Bügel mit Klebeband befestigt hatte. Er nahm die Brille, begutachtete den Schaden, nickte ernst und gab sie mir zurück.

PC Atkins war älter als mein Dad. Er hatte ein längliches Gesicht mit großen traurigen Augen und schlaffer faltiger Haut. Und ein riesiges Kinn. Das würde ich Gabriella erzählen. Es würde sie zum Lachen bringen. Aber dann fiel mir ein, dass ich es ihr ja gar nicht erzählen konnte. Sie war nicht da. Ich unterdrückte ein Schluchzen und drückte mich tiefer ins Sofapolster.

Ich beantwortete weitere Fragen. Wir hätten Tom gesehen. PC Atkins nickte wissend. Er kannte Tom. Er fragte, ob wir miteinander geredet hätten, und ich verneinte. Tom sei mit seinem Karren in die andere Richtung verschwunden. Gabriella und ich seien zusammen bei der Schule angekommen und zusammen durchs Schultor gegangen, und nein, sie habe nicht traurig oder niedergeschlagen gewirkt. Wir hätten vereinbart, uns im House of Flores zu treffen, und ja, wir hätten vorgehabt, getrennt dorthin zu gehen. Nein, ich hätte keine Fremden gesehen. Und nein, ich hätte sie auch mit keiner ihrer Freundinnen streiten sehen. Und ich wisse nicht, wohin sie nach der Schule habe gehen wollen.

PC Atkins räusperte sich und klemmte sich seinen Helm unter den anderen Arm. Ich starrte ihn an und fragte mich, was er als Nächstes sagen würde, aber er fixierte mich nur mit erwartungsvollem Blick, und Mum und Dad sahen mich auf die gleiche Weise an.

»Danke, Anna«, sagte PC Atkins und lehnte sich auf seinem Stuhl zurück. »Du hast uns sehr geholfen. Und jetzt versuchst du am besten, noch ein bisschen zu schlafen, ja?«

Dad nahm mich am Arm und brachte mich wieder nach oben. Er gab mir einen Kuss auf die Stirn, flüsterte, er werde später noch einmal zu mir hereinschauen, und zog, als er das Zimmer verließ, leise die Tür hinter sich zu.

Ein paar Minuten verstrichen, dann ertönten Schritte auf der Treppe und Gemurmel vor meinem Zimmer. Auf Zehenspitzen schlich ich zur Tür und drückte das Ohr gegen die Ritze. Es hörte sich so an, als wären die drei in Gabriellas Zimmer gegangen. Schubladen und Schranktüren wurden geöffnet und geschlossen, und ich stellte mir vor, wie PC Atkins die Kleider meiner Schwester durchsuchte, Zeitschriften durchblätterte, unters Bett schaute und den Koffer durchwühlte.

Nach einer Weile kamen sie wieder heraus, und ich belauschte ihre Unterhaltung im oberen Flur. PC Atkins sagte, er gehe jetzt zurück zum Revier. Sein Sergeant habe bereits die Nachtschicht alarmiert. Ein Mädchen im Teenageralter werde vermisst. Die Worte gefroren in der Luft. Dad fragte, ob sie das Dorf absuchen würden. »Rund um die Uhr«, sagte PC Atkins.

Ich zog mir meinen Schlafanzug an, setzte mich aufs Bett und dachte nach, rekapitulierte immer wieder den Gang zur Schule mit Gabriella. War sie traurig gewesen? Sie war distanziert gewesen, aber das war sie schon seit einer halben Ewigkeit. Ich machte das Licht aus, lag im Dunkeln und starrte auf meinen Digitalwecker; die Zeit rückte vor, jede Sekunde war ein weiterer Augenblick ohne Gabriella. Ich zog mir die Decke bis unters Kinn und dachte erneut an den Gang zur Schule.

War irgendetwas passiert? Um mich besser konzentrieren

zu können, runzelte ich kräftig die Stirn, vergegenwärtigte mir jeden Schritt, der mir noch einfiel, und alles, was ich gesehen hatte. Nein. Nichts Ungewöhnliches, abgesehen von meiner Brille. Ich berührte den angeklebten Bügel. Das war tröstlich. Ich konnte die Augen schließen und sah die Szene vor mir, wie meine Brille herunterfiel, das Lachen meiner Schwester, während sie rückwärts in die Schule ging.

Eine Ewigkeit lag ich so da und dachte nach, während der Regen leise gegen die Fensterscheibe prasselte und mit der Zeit immer lauter wurde. Und ich wartete auf Dad, aber er vergaß zu kommen.

Als ich am nächsten Morgen aufwachte, wusste ich sofort, dass etwas Schreckliches passiert war. Ich lag da und dachte nach, bis es mir mit einem Gefühl der Übelkeit schlagartig wieder einfiel. Gabriella war nicht nach Hause gekommen. Ich stand vom Bett auf und eilte auf den Treppenabsatz. Im Haus war es still. Gabriellas Zimmer war leer. Das Bett von Mum und Dad war unberührt.

Voller Angst stahl ich mich nach unten und suchte nach meinen Eltern. Dad saß zusammengesunken in einem Sessel, und Mum lag auf dem Sofa, beide in den Kleidern, die sie am Vorabend getragen hatten. Dunkelheit legte sich über mich. Wenn meine Eltern die ganze Nacht aufgeblieben waren, musste die Lage ernst sein. Warum suchten sie nicht nach Gabriella? Worauf warteten sie?

Ich ging im Flur auf und ab, blieb vor dem Spiegel stehen. *Wo bist du?*, sagte ich lautlos zu meinem Spiegelbild. *Warum hast du mir nicht gesagt, dass du nicht nach Hause kommst?* Verzweiflung machte Beklommenheit Platz. Mein Blick fiel auf Gabriellas Parka, der an der Garderobe hing. Am Vortag war es warm gewesen, deshalb hatte sie ihn dagelassen. Jetzt würde sie ihn brauchen. Draußen war es kalt. Ich schlüpfte in die Jacke, zog sie eng um mich, setzte die Kapuze auf. Ich war eine Puppe, eingewickelt in die Jacke meiner Schwester; nichts konnte mir etwas anhaben. Wenn meine Eltern nichts unternahmen, dann tat ich es eben selbst. Ich würde an jedem Ort suchen, an dem wir je gewesen waren, bis ich Gabriella fand. Und dann würde ich sie nach Hause bringen.

Ich verließ das Haus und machte mich auf den Weg zur Devil's Lane. Der Regen hatte den Boden ausgewaschen und dicke weiße Wurzeln wie knorrige Gebeine freigelegt. Vor mir erstreckte sich der Weg, endlos und furchterregend. Die Hecken schoben sich immer näher heran und machten ihn schmaler. Was würde passieren, wenn ich hier einem Fremden, einem Mörder begegnete? Ich könnte nirgendwohin, außer zurück in die Richtung, aus der ich gekommen war; rennend, mit rudernden Armen, über Steine stolpernd, das Rauschen der Angst in den Ohren.

Ich zog Gabriellas Parka eng um mich und kletterte über den Zauntritt auf den Dorfanger. Das Gras glich einem Sumpf. Ich sprang über Pfützen, aber die Aufschläge meiner Jeans waren bald durchnässt, und Wasser drang von oben in meine Schuhe ein. Ich patschte an den Schaukeln vorbei und versuchte, nicht an die Würmer zu denken, die jetzt an die Erdoberfläche kamen. Ein paar Krähen waren damit beschäftigt, am Tor auf dem Boden zu picken.

Auf dem Spielplatz saß ein Junge, älter als ich, schräg auf einer Schaukel und trank aus einer Dose. Zwei weitere fläzten auf dem Karussell und rauchten. Waren sie die ganze Nacht hier gewesen? Mein Herzschlag beschleunigte sich, während die Jungs mich aus schmalen, trägen Augen beobachteten. Ich wechselte abrupt die Richtung, ging schneller und steuerte die Lücke zwischen den Bäumen an.

Die Treppe war rutschig von feuchtem Laub, und ich hielt mich am Geländer fest. Die Pflanzen, die die Schräge säumten, verströmten einen widerlichen Geruch, wie fauliges Gemüse. Im Sommer versteckten wir uns immer unter der Weide am Wasser und beobachteten heimlich Passanten. Jetzt waren die Äste Skelettknochen, dunkel, spindeldürr und kahl.

Der Teich war so tief, dass man darin ertrinken konnte. Eines Winters war das einem Mädchen passiert, das auf dem zugefrorenen Teich Schlittschuh gelaufen war. Sie war nicht die Einzige, die an jenem Tag auf dem Teich gewesen war, aber sie hatte sich am weitesten hinausgewagt, und das Eis war unter ihr eingebrochen. Mütter hatten die Tragödie benutzt, um ihre Kinder zu erschrecken und so vom Teich fernzuhalten. Bei Gabriella hatte es nicht gewirkt. Jetzt konnte ich sie mir vorstellen, wie sie aufs Eis trat, die Mitte erreichte, mit weißer Atemwolke vor dem Mund grinste, triumphierend winkte und ihre Hand einen Halbkreis in der eiskalten Luft beschrieb, während ich hinter dem Geländer blieb und plante, wie ich sie retten konnte. Ich trat einen Stein über den Weg. Warum war sie ständig Risiken eingegangen? Welchen Sinn hatte das gehabt?

Ich stampfte den Pfad entlang, die Hände tief in die Taschen von Gabriellas Parka geschoben, wo sie mit den Papierfetzen und Staubkörnchen spielten, die ich dort zusammen mit einem Kiesel und einem Bazooka Joe fand. Ich wickelte den Kaugummi aus und steckte ihn mir in den Mund, zog eine Busfahrkarte hervor und schaute sie mir genauer an. Es war eine Rückfahrkarte in die Stadt, mit einem Datum, das einige Wochen zurücklag. Ich sah ein Bild von Gabriella im Our Price vor mir, wie sie den Jungen mit dem schläfrigen Blick anschmachtete.

Ich schob meine Gedanken beiseite, ließ den Teich hinter mir und plante meine Route: durch den Wald und weiter, vorbei am Lemon Tree Cottage und den Fahrweg entlang zurück ins Dorf. Zwischen den Bäumen achtete ich darauf, wo ich hintrat, und folgte dem Weg, den ich immer mit Gabriella ging. Der Boden war weich unter meinen Füßen, ein nachgiebiges Bett aus Farnkraut, und um mich herum bogen sich Äste herab, als griffen sie nach mir. Ich widerstand dem Drang, stehenzubleiben und mich festhalten zu lassen; stattdessen bewegte ich mich weiter, spähte in die Lücken zwischen den Bäumen, suchte nach meiner Schwester.

Einmal meinte ich sie zu sehen – wie sie vor mir herrannte, sich zwischen den Bäumen hindurchschlängelte –, aber es war nur Sonnenlicht, das zwischen den Ästen hindurchschimmerte, und die Bewegung war der Wind, der mit seinen Fingern durchs Laub strich. Und dann meinte ich ihre Stimme zu hören, den Klang ihres Lachens, aber es war nur Wasser, das über Steine im Bach floss, oder eben noch stumme Vögel, die ihre Stimme wiederfanden.

Ich sah Gespenster. Waldgeister. Titanias Elfen. Dinge in meiner Phantasie. Warum sollte Gabriella hier sein? Es war dumm von mir zu vermuten, dass sie sich im Wald versteckte. Ich zog den Parka eng um mich und stolperte weiter, bis ich den Pfad erreichte, der zum Fahrweg führte.

Da war jemand. Diesmal war ich mir sicher. Ein Mädchen. Blondes Haar fiel ihr über die Schultern. Ich wollte mich bemerkbar machen, aber die Worte blieben mir in der Kehle stecken. Ich ging schneller, folgte der Gestalt in dem hellen Kleid, das wehte, weil sie so schnell rannte.

Als sie den Fahrweg erreichte, blieb sie in einer einzigen abrupten Bewegung stehen und drehte sich um. Ich schnappte nach Luft. Einen Sekundenbruchteil lang dachte ich, es wäre Gabriella. Ihr Gesicht war bleich. Ihre Züge zierlich. Ihre

Augen, mit denen sie mich anstarrte, groß. Und während wir einander ansahen, verstummte die Welt. Das Rascheln der Blätter. Mein Atemgeräusch. Sogar die Vögel vergaßen zu singen.

»Gabriella«, sagte ich, aber sie hörte mich nicht, weil ich den Namen so leise sagte, dass der Wind die Laute verwehte. Vor Hoffnung wie gelähmt, blieb ich stehen, schaute zu ihr hinüber und wagte kein Geräusch zu machen, um sie nur ja nicht zu verscheuchen.

Das Mädchen fing sich als Erste, wirbelte herum und setzte ihren Weg fort. Ich sah zu, wie sie im Lemon Tree Cottage verschwand, und mir wurde vor Verzweiflung ganz flau im Magen.

Natürlich war es nicht Gabriella. Es war Lydia. Gabriellas Haar war jetzt schwarz. Außerdem war sie jünger. Und sie hätte niemals ein Kleid getragen, das sie wie ein Leichentuch umwallte.

Ich ging weiter, vorbei am Cottage, auf dessen dunkle Mauern ich nur einen einzigen kurzen Blick warf. Und als ich die Straße erreichte und die Tränen mir in den Augen brannten und mich blind machten, hielt ich die Hände ausgestreckt wie eine Schlafwandlerin, als bekäme ich so vielleicht alles, was vor mir erschien, zu fassen, bevor es verschwand.

17

Ein Stückchen Kohle verrutschte und kullerte auf die Kaminplatte. Ich sah zu, wie es glomm. Wie viel wäre wohl nötig, um den Teppich in Brand zu setzen?

Falls das Haus niederbrannte, würde ich nach Athen zurückkehren und meine Verantwortung ignorieren. Ich würde diese Leute vergessen, die schnüffelten und spitzelten und über andere richten wollten. Sie brauchten gar nicht laut zu sagen, was sie dachten. Ich sah es ihnen an den Augen an. Wie zum Beispiel Mrs Henderson. Und Martha, die nicht einmal versucht hatte, ihre Abneigung zu verhehlen.

Nach dem Unwetter war ich zitternd nach Hause geeilt, hatte meine klatschnassen Sachen ausgezogen und mich in eine Decke gehüllt. In der Schütte war noch Kohle übrig, die hatte ich in den Kamin gekippt, das Feuer angezündet und mir eine Flasche Wein geholt.

Jetzt, während ich trank, dachte ich an das zurück, was Martha gesagt hatte; wie mir davon zumute gewesen war. Sie hatte ihr wahres Ich gezeigt, so viel stand fest, hatte mir die Schuld für Gabriellas Verschwinden gegeben. Es war, als hätte Martha nie aufgehört, an sie zu denken. Vielleicht hatte sie das ja auch nicht. Ich wusste noch, wie verzweifelt sie darauf aus gewesen war, Gabriellas Freundin zu werden. Und eine Zeitlang hatte Gabriella auch darauf reagiert: hatte Martha ermutigt und Zeit mit ihr verbracht. Und was war mit dem Brief? Ich schloss die Augen, und meine Gedanken wanderten rückwärts. Ich ging die Fakten durch, trennte sie von Emotionen.

Das Dorffest. Martha hatte von einem Mann geredet. Er hatte Gabriella einen Brief gegeben. Zunächst hatte ich das nicht geglaubt und gedacht, Martha wolle mich veräppeln. Dann hatte ich den Brief in Gabriellas Händen gesehen und es nicht mehr bestreiten können.

Das Stückchen Kohle brannte. Ich nahm die Zange meines Vaters aus der Halterung und warf es aufs Feuer zurück. Dad. Der Mann, dessen Herz gebrochen war. Ich wünschte, er hätte es noch ein Weilchen zusammengehalten, und sei es nur für mich.

Später ging ich aus dem Haus und schloss leise die Tür hinter mir. Ich machte einen Gang durchs Dorf, folgte dem trüben Licht der Straßenlaternen und dem Mond. Jetzt sah alles anders aus, die Dunkelheit hatte allem die Farbe entzogen und nur Grau- und Schwarztöne übrig gelassen. Häuser kauerten da wie müde alte Männer, Bäume und Hecken zitterten in der kalten Luft. Ich zog die Schultern hoch, bog und streckte die Finger zum Schutz gegen die Kälte und ging weiter. Es waren meine Erinnerungen, die ich einfrieren wollte, damit sie barsten und in eine Million Stücke zersprangen, die ich nie wieder zusammensetzen konnte.

Ich befand mich in der Acer Street, und während ich mich umblickte, schärften sich meine Gedanken, und ich erinnerte mich an Tom, ein Gespenst, das mit seinem Straßenkehrerkarren durch die Düsternis schepperte, und an Gabriella, die vorbeiflitzte, um nach Hause zu kommen.

Nun herrschte nur Stille und das langgezogene Rauschen des Windes in den Bäumen.

In den meisten Häusern brannte Licht. Das von Martha lag im Dunkeln, ein vor sich hin brütender Steinklotz. Alles, woran ich denken konnte, war der Geruch darin: Tabak und Blumen. Ein Garten voller Rosen, Fingerhut und Nelken. Martha musste den grünen Daumen ihrer Mutter geerbt haben, denn der winzige Streifen Gras vor dem Haus war gemäht, die Rabatte gepflegt, die Erde umgegraben; frische Blumentöpfe säumten den Weg.

Wo war sie, schon um neun im Bett, oder saß sie unten im Dunkeln und starrte auf den Fernseher? War das eine Bewegung im oberen Fenster, oder spielten mir meine Augen einen Streich, und es rührte sich gar nichts?

All die Jahre war sie im Dorf geblieben, hatte ihr Leben gelebt, ihren gewohnten Trott beibehalten, ihre üblichen Verhaltensweisen. Wie armselig und erbärmlich mir das vorgekommen war. Jetzt, auf dem Weg nach Hause, fragte ich mich, ob mein Leben so viel besser gewesen war.

Vom Laden hielt ich mich aus Selbstmitleid fern. Weitere Kondolenzkarten trafen ein, von Leuten, die ich nicht kannte und die mir mitteilten, wie sehr sie meine Mutter geliebt hätten. Die Dokumente, die ich angefordert hatte, kamen. Ich überflog jedes, stellte die Kuverts mit den Karten auf den Kaminsims und verspürte keinerlei Bedürfnis nach einem Stammbaum.

Irgendwann kehrte ich ins House of Flores zurück und versuchte, die verlorene Zeit wieder wettzumachen; Stunde um Stunde ackerte ich mit Rita und Mattie im Laden, verrückte Edward Lilys Sachen und entschied, was ich für wohltätige Zwecke spenden, was ich verkaufen und was ich behalten würde. Einiges war nicht zu gebrauchen: kaputte Ziergegenstände, zerkratzte Möbel, Teekannen mit angestoßenem Deckel. Andere Sachen erzählten Geschichten von Edward Lily, über seine Reisen, seine Sammelinteressen. Etwas länger betrachtete ich einen russischen Samowar, dessen Messing vom Alter stumpf war; einen Orientteppich in gedeckten Farben; eine Reihe aus Ebenholz geschnitzter indischer Elefanten.

Dawn kam, wie ich vorgeschlagen hatte. Schniefend und sich die Augen betupfend, zierte sie sich lange, ehe sie eine Obstschale in Form eines Fisches nahm. Wir tauschten Telefonnummern aus, und ich sagte ihr, sie solle einfach wieder vorbeischauen oder anrufen, wenn sie noch etwas haben wolle. Als sie ging, erschien David. Er hatte seine Arbeitskleidung abgelegt und trug saubere Jeans und ein blaues Hemd, das Knitterfalten hatte. »Endkontrolle?«, sagte er, holte einen Schlüsselbund hervor und ließ ihn vor meiner Nase baumeln.

»Was ist denn noch da?«

»Ein paar Gartenwerkzeuge und solches Zeug im Schuppen und ein paar Kartons, die Dawn zusammengestellt hat. Ach so, ja. Und der Schaukelstuhl.« Er grinste. »Ich könnte die Kisten herbringen, aber wenn Sie mitkommen und kontrollieren wollen, ob alles in Ordnung ist« – er hielt inne und wandte schüchtern den Blick ab –, »würde ich mich über Ihre Gesellschaft freuen.« Ich spürte, dass ich errötete, während ich nickte, mich umdrehte, gegen einen mit grünem Filz bezogenen Kartentisch prallte, stumm vor mich hin fluchte und das Hinterzimmer ansteuerte, um Rita und Mattie zu sagen, wo ich hinfuhr. Sie sagten, sie würden Pause machen, solange ich weg sei, und ich schlug vor, wir sollten uns um zwei wieder treffen.

Ein paar Minuten lang fuhren wir schweigend. Dann machte David eine Bemerkung über das House of Flores, und ich ertappte mich dabei, dass ich antwortete und ganz offen über das Geschäft meines Vaters sprach. Ich fragte ihn nach seiner Arbeit als Entrümpler. Ob er das schon vor oder erst nach Japan gemacht habe?

Er hielt inne, ehe er sagte: »Zuerst war ich Geschichtslehrer.«

»Warum der Berufswechsel?«

»Meine Frau ist gestorben.«

»O Gott. Das tut mir leid.«

»Schon gut«, sagte er und fuhr einen Schlenker, um einem Fasan auszuweichen. »Das ist schon lange her, und wir hatten keine Kinder.« Machte das einen Unterschied, oder war das eine Bemerkung, die sich anbot, ein Ablenkungsmanöver, ein Trick, um weiteren Fragen ein Ende zu bereiten? Ich hatte dergleichen selbst oft genug getan. Aber er sprach weiter und erzählte mir von seiner Frau. »Beth war lange krank. Ich habe zu arbeiten aufgehört, damit ich mich um sie kümmern konnte, und hinterher hatte ich keine Lust mehr, auf meine Stelle zurückzukehren. Ich habe das Haus in London verkauft und bin nach Japan gegangen – das war die Sache mit der Katharsis, von der ich Ihnen erzählt habe –, und nach meiner Rückkehr hat sich das hier ergeben, über den Bekannten eines Bekannten, Sie wissen ja, wie so was läuft. Eine Zeitlang hatten wir zusammen ein Geschäft, und dann habe ich mich selbstständig gemacht.«

»Wieso hier?«

»Nadel und Landkarte, ganz ähnlich wie bei Japan.«

Längeres Schweigen trat ein. Ich nestelte am Riemen meiner Tasche. David erkundigte sich nach meinem Job. Ich erzählte ihm von meinem Lehrerjob in Athen und, als wollte ich mich mit etwas Interessanterem rechtfertigen, von den Reiseartikeln, die ich schrieb.

»Und in England?«, fragte er.

»Hatte ich mal ein Geschäft. Einen Laden in Paddington.«

»Was haben Sie verkauft?«

»Geschenkartikel, hauptsächlich aus Indien.«

»Wieso?«

»Ich war auf Reisen. Von da hab ich Schmuck, Tücher und solche Sachen mitgebracht und sie verkauft. Schließlich hab ich das ausgeweitet.«

Das war die Idee meiner Mutter gewesen. Ich hatte Silberohrringe und Armreifen in Schlangenform, mit Edelsteinen als Augen, aus Delhi mitgebracht. »Wunderschön, Anna«, hatte sie gesagt. »Die könntest du verkaufen.« Und das hatte ich getan. Ich war wieder nach Indien gefahren, hatte Tapisserien und Schnitzereien gekauft. Ich hatte einen Marktstand gemietet, und als sich in Paddington eine Gelegenheit geboten hatte, einen Laden zu pachten, hatte ich mich in der Bruchbude umgesehen und eine Vision gehabt.

Mum hatte mir das Geld geliehen. Vermutlich hatte Onkel Thomas sie darin bestärkt. Er hatte sich über die Distanz zwischen uns Sorgen gemacht. »Versuch es«, hatte er immer zu mir gesagt. »Geh ein bisschen mehr auf sie zu.« Er hatte das *bisschen* betont, denn er hatte gewusst, dass ich, ganz gleich wie sehr ich auf meine Mutter zuging, niemals an sie herankommen würde.

»Wieso haben Sie damit aufgehört?«, fragte David und unterbrach damit meine Gedanken.

»Geld«, sagte ich. »In Paddington wollte kein Mensch Geschenkartikel aus Indien. Zu hippiemäßig.« Er lachte. »Trotzdem, es hat sich fünf Jahre gehalten, und die Pleite hat mir einen Vorwand geliefert, wieder auf Reisen zu gehen.«

»Und was ist mit dem House of Flores? Haben Sie vor, es offen zu halten?«

»Um Gottes willen, nein. Das könnte ich nie.« Das war mir so herausgerutscht, ohne groß nachzudenken. Ich sah ihn von der Seite an, um festzustellen, ob ihm das aufgefallen war, aber er starrte geradeaus und konzentrierte sich auf den Verkehr.

Ich versuchte es erneut. »Ich meine damit, es käme mir wie eine Rückkehr vor.«

Er schaute kurz zu mir herüber. »Ich weiß, was Sie meinen. Es bringt nichts. Obwohl ein nochmaliger Besuch keine schlechte Idee ist, bevor man endgültig Lebewohl sagt.« Er runzelte die Stirn. »Ist das der richtige Ausdruck dafür?«

Ich zuckte die Achseln. »Ja, wahrscheinlich schon.«

Das Cottage wirkte verlassen, als ich es wieder betrat, und kalt, was allerdings kaum verwunderlich war, da sämtliche Habseligkeiten von Edward Lily daraus verschwunden waren. Ich wollte David fragen, wie es ihm damit ging, in leeren Häusern zu arbeiten, während die letzten Erinnerungen daraus entfernt wurden, aber er steuerte bereits mit seinem Kreuzworträtsel das Wohnzimmer an und ließ sich im Schaukelstuhl nieder.

Ich wanderte nach oben und strich dabei mit den Fingern über die Wände. Die Zimmer waren leer, wie David gesagt hatte. Ich blieb in jedem ein Weilchen stehen und nahm ihre Melancholie in mich auf. Ich stellte mir Lydia vor, als ich sie zum ersten Mal gesehen hatte, wie sie aus dem Fenster starrte. Hatte sie entkommen wollen, oder war sie froh gewesen, drinnen zu sein und hinauszuschauen? Vor Jahren hatte ich gedacht, Gabriella wäre hier, hielte sich hier versteckt oder würde sogar gefangen gehalten. Ich war voller Erwartung gewesen, und inzwischen war diese Hoffnung zerronnen. Vielleicht ging es genau darum. Das war der endgültige Abschied oder das Lebewohl, wie David gesagt hatte. Der letzte Besuch in einem Haus, das mir einmal nur wegen einer Phantasie wichtig gewesen war.

Unten standen noch ein paar Kisten auf dem Küchenboden. Das mussten die Sachen sein, die Dawn zusammengestellt hatte. Lydias Besitztümer. Die Sachen, die sie und

Edward Lilys Schwester zurückgelassen hatten. Ich ging in die Hocke und klappte den Deckel der ersten auf. Obendrauf lag ein Stück gefalteter Stoff. Ich nahm es heraus: ein Schultertuch aus schwarzem Satin mit roten Rosen. Das Material war stellenweise verblichen und fadenscheinig, und einige Fransen fehlten, aber es musste einmal sehr schön gewesen sein. Mir fiel ein, dass Lydia auf einem Foto, das sie auf einer der Brücken der Plaza de España zeigte, etwas Ähnliches getragen hatte.

Ich hielt mir den Stoff vors Gesicht und atmete seinen Duft ein. Keine Andeutung von Parfüm, nur der muffige Geruch der Vergangenheit. Ich legte mir das Tuch auf den Schoß und schaute wieder in die Kiste. Noch mehr Kleider. Plötzlich erschien es mir merkwürdig, Lydias alte Kleider und Röcke zu durchwühlen. Sie waren feminin, ganz anders als alles, was ich je besessen hatte: hauchdünn und fließend, in hellen Farben und lang.

Die zweite Kiste enthielt Kinderbücher, die gleichen Titel, die auch bei mir und Gabriella im Regal gestanden hatten. Ich griff Roald Dahl, Enid Blyton und einige Klassiker heraus: *Die Eisenbahnkinder, Betty und ihre Schwestern, Die Schatzinsel.* Die Bücher waren viel gelesen, die Seiten abgegriffen, mit an den Rand gekritzelten Bemerkungen. Mich wunderte, dass Lydia sie nicht hatte haben wollen. Obwohl, dachte ich, hatte es realistisch betrachtet irgendeinen Sinn, sie zu behalten? Meine Bücher lagen auf dem Dachboden. Ich hatte sie komplett vergessen, bis ich mich letztens dort oben umgesehen hatte. Mit leichtem Gepäck reisen. Das war mein Motto gewesen. Trotzdem nahm ich mir vor, zu überprüfen, ob diese hier nicht versehentlich zurückgeblieben waren. Ich machte weiter, zog einen Holzfächer mit der handgemalten Gestalt eines Flamencotänzers, einen Seidenschal, ein besticktes

Taschentuch heraus. Gewisper aus der Vergangenheit. Funken aus Lydias Leben. Die Luft war davon erleuchtet.

Schritte im Flur ließen mich zusammenfahren. Voller Schuldgefühle hielt ich den Atem an und lauschte. Die Haustür ging auf. Offenbar ging David zum Transporter. Nun, da ich allein war, wirkte das Cottage sonderbar still und ruhig. Ich wandte mich wieder der Kiste zu und stellte mir dabei vor, wie mein Vater mich antrieb. *Wenn du gründlich suchst, wirst du ein Fossil finden. Wenn du es ganz vorsichtig herausstemmst, wirst du feststellen, dass es eine Kostbarkeit ist.* Wieder berührte ich das Tuch und hielt es mir vors Gesicht. Ein lebhaftes Bild von Lydia erschien, und ganz plötzlich verstand ich, warum jede Haushaltsauflösung Dad in Spannung versetzt hatte. Das Leben von Menschen für einen ganz kurzen Moment wiedererstehen zu lassen. Es war eine Möglichkeit, die Zeit zu hintergehen. Und außerdem eine Möglichkeit, hinter Geheimnisse zu kommen.

Ich betrachtete den Rest der Sachen in der Kiste: halbleere Parfümflaschen, ein Spiegel mit eingedelltem Rahmen, ein herzförmiger Schmuckkasten, der angelaufene Ohrringpaare und ein Armband enthielt. Dinge, die einem Mädchen im Teenageralter gehört hatten und jetzt im Cottage zurückgelassen worden waren. Dawn hatte mir erzählt, Edward habe seiner Tochter gern kleine Aufmerksamkeiten mitgebracht. Leckereien, weil sie nichts aß. Vielleicht hatte er ihr auch Geschenke mitgebracht. Um ein Interesse am Leben zu wecken.

Ein Pfeifen riss mich aus meinen Überlegungen, und ich eilte ans Fenster. Die Hände in den Taschen, spazierte David über den Rasen. Er winkte mir fröhlich zu. Ich lächelte zurück und sah ihm nach, wie er durch das hohe Gras bis ans Ende des Gartens stakste, sich an einem Spalier vorbeiquetschte und im hinteren Teil verschwand, wo sich der Schuppen befinden musste. Ich beugte mich vor, kniff die Augen zusammen und empfand Erleichterung, als flüchtig sein Ärmel zu sehen war.

Kopfschüttelnd ermahnte ich mich zur Gelassenheit und machte mich wieder an meine Aufgabe. Der Inhalt der zweiten Kiste war größtenteils auf dem Boden ausgebreitet, aber es waren noch einige Bücher und ein paar Porzellanpuppen und Erinnerungsstücke aus Spanien übrig: ein Paar Holzkastagnetten, eine Postkarte der Madonna. Ein letztes Mal fuhr ich prüfend mit der Hand an den Innenseiten der Kiste entlang. Ich tastete herum und zog ein Stück Karton hervor. Leer. Mit braunen Altersflecken.

Ich drehte den Karton um und rechnete damit, nichts zu sehen, aber da war eine Zeichnung. Ein Porträt. Ein Gesicht. Ein Kälteschauer überlief mich. Konnte das wahr sein? Ich schloss die Augen und öffnete sie wieder.

Es war ein Bild von Gabriella. Das Gesicht war voller, der Mund stimmte nicht ganz, die Haare waren nicht lang genug, aber sie war es. Ich setzte mich auf den Boden, die Kälte des Steinfußbodens drang durch meine Jeans. Zitternd hielt ich mir das Bild dicht vor die Augen und starrte darauf, bis es verschwamm. *Warum lag bei Lydias Sachen ein Bild von Gabriella?*

Ein Klopfen am Fenster ließ mich hochschrecken. David grinste mich an und gestikulierte in Richtung Hintertür. Ich stand auf, versuchte, mich zu konzentrieren, aber meine Beine waren wie Wackelpudding, und ich musste mich an der Wand abstützen, während ich hinüberging und den Schlüssel umdrehte.

»Alles in Ordnung?« Sein Lächeln verwandelte sich in ein Stirnrunzeln. »Sie sehen nicht gut aus.«

»Alles okay«, sagte ich. »Nur Kopfschmerzen.« Ich rieb mir die Stirn, wie um es zu beweisen.

»Im Transporter habe ich Paracetamol.«

»Mir geht es gut. Danke. Ich muss los.« Ich kehrte ihm den Rücken zu und ging, das Porträt noch in der Hand, zu der Kiste. Ich kniete mich hin und legte es mit zitternden Händen zurück.

»Soll ich die nehmen?« Er deutete auf die Kiste.

»Das schaffe ich schon«, sagte ich rasch. »Können Sie die andere nehmen?«

»Klar.« Er bückte sich neben mir, und sein Arm streifte meinen. Unsere Gesichter waren sich ganz nah, seine Augen dunkel und interessiert. Ich nahm die von seiner Haut ausgehende Hitze wahr und verspürte plötzlich den Drang, ihm zu erzählen, was ich gefunden hatte. »Sind Sie auch wirklich in Ordnung?«, fragte er.

Das Gefühl ging vorüber. Ich nickte und rückte von ihm ab, aber ich merkte, dass er mich immer noch ansah, und seine Enttäuschung war deutlich wahrzunehmen. Bestimmt wusste er, dass ich irgendetwas verheimlichte. Klappernd setzte ich den Deckel auf und verschloss damit auch meine Emotionen. Ich hob die Kiste an und trug sie aus dem Haus. Ohne Kommentar folgte David mir zurück zum Transporter.

Während der Fahrt stützte ich das Kinn auf die Hand. Die ganze Zeit hatte ich gesucht, ohne zu wissen, was ich finden würde. Ich war die Straßen im Dorf abgegangen, hatte mit Leuten gesprochen, ihre Alibis überprüft. Ich war auf der Suche nach Gabriella sogar ins Lemon Tree Cottage eingebrochen, überzeugt davon, dass Edward Lily sie hatte verschwinden lassen. Aber ich hatte aufgegeben. Auch als ich diesmal zurückgekommen war, hatte es mir widerstrebt, die Suche wiederaufzunehmen.

Wie dumm von mir, an mir zu zweifeln, zu glauben, sämtliche Spuren wären längst dahin. Ich hätte wissen müssen, dass es etwas gab, was der Polizei entgangen war. Was mir entgangen war. Und da war es, vergraben in einer Kiste in Edward Lilys Haus. Ein Porträt von Gabriella.

Ich schloss die Augen, versuchte zu verstehen, was das zu bedeuten hatte. Aber es wollte sich keine Erklärung einstellen.

18

1982

Mum saß am Telefon und rief Leute an. Ihre Stimme war jedes Mal sehr klar, wenn sie erklärte, dass Gabriella vermisst werde, und brach erst am Ende des Gesprächs.

Als ich an ihr vorbeiging, schaute sie einen Moment lang zu mir her, und ihr Gesicht hellte sich auf, als sie Gabriellas Parka sah, bevor sie erkannte, dass ich es war. Ihr Gesicht verdüsterte sich, während ich die Jacke aufhängte, und mir war elend, weil ich wusste, dass ich ihre Hoffnungen geweckt hatte. Und dann hatte ich Schuldgefühle. Ich war die falsche Tochter. Erst als sie ihr Gespräch beendet hatte, mich anschrie, weil ich weggegangen war, und mich gleich darauf in die Arme schloss, begriff ich, dass sie mich gernhatte.

Es war Freitag, aber niemand redete vom In-die-Schule-Gehen. Niemand redete von irgendetwas. Ich saß allein in der Küche und aß aus Gabriellas Schale Rice Krispies. Als ich durch den Flur zurückging, war Mum immer noch da. Sie bedachte mich mit einem traurigen Lächeln und wählte eine weitere Nummer.

Dad verschwand. Ich sah vom Fenster aus zu, wie er in seinen Transporter sprang und schnell wegfuhr. Er kam eine Stunde später zurück, schüttelte den Kopf und streckte meiner Mutter die Hand entgegen. Sie hatte aufgehört zu telefonieren und saß in der Küche am Tisch, die Hände wie im Gebet gefaltet. »Dort ist sie nicht, Esther«, sagte Dad leise. »Er hat sie auch nicht gesehen.«

Mum atmete langsam aus. »Das ging ja auch gar nicht. Er

war schließlich hier.« Ich erinnerte mich an den Tabakduft, den rätselhaften Besucher von gestern.

»Das weiß ich, aber sie hätte ja danach hingehen können.«

»Nach was? Wir wissen doch gar nicht, was sie gemacht hat.«

Dann schien ich ihnen plötzlich wieder einzufallen, und sie verstummten. Über wen redeten sie? Wo war Dad gewesen? Ich behielt meine Fragen für mich, denn die einzige Antwort, an der mir lag, betraf den Ort, wo sich meine Schwester befand.

Am Nachmittag kam PC Atkins wieder. Mit knisterndem Funkgerät stand er im Flur und sprach mit Mum und Dad. Seine Stiefel trampelten über den Boden, als sie in die Küche gingen. Die Tür fiel mit sanftem Klicken zu, und das mich ausschließende Geräusch hallte in meinem Kopf wider.

Es vergingen dreißig Minuten, bis Dad mich holen kam. Ich stoppte die Zeit auf der Pendeluhr, richtete den Blick auf die Zeiger und die Ohren auf den Pendelschlag, um nicht an irgendetwas anderes denken zu müssen.

PC Atkins lächelte beruhigend. »Nochmal hallo, Anna«, sagte er. Diesmal saß ich auf einem Stuhl, die Hände zwischen die Knie geklemmt, während er vor mir in die Hocke ging und sein Körper dabei von der Anstrengung ächzte. Meine Eltern standen hinter ihm wie ein Paar Buchstützen. Das Gesicht meiner Mutter war so weiß, dass es mich an eine der Figuren erinnerte, die ich aus übriggebliebenem Teig geformt und für den Backofen mit Milch bestrichen hatte.

»Du hast doch nichts dagegen, wenn ich dir noch ein paar Fragen stelle?« Er zückte sein Notizbuch und blätterte durch die Seiten. »Ich war inzwischen in Gabriellas Schule und habe mit ihren Freunden und ihren Lehrern gesprochen, und ich möchte einfach wissen, was du dazu meinst.«

Behutsam erklärte er mir, was er herausgefunden hatte. Gabriella sei im Vormittagsunterricht und in der Pause gesehen worden. Sie habe in der Mensa gegessen und auch am Nachmittagsunterricht teilgenommen. Sie sei mit Freunden zum Schultor hinausgegangen, aber sie hätten sich getrennt, und niemand könne sagen, wohin sie gegangen war. Von Zeit zu Zeit hielt er inne, um in seinen Notizen nachzusehen, die Haltung zu wechseln und mich mit seinen traurigen Augen eingehend anzusehen, und irgendwann räusperte er sich. »Wie war es außerhalb der Schule? Ist dort irgendetwas Ungewöhnliches passiert?«

Ich befeuchtete mir die Lippen. Marthas Bild trat mir vor Augen – ihre Geschichte von dem Mann und dem Brief. Einen Mann hatte ich nicht gesehen, aber den Brief schon. Und ich hatte auch gesehen, was Gabriella für ein Gesicht gemacht hatte. »Anna?«, sagte der Polizist ermutigend. »Woran denkst du?«

Ich zuckte die Achseln. »Sie hatte einen Brief.«

Er musterte mich eingehend und kratzte sich am Kinn. »Einen Brief?« Ich nickte. »Von wem war der?«

»Das weiß ich nicht. Sie hat ihn auf dem Fest gelesen.« Sollte ich ihm erzählen, was Martha gesagt hatte?

»Könnte er von einem« – PC Atkins hielt inne und warf einen kurzen Blick auf meine Eltern – »Jungen gewesen sein?«

Ich dachte an die Jungs in der Schule. Ich glaubte nicht, dass Gabriella einen von ihnen mochte, also schüttelte ich den Kopf. Da war nur der im Our Price, aber mit dem hatte sie nie gesprochen. Jedenfalls nicht richtig.

Einen Moment lang herrschte Stille. »Sag mal«, sagte PC Atkins und schnitt vor Anstrengung eine Grimasse, »hat deine Schwester je davon gesprochen, von zu Hause wegzugehen?«

Ich wartete fünf Sekunden, die ich langsam im Kopf abzählte. »Nein«, sagte ich mit fester Stimme. »Nie.«

Es herrschte Schweigen, während er zur Decke schaute und leicht die Stirn runzelte. »Weißt du, ich habe unter dem Bett deiner Schwester einen Koffer gefunden.« Ich klemmte mir die Hände noch fester zwischen den Knien ein.

Er räusperte sich erneut. »Hast du davon gewusst?«

»Nein.« Meine Augen füllten sich mit Tränen.

Wieder wandte er den Blick ab und sprach in Richtung Wand. »War sie über irgendetwas unglücklich? Hast du irgendeine Ahnung, warum sie den Koffer gepackt haben könnte? Meinst du, sie hat vielleicht daran gedacht, mit jemandem …«

Dad fiel ihm ins Wort. »Nein. Falls Sie andeuten wollen, dass Gabriella einen Freund hatte, für den sie alles stehen und liegen lassen und mit dem sie durchbrennen wollte: Das ist lächerlich. Gabriella hatte keinen Freund, oder, Esther?«

Mum schüttelte den Kopf.

PC Atkins hielt den Blick auf mich gerichtet. »Was meinst du, Anna? Weißt du, ob Gabriella solche besonderen Freunde hatte?«

Ich starrte zurück, Tränen begannen zu fließen, und nun trat Dad vor. »Nein, natürlich weiß sie das nicht. Und ich habe Ihnen bereits gesagt, Gabriella hatte keinen Freund, und sie ist auch nicht durchgebrannt. Dafür ist sie nicht der Typ.« Er hielt inne. »Wahrscheinlich hat sie den Koffer gepackt, weil sie dachte, wir fahren nach Wales. Ihr war nicht klar, dass wir beschlossen hatten, nicht zu fahren. Außerdem, wenn sie durchgebrannt wäre, hätte sie ihn ja wohl mitgenommen, oder?«

Der Polizist blieb einen Moment lang stumm. Dann fragte er: »Glaubst du, dass das stimmt, Anna? Glaubst du, sie hat den Koffer für euren Urlaub gepackt?«

Ich nickte langsam und flüsterte: »Ja.«

Er beugte sich vor, um meine Antwort zu verstehen, dann rappelte er sich unbeholfen auf. »Danke, Anna. Du hast mir sehr geholfen. Und ich möchte, dass du dir keine Sorgen wegen irgendetwas machst.« Er wandte sich an meine Eltern und sagte: »Haben Sie etwas dagegen, wenn ich mich noch einmal umsehe? Es ist bloß eine Formalität. Diesmal in allen Zimmern, auf dem Dachboden, und haben Sie einen Schuppen?« Sie sahen einander an und nickten.

Am Samstag wachte ich früh vom Geräusch von Stimmen auf. Zuerst dachte ich, der Polizist wäre wieder da, aber als ich nach unten kam, fand ich dort Großmutter Grace, Großvater Bertrand, Onkel Thomas und Donald vor. Sie waren in der Nacht hergerufen worden.

Sie bedachten mich mit müdem Lächeln. Onkel Thomas klopfte auf den Platz neben ihm, aber ich setzte mich lieber auf den Boden. Ich saß immer mit Gabriella auf dem Boden. Es wäre merkwürdig, wenn ich das jetzt nicht täte. Großmutter Grace füllte das Schweigen mit ihren Bemerkungen. »So ein schönes Baby«, sagte sie. »Alles genau richtig. Ein ganz vernünftiges Mädchen. Sie wird zurückkommen.« Aber ihre Worte klangen abgerissen, und sie hörte bald zu reden auf, stützte sich auf ihren Stock und bewegte in stummem Selbstgespräch die Lippen.

Der Morgen schleppte sich dahin. Dad hatte sich nicht rasiert, und sein Blick war trübe, als hätte er nicht geschlafen. Er fuhr sich immer wieder mit der Hand durchs Haar, bis es in Büscheln abstand. Rita kam vorbei, ging mit Mum nach oben, und sie setzten sich in Gabriellas Zimmer. Donald machte in einem fort Tee, den niemand trank, und ich ließ mich von Onkel Thomas überreden, mich neben ihn zu setzen. Er streichelte meinen Arm, während ich mich an ihn lehnte, und murmelte immerzu das Gleiche: »Nur Mut, Anna.«

Die Erwachsenen wechselten Worte, von denen sie glaubten, ich hörte sie nicht. Der Koffer hatte alle verwirrt. Trotz der Überlegung, dass Gabriella ihn mitgenommen hätte, war die Polizei überzeugt, dass er auf eine potenzielle Ausreißerin hindeutete. Ich blieb stumm. Ich hatte nicht die Absicht, sie in ihrer Theorie zu bestärken. Ich wusste, dass Gabriella nicht weggelaufen war, weil sie niemals fortgegangen wäre, ohne sich zu verabschieden. Jedenfalls von mir. Sie hatte sich für ein, zwei Tage irgendwo verkrochen, versteckte sich aus irgendeinem Grund. Diese Vorstellung akzeptierte ich, als hätte sie es mir gegenüber erwähnt; vermutlich hatte ich einfach vergessen, was genau sie gesagt hatte. Ich musste bloß gründlich nachdenken, dann würde es mir wieder einfallen. Ich musste bloß abwarten, und sie käme wieder.

Um zehn Uhr hielt Dad es nicht mehr aus. Mit wildem Haar und wildem Blick starrte er uns an und verkündete, wenn die Polizei nichts unternehmen wolle, werde er jetzt das Dorf absuchen. Er nahm Onkel Thomas und Donald mit und schwor, an jede Tür zu klopfen. Bis zum Spätnachmittag war er zurückgekehrt, und das ganze Dorf wusste, dass meine Schwester verschwunden war.

Dad marschierte geradewegs zum Telefon und rief die Polizei an. Er wurde laut und bestand darauf, dass sie nach seiner Tochter suchten. Mum und Rita kamen nach unten. Thomas ging mit Dad nach draußen. Es blieb Donald überlassen, mir die Schulter zu tätscheln und mir zu sagen, dass alles gut werden würde.

Später spähte ich durchs vordere Fenster auf zwei Polizeibeamte in unserer Straße. Ich sah ihnen zu, wie sie immer wieder durch Gartentore und Einfahrten gingen und an jeder Haustür ein paar Minuten blieben.

Mein Polizist (wie ich ihn mittlerweile sah) kam mit einem zweiten, der sich als DC Sayers vorstellte. Sie saßen zusammen in der Küche, während ich in meinem Zimmer blieb. Ich hatte genügend Krimis gesehen, um zu wissen, dass DC Sayers eine Stufe über PC Atkins stand. Um das zu verdrängen, räumte ich mein Bücherregal auf, nahm sämtliche Bücher heraus, legte sie auf den Boden und stellte sie in alphabetischer Reihenfolge wieder zurück. Einige hatte ich von Gabriella geerbt: *Dolly*, *Fünf Freunde*. Die legte ich auf mein Bett. Ich würde jedes davon noch einmal lesen. Nichts anderes, bis sie nach Hause kam.

Sobald die Männer gegangen waren, schlich ich die Treppe halb hinunter und belauschte wieder einmal das Gespräch meiner Eltern. Eine Menge Polizisten wurden aufgeboten, um alles gründlich zu durchkämmen. Offenbar war man mittlerweile überzeugt, dass Gabriella nicht die Sorte Mädchen war, die von zu Hause ausriss. Der Vikar, ihre Lehrer, alle, die sie kannten, hatten das gleiche Bild vermittelt.

Ich stellte mir die Szene vor: eine Reihe blau Uniformierter, die vornübergebeugt den Dorfanger absuchten und sich bückten, wenn sie einen Ring oder ein Armband, einen Schlüsselbund, einen Handschuh fanden. Nur dass sie nichts entdecken würden, sagte ich mir wiederholt, weil es dort bestimmt nichts zu finden gab.

In Gabriellas Zimmer spähte ich durchs Fenster. Die Nachbarn waren herausgekommen und hatten sich auf der Straße versammelt. Ab und zu schaute einer von ihnen zu unserem Haus herüber. Ein Mann, der zwei Häuser weiter wohnte, redete gerade und fuchtelte dabei mit den Händen. Seine Frau hatte erst vor einer Woche ein Baby bekommen, und Mum hatte mich mit einem flauschigen rosa Kaninchen und einer Karte hingeschickt. Sogar Mrs Henderson war mit ihrem blöden Sohn Brian da. Ich öffnete das Fenster und ließ die Worte hereinwehen. »Wir müssen etwas unternehmen«, sagte der Mann mit dem Baby. »Wenn es eins von unseren wäre…« Er senkte die Stimme, und ich hörte nichts weiter. Eine Frau mit einem kleinen Kind auf dem Arm drückte es enger an sich. Ein Mann legte ihr die Hand auf die Schulter.

Ich beugte mich vor, sodass das Glas von meinem Atem beschlug. Mein Körper fühlte sich hohl an, als wäre nichts in mir, keine Organe, kein strömendes Blut, nur die Knochen meines Skeletts unter der Hülle meiner Haut.

Die Menschengruppe zerstreute sich. Ich stellte mir sie und alle anderen Leute im Dorf vor, wie sie Fenster verriegelten, Türen überprüften, mit ihren Kindern zusammensaßen, sie nicht aus dem Haus ließen.

Ich hielt Wache am Fenster, verfolgte, wer kam und wer ging. Von Zeit zu Zeit lief ein Nachbar die Straße entlang, und seine Schuhsohlen klatschten aufs Pflaster. Andere Nachbarn klopften an Türen und verschwanden in Häusern. Es war, als planten sie etwas, wovon wir ausgeschlossen waren, irgendeine schreckliche Überraschung.

Gegen Mittag gingen die Türen auf. Einer nach dem anderen traten Männer und Jungen heraus, wandten sich wie auf Kommando in eine Richtung und gingen schweigend weg.

Später kam ein in Goldmetallic lackierter Ford Cortina die Straße entlanggerattert und hielt gegenüber am Bordstein. Ihm entstiegen zwei Männer, die die Arme streckten und sich umblickten, wobei ihr Blick am längsten auf unserem Haus verweilte. Sie öffneten den Kofferraum und nahmen ein Dreibeinstativ heraus. Sie bauten es auf dem Bürgersteig auf und richteten eine Kamera direkt auf unsere Haustür.

Es klingelte. Dad ging aufmachen und zog dabei die Tür halb hinter sich zu, und als er zurückkam, sprach er mit Mum, die im Flur wartete. »Die Nachbarn suchen«, sagte er. »Und zwar alle, Männer und Jungs. Sie sind auf dem Dorfanger und helfen der Polizei.« Mein leerer Magen knurrte. Ich legte die Hand darauf, um ihn zu beruhigen. Dad kämpfte mit den Tränen, als er Mum bei der Hand nahm und sie an sich zog. Während sie einander hielten, bildete die Herbstsonne, die durch das Bogenfenster über der Haustür einfiel, schwache Muster auf ihrer Haut.

Dad ging wieder weg, diesmal mit Onkel Thomas. Donald blieb da und kümmerte sich um uns andere, obwohl ich merkte, dass er das eigentlich nicht wollte; er wollte dort draußen sein und sich wie die anderen Männer an der Suche beteiligen. Er konnte nicht still sitzen und ging im Zimmer umher. Irgendwann verschwand er und kam mit Brot, Edamer Käse und Relish wieder. Er bat mich, ihm zu helfen, und wir machten stapelweise Sandwiches für alle. Ich war dafür zuständig, die Brotscheiben mit Butter zu bestreichen und das Relish darauf zu geben. Gabriella mochte kein Relish, wollte ich ihm eigentlich sagen, während ich es darauf löffelte. Salatsauce war ihr lieber.

Nach Einbruch der Dunkelheit kamen Dad und Onkel Thomas nach Hause und schüttelten den Kopf. Und dann brachen die Verwandten – Onkel Thomas und Donald, Großmutter Grace und Großvater Bertrand – auf und trotteten schweigend zur Tür hinaus, nachdem sie versprochen hatten, am nächsten Tag wiederzukommen.

Jasper erschien und sprang mir auf den Schoß. Ich vergrub das Gesicht in seinem Fell und betete. *Bitte, lieber Gott. Lass meine Schwester nach Hause kommen.* Und während ich die zusätzlichen Arbeiten aufzählte, die ich verrichten, die Gottesdienste, die ich besuchen, die alten Leute, denen ich helfen, und die Christian-Aid-Umschläge, die ich austragen würde, versuchte ich, Gabriellas Stimme in meinem Kopf zu ignorieren: *Welchen Sinn hat es zu beten, wenn Gott nicht antwortet?*

19

Auf der Rückfahrt zum House of Flores schwiegen David und ich. In meinem Kopf gingen zu viele Emotionen durcheinander. Ich hatte Angst, die Beherrschung zu verlieren, wenn ich etwas sagte.

Ich hatte geglaubt, ich hätte jedes Bild von meiner Schwester gesehen, das es gab – die Fotos, die man in den Zeitungen verwendet hatte; die Schnappschüsse, die wir zu Hause gehabt hatten. Jetzt war ich im Haus eines Fremden auf ein ganz neues Bild gestoßen und wusste nicht, wie ich darauf reagieren sollte.

Von Zeit zu Zeit bedachte mich David mit einem neugierigen Blick, und ich fragte mich, ob er sich über meine Distanziertheit ärgerte. Wenn ja, konnte ich es nicht ändern. Ich hatte nicht die Kraft, seine Gefühle mitzuberücksichtigen.

Trotzdem verspürte ich ein leises Bedauern, als David ins House of Flores mitkam und ich sein Angebot, dazubleiben und zu helfen, ablehnte. Er schlug vor, sich stattdessen auf einen Drink zu treffen, und auch dafür dachte ich mir eine Ausrede aus.

»Schon gut«, sagte er mit betrübtem Lächeln. »Es ist kein Muss.« Aber er zückte einen Stift und kritzelte seine Nummer auf einen Zettel, bevor er ging. »Falls Sie es sich anders überlegen.«

Ich trug die Kisten ins Hinterzimmer. Von ihrer verborgenen Stelle aus schlug die Wanduhr, und ich sah auf meine Armbanduhr. Zwei. Rita und Mattie mussten gleich kommen.

Ich nahm das Porträt aus der Kiste und steckte es in meine Schultertasche. Als sie erschienen, hatte ich mich wieder gefangen, einen Stapel Papierkram angehäuft und tat so, als wäre ich völlig darin vertieft.

Sie arbeiteten im Hinterzimmer und sortierten Edward Lilys Kleidung, seine Hemden und Nadelstreifenhosen, Leinenjacketts, Hüte und Schuhe. Nach einer Weile gab ich die Beschäftigung mit den Buchhaltungsunterlagen auf und holte das Porträt heraus.

Der Künstler hatte Gabriella genau getroffen, die Art, wie sie zur Seite schaute, die Andeutung eines Lächelns auf ihren Lippen. Das Bild war von jemandem gezeichnet worden, der meine Schwester gekannt oder sie Tag für Tag beobachtet hatte. Dawn hatte gesagt, Lydia sei seltsam gewesen. In sich gekehrt. Ein einsames Mädchen mit einsamen Beschäftigungen. Sie hatte viel gelesen. Hatte sie sich auch künstlerisch betätigt? Ich nahm mein Adressbuch zur Hand, suchte Dawns Nummer heraus und rief sie an.

Dawn klang atemlos. »Ich war im Garten, Unkraut jäten«, sagte sie. »Es muss ja sein, jetzt wo ich allein bin. Ist alles in Ordnung? Haben Sie Lydias Sachen gefunden?«

»Ja. Danke.« Ich hielt inne und ging zum Fenster hinüber. Im Hinterzimmer hörte ich Rita und Mattie darüber diskutieren, wie sie mit Edward Lilys Garderobe verfahren sollten.

»Gut«, sagte Dawn. »Ich wusste nicht recht, was ich damit machen soll, weil ich sie nicht tragen konnte, und der Mann mit dem Transporter hat gesagt …«

»Das ist schon in Ordnung«, fiel ich ihr ins Wort. »Sie sind jetzt im Laden.« Ich zögerte. Mein Herz schlug zu schnell. Ich legte mir die Hand auf die Brust und versuchte, es so zu beruhigen. »Es gibt da eine Zeichnung. Ich hab mich gefragt, wo Sie sie gefunden haben.«

»Zeichnung? Ach so, ja. Sie lag im Wohnzimmer, in dem leeren Regal. Ich dachte, sie ist vergessen worden, also habe ich sie in die Kiste gelegt.«

»Meinen …?« Wieder hielt ich inne und versuchte, normal zu atmen. »Meinen Sie, dass die Zeichnung von Lydia stammen könnte?«

Kurzes Schweigen. »Tja«, sagte Dawn. »Das weiß ich nicht.«

»Haben Sie Lydia jemals zeichnen sehen?«

»Ich kann mich nicht erinnern. Ich glaube nicht.«

»Es ist nur so … das Porträt ist sehr gut.«

»Ach ja? Tja, um ehrlich zu sein, ich hab es mir gar nicht richtig angeschaut. Ich hatte es eilig, die Kisten fertig zu packen. Der Mann mit dem Transporter …«

»Alles gut«, sagte ich. »Keine Sorge.« Ich wartete ein paar Sekunden, bevor ich meine nächste Frage stellte, für die ich tief Atem holte und dann rasch sprach, um den Satz herauszubringen. »Was ist mit Edward Lily? War er Künstler?« Meine Stimme klang hoch und seltsam. Ich packte das Telefon fester. War es Dawn aufgefallen?

»Das ist eher wahrscheinlich, würde ich sagen«, sagte sie. »Er hat ja so viele Bilder gesammelt, aber ich kann nicht sagen, dass ich ihn jemals selber hätte malen sehen. Vielleicht hat er die Zeichnung gekauft. Wie kommen Sie darauf, dass sie von einem der beiden stammt?« Das war eine gute Frage, auf die ich keine Antwort wusste. Also bedankte ich mich noch einmal bei ihr und sagte, sie könne jederzeit kommen, wenn sie noch einmal einen Blick auf Lydias Sachen werfen wolle. Ich würde sie noch eine Zeitlang behalten, falls Edwards Schwester oder Lydia selbst zurückkommen und Anspruch darauf erheben würden.

Nach dem Gespräch dachte ich eingehender über die Möglichkeit nach, dass Edward Lily der Künstler war. Vielleicht hatte er Gabriella ja so oft beobachtet, dass es ihm gelungen war, ihren Ausdruck genau einzufangen; ihr Haar, ihre Augen, ihren Mund ganz präzise zu zeichnen. Ich dachte an den Mann auf den Fotos, an seine Bücher und seine schönen Sachen. Ich dachte an seine Frau. Seine Tochter. Wenn es stimmte, hatten sie dann gewusst, wie er war?

Ich durchquerte das Zimmer und trat vor den Modigliani. Die Augen des Mädchens erwiderten meinen Blick. Trotzig. Seltsam, dass ich sie nie so gesehen hatte. Mit den Fingerspitzen berührte ich sanft das Glas, zeichnete das schmale Gesicht nach. Gabriella. Sie war überall. In meinen Gedanken und in meinen Träumen, und jetzt vor mir, aus diesem Bild herausblickend. Und da war ich, mein Spiegelbild, das zurückstarrte. Zwei Schwestern, an einer Stelle gefangen.

In dieser Nacht blieb ich wach und bewegte mich durch die Dunkelheit im Haus. Gabriella: mein erster Gedanke am Morgen, meine letzte Erinnerung in der Nacht.

Die Entdeckung des Porträts hatte alles verändert. Der gesichtslose Schatten, der mich in meinen Träumen heimgesucht hatte, war real. Endlich hatte der Verdacht eine Grundlage. Die Gestalt hatte ein Gesicht. Und das bedeutete noch etwas anderes. Die Polizei würde davon erfahren müssen. Die Zeitungen würden die Geschichte noch einmal hervorkramen. Die Leute würden sich darüber hermachen wie Krähen über rohes Fleisch.

Die Erkenntnis lastete schwer auf mir, während ich hin und her ging. Jahrelang hatte ich kaum von Gabriella gesprochen, und jetzt wurde mir klar: Ganz wenige Menschen, die ich jemals außerhalb dieses Dorfes kennengelernt hatte, wussten überhaupt, dass ich eine Schwester gehabt hatte. Wenn

Freunde über ihre Kindheit sprachen oder sich über ihre Familie beklagten, blieb ich stumm, und sie gingen davon aus, dass ich niemanden hatte. Die Leute sagten mir, ich hätte Glück. Ich widersprach nicht. Ich betrachtete ihre Familienfotos und zeigte ihnen im Gegenzug nichts. Jetzt würde mir nichts anderes übrigbleiben, als einzugestehen, dass ich eine Schwester gehabt hatte. Ich wäre nicht mehr imstande, alles allein zu bewältigen.

Der Gedanke packte mich an der Kehle, erstickte mich schier. Ich brauchte Luft. Draußen im Garten stand ich unterm Zwetschgenbaum und starrte zwischen den dünnen Ästen hindurch auf den kalten Mond.

Ich erinnerte mich an den Tag, an dem Gabriella verschwunden war. An die Einsamkeit, die Trostlosigkeit; wie ich mir Geschichten ausgedacht hatte, um zu erklären, wohin sie gegangen war. Ich hatte mich geweigert zu glauben, dass ihre Abwesenheit absolut war, bis ich schließlich kapituliert und akzeptiert hatte, was alle anderen als unvermeidlich betrachtet hatten. Was war mir anderes übriggeblieben? Ich hatte mit meiner Zukunft weitermachen und dieses andere Leben hinter mir lassen müssen. Wobei ich das gar nicht getan hatte, oder? Ich hatte nur den Kummer in mir selbst verborgen. Und vielleicht konnte ich Gabriella niemals näherkommen als jetzt, unter dem Baum, wo wir Obst gesammelt hatten und wo ich ihren Atem im Wind spürte.

20

1982

Am Sonntag kam DC Sayers allein. Er war jünger als mein Polizist, mit angeklatschten schwarzen Haaren und einem scharfgeschnittenen, glattrasierten Kinn. »Fang ganz von vorne an«, sagte er zu mir, schlug die Beine übereinander und blätterte in einer Akte.

Wir gingen jeden Schritt von Gabriella durch und redeten und redeten, bis mir der Kopf schwirrte. Ich stolperte über Gedanken und vergaß Einzelheiten, und irgendwann kam es mir wieder so vor, als müsste ich es eigentlich wissen; als kennte ich die Antwort darauf, wohin Gabriella gegangen war.

DC Sayers hielt inne, leckte sich mit der Zungenspitze den Finger an und blätterte die Seiten seiner Akte zum Anfang zurück. »Tom«, sagte er. »Ihr habt Tom gesehen. Habt ihr mit ihm geredet?« Ich schüttelte den Kopf. »Gar nichts? Habt ihr gewunken, ihm etwas zugerufen, irgendwas in der Art?«

Ich kniff die Augen zusammen, versuchte, mich zu erinnern. »Sie hat gelächelt«, sagte ich endlich.

»Gelächelt?«, sagte er rasch. »Gabriella, meinst du?« Ich nickte. »Und hat Tom zurückgelächelt?«

»Nein, ich glaube nicht. Tom lächelt nie.«

DC Sayers schaute kurz zu meinen Eltern hinüber. »Und als ihr von ihm weggegangen seid … was hat er da gemacht?«

Ich versuchte, mir zu vergegenwärtigen, was passiert war, aber ich konnte mich einfach nicht erinnern. Dabei hielt dieser Polizeibeamte es für wichtig, was Tom getan hatte. Er verließ sich darauf, dass ich es wusste, und ich konnte ihm nicht helfen. Wenn ich nur sagen könnte, wir seien Tom gar nicht begegnet, vielleicht hieße das dann, dass Gabriella noch da wäre.

»Fällt dir sonst noch irgendetwas ein?«, fragte DC Sayers, nun schon leicht seufzend. »Du hast von einem Brief gesprochen, nicht wahr? Gegenüber PC Atkins.« Er hielt inne und klopfte mit seinem Stift gegen kleine, spitze Zähne. »Fällt dir irgendetwas ein, was wir damit in Verbindung bringen könnten? Hast du deine Schwester zum Beispiel mit einem Jungen oder einem Mann reden sehen, den du nicht kennst?«

Ich runzelte die Stirn. Ich ging in Gedanken zurück und hakte jeden Menschen ab, mit dem ich Gabriella gesehen hatte.

»Vielleicht hast du sie nicht miteinander reden sehen«, fügte er hinzu. »Vielleicht hast du nur bemerkt, dass der Betreffende sie beobachtet hat.« Er nahm die Beine auseinander. »Ich will damit sagen, es könnte jemand Neues aufgetaucht sein ... vielleicht im Laufe der letzten Tage ... oder Wochen.« Ich rutschte unbehaglich auf meinem Platz hin und her, und er beugte sich vor. »Anna?«

»Da gibt es jemanden«, sagte ich leise.

»Einen Mann?«

Ich nickte. »Er wohnt im Lemon Tree Cottage. Er hat Gabriella angestarrt, aber ich bin mir nicht sicher ...« Ich verstummte und schaute zu meinen Eltern. Sie erwiderten meinen Blick mit steinernen Gesichtern.

DC Sayers machte schmale Augen und schlug die Beine wieder übereinander. »Nur um sicherzugehen ... wie sieht dieser Mann aus?«

»Er trägt einen Hut.« Wieder sah ich zu meinen Eltern hin, aber noch immer sagte keiner von ihnen etwas, und plötzlich war ich mir nicht mehr sicher, was sie von mir wollten. Vor lauter Verzweiflung senkte ich den Kopf und versuchte, meine Tränen wegzublinzeln, aber sie kamen trotzdem und rollten mir stetig über die Wangen. »Er heißt Edward Lily.«

Ein kalter Hauch ging durchs Zimmer, als wäre die Temperatur plötzlich gefallen. Dad stand auf. »Das reicht«, sagte er.

»Möchten Sie etwas hinzufügen, Mr Flores?«, sagte der Polizeibeamte mit wachsamem Blick.

»Annie«, sagte Dad und streckte mir die Hand entgegen. »Du brauchst nicht hierzubleiben.« Er brachte mich in mein Zimmer. Und das wollte ich auch, ich wollte allein sein, auf meinem Bett liegen und mit der Kraft meiner Phantasie Gabriella auftauchen lassen. Aber dann ging es mir schlechter, weil Dad mich auf die Stirn küsste, mir über die Haare strich und mich allein ließ. Und ganz gleich, wie sehr ich sie in Gedanken festhielt, ich konnte Gabriella nicht zurückbringen.

Am Montag wurde die Suche ausgeweitet und auf den Wald, aber auch auf die Gärten und Nebengebäude der Leute ausgedehnt: Schuppen, Gewächshäuser, sogar Hühnerställe.

Die Männer mit dem Dreibeinstativ waren immer noch da, doch inzwischen hatten sich ihnen weitere angeschlossen, die mit den Händen in den Taschen rauchten oder sich leise unterhielten. Die Häuser um sie herum blieben still, Fenster und Türen fest geschlossen, Vorhänge zugezogen, Lichter gelöscht, als wäre die ganze Straße versteinert, wie eine Reihe von Donalds Fossilien.

Die Reporter blieben die ganze Nacht – sie rauchten im Schein der Straßenlaterne, und ihre Stimmen drangen durch das gekippte Fenster. Manchmal stellte ein Nachbar sie zur Rede – der Mann mit dem neugeborenen Baby. Auch seine Frau kam einmal heraus, die Haare lose um die Schultern, im Morgenmantel, das in eine rosa Decke gewickelte Baby im

Arm. Sie schrie etwas von Anstand und Respekt, aber alles, was sie taten, war, sie zu fotografieren und ihr etwas hinterherzurufen, als sie sich in ihr Haus zurückzog.

Das Haus war anders ohne Gabriella. Nachts lag ich im Bett und lauschte dem Seufzen und Murmeln in den Rohren und hinter den Wänden. Es herrschte eine Leere, eine Stille. Gabriella hatte Geräusch erzeugt. Mir fehlten die Gespräche mit ihr, ihre lustigen Kommentare am Frühstückstisch, die Art, wie sie Mum gepiesackt und Dad um den kleinen Finger gewickelt hatte.

Ich suchte nach dem Brief, aber er war nirgendwo zu finden. Hatten die Polizeibeamten ihn schon entdeckt? Hätten sie das gesagt? Mich gefragt, ob es dieser Brief gewesen sei? Ich suchte nach Gabriellas Walkman, aber auch ihn konnte ich nicht finden. Sie musste ihn, in ihrer Tasche versteckt, in die Schule mitgenommen haben. Bestimmt hatte sie ihre Lieblingssongs gehört, während sie die Straßen entlanggegangen war, um sich mit mir zu treffen. Falls sie sich überhaupt auf den Weg gemacht hatte, um sich mit mir zu treffen. Ich lag auf ihrem Bett, dachte über diesen Punkt nach, versuchte, mich genauso, wie sie es immer getan hatte, in die Kuhle in der Matratze zu schmiegen, und ich spielte ihre Platten, leise, damit Mum es nicht hörte, um so die Stille zu füllen, die Gabriella in meinem Kopf hinterlassen hatte.

Eine Woche nachdem Gabriella verschwunden und die Suche zurückgefahren worden war, fand ich auf dem Küchentisch eine liegengebliebene Zeitung. Die Titelseite zeigte ein Bild von Gabriella, ein im vergangenen Jahr aufgenommenes Schulfoto. Mit dem Finger zeichnete ich ihr Gesicht nach, mein Atem kam in flachen Stößen. Zu sehen waren außerdem ein Foto von Tom, ohne seinen Karren, und eines von Mrs Ellis mit einem um den Hals geschlungenen Tuch.

Mrs Ellis war eine Zeugin. Sie war am Tag von Gabriellas Verschwinden um fünf Uhr auf der Straße gewesen. Sie hatte darauf gewartet, dass ihre Tochter vom Nachmittagsunterricht in der Schule nach Hause kam. Und während sie vor ihrem Haus gestanden hatte, hatte sie Tom und Gabriella miteinander reden sehen. »Damals habe ich mir nichts dabei gedacht«, sagte sie in dem Interview. Und jetzt stand Tom unter Verdacht.

Ich warf die Zeitung auf den Tisch. Das stimmte alles nicht. Ich hatte gesehen, wie Tom seinen Karren auf die Straße geschoben hatte, um einer Schnecke auszuweichen, und ich hatte ihn weinen sehen, als er einen plattgefahrenen Igel aufhob. Ich hatte ihn zehn Minuten still stehen und dem Gesang einer Amsel lauschen sehen. Tom würde Gabriella nie etwas antun. Er hatte nie jemandem etwas getan.

Im Verlauf der nächsten Tage trug ich so viele Informationen wie möglich zusammen. Ich lauschte vor Türen, wenn die Polizei meinen Eltern Bericht erstattete, und ich las die Zeitungen, die zwischen Sofa und Wand gestopft oder in Schubladen versteckt worden waren.

Tom hatte zugegeben, dass er Gabriella gegen fünf Uhr in der Acer Street gesehen hatte. Sie war zu dem Zeitpunkt allein gewesen. Er meinte, sie habe hallo zu ihm gesagt, aber er war sich nicht sicher. Er glaubte, dass Gabriella doch mit jemand zusammen gewesen sei, mit einem gleichaltrigen Mädchen, es könnte aber auch ein Mann gewesen sein, er wusste es wirklich nicht. Er war durcheinander. Er vergaß oft etwas. Einmal hatte er den Nachhauseweg vergessen. Seine Mutter hatte die Polizei gerufen, und man hatte ihn gefunden, wie er im Wald herumirrte. Ein anderes Mal hatte er seinen Karren vergessen, hatte ihn einfach am Straßenrand stehen lassen. Jemand hatte ihn gestohlen und eine Spritztour damit gemacht. Er war im Teich wiederaufgetaucht. Alle diese alten Geschichten standen in der Zeitung.

Dann gab es eine neue Wendung. Mr Sullivan, fünfundachtzig, ein wohlbekannter Dorfbewohner (der schon sein Leben lang in dem Haus neben Tom wohnte) und regelmäßiger Kirchgänger, meldete sich. Hochgeachtet und vertrauenswürdig, war er nur ein wenig vergesslich, und das war auch der Grund, warum er nicht früher zur Polizei gegangen war. Nun entsann er sich, dass er am Tag von Gabriellas Verschwinden auf dem Weg zur Apotheke gewesen war. Dabei war er Tom in der High Street begegnet, kurz nachdem Mrs Ellis ihn in der Nähe ihres Hauses gesehen hatte. Das hieß, Tom hätte gar nicht die Zeit gehabt, Gabriella irgendetwas zu tun (was ich ohnehin nie geglaubt hatte). Und auch Mrs Ellis ergänzte ihre Zeugenaussage, denn ihr fiel plötzlich ein, dass sie gesehen hatte, wie Tom von Gabriella weggegangen war und seine Tour fortgesetzt hatte.

PC Atkins erklärte die Geschichte. Er sagte, es gebe zu viele unzuverlässige Zeugen. Zu viele widersprüchliche Beobachtungen und Zeitangaben. Und keinerlei Beweise gegen Tom. An ihm oder seinem Karren waren nicht die geringsten Spuren von menschlichem Blut, Speichel, Sperma oder irgendwelchen anderen Körperflüssigkeiten gefunden worden, nur ein wenig Rattenpisse an den Borsten seines Besens. Das war mehr oder weniger das, was er sagte.

Und jetzt war Tom kein Verdächtiger mehr.

Niemand war mehr verdächtig. Nicht einmal Edward Lily. Und ich wusste nicht warum. DC Sayers hatte sich durchaus für ihn interessiert. Warum war von ihm nie wieder die Rede gewesen?

21

Am nächsten Morgen rief ich David an. »Ich bin's«, sagte ich.

»Wer?« Der Motor seines Transporters übertönte seine Stimme.

»Anna.«

»Moment.« Er fluchte im Hintergrund, ehe seine Stimme wiederkam. »Anna. Ich kann nicht lange reden. Sind Sie noch dran? Was gibt's? Stimmt was nicht?«

Meine Entschlossenheit schwand. Ich hatte David von dem Porträt erzählen wollen, aber ich hatte keine Ahnung, wo ich anfangen sollte.

Er fluchte erneut. »Gleich kommt ein Tunnel. Hören Sie. Ich bin auf dem Weg nach Yorkshire. Ein einmaliger Job. Ich komme heute Abend spät zurück. Kann ich Sie dann anrufen?« Und dann war die Verbindung weg. Ich fühlte mich idiotischerweise enttäuscht und dann sofort erleichtert. Es wäre lächerlich, mich einem Mann anzuvertrauen, den ich gerade erst kennengelernt hatte.

Was sollte ich tun? Die Polizei anrufen? Das Porträt begründete zweifellos einen Verdacht. Aber würde es reichen, um eine Ermittlung wiederaufzunehmen, die dreißig Jahre zurücklag? Ich dachte an Rita. Wenn irgendwer wusste, was zu tun war, dann sie. Sie war voller guter Ideen und Ratschläge. Gestern war ich zu geschockt gewesen, um mit ihr über das Porträt zu sprechen, aber jetzt, wo ich wieder klarer denken konnte, erschien es mir naheliegend, dass ich ihr davon erzählen sollte.

Ich nahm meine Tasche mit dem Porträt darin, schlüpfte in meine Jacke und meine Stiefel und öffnete die Haustür. Es war kalt, und es nieselte bereits. Ich schnappte mir einen altmodischen Stockschirm aus dem Flur und trat hinaus. Auf der anderen Straßenseite stand eine Gestalt. Nicht schon wieder. Die verdammte Martha. Was zum Teufel machte sie hier? Man könnte meinen, sie wartete auf mich, so wie sie hersah. Sie trug ihren Regenmantel, aber er hatte keine Kapuze, und dass es inzwischen kräftiger regnete, schien ihr nichts auszumachen.

Einen Moment lang wurde ich in die Vergangenheit zurückversetzt. Wir beide standen uns auf der Straße gegenüber. Martha hatte geweint. Was hatte sie gesagt? Irgendetwas von Keksen. Das war es. Es war eine bizarre Erinnerung. Ich versuchte, sie mit einem Hintergrund zu versehen, aber alles, was ich sah, war eine Menschenmenge. War das an dem Tag gewesen, an dem die Rekonstruktion stattgefunden hatte? Ich schloss die Augen. Daran wollte ich jetzt nicht denken. Ich wollte nicht mit Martha reden. Ich schlüpfte ins Haus zurück und schloss die Tür hinter mir.

Wenn es nicht so früh gewesen wäre, hätte ich eine Flasche Wein getrunken. Außerdem hatte ich noch nichts gegessen. Ich holte eine Bratpfanne und eine Schachtel Eier hervor und machte mich daran, ein Omelett zu backen. Während ich damit beschäftigt war, klopfte es an der Tür. Falls es Martha war, wollte ich es nicht wissen. Ich machte mit Kochen weiter, verquirlte die Eier, erhitzte das Fett. Wieder klopfte es, diesmal lauter. Wer auch immer es war, ich ignorierte ihn weiterhin.

Als ich mich zum Essen hinsetzte, stellte ich fest, dass ich keinen Appetit hatte. Ich schob den Teller zur Seite und machte stattdessen Kaffee. Während er durchlief, schepperte die Einwurfklappe des Briefschlitzes, und ich stahl mich hinaus in den Flur. Niemand stand vor der Tür. Es lagen nur zwei Briefe auf der Fußmatte. Zwei weitere Karten von Leuten, die ich nicht kannte und die mir ihr Beileid aussprachen.

Ich ging damit ins Wohnzimmer und stellte sie auf den Kaminsims. Mein Blick verweilte auf den Umschlägen, die die Urkunden enthielten. Ich sollte sie abheften, bevor sie verlorengingen. Ich zog sie heraus und überflog Dads Geburts- und Sterbeurkunde. Es stand nichts darin, was ich nicht schon wusste: Name der Eltern, Geburtsort und -datum, Todesursache. Ich brauchte einen Moment, um mir den Tag seiner Beisetzung ins Gedächtnis zu rufen. Bilder zogen mir durch den Kopf, Schnappschüsse von Onkel Thomas und Donald, beide schwarz gekleidet, und von meiner blassen, zerbrechlichen Mutter, nur noch ein Schatten ihrer selbst. Und ich, zwölf Jahre alt, unsicher und klein, wie ich in einer Kirchenbank hockte, die nach Politur roch, und durch das Gitterwerk meiner Finger auf den fahlen Sarg starrte, während Leute um mich herum für die Seele meines Vaters beteten und mir abermals Gabriellas Worte in den Ohren klangen. *Welchen Sinn hat es zu beten, wenn Gott nicht antwortet?*

Wo waren eigentlich die Originalurkunden? Ich blickte mich im Zimmer um, in dem noch überall der Krempel herumstand, den ich aus Regalen und Schränken geholt hatte, und kam zu dem Schluss, dass sie hier irgendwo sein mussten. Sie würden irgendwann auftauchen. Ich war zu ungeduldig gewesen, um einfach abzuwarten.

Ich sah mir die Heiratsurkunde genauer an. Bräutigam: Albert Flores. Braut: Esther Button. Die Trauzeugen, der Name der Kirche, die Adressen. Und das Datum. Oktober 1966. Ich hielt inne.

Die Geschichte, wie sie Großmutter Grace immer und immer wieder erzählt hatte. Es war die Liebesgeschichte des

Jahres gewesen, hatte sie gesagt. Das Sommergewitter, mein Vater, den man geholt hatte, damit er den Garten aufräumte. Liebe auf den ersten Blick. Die Hochzeit hatte sechs Wochen später stattgefunden. Die Geschichte kannte ich praktisch auswendig, doch das Datum hatte ich nicht gekannt. Weder Tag noch Monat. Nur das Jahr. Jetzt dachte ich darüber nach. Hatten meine Eltern ihren Hochzeitstag gefeiert? Wenn ja, konnte ich mich jedenfalls nicht daran erinnern. Vielleicht hatten sie es heruntergespielt, für sich gefeiert, sich nicht in Szene setzen wollen.

Ganz langsam erfasste mich eine Empfindung von Kälte. Eisige Finger stupsten gegen mein Rückgrat. Fakt: Oktober 1966. Das Datum war unumstößlich, es stand hier vor mir geschrieben. Doch Gabriellas Geburtstag war März 1967. Das konnte ich schwerlich vergessen. Geburtstage aus fünfzehn Jahren: Schmalfilme von Torten und Kerzen, Stapeln von Geschenken, pausbäckigen Gesichtern, die sich mit dem Größerwerden veränderten. Weitere dreißig Jahre, in denen ich mir vorgestellt hatte, wie wohl jeder Geburtstag gewesen wäre – wie Gabriellas Gesicht und Körper sich verändert hätten; mit wem sie gefeiert hätte; was ich ihr geschenkt hätte.

Schwerfällig rechnete ich nach, mein Verstand war vor lauter Gedanken wie erstarrt. Mum musste schon mehrere Monate schwanger gewesen sein, als sie geheiratet hatte. Dabei hatte sie Dad erst sechs Wochen lang gekannt. Es war eine Liebesgeschichte gewesen, so ungestüm und schnell wie das Gewitter, das die beiden zusammengebracht hatte – das hatte Großmutter Grace immer gesagt. Und ich war mir sicher, dass Gabriella keine Frühgeburt gewesen war. Alle hatten gesagt, wie schön sie gewesen sei, alles genau richtig.

Meine Mutter musste schwanger gewesen sein, bevor sie meinen Vater kennengelernt hatte. Der Gedanke kam mir, bevor ich ihn aufhalten konnte, eine jähe Erkenntnis, die ich sich erst einmal setzen ließ. Ich überlegte andere, plausiblere Alternativen. Aber die einzige Erklärung war, dass Großmutter Grace sich vertan hatte. Zwischen Kennenlernen und Heirat meiner Eltern hatten mehr als sechs Wochen gelegen. Vielleicht sechs Monate. Vielleicht war das Unwetter im Frühjahr und nicht im Sommer gewesen. Sie hatten geheiratet, weil meine Mutter schwanger gewesen war. So war es. Die stürmische Romanze war wohl eher eine Mussheirat gewesen. Großmutter Grace' Erinnerung war falsch. Oder aber sie hatte gelogen. Aber warum hätte sie das tun sollen? Und wie auch immer es sich verhielt, ob es sich um das Gefasel einer alten Frau oder um bewusste Täuschung handelte, bestimmt hätte irgendwer darauf hingewiesen. Niemand hatte je gesagt, dass das Unwetter nicht im Sommer gewesen war. Oder dass die sechswöchige Romanze nicht stimmte.

Die Heiratsurkunde in der Hand, stieg ich mit trockenem Mund die Treppe hinauf, und in meinem Kopf drehte sich alles, als ich vor Gabriellas Zimmer stehen blieb. Ich wollte nicht mehr darüber nachdenken. Jede neue Theorie wäre mir lieber gewesen. Doch die anfängliche Erklärung blieb. »Mein Dad war nicht der Vater meiner Schwester«, sagte ich den Satz laut. Zweimal. Dreimal. Jedes Mal lauter, und dabei lauschte ich auf den Widerhall, den jedes einzelne Wort in der Stille des Hauses hervorrief, und hoffte, die Hohlheit einer Lüge zu hören. Aber ich hörte nur den Klang der Gewissheit.

Warum hatten meine Eltern gelogen? Warum hatten sie Gabriella die Wahrheit über ihren Vater vorenthalten? Warum hatte keiner von ihnen es mir je erzählt? Wir beide hatten doch wohl das Recht gehabt zu erfahren, in welchem verwandtschaftlichen Verhältnis wir wirklich zueinander standen. Nicht, dass das irgendeinen Unterschied gemacht hätte.

An meinen Gefühlen hätte das nichts geändert. Gabriella war meine Schwester. Das konnte mir niemand nehmen.

Ich öffnete die Tür. Das Zimmer war genauso wie beim letzten Mal, als ich kurz vor meiner Abreise nach Griechenland darin gewesen war. Mum hatte sich all die Jahre geweigert, etwas darin zu verändern, aber sie hatte mich nie daran gehindert, es zu betreten, und sie hatte es immer sauber gehalten. Onkel Thomas hatte gesagt, das liege daran, dass sie die Hoffnung nicht habe verlieren wollen. Wenn sie Gabriellas Sachen weggepackt hätte, wäre das dem Eingeständnis gleichgekommen, dass ihre Tochter nicht zurückkommen würde.

Ich kniete mich auf den Teppich. Der Koffer lag unterm Bett. Auch ihn hatte Mum liegen gelassen und darauf gewartet, dass Gabriella nach Hause kam und ihn auspackte. Ich legte mich mit angezogenen Beinen auf die Seite und erinnerte mich an meine Traurigkeit an dem Tag, an dem wir uns gestritten hatten, an die Spirale der Angst, als sie mir gesagt hatte, sie würde gehen. Ich hatte versucht, sie vom Packen abzuhalten, aber sie hatte nicht zugehört, sondern mich abgeschüttelt. Hinterher hatte sie den Arm um mich gelegt. Ich erinnerte mich noch genau an ihre Worte. *Du bist meine Schwester. Das bleibt so, egal was passiert.*

Irgendwann setzte ich mich auf Gabriellas Bett und starrte auf die Urkunde, die ich in der Hand hielt. Natürlich war ich ihre Schwester. Warum hatte sie das überhaupt gesagt? Und dann fiel es mir wie Schuppen von den Augen. Die Kräche, die ungute Stimmung zwischen Gabriella und meinen Eltern und wie sie aus dem Zimmer gestürzt war, als Großmutter Grace unbedingt die langweilige alte Geschichte hatte erzählen müssen – die Liebesgeschichte; die Lüge. Gabriella hatte gewusst, dass wir Halbschwestern waren. Vielleicht hatte sie ja die Wahrheit an jenem Tag angedeutet und mich wissen lassen wollen, dass der Umstand, dass wir verschiedene Väter hatten, keinerlei Auswirkungen auf uns hatte. Wir waren Schwestern. Das blieb so, egal was passierte. Wenn ich sie damals nur gedrängt hätte zu sagen, was sie meinte. Wenn ich sie nur um eine Erklärung gebeten hätte.

Ich versuchte, mich von vorgefassten Meinungen über meine Mutter, meinen Vater, meine Schwester und mich selbst freizumachen. Ich wollte noch einmal von vorn anfangen, eine leere Leinwand, meine Gedanken und Erinnerungen ausbreiten und sie noch einmal neu betrachten. Doch mich verwirrte die Erkenntnis, die sich langsam verdichtete. Und ich verließ das Zimmer, um nach einem Beweis zu suchen.

Im Zimmer meiner Mutter musterte ich jedes Möbelstück, jedes Bild und Gemälde, jeden Ziergegenstand. Was war hier versteckt? Welche Geheimnisse würden meine Vermutungen zu Gewissheiten werden lassen? Vor der Frisierkommode sitzend, starrte ich mein Spiegelbild im Glas an. Ein paar graue Haare hoben sich von den dunklen ab und erinnerten mich daran, dass ich älter war als meine Mutter zur Zeit von Gabriellas Verschwinden. Wie hätte Gabriella jetzt ausgesehen? Künstler konnten die Bilder vermisster Kinder mithilfe komplizierter Software und unter Berücksichtigung typischer Familienmerkmale altern lassen. Wie hätten sie Gabriella altern lassen? Hätten sie sie wie eine blonde Version meiner selbst aussehen lassen? Oder hätten die Unterschiede zwischen uns, die unterschiedlichen Gene, die wir besaßen, uns weiter auseinandergerückt?

Ich zog Schubladen auf und schob sie wieder zu. Wonach suchte ich? Was konnte ich zu entdecken hoffen, das nicht bereits gefunden worden war? Beim Durchstöbern des Schmuckkastens nahm ich den Anhänger mit dem Smaragd heraus. Er erinnerte mich an Mums Ring, denjenigen, den sie ab und zu herausgenommen und bewundert, aber niemals getragen hatte. Ich hatte immer geglaubt, der Ring sei so kostbar, dass sie ihn nicht hatte verlieren wollen.

Wo war dieser Ring? Ich hatte ihn nicht gesehen, seit ich zu Hause war. Mum war mit ihrem Ehering beerdigt worden. Ich konnte mir nicht vorstellen, selbst je zu heiraten, und der Ring hätte ohnehin Gabriella zugestanden, da sie die Ältere war. Aber der Smaragdring. Ihn wollte ich behalten.

Ich breitete den Schmuck auf der Frisierkommode aus und durchsuchte ihn. Kein Ring. Wieder zog ich Schubladen auf, wollte ihn plötzlich unbedingt finden. Und da war er, versteckt in einem Kästchen, das sich in einem Satinbeutel mit Zugband befand. Ich steckte mir den Ring auf den Finger. Er saß locker, aber ich hatte schon immer schmale Finger gehabt. Mum war nach Gabriellas Verschwinden stark abgemagert, hatte kaum noch gegessen. Vielleicht war ihr der Ring ebenfalls zu groß geworden.

Ich trat ans Fenster und bewunderte den Stein im Licht. Draußen gingen Leute durch den Regen, Schirme in unterschiedlichen Winkeln in der Hand, wie auf einem Gemälde von Renoir. Ich hielt nach Martha Ausschau, aber sie war fort. Stattdessen erblickte ich Mattie. Er blieb stehen, zückte sein Handy, und sein aufmerksames Gesicht erinnerte mich an Rita. Er sah, dass ich zu ihm hinunterschaute, grinste und winkte mit ausladender Bewegung: Es war eine von Ritas Gesten.

Als ich mich wieder vor die Frisierkommode setzte, rutschte mir der Ring vom Finger und klapperte aufs Holz. Ich würde ihn ändern lassen, aber bis dahin würde ich ihn zusammen mit der Halskette aufbewahren. Die beiden gehörten offenbar zusammen. Hatte Mum sie am selben Ort gekauft? Ich griff nach der Schachtel, drehte sie um und sah mir die Wörter genauer an. Der Schriftzug war golden, zu klein, als dass ich ihn lesen konnte. Ich griff nach meiner Tasche und nahm meine Brille heraus. Jetzt konnte ich die Wörter entziffern. *La Plata, La Calle Pájaro, Sevilla.*

Der Paukenschlag einer Erinnerung dröhnte in meinem Kopf. Ich versuchte, mich auf das zu konzentrieren, was ich da las, aber eine dunkle Wolke hatte sich um meinen Verstand gelegt, machte mich träge und hinderte mich am Denken. Mit ungeheurer Anstrengung schüttelte ich die Empfindung ab und starrte die Wörter an. Irgendwo hatte ich sie schon einmal gelesen. Noch ein wenig Konzentration, und ich würde mich erinnern, wo.

Und dann fiel es mir ein. Ich hatte die Adresse im Briefkopf auf den Rechnungen in Edward Lilys Haus gesehen. Ich ließ mir den Gedanken durch den Kopf gehen. Warum hatte meine Mutter in seinem Laden Schmuck gekauft? Oder war es mein Vater gewesen, der dort Geschenke gekauft hatte? Wieder sah ich den Schmuck durch, schaute mir die Schachteln genauer an, aber sie trugen alle den Aufdruck von Läden in London. War das ein Zufall? Diese Halskette und dieser Ring?

Von draußen drangen Geräusche zu mir hinauf. Eine Frau auf der Straße rief nach ihrem Kind. Eine Trompete erklang. Jemand übte auf seinem Instrument. Weit weg signalisierte ein Lastwagen, dass er rückwärtsfuhr. Es waren normale Geräusche. Normales Leben. Sie holten mich ans Fenster zurück. Mattie war immer noch da, telefonierte mit einem Freund und gestikulierte, während er eine Geschichte erzählte. Wieder Rita. Ich erkannte sie in der Art, wie er sich bewegte.

Unten widerstand ich dem Drang, die Flasche Wein zu öffnen. Stattdessen setzte ich mich an den Küchentisch, ließ die Finger über das Holz gleiten, spürte die Altersmacken. Die Küche hatte sich nicht groß verändert. Ich blickte mich um, und mein Blick verweilte auf den Nahrungsmitteln, die ich aus den Schränken genommen hatte. Dosen mit Campbell's Tomatensuppe – von der sich meine Mutter in den letzten Jahren ernährt hatte. Alte Reispäckchen. Ein vergessenes Päckchen Vesta-Curry. Und vergessene Marmeladengläser, staubbedeckt, die Beschriftung auf den Etiketten fleckig und verblasst.

Ohne hinzusehen, wusste ich, dass kein Etikett später als 1982 datiert war. Nach Gabriellas Verschwinden hatte Mum nie wieder Marmelade gekocht. Das Obst im Garten wurde nicht mehr gesammelt. Jahr für Jahr fiel es vom Baum und verfaulte, eine verdorbene Pampe, die in den Boden einsickerte. Auch zum Dorffest war ich danach nicht mehr gegangen, nicht ohne meine Schwester. Nur einmal, kurz bevor ich aus dem Dorf nach London zog, war ich noch die Devil's Lane entlanggegangen. Am Zauntritt hatte ich haltgemacht, hatte das Scheppern des Karussells gehört und war umgekehrt.

Jetzt zwang ich mich, mir jenes letzte Fest in Erinnerung zu rufen. Der Tag war von dem Zwischenfall mit Dad getrübt worden. Er hatte sich die Hand verletzt – bei einer Prügelei. Das hatte ich jedenfalls angenommen, obwohl Gabriella es nicht geglaubt hatte. Und es hatte noch eine Prügelei gegeben. Mr Ellis war darin verwickelt gewesen. Und Gabriella hatte mich beim Karussell im Stich gelassen. Und was war mit dem Koffer und Mums Vermutungen – ihrer Aufforderung, Gabriella nachzuspionieren? Oder war das davor gewesen? Ich rieb mir die Augen, versuchte, meine Erinnerungen zu ordnen.

Ich breitete die Fotos auf dem Tisch aus. Edward Lily. Alles ging auf ihn zurück. Und dennoch waren meine Eltern vollkommen überzeugt gewesen, dass er nichts mit Gabriellas Verschwinden zu tun gehabt hatte. Ich fügte seine Ankunft im Dorf in meinen Zeitrahmen ein. Sommer 1982. Ein paar Monate bevor Gabriella verschwunden war. Als die Auflösung unserer Familie eingesetzt hatte.

Und Lydia, so ein seltsames Mädchen. Zu behaupten, sie sei verrückt, war lieblos von mir gewesen. Ich hatte mir die Ausdrucksweise des Dorfes zu eigen gemacht. Jeder hatte sie so bezeichnet. Außer meinen Eltern. Sie hatten nie so getratscht wie andere Leute.

Ich sah mir das Foto von Lydia in Spanien genauer an und hielt es mir dicht vors Gesicht: die Haare, das Aussehen, das heimliche Lächeln. Sie war ein schönes, rätselhaftes Mädchen gewesen. Ich nahm das Porträt von Gabriella aus meiner Tasche und legte es neben das Foto. Die Art, wie der Künstler oder die Künstlerin Gabriellas Haare, ihr Aussehen, ihr heimliches Lächeln eingefangen hatte, ließ großes Talent erkennen.

Mir stockte der Atem.

Ich hatte geglaubt, Edward Lily wäre von Gabriella besessen gewesen, obwohl sie jung genug war, um seine Tochter zu sein. Und jetzt verstand ich. Ich blickte von dem Porträt zum Foto. Schwestern. Kein Wunder, dass ich mich so oft zu Lydia hingezogen gefühlt hatte. Kein Wunder, dass ich eine Verbindung zu diesem Foto gespürt hatte. Einmal hatte ich Lydia sogar fälschlich für Gabriella gehalten, an jenem Tag im Wald, als ich nach ihr gesucht hatte.

Edward Lily und meine Mutter waren ein Liebespaar gewesen. Immerhin so verliebt, dass sie sich Geschenke gemacht hatten. Eine Smaragdhalskette. Einen Smaragdring. Lydia war Gabriellas Halbschwester. Edward Lily war Gabriellas Vater.

Und mein Vater. Er hatte es gewusst. Dessen war ich mir sicher. Und er hatte es dadurch wettgemacht, dass er Gabriella ebenso sehr wie mich oder sogar noch mehr geliebt hatte. Jeden Tag hart gearbeitet und das perfekte Tableau zusammengefügt hatte: wir vier. Wie verzweifelt er gewesen sein musste, als Edward Lily im Dorf auftauchte und diesen kunstvoll gewirkten Gobelin aufzutrennen drohte. Wie weit er wohl gegangen wäre, um Edward Lily daran zu hindern, ihm das zu nehmen, was er liebte?

Und wie weit wäre Edward Lily gegangen, um Gabriella zurückzuerlangen?

22

1982

Dad kauerte am Zwetschgenbaum, zwischen seinen Fingern hing eine nicht angezündete Zigarette. Ich hockte mich neben ihn, und so verharrten wir eine Zeitlang schweigend.

Ich wollte ihn fragen, was die Polizei als Nächstes unternehmen würde. Wen würden sie befragen? Betrachteten sie Tom wirklich nicht mehr als Verdächtigen? Das freute mich, weil ich wusste, dass er unschuldig war, aber ich war mir nicht sicher, ob Dad das auch dachte. Irgendwann fragte ich nach Edward Lily. Was war seinetwegen geschehen?

Dad sah mich unverwandt an, und einen Moment lang glaubte ich, er würde mir nicht antworten. Dann sagte er doch etwas, quälte sich jedes seiner Worte ab, sodass sie wie Blei zwischen uns hingen. »Die Polizei hat ihn befragt.« Ich sah zu Boden, wartete auf mehr. Dad räusperte sich und fuhr fort. »Sie sind zum Cottage gegangen und haben nichts gefunden, und außerdem hat er sowieso ein Alibi.«

Ich ließ die Worte sich setzen. »Er ist also kein Verdächtiger.«

»Er ist unschuldig.« Damit war das Gespräch beendet.

Später am Abend, im Bett, grübelte ich über Edward Lily nach. Ich schloss die Augen und stellte ihn mir im Lemon Tree Cottage vor. Er stand am Gartentor, wie ich ihn schon gesehen hatte, und starrte Gabriella und mich auf dem Fahrweg an. Und seine Tochter Lydia schwebte durchs Haus wie ein Gespenst mit einer Wolke von Haaren. Unruhig warf ich mich im

Bett hin und her. Wenn ich diesen Moment nur wiederbekäme, dann würde ich die Zukunft ändern. Irgendwie. Ich würde in eine andere Richtung gehen und Gabriella mitnehmen.

Meine Gedanken wechselten zu Tom. Dad war sich sicher, dass Edward Lily unschuldig war, aber was war mit Tom? Was genau hatte er der Polizei über Gabriella gesagt? War er tatsächlich so verwirrt gewesen, wie sie behauptet hatten? Wenn ich nur auch mit ihm sprechen könnte, bevor er noch mehr durcheinandergeriet und komplett vergaß, was er gesehen hatte.

Es war dunkel. Ich stand auf und spähte durch die Vorhänge. In der Küche brannte Licht und beleuchtete den vorderen Teil des Rasens und den Zwetschgenbaum. An den Rändern waren die Dinge schwerer auszumachen, die Formen vertrauter Büsche und Sträucher wirkten aufgrund der Schatten gespenstisch.

Ich könnte jetzt zu Tom gehen.

Wenn ich nur mutig genug war.

Ich war mutig genug gewesen, in den Wald zu gehen und Marthas Schachtel auszugraben. Aber das war etwas anderes. Das war bei Tageslicht gewesen. Jetzt war es spätnachts. Ich schaute auf die Leuchtanzeige meines Weckers. Fast zehn.

Das Licht in der Küche ging aus. Meine Eltern mussten ins Wohnzimmer gegangen sein. Ich war müde. Ich wollte schlafen. Aber die Idee ließ mich nicht los. Nagte an mir. Wenn ich jetzt nicht ginge, würde Tom alles vergessen. Ich stellte ihn mir vor, wie er den Trott seines Lebens durchlief, fernsah, sein Abendbrot aß, den Ritualen seines Abends folgte. Und jeder Schritt sein Erinnerungsvermögen trübte.

Ich wusste, ich musste es tun. Ich musste nach unten schleichen, ohne dass meine Eltern es hörten, und hinten hinaus, damit die Reporter mich nicht sahen, und dann über die Mauern der Nachbarn, bis ich das Ende der Häuserreihe erreichte.

Langsam zog ich mein Sweatshirt an, bewegte mich durchs Haus, schnappte mir meine Jacke, öffnete die Hintertür und schlüpfte hinaus.

Es war kalt. Wolken trieben über den Halbmond und löschten sein Licht. In den Büschen raschelte es. Ein Paar leuchtende Augen. Aber es war nur Jasper, der sich freute, mich zu sehen, laut miaute und sich um meine Beine wand. Ich bückte mich und ließ die Finger über seinen Rücken gleiten – winzige Knochen unter dem Fell, so verletzlich, so zart, so leicht zu brechen. Ich holte tief Atem und verdrängte meine Angst, während ich mich über die Mauer hievte, die uns von den Hendersons trennte, und in ihren Garten sprang.

Ich landete neben dem leeren Hühnerstall und knallte mit dem Arm gegen das Dach. Mrs Henderson war in der Küche und wusch ab. Sie blickte auf. Hatte sie mich gehört? Konnte sie spüren, dass ich da war? Ich erstarrte, beobachtete ihr von der Spiegelung verzerrtes Gesicht und ihre Augen, die besorgt die Dunkelheit absuchten. Zitternd, mit klappernden Zähnen blieb ich, wo ich war, bis sie sich wieder an ihre Arbeit machte. Aber ihre Lippen bewegten sich – vermutlich rief sie ihren Mann –, und da war er auch schon, seine untersetzte Gestalt so breit, wie sie, die sich im Hintergrund hielt, dünn war. Rasch kletterte ich über die Mauer und rannte, begleitet von Babygeschrei, das aus dem Haus drang, tief gebückt über den nächsten Rasen.

Am Ende der Häuserreihe sprang ich auf den Bürgersteig. Die Straße war voller Schatten und lag still im trüben Laternenlicht. Noch nie war ich allein so spät unterwegs gewesen, und jetzt kam es mir so vor, als wäre das Dorf fremd, jede Form ein Feind.

Tom wohnte in einem schmalen Haus in der Nähe des Eagle. Bei Tageslicht konnte ich in zehn Minuten dorthin laufen, doch bei Dunkelheit und ohne jedes Selbstvertrauen war mein Schritt langsam. Ich fuhr von Geräuschen zusammen, bildete mir Schritte ein, Schreie, rechnete mit einer Hand an meinem Kragen und einer Stimme, die wissen wollte, was ich hier zu suchen hatte.

Endlich kam ich bei dem Haus an, in dem Tom wohnte – einem verklinkerten Reihenhaus. Ich wartete am Gartentor, aber es war keine Bewegung wahrzunehmen, kein Licht, kein Geräusch. Ich biss die Zähne zusammen, zwang mich, tapfer zu sein, und trat vor.

Im Garten war vor Dunkelheit nichts zu erkennen. Den Blick fest auf den Weg gerichtet, tastete ich mich vorwärts und blieb nur stehen, um zu lauschen. Mein Atem. Das Rascheln von Laub. Das Knarren eines Astes. Ein neues Geräusch – Schritte auf dem Bürgersteig.

Ich duckte mich, während eine Gestalt den Garten nebenan betrat. Es klingelte. Ein Klopfen gegen Glas. Das Licht in der Veranda ging an, und das Haus, in dem Tom wohnte, wurde beleuchtet.

Mein Hals wurde trocken. Tür und Wände waren mit riesigen roten Buchstaben bedeckt. *Perverser,* stand da. *Irrer. Psycho.* Ein Fenster im ersten Stock war eingeworfen worden. Die Fenster im Erdgeschoss waren mit Brettern vernagelt. Waren Tom und seine Mutter weggegangen? Ein Gefühl der Hoffnungslosigkeit schnürte mir die Kehle zu. Aber noch würde ich nicht nach Hause gehen. Ich schlich den Weg entlang, stand vor der Tür; ich holte tief Luft und drückte die Klingel. Niemand kam. Ich klingelte noch einmal und trat zurück. Ich musste mit Tom reden, um herauszufinden, was er gesehen hatte. Nebenan ging das Licht aus, aber nicht, ehe ich das Zucken der Gardine über mir gesehen hatte. Ich klingelte zum dritten Mal, und die Tür ging auf.

Es war Toms Mutter. Eine kleine, kräftig gebaute Frau mit grauem Haar, einer grauen Brille und einem Gesicht wie eine verschrumpelte Orange. Sie stand da und sah mich blinzelnd an, während sich hinter ihr Tom herumdrückte, sein dünner Körper leicht gebeugt, die Augen groß wie die einer Eule, beleuchtet von dem trüben Licht, das aus dem Zimmer dahinter drang.

In den Augen der Frau lag Freundlichkeit. Und noch etwas anderes. Furcht? Ich spekulierte auf die Freundlichkeit, als ich sie bat, mich hereinzulassen. Doch sobald ich durch die Tür war, kamen die Tränen. Mit hängendem Kopf ließ ich sie ungehemmt laufen. »Armes Kind«, sagte Toms Mutter und holte ein Taschentuch hervor. »Wie kann ich dir helfen?«

Ich nahm das Taschentuch, schnäuzte mir die Nase und brachte endlich Worte zustande, mit denen ich zu erklären versuchte, dass ich unbedingt wissen wollte, was passiert war, als Tom Gabriella gesehen hatte.

Kurzes Schweigen, dann sagte sie ruhig: »Er ist unschuldig. Die Leute akzeptieren das. Jedenfalls mittlerweile.«

»Kann ich mit ihm reden?« Ich warf einen kurzen Blick auf Tom, der den Kopf hängen ließ. »Ich will nur wissen ...« Meine Worte verklangen.

»Du kannst es versuchen, Kind, aber ich glaube nicht, dass er antworten wird.«

Draußen hielt ein Wagen. Der Motor ging aus. Eine Tür schwang auf. Rasch schob Toms Mutter die Haustür zu, und wir standen im Halbdunkel. Immer wieder ballte ich die Hände zu Fäusten. Ich würde mich nicht fürchten. Diese Frau war freundlich. Tom war freundlich. Sie würden mir nie etwas tun. Und Gabriella auch nicht.

»Wo hast du sie gesehen?«, fragte ich ihn rasch. »War das in der Acer Street, wie Mrs Ellis gesagt hat? War sie mit jemandem zusammen?«

Tom schaute zu seiner Mutter. Sie wechselten einen Blick, und sie antwortete für ihn. »Er ist durcheinander«, sagte sie. »Er hat gedacht, er hätte einen Mann gesehen. Er hat gedacht, er hätte ein Mädchen gesehen.«

Ich nickte. Das wusste ich bereits. Was denn nun? Einen Mann oder ein Mädchen? »Wie hat der Mann ausgesehen?«

Tom schüttelte den Kopf.

»Und das Mädchen?«

Wieder schüttelte er den Kopf.

Am liebsten hätte ich Tom gepackt und die Worte aus ihm herausgeschüttelt. Toms Mutter musste meine Gefühle gespürt haben, denn ihre Miene verhärtete sich, während sie vortrat und sich mir in den Weg stellte. »Du darfst ihn nicht drängen, Kind«, sagte sie. »Er lässt sich zu leicht durcheinanderbringen. Aber ich weiß … ich *weiß*, dass er deiner Schwester niemals etwas getan hätte.«

Ich biss mir auf die Lippe. Ich musste mit Tom allein reden, aber seine Mutter scheuchte mich zur Tür, wollte, dass ich ging. Ich ließ mich weglotsen. Erst als ich schon auf der Schwelle stand, sagte sie wieder etwas. »Ich verstehe, wie es dir geht, Kind. Ich verstehe, dass du Bescheid wissen willst, aber mein Sohn hat nichts zu sagen. Er hat alles, woran er sich erinnert, der Polizei gesagt.«

Ich starrte sie an und spürte die Heftigkeit meiner Enttäuschung. Ich wollte nicht gehen, ohne irgendetwas Neues zu erfahren. Ich schloss die Augen und stellte mir Tom und Gabriella vor, wie sie einander auf der Straße begegneten. Ich versuchte, mir Gabriellas Gesicht vorzustellen. War sie, wie immer Tom gegenüber, freundlich gewesen? War sie in jenen Augenblicken fröhlich gewesen, hatte sie sich darauf gefreut, mich zu sehen? Ich musste diese Leerstellen füllen. Ich schluckte kräftig und zwang mich zu fragen: »Hat Tom gesagt, dass sie gelächelt hat?«

Schweigen, und zwischen den Falten ihrer runzeligen Haut glänzten ihre Augen. »Bitte sagen Sie es mir«, drängte ich. »Hat Tom gesagt, ob Gabriella fröhlich war?«

Sie schüttelte den Kopf. »Ich glaube nicht, Kind.«

»Was dann? Wie hat sie ausgesehen?«

Aber seine Mutter antwortete nicht. Sie schüttelte nur erneut den Kopf und murmelte, während sie die Tür schloss, dass es ihr leidtue.

Ein paar Tage später erfuhr ich, dass Tom und seine Mutter weggezogen waren, vertrieben von den Dorfbewohnern, die trotz dem, was seine Mutter mir erzählt hatte, nicht an seine Unschuld geglaubt hatten. »Keine Sorge«, hatte PC Atkins gesagt. »Wir wissen, wo er hingegangen ist. Verwandte in Colchester. Falls nötig, können wir ihn dort befragen.«

Aber ich hatte meine Chance gehabt. Ich würde Tom nie wiedersehen, und das hieß, ich würde nie erfahren, wie meine Schwester an jenem Tag ausgesehen hatte.

Drei Wochen nach Gabriellas Verschwinden ging ich wieder zur Schule. Meine Freunde umringten mich, drängten sich vor, konkurrierten darum, wer mir am nächsten kommen konnte, während Gabriellas Freunde Schatten waren, kaum sichtbar, in Zweier- und Dreiergrüppchen die Köpfe zusammensteckend. Und Martha. Sie bewegte sich am Rand des Geschehens. Das Gesicht tränenverschmiert, die Augen riesig und beobachtend. Ich kehrte ihr den Rücken zu. Für Mitleid hatte ich keine Zeit.

Mrs Green bat mich in ihr Büro. Ich hockte auf dem Ledersofa, das für Besucher reserviert war, während sie an ihrem Schreibtisch saß. Sie nahm die Brille ab, die sie an einem Kettchen trug, polierte sie mit einem Tuch und ließ sie dann auf dem Vorsprung ihres Busens liegen, ehe sie erneut danach griff und sie putzte. Sie räusperte sich fortwährend und fing ihre Sätze immer wieder neu an. »Es tut mir so leid, Anna … Es tut uns so leid, Anna … Es tut der ganzen Schule so leid … Wir sind alle am Boden zerstört …«

Ich wartete, während sie ein Taschentuch aus ihrem Ärmel zog und sich die Nase schnäuzte. Sie versuchte es noch einmal. »Gibt es irgendetwas …? Wie stehen deine Eltern zu …? Ein Gedenkgottesdienst wäre vielleicht …« Sie verstummte.

Ich starrte sie an. »Ein Gedenkgottesdienst?«

Sie rubbelte kräftig an ihrer Brille. »Ein Gottesdienst zur Erinnerung an …«

»Ich weiß, was ein Gedenkgottesdienst ist«, unterbrach ich sie mit erhobener Stimme. Einen Moment lang hatte ich das Gefühl, außerhalb von mir zu sein und auf mich herabzusehen, und ich wunderte mich. Wer war dieses Mädchen mit der kaputten Brille und den schmutzigen Socken, das in so unverschämtem Ton mit der Direktorin sprach, die sie früher kaum anzusehen gewagt hatte?

»Wir könnten ihn in der Schule abhalten«, sagte sie und beendete damit endlich einen Satz.

»Meine Schwester ist nicht tot«, gab ich zurück.

»Ich rede mit deinen Eltern.« Sie schob einen Stapel Papiere auf ihrem Schreibtisch zurecht und wandte den Blick ab. »Bis dahin hoffe ich … Bitte sag Bescheid, wenn …«

Ich verließ das Zimmer.

Es fand kein Gedenkgottesdienst statt. Ich wusste, dass keiner stattfinden würde. Meine Eltern dachten genauso wie ich.

Wie Mrs Green wollten sämtliche Lehrer, auch die, die mich nie unterrichtet hatten, mit mir reden. Jeder tat es auf andere Weise. Mr Riley, der Sportlehrer, mit seiner polternden Art. Miss Davidson, die Geographie gab, mit ihrer Freundlichkeit.

Lehrer sprachen mich an und lotsten mich aus Fluren in leere Klassenzimmer, um mir Ratschläge zu erteilen oder mich zu fragen, wie ich zurechtkäme. Manche sprachen mit leiser Stimme über Verlust und Unsicherheit, ohne Gabriella auch nur ein einziges Mal mit Namen zu erwähnen, und ihre Worte drehten sich im Kreis. Andere blieben stumm, kommunizierten nur über mitfühlendes Lächeln und übergingen mich, wenn sie Hausarbeiten einsammelten oder im Unterricht eine Frage stellten. Vielleicht glaubten sie, sie würden mich an das schreckliche Ereignis erinnern, wenn sie etwas sagten. Wenn sie schwiegen, würde ich es vielleicht vergessen. Und sie konnten das dann auch.

Bald allerdings erlahmte die Aufmerksamkeit, und die Hohlheit in mir nahm zu. Wie das Gegenteil von Krebs war es eine Lücke, ein Abgrund, der meine Organe zur Seite drängte, sodass meinem Herzen nach und nach immer weniger Platz blieb, bis ich mich fragte, ob es überhaupt noch da war. Ich sehnte mich nach einer Stimme, die diese Leere füllte, die mich anschrie, mir im Unterricht sagte, ich solle gerade sitzen, meine überfälligen Hausarbeiten verlangte oder mich am Arm berührte und sagte: *Mir fehlt Gabriella auch.* Nichts geschah. Es war, als gäbe es mich nicht und, schlimmer noch, als hätte es auch meine Schwester nie gegeben.

Im Dezember kam mein Polizist wieder. Auf merkwürdige Weise freute ich mich, ihn zu sehen. Mit seinen schwermütigen Augen, die sich so gekonnt zwischen den Falten seines

Gesichts verbargen, glich er einer tröstlichen Form von Traurigkeit.

Ich lauschte vor der Küchentür. Dad redete zu schnell, beglückwünschte die Polizei zu ihrer Beharrlichkeit, ihrer Hartnäckigkeit, ihrer Entschlossenheit, den Schuldigen zu finden. Dann kamen die Ausreden; die Gründe, warum Gabriella nicht gefunden worden war. Jetzt malte ich mir Dad schweigend aus, mit gesenktem Kopf und schlaffen Armen. Mum weinte, ein leises Dauergeräusch.

»Es muss doch irgendetwas geben, was Sie tun können«, sagte Dad.

»Wir tun unser Bestes. Wir haben nicht aufgegeben.«

»Aber Sie können doch nicht aufhören zu suchen. Bitte. Sagen Sie mir, was Sie noch tun können.«

Ich hielt mir die Ohren zu und rannte in mein Zimmer. Wo war Gabriella? Warum kam sie nicht nach Hause? Wilde Theorien gingen mir durch den Kopf. Sie war von selbst in Flammen aufgegangen. Sie war zu winzigen Teilchen verbrannt, von denen keine Spur zu finden war. Sie war weggelaufen, um in Russland Tänzerin zu werden. Sie versteckte sich in einem Kloster. Sie war als Wissenschaftlerin in der Antarktis. Jeden Gedanken, den ich hatte, verwarf ich wieder, so wie jeder Pfad, dem ich auf der Suche nach ihr gefolgt war, zu nichts geführt hatte.

Draußen lauerte der Wind ums Haus, hebelte an Fenstern und Türen. Ich holte ein Schulheft hervor, schrieb eine Überschrift – *Verdächtige* – und darunter den Namen Edward Lily. Aber ich wusste nicht, was ich sonst noch schreiben sollte. Dad hatte gesagt, er sei unschuldig, aber warum war er sich da so sicher? Was, wenn Edward Lily Gabriella in seinem Cottage versteckt hielt oder sie gerade jetzt zu überreden versuchte, von hier weg- und mit ihm nach Spanien zu gehen?

Oder war sie schon dort, lernte Flamenco und verliebte sich in dunkeläugige Zigeunerjungen? Oder war sie draußen in der Kälte und sehnte sich danach, dass ich sie fand? Wie Cathy in *Sturmhöhe.* Nur war Gabriella kein Geist. Ich weigerte mich, das zu glauben. Und wieso sollte Edward Lily Gabriella überhaupt haben wollen? Ich verdrängte das Naheliegende. Geschichten über entführte Mädchen. Dinge, die ich in der Zeitung gelesen hatte. Dinge, die die Leute sagten.

Meine Gedanken schweiften hin und her, während ich meine Theorien wälzte, bis ich das Schulheft schließlich weglegte.

Es war spätabends, als ich aus meinem Zimmer auftauchte. Mum hatte vergessen, mir Abendessen zu machen, aber das war mir egal. Seit meinem nächtlichen Gang zu Tom ohne Angst nahm ich den Parka vom Garderobenhaken und ging in den Garten.

Inzwischen war der Wind abgeflaut, und der Himmel war schwarz und klar. Der Zwetschgenbaum kauerte im Mondlicht wie ein müder alter Mann, die knorrigen Äste hingen, als hätte er den Kampf aufgegeben. Mir ging es genauso, während ich zitternd dastand. In der Ferne rief eine Eule; in der Nähe huschte im Zickzack eine kleine Gestalt vorbei. In den Lorbeersträuchern war Bewegung. Die Nachttiere versteckten sich, auf der Hut vor Eindringlingen. Gabriella hatte sich nie um Gefahren geschert, nie Angst gehabt. *Na und?*, hörte ich sie sagen. *Ich mache es, wenn ich Lust dazu habe. Ich fürchte mich vor gar nichts.*

»Bitte, lieber Gott«, flüsterte ich, während ich dem Knacken des Zwetschgenbaums, dem Blätterrascheln lauschte, winzigen Pfoten auf abgeknickten Zweigen. »Bitte, lieber Gott, wenn meiner Schwester irgendetwas passiert ist, dann sag bitte, dass sie keine Angst gehabt hat.« Und während ich an Gott dachte, fragte ich mich, ob Gabriella, falls sie tatsächlich nicht mehr lebte, emporgehoben worden und an einen anderen Ort, in den Himmel gekommen war, wie es in der Kirche immer hieß.

Doch als ich zu dem riesigen dunklen Himmel aufblickte, konnte ich mir nicht vorstellen, dass meine Schwester dorthin entschwunden war. Es war nicht möglich. Ich ging wieder ins Haus.

23

Ich beugte mich in Ritas Wohnzimmer im Sessel vor und wartete auf ihre Antwort.

»Es ist Gabriella«, sagte ich.

Eine Erklärung war nicht erforderlich. Ich sah Rita an, dass sie Bescheid wusste. Trotzdem studierte sie das Porträt, das ich ihr in die Hand gedrückt hatte, noch einen Augenblick länger, ehe sie es mir zurückgab und mich fragte, wo ich es gefunden hätte.

»Bei Edward Lilys Sachen.«

Auf Ritas Wangen glühten zwei rote Flecken. Und da begriff ich. Sie kannte die Wahrheit. Rita war die Vertraute meiner Mutter gewesen; die Wahrerin ihres Geheimnisses. Und sie hatte versucht, mich darauf aufmerksam zu machen – allerdings nicht genug. Auf dem Friedhof hatte sie angedeutet, dass meine Eltern etwas verheimlicht hätten und dass ich nachsichtig sein solle. Damals war mir nicht klar gewesen, was sie hatte sagen wollen, jetzt aber schon. Akzeptanz schlug in Zorn um.

»Warum hast du mir nicht gesagt, dass er Gabriellas Vater ist?«, sagte ich, und meine Stimme zischte beim Sprechen. Sie schüttelte den Kopf, und in ihren Augen standen Tränen. Ich biss die Zähne zusammen. »Wo haben sie sich kennengelernt?« Als ob es auf dieses Detail ankäme.

»In Edwards Laden.« Sie sprach leise, mit immer noch gerötetem Gesicht.

»In welchem Laden? In Spanien? Meine Mutter hat nie in

Spanien gelebt. Oder doch? Ist das auch etwas, was ich nie erfahren habe?«

Rita schüttelte den Kopf. »Edward hatte zwei Läden, einen in Sevilla und einen in London – Piccadilly. Deine Mutter hat dort im Büro gearbeitet. Sie haben sich ineinander verliebt.« Sie zeigte ein leises, bedauerndes Lächeln, als sie das sagte.

Ich starrte sie ungläubig an. Ritas Ton war so gelassen, als wäre das eine schlichte Tatsache. Als spielten andere Komplikationen keine Rolle. »Aber er war verheiratet.«

»Ich weiß.«

»Warum hat er sich dann ...?«

»Seine Frau Isabella ... Es war keine glückliche Ehe.«

Ich wandte den Blick ab. Das war keine Entschuldigung. »Warum hat er sie nicht verlassen, wenn er so verliebt war? Und was war, als Mum schwanger wurde?«

Rita machte ein gequältes Gesicht, während sie den Blick abwandte. Die Geste zeugte von Schuldbewusstsein. »Er hat es gar nicht gewusst, oder?«, sagte ich.

Sie schüttelte den Kopf. »Zunächst nicht.«

»Mum hat gelogen und ihm sein Kind weggenommen?«, fragte ich vorwurfsvoll.

»So war das nicht. Man hat überlegt ...« Rita hielt inne und holte Luft. »Man hat deiner Mutter geraten, es ihm nicht zu sagen.«

»Geraten?«, sagte ich und hob die Stimme. »Wer hat ihr das geraten?« Aber es lag auf der Hand. »Großmutter Grace. Sie war es, stimmt's?«

Rita nickte, und ich rief mir Großmutter Grace vor Augen, wie sie den Plan mit ihrer Entschlossenheit und ihrem Durchsetzungsvermögen ins Werk setzte. Ihre Tochter von einem unpassenden verheirateten Mann mit einer selbstmordgefährdeten Frau fernhielt und einen unkomplizierten, fleißigen

Alternativkandidaten fand. Ich malte mir die Szene aus. Wie mein gutaussehender, gutmütiger Vater am Morgen nach dem Unwetter kam. Wie Großmutter Grace ihm Tee anbot und dann, immer zwei Stufen auf einmal nehmend, die Treppe hinaufflitzte und ihre Tochter aus dem Bett holte, wo diese nicht lag, weil sie wegen einer Magenverstimmung nicht zur Arbeit gehen konnte, sondern weil sie an Morgenübelkeit litt.

Meine Großmutter hatte sich die Geschichte ausgedacht, wie die beiden in einem Wirbelwind aus Liebe und Romantik geheiratet hätten. Ich stellte sie mir vor, wie sie auf dem Stuhl saß und die Geschichte jedes Mal mit weiteren Details ausschmückte. Sie hatte sie so oft erzählt, dass sie sie irgendwann selbst geglaubt hatte, während alle anderen – ihr Mann, mein Vater, meine Mutter und Onkel Thomas – sich mitschuldig gemacht und geschwiegen hatten, obwohl sie gewusst hatten, dass es eine Lüge war. Und Rita. Hatte Donald auch Bescheid gewusst? Hatte man nur mich getäuscht? Gabriella und mich. Und dann nur noch mich.

Ich holte Luft und versuchte, meinen Groll zu zügeln. Selbst nach Gabriellas Verschwinden hatte mir niemand die Wahrheit gesagt.

»Hat sie meinen Vater geliebt?«, fragte ich nach einer Weile.

»Esther?« Rita machte ein überraschtes Gesicht. »Ja, natürlich. Keine Frage. Deine Mutter hat mit Edward einen Fehler begangen. Sie war jung, und er sah gut aus. Albert war das Beste, was ihr passieren konnte. Er wusste über das Baby Bescheid, aber er hat sie trotzdem geliebt. Sie wollten beide das Gleiche: ein geregeltes Leben, eine Familie.« Sie wandte den Blick ab, und mir kam der Gedanke, dass Rita das vielleicht auch gewollt hatte. Vielleicht war sie aber auch froh gewesen über das unkomplizierte Leben, das sie geführt hatte. Da sie selbst keine Geheimnisse gehabt hatte, war sie imstande gewesen, die Geheimnisse von jemand anders zu hüten. Und das, dachte ich jetzt voller Bitterkeit, hatte sie großartig gemacht – und mich komplett im Regen stehen lassen.

Ich zwang meinen Verstand wieder auf Kurs. »Also haben sie vereinbart, Edward Lily zu täuschen. Wann hat er die Wahrheit herausgefunden?«

Rita schloss die Augen. Einen Moment lang glaubte ich, sie würde sich weigern, es mir zu sagen. Aber sie rieb sich die Schläfen und begann von Neuem. »Edward hat Verbindung zu deiner Mutter aufgenommen. Er werde Isabella verlassen. Sie hat ihm gesagt, sie sei verheiratet, habe ein Kind und es gebe keine Zukunft für sie beide. Das mit dem Baby hat er vermutet, oder sie hat ihm die Wahrheit darüber gesagt. Jedenfalls hat er sich bereiterklärt, sie und Albert in Ruhe zu lassen. Vielleicht hatte er Schuldgefühle.«

»Wie alt war Gabriella damals?«

»Sie war noch ein Baby.«

Das Taufarmband – Silber mit eingelegten grünen Steinen. Es passte zu der Halskette und dem Ring. Hatte er es Mum als Abschiedsgeschenk geschickt? Und dennoch war er zurückgekommen. Warum hatte er das getan?

»Wenn er sich bereiterklärt hat wegzubleiben«, sagte ich langsam, »warum ist er dann so viele Jahre später zurückgekommen? Was hat ihn veranlasst, es sich anders zu überlegen?«

»Isabella ist gestorben. Lydia war krank. Vermutlich hat ihn das dazu getrieben, Anspruch auf Gabriella zu erheben.« Sie verstummte. Ich fragte mich, wie viel sie wusste und wie viel sie bloß vermutete. Aber Tatsache blieb nun einmal, dass Edward zurückgekommen war.

Ein Schauer durchlief mich, als ich an den zeitlichen Ablauf dachte. Drei Monate nachdem Edward Lily ins Dorf gekommen war, um Anspruch auf seine Tochter zu erheben, war sie verschwunden. Ein tragisches Zusammentreffen oder etwas anderes? Aber die Polizei hatte ihn befragt und sein Cottage durchsucht. Und mein Vater hatte kategorisch behauptet, Edward Lily sei unschuldig. Er musste sich sicher gewesen sein. Ich fragte mich, ob die Polizei gewusst hatte, dass er Gabriellas biologischer Vater war.

Rita nickte, als ich sie fragte. »Deine Eltern haben es ihnen gesagt.«

»Ist er deshalb entlastet worden?«

»Nein.« Sie zögerte. »Er hatte ein Alibi. Er war den größten Teil dieses Tages mit deiner Mutter zusammen.«

Ich sah sie entgeistert an. »Was soll das heißen?«

»Nein«, sagte sie ruhig. »Es ist nicht, was du denkst. So war das nicht. Ihre Affäre war vorbei. Deine Mutter hat versucht, ihn dazu zu bringen, dass er das Dorf wieder verließ. Sie wusste, es würde Gabriella schwerfallen, ihr zu verzeihen. Und sie glaubte, es wäre für euch alle einfacher weiterzumachen, wenn er nicht da wäre.«

Ich schüttelte ungläubig den Kopf. »Sie hat Edward Lily belogen. Sie hat Gabriella belogen.« Ich hielt inne. »Genau wie Dad. Glaubst du, sie hätten ihr irgendwann die Wahrheit gesagt?«

»Ich glaube schon. Nur hat Edward ihnen diese Möglichkeit genommen.«

Wann hatte er es Gabriella gesagt? Wie lange vor ihrem Verschwinden? Szenen jagten durch meinen Kopf – die Auseinandersetzungen mit meinen Eltern; Gabriellas Zorn, als sie an Dads Geburtstag aus dem Zimmer stürzte. Und dann andere Gedanken – wie sie den Koffer packte; meine Traurigkeit, als sie mir sagte, sie würde gehen. Und die Briefe. »Edward Lily hat meiner Mutter geschrieben, stimmt's? Du warst diejenige, die den Brief auf der Fußmatte gefunden hat.

Du hast gesagt, er käme von der Kirche. Ich wusste, dass das nicht stimmte. Er war von ihm, nicht wahr? Was stand darin? Hat er damit gedroht, Gabriella die Wahrheit zu sagen?« Ich sprach voller Zorn, aber das war mir gleich. Ich wollte Rita wehtun. Ihr Schuldgefühle bereiten.

»Nicht gedroht«, sagte sie und hob die Hände, wie um ihn zu verteidigen. »So war Edward nicht. Er hat es bereut, sie aufgegeben zu haben. Er hat Esther gebeten, sie sehen zu dürfen.«

»Und als sie sich weigerte? Hat er auch Gabriella geschrieben?«

»Ja. Die Polizei hat diesen Brief gefunden. Aber er war irrelevant, weil Edward ja entlastet worden war.«

Ich beugte mich vor und sprach bewusst so, dass meine Feindseligkeit durchschlug. »Du hast gesagt, Edward wäre *den größten Teil* des Tages mit Mum zusammen gewesen. Und was war danach? Er könnte Gabriella vorher überredet haben, von der Schule direkt zum Cottage zu gehen. Er könnte geplant haben, sich dort mit ihr zu treffen und mit ihr wegzugehen. Und dann, als sie sich weigerte ...« Ich schloss die Augen, konnte es nicht ertragen weiterzudenken.

Aber Rita schüttelte den Kopf. »Das glaube ich nicht. Genauso wenig wie deine Eltern oder die Polizei.« Sie sah mich direkt an. »Du etwa?«

Ich wusste es nicht. Der gesunde Menschenverstand sagte mir, dass die Polizei Edward Lily gründlich unter die Lupe genommen haben musste, ehe sie ihn als Verdächtigen ausschloss. Ich blickte mich im Zimmer um, wusste nicht recht, was ich als Nächstes sagen sollte.

Das Zimmer war erstaunlich modern. An einer Wand hingen abstrakte Gemälde. Blöcke in leuchtenden Farben. Trotz ihrer Verlässlichkeit passte Rita in keine Schublade. War widersprüchlich. Vielleicht war das der Grund, warum meine

Mutter sie gemocht hatte. Rita sprach die Seite von ihr an, die bei ihrer Heirat verlorengegangen war. Als sie Edward Lily aufgegeben hatte. Die eigentliche Romanze ihres Lebens.

Jetzt nahm Rita mit einem Seufzer die Brille ab und legte sie sich in den Schoß. Ohne sie sah sie viel älter aus, und ich verspürte Schuldgefühle, weil ich so mit ihr geredet hatte. Sie konnte nichts dafür. Sie war mit meiner Mutter befreundet und ihr Leben lang loyal gewesen. Trotzdem, sie hatte mich getäuscht, und ich wusste nicht, ob ich ihr das jemals verzeihen würde.

»Warum hast du mir nicht die Wahrheit gesagt, als die Haushaltsauflösung losging?«, sagte ich schließlich. »Es gab niemand, der dich davon hätte abhalten können, keinen Grund, die Dinge nicht klarzustellen.«

»Ich denke, ich hatte Angst«, sagte sie. »Ich wollte nicht, dass du schlecht von Esther denkst.«

Ich dachte darüber nach. Hier zeigten sich neue Charakterzüge, die ich bisher nicht mit Rita in Verbindung gebracht hatte. Verletzlichkeit. Unschlüssigkeit. Vielleicht konnte ich das verstehen. So viel Druck durch all diese Geheimnisse. Aber ich war mir immer noch nicht sicher, wieso Mum den Auftrag zur Haushaltsauflösung überhaupt angenommen hatte. Warum hätte sie für einen Mann, der ihr früher so viel Ärger bereitet hatte, die Umstände auf sich nehmen sollen? Ich nahm meinen ursprünglichen Gedanken wieder auf. Auf diese Weise hatte sie sich Zugang zu Edward Lilys Leben verschafft, um dahinterzukommen, ob er irgendetwas mit dem zu tun gehabt hatte, was Gabriella zugestoßen war. Zum Zeitpunkt seines Todes war er seit fast einem Jahr wieder im Dorf gewesen. Vielleicht hatte sie Grund gehabt, Verdacht zu schöpfen. Es musste für sie beide eine seltsame Zeit gewesen sein.

Ich teilte Rita diese Überlegung mit. Sie senkte den Blick, als wäge sie ab, ob sie es mir sagen sollte oder nicht. »Sie haben einander verziehen«, sagte sie schließlich.

Mit dieser Äußerung hatte ich nicht gerechnet. »Aber er hat ihr Leben ruiniert.«

»Nein, das hat er nicht, Anna. Nicht direkt.«

Ihr zurechtweisender Ton, ihr Widerspruch, ließen mich gereizt reagieren. »Nein, aber er hat es ziemlich übel durcheinandergebracht. Wie konnte sie das vergessen?«

Rita sah mich an, als wäre ich wieder zwölf Jahre alt und sie die Freundin meiner Mutter, die wegen irgendetwas, was ich getan hatte, die Augenbrauen hochzog. »Das tun die Leute, wenn sie alt werden«, sagte sie. »Sie sehen keinen Sinn darin, einander anzufeinden, jedenfalls nicht, wenn damit nichts zu gewinnen ist.«

Ich wollte schon aufgebracht etwas erwidern, als ich noch einmal darüber nachdachte. Ich versuchte, die Sache vom Standpunkt meiner Mutter aus zu sehen. Vielleicht ließ sich alles, was geschehen war, nur mit Versöhnlichkeit verarbeiten. Die Fähigkeit dazu hatte sie besessen. »Ist sie zu seiner Beerdigung gegangen?«, fragte ich schließlich.

Rita nickte. Und ich spürte, wie mein Groll in sich zusammenfiel. Meine Mutter hatte das alles durchgemacht, während ich in Athen gewesen war, in meinem eigenen selbstsüchtigen Leben gefangen. Wenn sie mir nur etwas gesagt hätte. Ich hätte ihr helfen können. Wenn nur Rita früher den Mund aufgemacht hätte.

»Sie muss geahnt haben, dass ich irgendwann dahinterkommen würde«, meinte ich vorwurfsvoll. »Und du. Warum hast du mir nichts gesagt, als es mit der Haushaltsauflösung losging?«, fragte ich erneut.

Rita wandte den Blick ab. Sie hatte keine richtige Erklärung. Und ich fragte mich, ob ich je hinter die Wahrheit gekommen wäre. Wenn ich das Porträt nicht gefunden hätte, wer hätte mir dann etwas gesagt? Alle waren tot, bis auf Rita. Vielleicht hätte Rita für immer Stillschweigen bewahrt, und ich wäre nach Athen zurückgefahren, ohne etwas von Gabriella und Edward Lily zu wissen.

Eigentlich hätte ich wütend auf meine Eltern sein müssen, aber mein Zorn ebbte schon wieder ab. Verschwiegenheit war für ihre Generation ganz normal gewesen. So waren sie mit den Dingen umgegangen. Eltern erzählten ihren Kindern nichts von Unehelichkeit, Geisteskrankheit, Scheidung. Das waren ihre Angelegenheiten, nicht unsere, und wie kam ich dazu, etwas anderes zu behaupten.

»Es tut mir leid, Anna«, sagte Rita. »Wirklich. Ich wusste nicht, was ich tun sollte. Das waren uralte Geheimnisse. Man gewöhnt sich daran.«

Ich seufzte und schaute auf das Porträt. Jetzt sah ich es nicht mehr als etwas Furchtbares. Es war nur Edward Lily, der seine Tochter so sehr liebte, dass er sie gezeichnet hatte.

Und dennoch ließ es mir keine Ruhe. Warum gab es in seinem Haus keine anderen Kunstwerke oder Mal- und Zeichenmaterialien? Das erschien mir merkwürdig. Und wenn Edward das Porträt nicht gezeichnet hatte, wer war es dann gewesen? Rita hatte auch keine Hinweise gegeben. Ich schaute durchs Zimmer auf ihre Gemälde. Rita: gut organisiert, tüchtig, beherrscht. Dennoch widersprüchlich und auch unkonventionell. In einer Metzgersfamilie aufgewachsen, dennoch schön und elegant gekleidet. Kirchgängerin. Krimileserin. Alleinstehend. Keine Kinder. Künstlerin. Was gab es über Rita sonst noch zu wissen?

»Sie sind gut«, sagte ich und deutete mit dem Kinn auf die Gemälde. Sie lächelte schwach. »Was machst du sonst noch?«

Rita runzelte die Stirn. »Wie meinst du?«

»Porträts, Landschaften oder bloß abstrakte Bilder?«

»Ach so.« Sie lachte nervös. »Du glaubst, sie sind von mir. Wie kommst du denn darauf?«

»Du hast gesagt, du nimmst Kunstunterricht.«

Sie errötete. »Ach so. Ich habe das nicht richtig erklärt. Ich gehe zu Malkursen.«

»Du malst?«

»Nein. Ich stehe Modell.« Ich brauchte ein, zwei Sekunden, bis mir klar wurde, was sie meinte. Sie lächelte traurig. »Stell dir Beryl Cook vor. Das trifft es so ziemlich.«

Ich blinzelte. Einen verrückten Moment lang hatte ich geglaubt, sie hätte das Porträt von Gabriella gezeichnet. Wie albern von mir. Wie dumm.

Plötzlich herrschte Schweigen zwischen uns. Keine von uns schien zu wissen, was sie sagen sollte. Wie konnten wir von diesem Punkt aus weitermachen? Und, noch wichtiger, was würde ich tun, nun, da sich diese Fäden entwirrt hatten? Gabriella war meine Halbschwester. Eine Wahrheit war ans Licht gekommen, aber es war eine unschöne, unwillkommene Realität. Am liebsten hätte ich sie wieder zugedeckt. Die offenen Stellen mit farbenfrohen Lügen zugekleistert. Damit sie mich nicht von der einzigen Sache ablenkten, die ich wissen wollte. Was war mit Gabriella geschehen?

Der Himmel verdunkelte sich, veränderte sich rasch. Der Wind zupfte an meinen Kleidern und wühlte sich durch die Lücken, während ich die Devil's Lane entlangtrottete. Die vertrauten Informationen, die ich zu kennen geglaubt hatte, waren allesamt zerstoben. Aber was, überlegte ich, während ich mich über den Zauntritt hievte und über den Dorfanger ging, hatte sich eigentlich geändert? Rita war, wie schon immer, die loyale Freundin meiner Mutter. Edward Lily war unschuldig, wie mein Vater gesagt hatte. Gabriella war meine Schwester.

Die Stufen zum Teich hinunter waren rutschig. Ich hielt mich am Geländer fest und zitterte in dem Tunnel aus Bäumen. Vorsichtig ging ich den Pfad entlang, der stellenweise überflutet, von feuchtem Laub bedeckt und matschig war. Vor mir erstreckte sich der Teich. An den Rändern war er mit einem grünen schmierigen Schlick überzogen, und kleine Ansammlungen von gelbem Laub und abgebrochenen Ästen trieben auf seiner Oberfläche.

In einem allerletzten, verzweifelten Versuch, Gabriella zu finden, hatte die Polizei den Teich gründlich abgesucht. Das war nach der Rekonstruktion und den Dutzenden von unbrauchbaren Hinweisen geschehen, die an jenem Tag eingegangen waren. Gabriella war in Oxford, Southampton und Hull gesehen worden. Allein, mit einem Mann in den Zwanzigern, mit einem älteren Paar, mit einem Hund. Der fernste Ort, an dem sie angeblich gesehen worden war, lag in Schweden. Der nächstgelegene war ein Schuppen am Rand des Dorfes, wo ein Hellseher ihre Leiche gesehen haben wollte.

Briefe von Wohlmeinenden waren gekommen: von Eltern, deren Kinder gestorben waren, Gläubigen, die uns rieten, auf Gott zu vertrauen. Und jungen Leuten, die von zu Hause weggelaufen waren und von Missbrauch und Verwahrlosung gesprochen oder einfach nur festgestellt hatten, sie hätten nicht hineingepasst. Alle Ausreißer hatten das Gleiche gesagt. Sie hatten nicht die Absicht, je wieder nach Hause zurückzukehren.

Meine Eltern hatten diese Briefe aufgehoben. Ich hatte sie aufeinandergestapelt und mit einem Band verschnürt in der Anrichte gefunden. Ich hatte sie alle eines Nachts, als meine Mutter schlief, gelesen, kurz bevor ich nach London gegangen war.

Ein einsamer Schwan trieb über den Teich. Ich stellte mir vor, dass seine Füße unter Wasser wie verrückt paddelten. Wie mühevoll es war, so dahinzugleiten, wie mühevoll, immer weiterzumachen. Ich hatte schon vor Jahren aufgegeben, damals, als ich aufgehört hatte, nach Gabriella zu suchen. Und jetzt wusste ich, ich hatte erneut versagt. Denn das einzige Rätsel, das ich bisher gelöst hatte, war eines, von dessen Existenz ich gar nichts geahnt hatte.

Sobald ich nach Hause kam, schob ich meine Gefühle beiseite und breitete alles auf dem Tisch aus: das Porträt von Gabriella, das Sammelalbum, mein Schulheft, die Fotos von Lydia, die ich in Edward Lilys Schreibtisch gefunden hatte.

Ein Windstoß fuhr durchs offene Fenster und ließ die Seiten des Sammelalbums rascheln. Wenn ich an Gespenster glaubte, wäre das eine Botschaft. Wenn ich an eine Gottheit glaubte, wäre es ein Zeichen. Aber ich glaubte an nichts dergleichen, jedenfalls nicht mehr. Ich hatte nur meine Intuition. Die Antwort war hier zu finden. Hatte meine Mutter das auch gedacht? Und wenn sie nicht aufgegeben hatte, warum sollte ich das dann tun?

In dem Sammelalbum befanden sich Artikel aus verschiedenen Zeitungen, die ein ums andere Mal dasselbe Foto von Gabriella zeigten. Ich las von Toms sich immerzu ändernder Geschichte und davon, wie er aus dem Dorf gejagt worden war, obwohl sich seine Unschuld erwiesen hatte. Ich las vom Standpunkt der Zeugen aus, der Wohlmeinenden, der schockierten Dorfbewohner. Nichts war konkret. Nichts war bewiesen. Was hatte Mum zu finden gehofft?

Mit einem plötzlichen Gefühl der Einsamkeit klappte ich das Sammelalbum zu und sah auf die Uhr. Fünf. Ob David schon von seiner Fahrt zurück war? Vielleicht war er ja in den

Pub gegangen, wie er es häufig tat? Und ich konnte den Drink einfordern, den er angeboten hatte. Während ich mir Laptop, Sammelalbum und meine Tasche schnappte, fasste ich einen Entschluss. Falls er auftauchte, würde ich so tun, als arbeitete ich, damit es nicht so aussah, als wartete ich auf ihn. Die Idee war so kindisch, dass mir die Wangen brannten, aber ich eilte trotzdem zur Tür hinaus.

Der Pub war leer bis auf ein paar Männer am Tresen, die, so wie sie sich aufstützten, den Eindruck machten, als wären sie schon den ganzen Tag da. Ich vermied jeglichen Blickkontakt, bestellte ein Glas Wein und ging damit zu dem Tisch am Kamin.

Ich nahm mir das Sammelalbum wieder vor und las an der Stelle weiter, wo ich aufgehört hatte. Es gab noch mehr Interviews mit schockierten Dorfbewohnern. Ein Foto von einer Gruppe von Müttern, die vor der Schule auf ihre Töchter warteten; ein weiteres von Menschen, die in die Kirche strömten. Ich sah sie mir genau an, identifizierte diejenigen, die ich kannte.

Die letzten Seiten des Sammelalbums ließen mir das Herz stocken. Hier hatte meine Mutter verschiedene Artikel über Mädchen angefügt, die etwa zur gleichen Zeit wie Gabriella oder später verschwunden waren. Ich griff aufs Geratewohl eines der Mädchen heraus. Sie hieß Claire, war dreizehn Jahre alt und 1984 in Dartmouth verschwunden. Ich gab die Details bei Google ein und fand dasselbe Foto, das meine Mutter ausgeschnitten und in das Sammelalbum geklebt hatte.

Das Mädchen war dunkelhaarig, mollig und lebte meilenweit entfernt. Sie und Gabriella hatten nichts gemeinsam, außer dass sie vermisste Teenager waren. Auf der Suche nach mehr Informationen scrollte ich weiter. Man hatte Claire gefunden – tot in einem Graben. Vergewaltigt und in den Kopf geschossen. Die Polizei hatte Farmer mit ihren Schrotflinten unter die Lupe genommen und irgendwann jemanden verhaftet. Den Lehrer des Mädchens. Wie er an die Schusswaffe gekommen war, wurde nicht erklärt.

Ich tippte weitere Namen aus dem Sammelalbum ein und überflog die Berichte. Jeder Fall lag anders, und alle waren gelöst worden, bis auf den eines blonden Mädchens mit Ponyfrisur aus York. Sie hieß Victoria Sands und war 1982 vergewaltigt und erwürgt worden. Man hatte ihre Leiche in einem Fluss gefunden. Das Bild des Mädchens kam mir bekannt vor, und ich erinnerte mich, ihre Geschichte in den Nachrichten gehört zu haben.

Erneut studierte ich die Details. Sie kam aus einer ganz gewöhnlichen Familie – ihr Vater Buchhalter bei einer Firma für Bürobedarf, ihre Mutter Pflegerin in einem Altenheim. Lebten sie noch? Rasch googelte ich ihre Namen und fand neuere Artikel. Die Mutter war vor ein paar Jahren gestorben, aber der Vater lebte noch im selben Haus in York. Er weigere sich auszuziehen, hatte er den Reportern gesagt. Seine Erinnerungen seien dort. Es hatte auch einen Bruder gegeben, über den sich jedoch keine Informationen fanden. Nur ein in den Achtzigern aufgenommenes Foto von einem traurigen Kind von zehn oder elf, das in einem Minianzug mit Krawatte in die Kamera starrte.

Ich sah mir das Bild genauer an und erkannte den Blick in seinen Augen. Es war der benommene Ausdruck eines Geschwisters, das nicht verstand, warum seine Schwester verschwunden war. Wie war er an diesem Tag klargekommen? Hatte er gelauscht, als seine Eltern mit der Polizei redeten – ohne etwas zu begreifen, nur von dem Wunsch bestimmt, dass seine Schwester nach Hause kam? Hatte er seine Mutter die ganze Nacht weinen hören und Angst gehabt? Hatte er einsam an seinem Fenster gewacht und sich Geschichten darüber ausgedacht, wohin seine Schwester gegangen war?

Und als man die Leiche gefunden hatte, war es da eine Erleichterung für die Familie gewesen – eine Möglichkeit, Frieden zu finden – oder eine entsetzliche Qual, weil sie gewusst hatten, dass der Rest ihres Lebens von der Erinnerung daran verseucht sein würde, was dieser Mann getan hatte?

Ein einziger Tag hatte dafür gesorgt, dass ihr Leben nie wieder so sein würde, wie es einmal gewesen war. So wie meines. Oder das dieses Jungen. Er verstand mich mehr als irgendjemand sonst, den ich kannte.

Ich konzentrierte mich wieder auf die Geschichten. Ähnlich gelagerte Fälle. War es das, wonach Mum gesucht hatte? Doch es hatte keine richtigen Ähnlichkeiten gegeben, da diese Verbrechen größtenteils aufgeklärt worden waren. Und man hatte sämtliche Leichen gefunden. Vielleicht hatte Mum lediglich der Umstand aufmerksam gemacht, dass diese Mädchen verschwunden waren. Sie hatten Eltern, die Mums Schmerz verstanden. Wie der Junge, der meinen verstand.

Und trotzdem. Ähnlich gelagerte Fälle. Wie gründlich hatte die Polizei ermittelt? Ich gab bei Google *Unaufgeklärte Morde* ein und durchforstete sie. Es gab einen im Jahr 1983. Marian. Vierzehn Jahre alt. Sie stammte aus Glasgow und war vergewaltigt und erwürgt worden. Es gab einen Verweis auf eine gewisse Ähnlichkeit mit dem Mordfall in York, aber die Ermittlungen waren eingestellt worden. Das Mädchen war aus einem Kinderheim gekommen, und der Artikel hob stark darauf ab, wie sie gekleidet gewesen war – die Länge ihres Rocks und ihr Makeup. Die Polizei hatte gesagt, sie sei wahrscheinlich weggelaufen, und man hatte ihren Mantel an der Bushaltestelle gefunden. Ich rieb mir so heftig die Schläfen, dass ich mir dabei eine kleine Schramme zufügte.

Ich scrollte weiter und suchte nach ähnlichen Geschichten. Den ganzen Rest der Achtziger hindurch gab es nichts, jedenfalls nichts Ähnliches. Ich fing gerade mit den Neunzigern an, als David erschien. Errötend klappte ich meinen Laptop zu und legte ihn hastig auf das Sammelalbum.

David trug dunkle Hosen anstelle seiner gewohnten blauen Jeans und ein hellblaues Hemd, das gebügelt worden war, sodass die Ärmel scharfe Falten zeigten. Er hatte ein schickes Jackett über dem Arm, und sein Haar war auf eine Art flachgekämmt, die ihm nicht stand. Am liebsten hätte ich die Hand ausgestreckt und es zerzaust.

»Ich war auf der Suche nach Ihnen«, sagte er, fuhr sich mit den Fingern durch die Haare und machte den Look so selbst zunichte. »Alles in Ordnung?«

Ich brauchte einen Moment, um mir klarzumachen, wovon er redete. »Ach so, ja. Tut mir leid wegen des Anrufs. Es war nicht so wichtig.«

Er hob die Augenbrauen, sagte aber nichts dazu, sondern ging stattdessen zum Tresen und kam mit einem Glas Wein und einem Pint Bier wieder. Er setzte sich, faltete das Jackett ordentlich und legte es auf den Platz neben ihm. »Arbeiten Sie?«, fragte er.

»Was?«

Er beugte sich vor und klopfte auf den Deckel des Laptops. »Schreiben.«

Während ich flüchtig einen Hauch seines Lemon-Aftershaves wahrnahm, nickte ich, und ehe er wieder etwas sagen konnte, fragte ich ihn nach seiner Fahrt. Er erzählte, was er getan hatte – er hatte einer alten Dame in Leeds mit einem Haus voller Katzen und antiker Möbel geholfen, ihren Hausstand auf eine Wohnung in Ripon zu verkleinern.

Es entstand eine Gesprächspause, während David von seinem Bier trank und ich ins Feuer starrte und meine Gedanken zu dem Sammelalbum auf dem Tisch zwischen uns zurückkehrten. Die Erwähnung von Ripon hatte mich an das Mädchen mit der Ponyfrisur aus York denken lassen.

»Also läuft alles gut?«, fragte David und brach damit das Schweigen. »Mit der Haushaltsauflösung, meine ich.«

»Absolut.«

Er stellte sein Glas ab und hob erneut die Augenbrauen. Er war nicht dumm. Ich hatte ihn aus heiterem Himmel angerufen und bestritt dann, dass irgendetwas nicht stimmte. Ich lenkte ihn ab, beschrieb Stücke aus der Haushaltsauflösung, die er bereits gesehen hatte, und bat ihn um Rat bei der Frage, an welche Händler ich mich wenden sollte. Irgendwann wurde mir bewusst, dass meine Stimme eine höhere Tonlage angenommen hatte. Ich redete zu viel und zu rasch. Ich wiederholte mich. Ich trank Wein. Sollte David ruhig glauben, es läge am Alkohol.

»Noch einen?«, fragte er und deutete auf mein zweites leeres Glas. »Was zu essen?« Er schaute zum Tresen.

»Ich hab schon gegessen«, log ich. Ich musste gehen. Davids Augen waren voller Mitgefühl und Wissen. Ich stand zu rasch auf und kam ins Straucheln, als ich gleichzeitig nach meiner Tasche und meinem Laptop griff.

»Vergessen Sie das da nicht.« Er hielt mir das Sammelalbum hin, und meine Beine wurden weich. Zwei große Gläser Wein auf leeren Magen waren der Grund, den ich mir selbst einredete. Sobald ich zu Hause war, würde es mir wieder gut gehen. Ich musste es nur aus dem Pub schaffen.

»Warten Sie«, sagte David und nahm mich am Arm, damit ich das Gleichgewicht nicht verlor. »Sie sehen schrecklich aus.« Er sprach mit sanfter Stimme, und ich gab nach und ließ mich auf meinen Platz zurücksinken. Und dann redete er wieder, erzählte mir von der Zeit, als seine Eltern gestorben waren, einer nach dem anderen, binnen nur eines Jahres, und wie schwer es für ihn und seinen Bruder gewesen sei. Meine Augen füllten sich mit Tränen. »Hey«, sagte er, beugte sich zu mir hin und legte eine Hand auf meine. »Ich wollte Sie nicht aufregen. Ich finde nur, Sie sind tapfer, wie Sie das alles allein bewältigen.« Er senkte die Stimme. »Sie haben einen großen Verlust erlitten. Vielleicht kann ich helfen.«

Ich schüttelte den Kopf. Er hatte keine Vorstellung von der Größe meines Verlusts. »Sie können nichts tun.«

»Wetten, dass?«

Ich atmete langsam aus. War das der richtige Zeitpunkt, um etwas zu sagen? War das der richtige Mensch, dem ich es sagen konnte? Bei dem Gedanken drehte sich mir der Magen um. All die Jahre des Schweigens. Wie es wohl wäre, es zu brechen?

»Anna«, sagte David sanft.

Mein Herz schlug schneller. »Es geht um meine Schwester«, sagte ich.

Er runzelte die Stirn. »Ihre Schwester? Gott. Das tut mir leid. Weil Sie allein hier sind, bin ich davon ausgegangen, dass Sie keine haben.«

Eine stumme Träne lief mir übers Gesicht. »Das habe ich auch nicht«, flüsterte ich. »Nicht mehr.«

Davids Gesichtsausdruck änderte sich, während er mich ansah. Langsames Begreifen, wie das Heraufdämmern des Morgens. »Erzählen Sie mir davon, Anna«, sagte er.

Und das tat ich. Ich erzählte ihm Dinge, die ich noch nie im Leben jemandem erzählt hatte. Ich erzählte ihm, wie schön Gabriella gewesen war und wie viel Spaß wir gehabt hatten. Ich erzählte ihm von unseren Großeltern, von Onkel Thomas und Donald. Ich erzählte ihm, wie meine Schwester eines

Tages einfach fort gewesen war; von einem Augenblick auf den anderen verschwunden. Und wie viel Mühe ich mir gegeben hatte, sie zu finden, auch als alle anderen es schon aufgegeben hatten. Und ich erklärte, dass ich meine Gefühle eingefroren hätte, dass nun jedoch alles wieder von vorn begonnen habe. Die Haushaltsauflösung, das Porträt, Gabriellas Vater. Das alte Verlangen, *Bescheid zu wissen.*

Als ich mit Reden fertig war, kullerte mir eine Träne nach der anderen übers Gesicht. David schüttelte den Kopf, wusste nicht, was er sagen sollte. Er holte ein Papiertaschentuch hervor und bot es mir an, seine Augen voller Mitgefühl. Die Männer am Tresen schauten neugierig herüber. Ich hätte nichts zu David sagen sollte. Was dachte er nun von mir?

»Ganz gleich, was geschehen ist, Sie wissen schon, dass Sie es nicht hätten verhindern können«, sagte er schließlich.

Ich wischte mir die Augen und zuckte die Achseln. »Manchmal denke ich, wenn ich etwas gehört oder gesehen hätte, hätte ich es vielleicht aufhalten und sie retten können. Oder es hätte den Ablauf der Ereignisse verändert, wenn ich bestimmte Dinge anders gemacht hätte.«

»Wie meinen Sie das? Wie hätten Sie denn irgendetwas ändern können?«

»Wenn ich fünf Minuten später aufgestanden wäre; wenn wir zur Schule gegangen anstatt gerannt wären; wenn sie ihre Haare anders getragen hätte; wenn ich meine Brille nicht fallen gelassen hätte.«

Er nickte. »Sie meinen den Schmetterlingseffekt.«

»Ja«, sagte ich und starrte ihn voller Hoffnung an. »Ja, so was meine ich wohl.«

Er lehnte sich auf seinem Stuhl zurück. »So dürfen Sie nicht denken. Damit machen Sie sich nur verrückt.«

»Das habe ich schon.«

»Ich weiß, aber ... kleine Unterschiede – jedenfalls solche, wie Sie sie schildern – können wirklich ernste Ereignisse nicht verändern. Das glaube ich nicht.«

»Ich weiß. Sie haben recht. Es ist bloß ...« Ich presste mir die Finger gegen die Schläfen.

»Es ist das Nichtwissen, nicht wahr? Das verstehe ich, und zwar aus eigener Erfahrung. Als meine Frau krank wurde. Ich wusste, dass irgendetwas nicht stimmte, aber sie wollte mir nichts sagen, und zwar monatelang nicht. Wenn sie es getan hätte, wäre sie vielleicht gerettet worden. Und wissen Sie« – er schaute an mir vorbei –, »die Trauer geht nie ganz weg. Man kann sie verschleiern oder ihr den Rücken zukehren, aber wenn man genau hinsieht, wenn man sich umdreht, ist sie immer noch da.« Er hielt inne. Am Tresen lachte jemand, und David zeigte ein gequältes Lächeln. »Die Trauer ist ein unwillkommener Gast. Das Einzige, was man tun kann, ist, sie neben einem leben zu lassen.«

Wir hörten auf zu reden, senkten beide den Blick auf den Tisch, in unsere jeweiligen Gedanken verloren.

»Was ist mit dem Porträt?«, sagte David nach einer Weile. »Würden Sie es mir zeigen?«

Ich kramte in meiner Tasche, zog das Bild hervor und legte es vor ihn hin. Stumm betrachtete er es eine Weile. »Sie war sehr schön«, sagte er schließlich.

Ich lächelte. Einen Moment lang saßen wir, das Porträt zwischen uns, in so etwas wie andächtigem Schweigen da. Und dabei erlebte ich neben aller Traurigkeit auch so etwas wie Wärme, als ich mir eingestand, dass ich meinen Verlust zum ersten Mal wirklich mit jemandem teilte.

24

1982

Am Schultor hatte sich eine Menschenmenge eingefunden, und man machte einander auf die Kameras und die Scheinwerfer aufmerksam, als wäre die Crew gekommen, um eine Show zu filmen. Ich setzte meine Kapuze auf. Sie roch nach Gabriellas Parfüm und ihrem Haar.

Die Polizei veranstaltete eine Rekonstruktion: Gabriellas letzter Weg. Meine Eltern sagten, es sei zu spät – seit ihrem Verschwinden seien mehr als zwei Monate vergangen. Die Polizei habe sich ablenken lassen und gegen die falschen Verdächtigen ermittelt, und nun laufe ihr die Zeit davon. Als ich von zu Hause weggegangen war, hatte Mum mit wütender Konzentration an einem Schal gestrickt, während Dad im Garten gearbeitet und nichtexistierendes Unkraut gejätet hatte.

Die Straße war gesperrt. Keine Autos. Und die Menschenmenge verstummte. Nun war nur noch das gespenstische Gezuckel eines Straßenkehrerkarrens zu hören, während ein Tom-Doppelgänger vorbeiging. Die Leute folgten der Kameracrew, die ihrerseits hinter, neben und vor einem Mädchen herlief. Sie sah aus wie meine Schwester. Sie trug eine Schuluniform und hatte Bänder im Haar, aber sie war größer als Gabriella und weniger anmutig, und sie bewegte sich anders.

Am liebsten hätte ich die Hochstaplerin eingeholt, ihr auf die Schulter geklopft und gesagt, nein, so sei sie nicht gegangen, sondern so, und ihr Schritt sei schneller gewesen. Am liebsten hätte ich es demonstriert, obwohl ich wusste, dass ich

Gabriella niemals nachahmen konnte. Sie bewegte sich wie eine Gazelle, aufrecht, die langen Beine gestreckt. Aber das Mädchen war mir zu weit voraus, und dazwischen waren zu viele Leute, die schubsten, drängelten und den Hals reckten, um besser sehen zu können, also ließ ich es sein.

Ich schob die Hände in die Taschen und spürte das Stechen einer Träne. Und als die Nachzügler fort waren, sah ich auf der anderen Straßenseite Martha. Sie erspähte mich ebenfalls und kam nach kurzem Zögern fast im Laufschritt auf mich zu, die Hände ausgestreckt, als tastete sie sich durch die Dunkelheit. Und als sie mit tränenüberströmtem Gesicht bei mir anlangte, machte sie den Mund auf, um etwas zu sagen, aber es kam nichts heraus, nur ein würgender Laut wie von einem kranken Tier.

Ich verspürte eine Mischung aus Abneigung, Widerwillen und Mitleid, während wir einander ansahen und keine von uns wusste, was sie sagen sollte.

»Kekse«, flüsterte sie endlich.

»Was?«

»Ich habe Kekse gekauft.«

Wovon redete sie da? Dachte sie, ich wollte Kekse? Dachte sie, von Keksen würde es mir bessergehen, so wie Rita dachte, Tee würde Mum aufmuntern, und Großmutter Grace dachte, Geschichten würden uns alles vergessen machen, und die Nachbarn dachten, wir bekämen das Essen hinunter, das sie uns brachten?

Glaubte Martha, dass nun, da Gabriella weg war, stattdessen ich ihre Freundin sein würde? Sie hatte Gabriella hereingelegt. Sie hatte ihr freundliches Wesen ausgenutzt. Aber mein Wesen war nicht freundlich. Es war schrecklich, und nun brannte eine neue Empfindung – weißglühend und wild – in meinem Inneren.

Martha flennte, ihre Stimme klang erstickt. Sie trug ein Tuch im Haar, und diesmal hätte ich es ihr am liebsten heruntergerissen, weil es Gabriellas war und ich nichts mehr von meiner Schwester verlieren wollte. Ich zwang meine Hände, unten zu bleiben, und schleuderte stattdessen Martha entgegen: »Ich hasse dich, Martha Ellis. Jeder hasst dich. Quatsch mich ja nie wieder an.« Ich machte kehrt und ging weg.

Abends, als ich die Nachrichten sah, erschien ein Foto von Gabriella auf dem Bildschirm. Es war dasselbe Bild, das sie immer benutzten. Und dann zeigten sie Bilder von einer ganzen Reihe an Mädchen, die in den vergangenen zehn Jahren verschwunden waren. Eine Vierzehnjährige aus Cornwall. Eine Sechzehnjährige aus Dundee. Das Mädchen aus York. Eines aus Glasgow, das aus einem Kinderheim verschwunden war. Doch diese Mädchen hatte man alle gefunden. Ermordet. Die Medien versuchten, eine Verbindung herzustellen. Wollten sie etwa andeuten, dass das auch Gabriella passiert und es nur eine Frage der Zeit war, bis man ihre Leiche fand?

Ich bohrte mir die Fingernägel in die Handflächen, um meine Phantasien zum Verschwinden zu bringen. »So ein Scheiß«, sagte Dad, der in der Tür erschien. »Was für ein verdammter Scheiß.« Er schaltete den Fernseher aus und stürmte aus dem Zimmer.

In dieser Nacht kamen die Träume: sich herabstürzende Dämonen, die Gabriella mit ihren Krallen packten und sie in die Hölle hinabtrugen. Ich erwachte schreiend. Niemand hörte mich. Niemand kam. Ich schlief bei eingeschaltetem Licht, aber die Bilder wollten nicht verschwinden.

Die Rekonstruktion erbrachte nichts außer einer Menge Anrufe von Spinnern. Es meldeten sich keine neuen Zeugen, und irgendwann erschienen auch keine Artikel mehr in den Zeitungen. Nur die Fakten blieben. Gabriella war fünfzehn. Sie hatte sich im Laden ihres Vaters mit ihrer Schwester treffen wollen. Sie war nie dort angekommen. Das war alles. Niemand hatte gesehen, wie sie in einen Transporter gezerrt oder in ein Haus verschleppt wurde. Überhaupt niemand hatte sie gesehen. Es war, als wäre sie unsichtbar geworden.

Die Stille dehnte sich. Das Pendel schwang. Und dann blieb es stehen. Niemand dachte daran, die Uhr aufzuziehen. Und damit, so schien es, wurde auch alles andere vergessen. Wenn die Familie zu uns kam, vergaß Donald, seine Pfeife zu stopfen. Onkel Thomas vergaß, Witze zu machen oder Zauberkunststücke vorzuführen. Großmutter Grace vergaß zu sprechen, und sogar Großvater vergaß zu schnarchen. Nur Jasper machte das Beste aus allem, wand seinen Körper um meine Beine und erfüllte das Zimmer mit seinem Schnurren.

Am häufigsten kam Rita, aber sie brachte keine Krimis und keine Päckchen mit blutigem Fleisch mehr mit. Sie brachte Zitronenplätzchen, Milk-Tray-Schachteln, Lokum und Gläser mit Honig. Sie wollte der Traurigkeit mit Süße begegnen, aber meine Mutter aß nichts davon. Ich musste an Martha mit ihrem Gerede von Keksen denken und daran, wie wütend ich geworden war.

Die beiden, Mum und Rita, saßen schweigend beieinander. Manchmal, wenn ich in die Küche kam und dachte, dort wäre niemand, fand ich sie mit gesenkten Köpfen vor, und auf dem Tisch lag Ritas Hand auf der von Mum. Wieder fühlte ich mich ausgeschlossen. Nur waren es diesmal nicht meine Eltern und Gabriella, die mir dieses Gefühl vermittelten.

Wenn es doch nur so wäre. Ich würde eine Million Gemeindeblättchen austragen, eine Million Gottesdienste besuchen, eine Million Mal durchs Dorf gehen.

Es war Weihnachten. Onkel Thomas und Donald kamen, aber Großvater Bertrand war zu krank, um zu reisen, also blieben er und Großmutter Grace zu Hause. Meine Eltern versuchten es. Sie vergaßen die Dekorationen, aber sie kauften Geschenke für mich: Bücher, ein T-Shirt, ein Video. Von Onkel Thomas bekam ich einen Zauberkasten und von Donald ein Stück Narrengold, so groß wie meine Faust. Den Zauberkasten legte ich in meinen Schrank und das Narrengold in meine Schachtel für besondere Dinge.

Onkel Thomas und Donald kochten das Essen, aber der Truthahn war zu groß und die Kartoffeln zu hart, und sie vergaßen die Füllung und die Cranberrysoße. Keinen kümmerte es. Keiner aß etwas. Keiner ließ die Knallbonbons platzen. Donald räumte das Geschirr ab und warf das Essen in den Müll.

Nachmittags kam Rita, um sich mit uns die Ansprache der Königin anzusehen. Sie brachte drei blutrote Weihnachtssterne und eine Schüssel Clementinen mit. »Von den Kirchenfrauen«, sagte sie. »Ihr müsst es ihnen nachsehen. Sie wollen nur zeigen, dass sie Anteil nehmen.«

Und während wir der Queen dabei zusahen, wie sie von Seeleuten sprach, die Menschen von den Falklandinseln, zwölftausend Kilometer jenseits des Ozeans, retteten, während Donald die Pflanzen nahm und sie im Wohnzimmer verteilte und Onkel Thomas die Clementinen auf den Tisch stellte, wo das Orange sich mit den lila Fransen der Tischdecke biss, fragte ich mich, warum sich, wo doch so viele Geschütze und Schiffe vorhanden waren, niemand die Mühe gemacht hatte, Gabriella von dort zu retten, wo auch immer sie hingegangen war.

Am Neujahrstag klingelte das Telefon, während ich noch im Bett lag. Dad beeilte sich abzunehmen, und seine Stimme wurde lauter, bis sie jeden Winkel des Hauses erfüllte.

Ich schaute übers Geländer. Mum stand neben ihm, hatte seinen Arm gepackt und schüttelte jedes Mal den Kopf, wenn er etwas sagte.

»Ich komme«, sagte Dad, und fünf Minuten später war er fort und knallte die Haustür hinter sich zu.

»Es heißt, sie haben Gabriellas Tasche gefunden«, sagte Mum später, als sie zu mir kam. Sie setzte sich auf mein Bett, hielt meine Hand und war kaum imstande, mich anzusehen. Ihre Finger fühlten sich seltsam an, leicht und locker, als gehörten sie zu einer kaputten Puppe.

»Wo?«, fragte ich mit schwacher Stimme.

Sie befeuchtete sich die Lippen. »Am Bahnhof.« Ich runzelte die Stirn, und sie sagte: »Ja, ich weiß. Warum haben sie sie nicht schon früher gefunden?«

Hinterher erzählte uns Dad, die Tasche sei hinter einem Abfallbehälter im Warteraum versteckt gewesen. Das Portemonnaie war nicht mehr da, was man sich so erklärte, dass sie die Tasche zurückgelassen und ihr Geld genommen habe, um sich eine Fahrkarte zu kaufen.

»Aber keiner kann sich verdammt nochmal daran erinnern, ihr eine Fahrkarte verkauft zu haben«, sagte Dad, der beim Reden auf und ab ging. »Scheiße, warum glauben die das dann?«

Irgendwann brachte uns PC Atkins die Tasche zurück, und seine betrübten Augen schlossen sich, als er sie mit einem Seufzer aus der Hand gab. Aus seiner Tasche zog er einen Umschlag. War das der fehlende Brief? PC Atkins reichte ihn Mum, deren Gesicht blass wurde, als sie auf die Vorderseite schaute. Mit einem Blick auf Dad nickte sie, worauf er die

Hand ausstreckte und sie ihr auf die Schulter legte. Erst an der Tür, als sie PC Atkins hinausbegleiteten, sprachen die drei wieder miteinander, und ihre Stimmen waren so gedämpft, dass ich nichts verstehen konnte.

Später packten wir den Rest ihrer Sachen aus und legten sie auf den Tisch: Schulbücher, Kassetten, eine Ausgabe des *New Musical Express*, roter Lippenstift, goldener Lidschatten, lila Tuch. Walkman.

»Na bitte«, sagte Dad und hielt die Tasche triumphierend hoch. »Gabriella ist nicht weggelaufen. Sie wäre nie ohne ihre Musik gegangen.«

Ein kalter Schauer lief mir über den Rücken, und ich warf einen verstohlenen Blick auf meine Eltern. Mums Augen waren feucht. Ihre Lippen leicht geteilt. Und Dad hatte seine Worte kaum gesagt, da war ihm das Triumphale schon aus dem Gesicht gewichen und von Angst abgelöst worden. Dachte er das Gleiche wie ich? Gabriella wäre nicht ohne ihre Musik weggelaufen, aber sie hätte auch nichts anderes getan. Sie hätte ohne sie auch keinen Zug oder Bus genommen oder einen Spaziergang gemacht. Von ihrer Musik hätte sie sich für gar nichts getrennt.

25

Die größeren Möbelstücke waren mittlerweile fort. Geblieben waren nur noch Kisten und mehrere Gemälde, die an der Wand lehnten.

Rasch sah ich alles noch einmal durch. Ich wollte sicher sein. Keine Bilder mehr von Gabriella. Auch keine Mal- und Zeichenutensilien. Ich ging die Gemälde durch. Es waren gerahmte Drucke, eine Mischung aus Traditionellem und Modernem, nichts, was dem Porträt ähnelte. Inzwischen war ich überzeugt, dass Edward Lily nicht der Künstler gewesen war. Aber wer war es dann? Und wie konnte ich es herausfinden?

Ich arbeitete seit Tagesanbruch im House of Flores, und als ich mit meiner Suche fertig war und den Laden abschloss, war das Dorf erwacht. Für die Arbeit gekleidete Männer und Frauen warteten an der Bushaltestelle oder eilten zum Bahnhof. Das Café war mit Frühstücksgästen gefüllt. Ich schloss mich ihnen an und bestellte bei dem Mädchen mit dem Elster-Haar Kaffee.

Am Abend zuvor hatte ich mich im Pub von David verabschiedet, obwohl er gewollt hatte, dass ich noch blieb. Er hatte mir das Versprechen abgenommen, ihn anzurufen, wenn ich ihn brauchte, und ich hatte es ihm gern gegeben. Als ich nach Hause gekommen war, hatte ich sämtlichen dort noch vorhandenen Wein getrunken und war auf Gabriellas Bett gesunken.

Als kleines Kind hatte ich das öfter getan – war nach

schlechten Träumen weinend in Gabriellas Zimmer geschlüpft. Sie hatte mich dann immer gefragt, wovon die Träume handelten, aber ich hatte es ihr nie gesagt. Wie denn auch, wo sie doch davon handelten, dass ich sie beschützte, sie von Scheiterhaufen befreite, gegen Eindringlinge mit klirrenden Schwertern kämpfte? Und dennoch hatte ich mich jedes Mal, wenn ich dalag und ihrem Atem und dem Murmeln des Fernsehers im Erdgeschoss lauschte, gefragt, ob es nicht andersherum sein müsste. Gabriella war die Ältere. Hätte nicht sie *mich* beschützen müssen?

Und wenn ich ihr von diesen Träumen erzählt hätte, hätte sie dann zugehört und wäre gewarnt gewesen? Hätte sie gemieden, was auch immer sie in seine Gewalt gebracht hatte, und säße jetzt hier bei mir, würde Kaffee trinken und von ihrem Job erzählen, dem, von dem sie immer phantasiert hatte, Autorin für den *New Musical Express* oder *Time Out*? Vielleicht hätte sie Kinder – eine Schar Mini-Gabriellas, die den dornigen Pfad entlanghüpfen würden, den sie ihnen spektakulär geebnet hätte.

Ich trank meinen Kaffee aus. Ich musste weiter. Was kam als Nächstes? Mit wem konnte ich noch reden? Wenn Onkel Thomas noch am Leben gewesen wäre, wäre ich zu ihm gegangen. Und dann war da noch Donald und sein plötzliches Verschwinden nach Amerika. War er gestorben, oder war er immer noch Geologe? Ich wusste noch, dass Onkel Thomas auf einen Artikel über Dinosaurierfunde in Montana gestoßen war, den Donald geschrieben hatte. Sie mussten also noch eine Zeitlang Kontakt gehabt haben. Vielleicht würde ich ihn online finden.

Ich seufzte. Was für eine einsame, erbärmliche Gestalt ich abgab, wie ich da am Fenster eines Cafés saß und versuchte, Namen von Leuten aus der Vergangenheit hervorzukramen.

Mir fielen kaum irgendwelche Schulfreunde ein, jedenfalls keine, mit denen ich gern Kontakt aufgenommen hätte. Ich war nicht so sehr weggedriftet, sondern vielmehr von einer Flutwelle fortgerissen worden.

Wie um mich daran zu erinnern, stürmte eine Gruppe Mädchen im Teenageralter am Fenster vorbei. Eine von ihnen stolperte und fiel beinahe gegen das Glas. Unsere Blicke trafen sich, als sie das Gleichgewicht wiederfand, und sie lächelte schüchtern. Sie war dunkelhaarig, hatte die Haare zu Zöpfen geflochten. Keinerlei Ähnlichkeit mit Gabriella. Trotzdem schlug mein Herz ein wenig schneller, während sie sich beeilte, um ihre Freundinnen einzuholen.

Eine Frau in einem Regenmantel mit Gürtel kam vorbei. Martha. Instinktiv wich ich zurück, hatte das starke Gefühl, sie war mir schon wieder gefolgt. Aber die Frau eilte weiter, und ich stellte fest, dass sie es nicht war. Martha hatte gesagt, was sie hatte sagen wollen. *Du hättest deine Schwester nicht aus den Augen lassen dürfen.* Damit hatte sie allerdings recht. Wenn ich an jenem Tag nur darauf bestanden hätte, nach der Schule auf Gabriella zu warten. Wenn ich sie nur nicht sich selbst überlassen hätte.

Ich trank meinen Kaffee aus und drückte mir die Handflächen gegen die Augen. Ich hatte verschiedene Möglichkeiten: zur Polizei gehen, ihnen das Porträt zeigen und sie auffordern, die Ermittlungen wiederaufzunehmen; alles aufgeben und nach Athen zurückkehren; mit dem einzigen Menschen reden, der mir noch einfiel, der meine Schwester in der Schule gekannt hatte.

Ich wand mich in meine Jacke, schob meinen Stuhl zurück und stand auf. Ein einziges Mal würde ich noch versuchen, die Wahrheit aufzudecken, ehe ich zur Polizei ging.

Ich klopfte an Marthas Tür. Augenblicke verstrichen. Ich trat zurück, suchte die Fenster nach einer Gestalt ab, klopfte dann noch einmal lauter und drückte die Klingel. Immer noch keine Reaktion, und drinnen rührte sich nichts.

Ich hängte mir meine Tasche über die Schulter und ging seitlich um das Haus herum. Durch ein Tor, das quietschte, gelangte ich auf einen gekiesten Pfad, der in den Garten führte, gesäumt von Rosensträuchern und Farbtupfern von Bäumen mit scharlachroten Blättern. Ich klopfte an die Hintertür und drückte die Klinke. Die Tür öffnete sich, und ich schloss sie rasch wieder und fiel im Zurückweichen beinahe über einen Blumenkübel. Während ich das Gleichgewicht wiederfand, ließ mich ein Gesicht, das über den Zaun spähte, zusammenfahren. Es war die alte Dame von nebenan, ihr weißes Haar war glatt an den Kopf gekämmt. Ich lächelte höflich. »Ich wollte zu Martha, aber sie scheint nicht zu Hause zu sein.«

Die Frau starrte mich ausdruckslos an. »Was wollen Sie denn von ihr?«

»Ich wollte sie einfach nur besuchen. Aber es macht nichts. Ich komme später noch einmal.« Ich entfernte mich, wurde jedoch von ihrer Stimme gebremst.

»Sind Sie Sozialarbeiterin?«

Ich blieb stehen. »Nein. Wieso?«

»Zu Martha kommen keine Besucher. Nur Sozialarbeiter.«

Ich nickte, als wüsste ich, wovon sie redete. »Na dann. Egal. Wenn Sie Martha sehen, könnten Sie ihr vielleicht sagen, dass Anna Flores da war.«

»Anna Flores.« In ihrer Stimme lag neues Interesse. »Ich kenne Ihre Mutter. Sie ist immer gut zu mir gewesen. Sie kommt mich manchmal besuchen.«

»Meine Mutter …« Ich hielt inne und wandte, aus der Fassung gebracht, den Blick ab. »Sie ist leider gestorben.«

Das Gesicht der Frau verdüsterte sich. »Du lieber Himmel. Das tut mir leid. Das tut mir wirklich sehr leid. Ich wäre zur Beerdigung gekommen, wenn ich es gewusst hätte. Ich bekomme in letzter Zeit nichts mehr mit. Ich spreche nicht mit Leuten. Bin ans Haus gefesselt.« Sie hielt einen Gehstock hoch, wie um es zu beweisen.

»Martha hat es gewusst«, sagte ich sanft. »Hätte sie es Ihnen nicht vielleicht sagen können?«

Ihre Miene wurde sauer. »Martha redet weder mit mir noch mit sonst wem. Sie ist seltsam, wie ihre Mutter.«

Mein Interesse war geweckt. Ich trat ein paar Schritte näher an den Zaun. »Wie lange wohnen Sie schon hier?«

»Schon immer. Ich bin hier geboren.«

»Wirklich? Das ist ja unglaublich.«

Sie lächelte mich an. »Nicht wahr.«

»Tut mir leid. Ich weiß Ihren Namen nicht.«

»Eliza Davidson.«

»Schön, Sie kennenzulernen, Mrs Davidson.«

»Miss. Aber nennen Sie mich bitte Eliza.«

»Danke.« Ich hielt inne. Wer war diese Frau? Der Name klang vertraut. Miss Eliza Davidson.

»Ich habe seinerzeit Ihre Schwester unterrichtet.«

Meine Haut prickelte. Daher kannte ich ihren Namen. »Gabriella?«

»Ja. Ich hatte sie in Geographie.«

»Dann erinnern Sie sich …« Ich verstummte.

Sie zückte ein Taschentuch und schnäuzte sich die Nase. »Ja. Ihre arme Mutter. Ich weiß nicht, wie sie das überlebt hat.« Sie sah mich an. »Oder Sie, meine Liebe. Oder Sie.«

Ich blinzelte heftig und wandte eine Sekunde lang den Blick ab. »Entsinnen Sie sich«, sagte ich zögernd, »an den Tag damals?«

Sie wusste, was ich meinte. Wieder schnäuzte sie sich die Nase und betupfte sich die Augen. »Ja. Ich erinnere mich sogar ganz deutlich. Wie könnte ich etwas so Schreckliches vergessen?«

»Mrs Ellis hat gesagt, sie hätte Gabriella gesehen. Haben Sie sie auch gesehen?«

Sie schüttelte den Kopf. »Nein. Das habe ich nicht. Und das habe ich der Polizei auch gesagt, als ich befragt wurde.«

»Was ist mit Martha? Haben Sie *sie* gesehen?«

Wieder schüttelte sie den Kopf. »Damals nicht. Nicht nach der Schule. Erst später.«

»Später?«, hakte ich nach.

»Sie saß auf der Treppe vor der Haustür und weinte. Sie war einkaufen gewesen, glaube ich. Sie hatte etwas gekauft. Was, weiß ich nicht mehr.«

»Warum hat sie geweint?«

Die Frau zuckte die Achseln. »Wer weiß? Es kam ziemlich häufig vor, dass man die Kleine auf der Treppe sitzen sah. Ihre Eltern haben sie häufig ausgesperrt. Das waren schreckliche Menschen. Alle beide. Kein Wunder, dass Martha so geworden ist. Aber an dem Tag saß sie länger dort. Ich weiß noch, dass es schon ziemlich dunkel war, als sie sie wieder hereingelassen haben. Ich habe da gerade den Abfall rausgebracht. Spät. Und sie saß immer noch da. Schreckliche Menschen.« Sie blickte in die Runde und über meine Schulter, als sähe sie sie immer noch. »Er hat ihr Meerschweinchen getötet.«

Ich fuhr hoch. »Was?«

»Er hat ihr Meerschweinchen getötet, hat es mit einem Hammer erschlagen. Das war, nachdem er seinen Job als Elektriker verloren hatte. Er war wütend. Noch wütender, als er vorher schon gewesen war.«

»O mein Gott. Wie schrecklich.« Ich schlug mir die Hand

vor den Mund, als es mir wieder einfiel. Die feuchte Erde, der Geruch nach Tod, der Geschmack der Galle, die ich auf den Boden erbrach. Ich war überzeugt gewesen, dass Martha das getan hatte. Ich hatte gar keinen Raum für die Vorstellung gelassen, dass es auch jemand anders gewesen sein könnte. Wie dumm ich gewesen war. Eifersüchtig und dumm.

»Haben Sie gesehen, wie es passierte?«, fragte ich.

»Nein, aber ich habe Martha deswegen schreien hören. Dieses Geschrei. Schlimmer als das ihrer Mutter. Ich habe nämlich mehrmals die Polizei gerufen, wissen Sie. Er hat seine Frau geschlagen; das wusste jeder. Wissen Sie, was die Polizei getan hat?«

Ich schüttelte den Kopf.

»Nichts. Sie haben gesagt, es ließe sich nicht beweisen. Sofern Mrs Ellis keine Anzeige erstatte, könne man nichts machen. Sie hat ihn immer verteidigt, verstehen Sie. Hat gelogen, was die ganze Sache anging. Sie sei die Treppe hinuntergefallen. Das Übliche.« Eliza seufzte. »Ich habe das auch bei den Mädchen in der Schule gesehen. So viele von ihnen haben das Gleiche getan. Sie hatten zu viel Angst, verstehen Sie. Sie dachten, es würde noch schlimmer, wenn sie etwas sagen.«

»Wie Martha.«

»Genau wie Martha. In diesem Haus herrschte nur Frieden, wenn er beruflich unterwegs war.«

»Das muss eine Erleichterung für seine Frau gewesen sein. Und für Martha.«

Sie nickte. »Allerdings. Diese Zeiten hätten sie nutzen sollen, um ihn zu verlassen. Aber sie haben es nicht getan. Im Haus war es für ein paar Tage ruhig, aber sobald er zurück war, fing alles von vorn an.« Sie verstummte. »Na dann«, sagte sie. »Ich gehe dann mal besser rein. Nehmen Sie sich vor Martha in Acht. Sie ist nicht ganz richtig. Sie kann nichts dafür.

Aber sie ist nicht ganz richtig. Und, meine Liebe, das mit Ihrer Mutter tut mir so leid. So ungeheuer leid.«

Ich wartete, bis Elizas Tür zuschlug. Ich fragte mich, wie wütend genau Mr Ellis eigentlich gewesen war. Wütend genug, um seine Frau und sein Kind zu verprügeln, wütend genug, um ein Tier zu töten. Wozu war er noch imstande gewesen? Ich warf einen Blick hinter mich und hinauf zu den Fenstern von Marthas Haus. War er vielleicht auch wütend genug gewesen, um ein Mädchen umzubringen? Ich machte einen Schritt in Richtung Tür, und mir schwirrte der Kopf.

26

1982

»Und was willst du?«

Mein Herz hämmerte in meiner Brust. »Darf ich Ihnen bitte ein paar Fragen stellen?«

Mrs Ellis öffnete die Tür etwas weiter und starrte mich an. Sie trug dieselbe graue Strickjacke und hatte sich ein Tuch um den Hals geschlungen. Ihr Gesicht war weiß, und sie hatte dunkle Schatten unter den Augen. Sie betrachtete mich einen Moment lang, kaute dabei auf ihrer Lippe und musterte mich von Kopf bis Fuß, und ich sah mich durch ihre Augen: ein kleines Mädchen in einem Parka in Übergröße und mit einer kaputten Brille. »Worüber?«, fragte sie, ohne dass sich ihr Gesichtsausdruck veränderte.

»Gabriella.«

Kurzes Schweigen. »Komm mal lieber rein.«

Ich trat ein und schob mich an den Kartons im Flur vorbei. Der süßliche Nelkengeruch fehlte, stattdessen roch das Haus jetzt nach abgestandenem Zigarettenrauch und angebranntem Essen. Sie führte mich ins Wohnzimmer, wo Mr Ellis wie beim letzten Mal in seinem Sessel fläzte. Nur war er diesmal wach und las die Zeitung, der Bauch quoll ihm über die Hose, und seine nackten Füße waren ausgestreckt und lagen auf dem Puff. Er sah mich aus trüben Augen an, als ich ins Zimmer kam und mich auf das Sofa setzte, während Mrs Ellis kehrtmachte und hinausging, wobei ihre abgewetzten Pantoffeln leise flappten.

Als ich das letzte Mal hier gewesen war, war Gabriella dabei gewesen. Ich legte die Hand an der Stelle, wo sie gesessen hatte, auf den Stoff und warf einen verstohlenen Blick auf Mr Ellis, aber er starrte in seine Zeitung, als wäre ich gar nicht da. Ich richtete den Blick auf den Druck mit den Insekten. All die Käfer, Fliegen und Ameisen. Warum hängte man sich so ein schreckliches Bild an die Wand? Schaudernd sah ich wieder auf Mr Ellis und ließ meinen Blick an seinem Körper hinunterwandern. Seine nackten Füße waren geädert und weiß, die Zehen glichen fetten Maden – riesigen, sich windenden Maden. Jäh ging mein Blick wieder auf sein Gesicht, und diesmal sah er mich seinerseits an, und sein Mund war zu einem Grinsen verzogen.

Ich ballte die Fäuste und rief mir in Erinnerung, weshalb ich gekommen war. Bloß weil die Polizei die Ermittlungen zurückgefahren hatte, würde ich noch lange nicht aufgeben. Ich war wieder auf mein Heft mit Verdächtigen zurückgekommen und hatte weitere Listen angefertigt: Freunde, Familienmitglieder, Nachbarn, Ladenbesitzer – alle, mit denen Gabriella je gesprochen hatte. Ich würde sie befragen und mir dabei meinen Status als Opfer zunutze machen. Ich war die Schwester des vermissten Mädchens, und die Leute mussten mir zuhören.

Mrs Ellis kam mit einer Tasse Orangen-Squash und einem Garibaldi-Keks zurück. Sie setzte sich auf die Kante eines Sessels und regte sich nicht. Ich zählte bis fünf. »Ich versuche, Gabriella zu finden«, sagte ich. Mein Herz schlug jetzt so stark, dass ich dachte, sie müsse es hören. Überstürzt, sodass die Worte aus mir hervorsprudelten, bat ich sie zu schildern, was sie an dem Tag, an dem meine Schwester verschwunden war, gesehen hatte.

Sie schniefte. »Das hab ich alles schon der Polizei gesagt.« Sie warf einen kurzen Blick auf ihren Mann. »Aber ich kann es gern nochmal sagen.« Und sie wiederholte, was ich schon wusste – sie habe auf Martha gewartet und zuerst Gabriella und dann Tom gesehen, der seinen Karren geschoben und dabei vor sich hin gemurmelt habe. »Auf diese *verrückte* Art, die er an sich hat«, fügte sie gehässig hinzu.

»Was war mit Gabriella?«, hakte ich nach. »Hat sie ... verängstigt gewirkt?«

Sie warf mir einen scharfen Blick zu. »Verängstigt?« Sie schüttelte den Kopf. »O nein, o nein. Nicht verängstigt.« Sie kaute auf ihrer Lippe. Mr Ellis blätterte die Seite seiner Zeitung um. »Sie war eher das Gegenteil. Ziemlich frech.«

Frech? Was meinte sie damit? Meine Beine fühlten sich schwach an. Wenn ich nicht säße, würde ich zusammenbrechen. Ich senkte den Blick, um mich wieder zu fangen. Der Teppich war schmutzig und fleckig. Er war offenbar seit Monaten nicht gesaugt worden.

Im Flur war ein Geräusch zu hören, ein Seufzen, ein An-der-Wand-Entlangstreichen. War das Martha, die uns belauschte?

»Wieso war Martha spät dran?«, sagte ich.

»Martha?« Die Frage erwischte Mrs Ellis offenbar auf dem falschen Fuß. Sie runzelte die Stirn, als versuchte sie, sich zu erinnern. Dann hellte sich ihr Gesicht auf. »Kunstunterricht.« Sie verdrehte die Augen und warf einen kurzen Blick auf ihren Mann. »Extrastunden. Was für eine Zeitverschwendung.«

Mr Ellis blätterte erneut eine Seite um.

Die nächste Person, die ich befragte, war Mr Sullivan, Toms unmittelbarer Nachbar, der Zeuge, der sich gemeldet hatte. Er war der Typ des älteren, niemals verheirateten, kinderlosen Mannes, der dem finsteren Gefallener-Engel-Profil meiner Phantasien durchaus hätte entsprechen können, nur hatte er silbergraues Haar und ein glänzendes rosiges Gesicht. Nicht nur das, sondern er war tatsächlich auch verheiratet gewesen. Seine Frau war schon nach einem Jahr gestorben. »Sie war meine Sandkastenliebe«, sagte er mir traurig. »Ich habe seither keine mehr angeschaut.«

Mr Sullivan bot Milch und Doppelkekse mit Vanillecreme an. Als ich ihn nach Tom fragte, erklärte er, die Leute, die ihn des Verbrechens beschuldigt hätten, seien kurzsichtig und suchten nach einem Sündenbock. »Deine Eltern natürlich ausgenommen«, beeilte er sich hinzuzufügen.

Was die Teenager anging, die Tom drangsaliert hatten, so bezeichnete er sie als gedankenlose Rowdys, bösartige junge Leute ohne Moral, wie so viele andere junge Leute heutzutage. »Dich natürlich ausgenommen«, sagte er.

»Glauben Sie, Tom wird zurückkommen?«, fragte ich und tunkte einen Keks in meine Milch.

Er schüttelte den Kopf. »Das glaube ich nicht. Das Letzte, was ich gehört habe, war, dass er und seine Mutter endgültig nach Colchester gezogen sind. Man kann es ihnen nicht verdenken, oder? Nach dem, was diese Halbstarken mit ihrem Haus angestellt haben. All diese hässlichen Wörter und Unterstellungen.«

Ich nickte, versuchte, ein kluges Gesicht zu machen, und fragte höflich, ob er glaube, dass Tom einen anderen Job bekommen habe.

»Das bezweifle ich sehr stark, du nicht? Etwas bleibt immer hängen. Lebt wahrscheinlich mittlerweile von Sozialhilfe. Steht zusammen mit den anderen im Amt Schlange. Und der Steuerzahler kommt dafür auf. Dank denen.« Mit dem Daumen zeigte er in Richtung von Toms Haus, weshalb ich annahm, dass er die Halbstarken meinte. »Hoffen wir, dass sie sie finden und in die Erziehungsanstalt stecken.« Wieder nahm ich an, dass er die Halbstarken meinte, nicht Tom und seine Mutter.

Meine wichtigste Frage hob ich mir bis zuletzt auf. »Was, glauben Sie, ist meiner Schwester passiert, Mr Sullivan?«

Er hielt inne und kratzte sich am Kopf. »Junge Leute tun unberechenbare Dinge«, sagte er und blinzelte heftig. Damit neigte er vermutlich der Ansicht zu, dass Gabriella weggelaufen war.

Toms Nachbarin auf der anderen Seite – eine Frau mit Pfefferstreuerstatur, krankem Ehemann und abwesendem Sohn – bekräftigte und bestätigte alles, was Mr Sullivan gesagt hatte. Sie gab mir selbstgebackene Rosinenbrötchen und ein Sodastream mit Erdbeergeschmack und behielt mich, nachdem sie meine Fragen beantwortet hatte, noch eine halbe Stunde da, um mir von ihrem kranken Mann und ihrem abwesenden Sohn zu erzählen.

Nach dieser Runde von Befragungen war ich kein bisschen schlauer. In der Pfefferstreuer-Familie machte ich keinen neuen Verdächtigen aus, und Mr Sullivan war unwahrscheinlich – obwohl sich der herabstürzende Dämon meiner Phantasie in jener Nacht beim Eintritt in die Erdatmosphäre verwandelte und zu einer schlanken, gleitenden, schon ziemliche betagten Gestalt wurde, mit fahlen Augen und flackerndem Blick, einem silbernen Haarflaum und einem Päckchen Doppelkekse mit Vanillecremefüllung. Er glitt an Gabriella vorbei, während sie von der Schule nach Hause ging. Keiner von beiden sah den dunkleren Schatten, der an einer Mauer entlangschlich. Es war nicht Mr Sullivan. Am nächsten Morgen zog ich einen Strich durch seinen Namen.

Ich arbeitete die Nachbarn ab. Eines Tages, ich kam gerade aus einem Haus ein paar Türen von unserem entfernt, erschien Dad. Wir standen uns zu beiden Seiten des Gartentors gegenüber. »Was machst du da?«, fragte er, während sein Blick zu dem Schulheft glitt, das ich in der Hand hielt.

Ich schob meine Brille auf dem Nasenrücken nach oben und sagte: »Ich habe Fragen gestellt.«

»Worüber?«

»Über Gabriella.«

Sein Gesicht wurde blass. »Was für Fragen?«

Trotzig hielt ich mein Schulheft fest. »Ich habe jeden gefragt. Ich habe Listen von Verdächtigen gemacht und sie abgehakt.«

»Das ist nicht deine Aufgabe, Anna. Das ist Aufgabe der Polizei.«

»Aber die Polizei hat aufgegeben«, sagte ich grob. »Sie suchen gar nicht mehr nach ihr. Niemand sucht mehr nach ihr.«

»Trotzdem, du sollst nicht bei den Leuten an die Türen klopfen. Nicht nach allem, was passiert ist.«

Die Ader an seiner Schläfe pulsierte, aber ich konnte trotzdem nicht aufhören. »Irgendjemand muss doch etwas tun«, fauchte ich. »Die Polizei tut nichts, du und Mum, ihr tut auch nichts. Die Nachbarn reden darüber. Sie glauben, sie ist weggelaufen oder ermordet oder entführt worden, aber das ist ihnen egal. Ich bin die Einzige, der es nicht egal ist.«

Schweigen. Eine Haustür ging auf und rasch wieder zu. War das Mrs Henderson, die sich einmischte? Oder der blöde Brian, der mal wieder spionierte?

»Trotzdem«, wiederholte Dad mit tödlich ruhiger Stimme. »Du musst damit aufhören.«

Ich starrte ihn an. Wut flammte in mir auf. Ich öffnete den Mund, um ihm zu sagen, er könne mich nicht daran hindern, das Richtige für meine Schwester zu tun, aber er hob die Hand und unterband meine Worte.

»Geh nach Hause, Anna«, sagte er. »Und mach das nicht noch einmal.«

Ich wollte etwas entgegnen, doch bei einem Blick in seine

steinernen Augen besann ich mich eines Besseren. Ich schlüpfte durchs Gartentor und ging ihm voran ins Haus.

Es war am Tag nach meiner Auseinandersetzung mit Dad, wir saßen gerade beim Abendessen. Mum schöpfte Campbell's-Tomatensuppe in Teller. Sie saß bei uns, obwohl ich wusste, dass sie nicht mehr als ein paar Löffel voll essen würde. Ich hatte sie seit Wochen nicht mehr richtig essen sehen. Sie hatte sich angewöhnt, mit ihrem Essen zu spielen, schob es auf ihrem Teller herum, führte eine volle Gabel zum Mund und ließ sie wieder sinken. Ihr Gesicht war hager geworden, und sie band sich das Haar so straff zusammen, dass sich ihre Haut davon spannte.

Jetzt rührte sie immer schneller in der Suppe. »Mrs Henderson hat mir heute einen Besuch abgestattet«, sagte sie endlich. »Sie hat euch beide auf der Straße streiten hören.«

»Es ist nichts«, sagte Dad und legte die Hände flach auf den Tisch.

»Es kann nicht nichts sein, sonst wäre sie nicht gekommen.«

»Lass es gut sein.«

»Wie denn? Mittlerweile weiß es die ganze Straße.«

»Madre mia.« Er hieb auf den Tisch. »Wen interessiert schon, was die Leute denken?«

»Mich«, sagte Mum. »Ich will nicht, dass sie über uns und Gabriella reden und …«

Er fegte mit dem Arm über den Tisch, ein Suppenteller krachte auf den Boden, Rot spritzte über die Fliesen.

Mum stand auf. »Du musst dich zusammenreißen.«

»Wieso?« Er stieß seinen Stuhl nach hinten und packte mit seinen kräftigen, dünnen Fingern die Tischplatte, als wollte er den Tisch umwerfen. »Wozu denn?«

Schweigen. Mum sah mich an. »Verlass das Zimmer«, sagte sie. Und das tat ich. Ich schlich hinaus, blieb im Flur stehen und lauschte.

»Wozu denn?«, sagte Dad erneut.

»Weil Gabriella uns brauchen wird.« Sie hielt kurz inne. »Wenn sie nach Hause kommt.«

»Sie wird nicht nach Hause kommen.«

Schweigen. Ich lehnte mich an die Wand und schloss die Augen. Dad hatte immer gesagt, dass Gabriella nicht weggelaufen war, dass sie zurückkommen würde, wenn sich nur die Polizei mehr Mühe gäbe, sie zu finden. Warum hatte er aufgehört, das zu glauben? Es war meine Schuld. Ich war diejenige, die ihm schlechte Gedanken in den Kopf gesetzt hatte. Am liebsten wäre ich zu ihm gegangen, hätte ihm die Hand auf den Arm gelegt und ihm gesagt, dass es mir leidtat. Gabriella war nicht ermordet worden. Ihre Abwesenheit war nur vorübergehend. Sie würde zurückkommen, wenn wir sie nur finden konnten. Wenn wir sie nur überzeugen konnten.

Aber Mum sprach gerade, sagte ihm mit leiser, eindringlicher Stimme, er dürfe die Hoffnung nicht aufgeben, müsse sich wieder in der Gewalt haben, die Polizei würde nicht mehr nach Gabriella suchen, wenn er aufhörte, sie dazu aufzufordern. Jetzt war Mum diejenige, die das Heft in der Hand hielt. Nicht Dad. Zwar sehnte ich mich danach, dass er uns heilte, eine Zeitmaschine baute, die Ereignisse umkehrte, Gabriella zurückbrachte, aber ich wusste jetzt, dass er das nicht tun würde. Er hatte die Macht verloren, alles wieder gutzumachen.

Es war das letzte Mal, dass Dad laut wurde. Danach machte er im Laden regelmäßig Überstunden. Wenn er nach Hause kam, fand er dort Teller mit kaltem Essen vor, die man für ihn auf dem Tisch hatte stehen lassen. Ich setzte mich zu ihm, aber er sah mich nicht an. Er kaute, bis er satt war, und kratzte den Rest in den Abfalleimer.

Gegen Ende Januar schneite es leicht, und Dad hatte Feuer im Kamin gemacht. Er las die Zeitung; zumindest hatte er sie aufgeschlagen. In Wirklichkeit war sein Blick auf die entfernte Ecke des Zimmers gerichtet. Mum strickte. Auf dem Boden neben ihrem Sessel lag ein Knäuel blaue Wolle; es ruckte, wenn der Faden hängen blieb, und sie zog ungeduldig daran.

Ich lag auf dem Läufer und las »Leda und der Schwan«. *Ein jäher Stoß: Die Schwingen schlagen noch.* Ich wiederholte die Zeilen im Kopf, ohne etwas zu verstehen, aber ich versuchte sie trotzdem auswendig zu lernen. *Über der Taumelnden, Lenden liebkost von dunkler Schwimmhaut, Schnabel ums Genick.* Ich schloss die Augen, vergegenwärtigte mir die Muster der Buchstaben und der Wörter; wiederholte dieselbe Zeile immer wieder. Ich überprüfte, ob ich sie richtig behalten hatte, und ging, als ich damit fertig war, zur nächsten über. *Hält er sie, hilflos, Brust auf seiner Brust.*

Ein leises Ächzen war zu hören. Zuerst dachte ich, es wäre der Wind im Kamin oder der Klagelaut eines Tiers draußen.

Das Stricken hörte auf. »Albert«, flüsterte Mum.

Dad hatte die Zeitung fallen lassen. Er hielt sich mit beiden Händen den Kopf und starrte mich an, wie entsetzt von etwas, was ich getan hatte. Und mir wurde klar, dass ich die Worte des Gedichts laut gesagt hatte. Und mit einem Mal ging mir ihre Bedeutung auf, und ich begriff, was mein Dad sich gerade vorstellte. Meine Schwester, festgehalten und vergewaltigt von einem Tier. Nicht von einem Schwan, sondern von einem Mann. Von demselben Mann, den ich mir als den Teufel vorgestellt hatte.

27

In der Küche roch es nach Bleichmittel. Die Vorhänge waren zugezogen, und es war schattig und ruhig. Mit tappenden Schritten ging ich über den Fußboden und sah, wie altmodisch der Raum war, in seiner Anfangszeit steckengeblieben: grün gestrichene Schränke, Wandklapptisch mit einem einzigen Stuhl. Auf der Fensterbank stand eine Vase mit einer Rose darin, aber ihre Blütenblätter waren weich und schlaff; eines war schon abgefallen.

Alles war tadellos sauber, die Flächen geschrubbt, die alte Spüle angestoßen, aber schimmernd. Keinerlei Unordnung. Die Fransen von Marthas neuem Wischmopp waren schon leicht abgenutzt, und als ich mich bückte und den Kühlschrank öffnete, enthielt er nichts als einen antiseptischen Geruch, einen Karton Milch und ein Stück Schinken.

Was für ein bemitleidenswerter Mensch Martha war. Mein Blick verweilte auf einem Teller, mit dem der Tisch gedeckt war, daneben lagen Messer und Gabel bereit; eine einzige Tasse mit Untertasse, ein einziger Teelöffel. Schlimmer als bemitleidenswert. Es war demütigend. Ich sollte nicht in ihrem Haus sein. Und dennoch konnte ich nicht gehen: Ich war wegen Mr Ellis hier.

Ich trat hinaus in den Flur. Er wirkte merkwürdig groß im Vergleich damit, wie ich ihn in Erinnerung hatte. Früher waren an der Haustür Kartons gestapelt gewesen, die den Durchgang zum Wohnzimmer verschmälert hatten. Wir hatten uns daran vorbeiquetschen müssen, als wir Mrs Ellis gefolgt waren. Jetzt waren da keine Kartons, keine Möbelstücke, keine Schuh- oder Kleiderhaufen.

Im Wohnzimmer gab es einen alten Fernseher, eine Uhr auf dem Kaminsims. Ein Sofa. Einen Sessel. Die Bilder waren von den Wänden verschwunden. Die Anrichte war ausgeräumt und gereinigt worden. Wo waren die Sachen, die diese Familie im Lauf der Jahre angesammelt hatte? Wo waren ihre Erinnerungen?

Ich ging bis zum Fuß der Treppe und zögerte. Keine Bewegung, kein Laut. Ich stieg hinauf, und das Geräusch meiner Schritte wurde von dem abgewetzten Teppich gedämpft.

Mein Herz schlug schneller, als ich eine Tür öffnete. Es war dunkel. Die Vorhänge waren zugezogen. Ich tastete nach dem Lichtschalter und schnappte nach Luft. Ich hatte damit gerechnet, dass das Zimmer so leer sein würde wie das Wohnzimmer. Stattdessen handelte es sich um eine perverse Art von Schrein. Voller Spinnweben und vor Dreck starrend, der Fußboden mit Kleidern übersät. Das Bett war nicht gemacht, die Laken verknäuelt und vergilbt. Ein Stapel altersfleckiger Pappkartons stand halb zusammengesackt an der Wand. Und es stank so kräftig nach Schimmel und Feuchtigkeit, dass ich mich beherrschen musste, um nicht zu würgen. Ich hielt mir die Nase zu und ging über den schmutzigen Teppich. Eine leere Bierflasche lag auf der Seite, staubbedeckt. Auf dem Boden schlängelte sich ein Gürtel, als wäre er gerade erst abgelegt und hingeworfen worden. Es gab einen Stapel Zeitschriften. Ich bückte mich, um mir die oberste anzusehen, und richtete mich rasch wieder auf. Pornographie. Angewidert wandte ich mich ab. Ich dürfte mich nicht wundern. Nicht bei einem solchen Mann.

Ich achtete darauf, nichts zu berühren, als ich mich davon wegbewegte und einen der Kartons öffnete. Er enthielt Unmengen vergilbtes Papier, verstaubte Schachteln mit Stiften und Federn. Warum hatte Mr Ellis so etwas? Ein Überbleibsel seines Jobs, worin auch immer dieser bestanden hatte, oder Diebesgut? Auch das würde mich nicht wundern.

Dieser Ort war widerwärtig. Ich sollte von hier verschwinden, nach Hause gehen und wiederkommen, wenn Martha da war. Ich trat zur Tür hinaus, schloss sie fest, stand schwer atmend im oberen Flur und versuchte, den Geruch abzuschütteln.

Die Tür von Marthas Zimmer stand offen. Voller Schuldgefühle ging ich hinein. Es glich einem Kinderzimmer: das Einzelbett, die Kommode. Und es roch nach Farbe. Eine Wand war weißer als der Rest. Ich sah sie mir genauer an. Es war keine Wand, sondern ein Schrank. Martha hatte ihn zugestrichen; dicke, ungleichmäßige Schichten, die sich noch leicht klebrig anfühlten. Warum hatte sie das getan? Es ergab keinen Sinn.

Ich zog Schubladen auf. Ihre Kleider waren ordentlich zusammengelegt, ihre Unterwäsche zu kleinen Knäueln aufgerollt. Außerstande, meine Neugier im Zaum zu halten, stöberte und stocherte ich mit zitternden Händen in jedem Winkel. Ich fand nichts, was mir irgendetwas sagte, das ich nicht schon wusste. Martha hatte einen Ordnungs- und Sauberkeitsfimmel. Ein deutlicher Gegensatz zur Verwahrlosung im Zimmer ihrer Eltern.

Einen Moment lang lauschte ich. Kein Geräusch. Im Haus war es still. Ich trat vor den Kleiderschrank. Er war alt, mit zerkratzten Flächen und Türen, die knarrten. Martha besaß nur wenig Garderobe, die sie darin aufhängen konnte: schlichte Kleider und Röcke. Darunter lag ein einzelner Koffer: ein altmodischer brauner Kasten. Ich kniete mich hin, zog ihn heraus und öffnete langsam die Schnallen.

Er enthielt stapelweise Papier und Malkarton. Zeichnungen und Gemälde. Marthas Produktion. Mit klopfendem Herzen nahm ich einen ganzen Stoß heraus. Es waren unzählige Skizzen von Gabriella. Hektisch sah ich sie durch, hielt sie mir dicht vors Gesicht, eine nach der anderen, betrachtete sie mehrere Momente lang völlig entsetzt und um Verstehen bemüht. Auf jedem Bild hatte Martha meine Schwester genau getroffen: jede Stimmung, jeden Ausdruck, den ich kannte.

Mit zitternden Händen suchte ich weiter. Martha hatte gut zeichnen können. Immerhin hatte sie den Schulwettbewerb gewonnen. Was hatte sie gezeichnet? Das Porträt eines Mannes. So talentiert. Eine erstaunliche Künstlerin. Und diese Porträts waren ebenfalls unglaublich. Wie genau sie Gabriella beobachtet haben musste, um die Details so gut hinzubekommen.

Und jetzt hatte ich den Geruch von Farbe in der Nase. Er war penetrant. Warum hatte Martha die Schranktür zugestrichen? Was versuchte sie zu verstecken? Ich rannte nach unten, stolperte unterwegs. In der Küche schnappte ich mir ein Messer. Ins Zimmer zurückgekehrt, stieß ich die Klinge in den Spalt der Tür und säbelte hin und her, bis die Farbe abblätterte. Ich hebelte die Tür auf. Mein Körper zitterte, so sehr fürchtete ich mich davor, was ich finden würde.

Da war nichts. Nichts als Spinnweben und Staub. Und ein alter Suppenteller. In zwei Teile zerbrochen. Mit immer noch wie rasend klopfendem Herzen wandte ich mich ab.

In der Tür stand Martha mit geballten Fäusten und sah mich mit aufgerissenen Augen an.

28

1982

Eines kalten Februarmorgens, nachdem ich den größten Teil der Nacht wachgelegen hatte, holte ich mein Schulheft hervor und ging erneut die Listen mit Verdächtigen durch. Immer wieder kehrte mein Blick an den Anfang zurück. Edward Lily. Und wenn ich ihn befragte?

Ich zog mich rasch an, steckte mir als Frühstück ein paar Kekse ein, eilte aus dem Haus und nahm die Abkürzung über den Dorfanger und durch den Wald, um zum Lemon Tree Cottage zu gelangen. Als ich dort ankam, waren die Fenster offen, und drinnen summte ein Staubsauger. Sollte ich es wagen anzuklopfen? Ich ging daran vorbei und den Fahrweg entlang, aß ein paar Ingwerplätzchen und überlegte, was ich tun sollte.

Das Dach des Cottage nebenan war in schlimmerem Zustand denn je. Große Lücken waren ins Stroh gerissen worden. Das verlieh dem Haus ein unheimliches Gepräge, als wäre es angegriffen worden. Die Frau, die dort wohnte, stand, eine Wäscheklammer im Mund, an der Wäscheleine und streckte sich gerade, um ein Laken aufzuhängen, während ihr kleiner Junge auf dem Boden saß und mit den Fäusten auf das Tuch einhieb.

Darüber, was ich sagen sollte, dachte ich erst nach, als ich mit einem Klicken das Tor öffnete und auf den Gartenweg trat. Bei dem Geräusch drehte sich die Frau um, nahm die Wäscheklammer aus dem Mund und musterte mich argwöhnisch. »Du willst doch nichts verkaufen, oder?«, fragte sie. Ich schüttelte den Kopf. Natürlich nicht. »Und du sammelst auch keine Spenden für die Kirche?« Das war plausibler, aber ich schüttelte erneut den Kopf und fügte ein lautes »Nein« an, damit sie es auch ja verstand.

Sie nickte ernst. »Wie kann ich dir dann helfen?«

Ich bemühte mich um meine erwachsenste Stimme, und die Worte kamen ganz automatisch heraus. »Ich wollte Ihre Nachbarn besuchen, aber da ist es so laut vom Staubsaugen und dergleichen« – ich hörte mich an wie Großmutter Grace –, »dass sie die Klingel nicht gehört haben.«

»Die Klingel?«

O Gott. Bitte sag, dass sie eine Klingel haben. Daran hatte ich gar nicht gedacht.

»Vielleicht funktioniert sie nicht. Hast du's mal mit Klopfen probiert?«

Ich nickte entschieden. »Ja, habe ich.«

»Tja«, sagte die Frau, befestigte die Wäscheklammer und fischte noch ein paar aus ihrer Schürzentasche. »Wenn das so ist, wartest du am besten, bis der Lärm aufhört.« Wie um das Gegenteil zu demonstrieren, fing das Kind an zu schreien.

Ich blieb, wo ich war, und versuchte, mir eine Frage einfallen zu lassen, die ich stellen könnte. Dass mir das nicht gelang, sorgte zusammen mit dem Erscheinen des mit einer Latzhose bekleideten und eine Axt in der Hand haltenden Ehemanns der Frau dafür, dass ich mich zurückzog. Mit einem gemurmelten Dankeschön steuerte ich das Gartentor an, während der Mann in Richtung eines Holzschuppens über den Rasen ging.

Die Frau beobachtete mich schweigend, bis ich wieder auf dem Fahrweg stand. »Sie gehen weg«, rief sie mir nach.

Zack. Der Mann hatte einen Klotz gespalten.

»Ach ja?« Ich versuchte, beiläufig zu klingen. »Wohin denn?«

»Nach Spanien, denk ich mal. Zumindest hat er das gesagt. Obwohl …« Der kleine Junge verhedderte sich in der Wäsche. Sie bückte sich, hob ihn hoch und setzte ihn sich auf die Hüfte. Der Mann hörte mit Holzhacken auf. Ich wartete ein, zwei Augenblicke länger, ehe ich ihr wieder soufflierte.

»Obwohl?«

»Das Mädchen geht vielleicht nicht mit.«

Mein Herz schlug schneller. »Welches Mädchen?«

»Seine Tochter. Laut Geoff« – sie deutete mit dem Kinn in Richtung ihres Mannes – »bleibt sie hier. Na ja. Wenn ich hier sage, meine ich England.«

Geoff bestätigte es mit schiefem Grinsen. Ich sah ihn neugierig an. Woher wusste er das?

»Hat er im Dorf gehört«, sagte die Frau. »Du kennst doch die Klatschbasen. Muss also stimmen.« Sie lächelte auf eine Weise, die nahelegte, dass sie es nicht ernst meinte.

Ich fragte, wann sie denn fortgingen. »Am Dienstag«, sagte sie und bückte sich mühsam, um den leeren Wäschekorb aufzuheben. »Gegen Mittag.«

Bevor ich nach Hause ging, warf ich noch einen Blick auf das Lemon Tree Cottage. Mittlerweile war es dort ruhig. Die Fenster waren geschlossen. Von der Person, die staubgesaugt hatte, war nichts zu sehen. Es war überhaupt niemand zu sehen. Mein Herz pochte heftig. Was, wenn Edward Lily Gerüchte verbreitete, er kehre nach Spanien zurück und lasse Lydia in England? Was, wenn er nur vorgab, das Cottage stehe leer, damit niemand kam? Vielleicht war meine Schwester eine Gefangene, die im Keller oder auf dem Dachboden eingesperrt war. In den Nachrichten hörte man von solchen Dingen. Von jahrelang weggesperrten Menschen, die nicht gefunden wurden, bis sie eines Tages entkamen oder ein Nachbar oder Freund misstrauisch wurde und einbrach.

Ich fasste einen Plan. Es war Sonntag. Am Dienstagnachmittag, wenn Edward Lily schon weg sein müsste, würde ich die Schule schwänzen und dorthin zurückkehren. Niemand würde es mitbekommen. Und wenn doch, würden sie einfach ein Auge zudrücken. Aus lauter Nachsicht mit der kleinen Schwester des vermissten Mädchens.

Es wurde Dienstag, und ich machte mich wie üblich fertig. Frühstückte, packte meine Tasche und schlüpfte in Gabriellas Parka, den ich mittlerweile in Besitz genommen hatte. Den Vormittag verbrachte ich in der Schule – ausnahmsweise erfreut darüber, dass niemand Notiz davon nahm, wie still ich im Unterricht war – und dachte darüber nach, was ich tun würde, wenn ich zum Lemon Tree Cottage kam. Was ich dort vielleicht finden würde.

Zur Mittagszeit aß ich hastig Käsemakkaroni. Auf dem Weg aus der Mensa kam ich an Martha vorbei und wich ihrem Blick aus. Seit ich sie angeschrien hatte, hatten wir nicht mehr miteinander gesprochen. Ich blieb bei dem, was ich gesagt hatte; ich wollte nie wieder mit ihr reden.

Ich steuerte das Schultor an und ging dabei so, als wäre es völlig normal, die Schule um diese Zeit zu verlassen. Doch sobald sie außer Sicht war, beschleunigte ich mit einem ungeheuren Gefühl der Erwartung und Erregung meinen Schritt. Ich war mir sicher, dass ich im Cottage etwas finden würde – zumindest eine Spur, die mir helfen würde zu verstehen, was passiert war. Oder aber sie würde dort sein. Gabriella. Ich malte mir aus, dass sie, wie Lydia es getan hatte, am Fenster stehen und mir entgegensehen würde, wenn ich den Fahrweg entlangkam. Jetzt sauste ich den Hügel hinauf wie Hermes – als hätte ich Flügel an den Füßen. Aber ich war kein Bote, ich war Odysseus – auf einer Irrfahrt, um meine Schwester zu finden.

Während ich mich der Hügelkuppe näherte und sie schließlich erreichte, verließ mich der Mut. Was, wenn es dort nichts zu finden gab? Was, wenn meine Suche sinnlos war? Ich hatte keine anderen Ideen. Keine Spuren, denen ich folgen konnte. Als ich beim Cottage ankam, hämmerte mir vor Angst das Herz. Ich verharrte am Gartentor. Die Sonne verschwand hinter einer Wolke, und das Cottage sank in Schatten. Die Zeit tickte weiter, die Sonne kam wieder zum Vorschein, und die Stille wurde von einer Amsel durchbrochen. Ich nahm all meinen Mut zusammen, trat vorwärts in die Düsternis und nahm den Pfad, der um das Cottage herum auf die Rückseite führte. Das Vogelgezwitscher verstummte jäh, und ich hatte plötzlich das Gefühl, in einer anderen Welt zu sein, in der lebendige Geschöpfe nicht willkommen waren.

Der hintere Garten war zunächst breit und verengte sich dann in Richtung einer Gruppe von Obstbäumen. Ich ging um das Haus herum und kam dabei den Ziegelsteinen und dem Mörtel, den Fallrohren und Fenstern immer näher, wie ein Tier, das seine Beute umschleicht. Bald berührte ich die Wände, strich mit den Fingern über die rauen Oberflächen, versuchte zu erspüren, was darin war.

Bei sämtlichen Fenstern waren die Läden geschlossen, mit einer Ausnahme. Auf der Rückseite des Hauses befand sich eine Veranda mit flachem Dach, gestützt von zwei dicken Holzpfosten, und darüber gab es ein kleines rechteckiges Fenster. Mir kam der Gedanke, dass ich, wenn ich mich auf das Verandadach ziehen könnte, imstande wäre, in den ersten Stock des Hauses zu sehen. Ich sah mich nach etwas um, worauf ich stehen konnte. In einem Blumenbeet am Zaun lag eine ausrangierte Regentonne auf der Seite. Sie bestand aus dickem grünem Plastik. Wenn ich sie umstülpte, könnte ich draufklettern, und sie würde mein Gewicht aushalten, dessen war ich mir sicher. Ich rollte die Tonne zur Veranda hinüber und stellte sie neben einem der Holzpfosten auf.

Das Licht schwand, und in der Luft lag eine Kühle, von der ich Gänsehaut bekam. Aber ich war nicht bereit, nach Hause zu gehen, obwohl das vielleicht bedeutete, im Halbdunkel den Fahrweg entlang und an den Feldern vorbei zurückmarschieren zu müssen. Ich sagte mir, dass es das wert war, während ich auf die Tonne stieg, mich fing und am Pfosten festhielt, um das Gleichgewicht nicht zu verlieren, dann die raue Oberfläche des Flachdachs packte und mich hochhievte, bis ein Ellbogen darauf lag. Ich zog mich nach oben und strampelte mit den Füßen, als sie sich von der Tonne hoben, und plötzlich lag ich auf dem Dach, zusammengekauert wie der sprungbereite Jasper, nur dass ich mir nicht halb so behände vorkam.

Ich atmete langsam und schob mich an die Hauswand heran. War das Flachdach stabil genug? Ich stellte mir vor, wie es unter mir nachgab, ein Bein durchbrach und ich mich am Fenstersims festklammerte – dort festsaß, ohne dass irgendwer wusste, wo ich war. Vorsichtig kroch ich vorwärts.

Ich drückte das Gesicht gegen das Glas, beschirmte mit den Händen die Augen. Jetzt schaute ich auf einen kleinen, düsteren Absatz – die Mitte einer L-förmigen Treppe. Von dort aus führten mehrere Stufen auf den oberen Flur, wo an der Wand ein Bücherregal stand, vollgestopft und unordentlich. Während ich noch auf die Bücher starrte, nahm ich plötzlich eine Bewegung wahr – etwas Helles, Flatterndes, ein Stück Kleidung, jemand der mich ansah.

Überrascht wich ich zurück, und erst im letzten Moment fiel mir wieder ein, dass ich auf einem Dach war. Ich bremste ab, kraxelte nach unten, hing in der Luft, tastete mit den Füßen nach der Tonne, merkte, dass sie wegkippte. Mein Herz schlug heftig, als ich losließ und auf dem Boden landete, erstaunlicherweise in perfekter Haltung; wie eine Turnerin hielt ich mit gebeugten Beinen und ausgestreckten Armen das Gleichgewicht. Eine Sekunde lang wäre ich am liebsten wieder hinaufgeklettert. War es Gabriella, die ich gesehen hatte? Deswegen war ich doch hergekommen, oder? Um festzustellen, ob sie hier war. Doch jetzt war ein Geräusch zu hören. Ein Fenster, das aufging? Schritte auf der Treppe?

Ich flüchtete entlang des dunkler werdenden Feldwegs und hinaus auf die Hauptstraße. Mit auf den Asphalt hämmernden Füßen lief ich weiter, wich einem entgegenkommenden Auto aus, dessen Hupe losplärrte. Athletin. Marathonläuferin. Es war, als wäre ich in Gabriellas Körper geschlüpft. Oder sie in meinen. Ich rannte nach Hause, ohne anzuhalten, und stürmte zur Haustür hinein.

Mum kam gerade aus der Küche, als ich vornübergebeugt, nach Atem ringend im Flur stand und kein Fünkchen Heldenmut mehr im Leib hatte. Und als ich sie ansah, wurde mir klar, wie egoistisch es von mir gewesen war wegzugehen, ohne ihr Bescheid zu sagen. Mum hatte das schon immer gehasst.

Ich wartete darauf, wegen meiner zerkratzten Arme und zerrissenen Kleider ausgeschimpft und allermindestens auf mein Zimmer geschickt zu werden; aber Mum sah mich an, als nähme sie mich kaum wahr. Hatte sie überhaupt bemerkt, dass ich weg gewesen war? Plötzlich tat mir von meiner vermeintlich perfekten Landung der Knöchel weh, und der Schmerz kroch mir nach oben durch den Körper. Doch Mums Gesicht zeigte schlimmeren Schmerz. Sie wirkte zehn Jahre älter als bei meinem letzten Blick auf sie, und ihre Haare, fiel mir auf, waren eher grau als blond. Ich unterdrückte das Schluchzen, das in mir aufstieg, ließ die Schultern sinken und den Kopf hängen. Sie berührte mich an der Schulter. »Dein Abendessen steht auf dem Tisch«, sagte sie leise. Ich nickte kläglich, ehe ich ins Badezimmer trottete, um meine zerkratzten und verdreckten Hände zu waschen.

Das Wasser wirkte lindernd. Ich schloss die Augen und überlegte, was ich gesehen hatte. Das Flattern eines Rocks oder eines Kleides, vielleicht eines Tuchs. Hellorange. Es war ein Mensch gewesen, aber ich hatte kein Gesicht gesehen. Ich hatte mich zu sehr gefürchtet und es zu eilig gehabt zu verschwinden. Was, wenn es Gabriella gewesen war, die mir bedeutet hatte zu bleiben? Was, wenn ich sie im Stich gelassen hatte?

An diesem Abend brachte ich meine übliche Routine ganz mechanisch hinter mich, murmelte Antworten auf die Fragen meiner Eltern. Und dabei sagte ich mir die ganze Zeit, dass es nur eine Möglichkeit gab, die Wahrheit herauszufinden. Ich würde zum Cottage zurückkehren müssen.

Am nächsten Tag verließ ich wie üblich das Haus, als wollte ich zur Schule gehen, doch dann schlich ich mich zurück und versteckte meine Tasche hinter den Büschen im Vorgarten. Als ich wieder losging, setzte ich mir die Kapuze des Parkas auf, spürte den schütteren Pelz an meinem Gesicht und den Schmerz über das, was fehlte: Gabriellas Duft. Er verschwand allmählich, wurde von meinem verdrängt.

Das war meine letzte Chance. Meine letzte Theorie. Es gab niemanden mehr, den ich noch fragen, keinen Ort mehr, an dem ich noch suchen konnte. Ich hatte keinen Plan, doch beim Cottage angekommen, klopfte ich trotzdem. Keine Reaktion. Ich hob die Fußmatte an, sah hinter den leeren Milchflaschen nach. Die Leute ließen ihre Schlüssel an den naheliegendsten Stellen. Nicht so Edward Lily. Auch an der Hintertür war nichts zu finden, allerdings waren die Läden eines Fensters im Erdgeschoss zurückgeklappt. Ich drückte das Gesicht ans

Glas und blickte in eine kleine, nicht aufgeräumte Küche. Ich musste hinein. Wo würde jemand noch einen Schlüssel verstecken? Über der Tür. Ich stellte mich auf die Zehenspitzen, ließ meine Finger über den Türsturz gleiten, spürte kaltes Metall und nahm triumphierend den Schlüssel herunter.

Ein Moment des Zögerns. Was, wenn Edward Lily gar nicht weggegangen war? Was würde er tun, wenn er mich in seinem Haus fände? Würde er die Polizei rufen – oder Schlimmeres? Ich holte tief Atem, packte den Schlüssel und steckte ihn ins Schloss.

Sobald ich in die Küche trat und den Raum absuchte, spürte ich die Anwesenheit einer Frau – einen warmen, schweren Duft nach Blumen. Auf dem Abtropfbrett standen Tassen, außerdem Weingläser. Ich ging zum Kühlschrank hinüber und öffnete ihn. Eine Flasche Milch stand darin, die Deckelfolie war durchstoßen, der Inhalt zur Hälfte aufgebraucht. Ich schnupperte daran. Frisch. Es gab Würstchen auf einem Teller, Gemüse, eine geöffnete Flasche Wein. Und der Herd war noch warm. Die Nachbarin hatte sich geirrt. Edward Lily war nicht weggegangen. Er war mit Lily immer noch hier.

Auf Zehenspitzen ging ich in den Flur hinaus und lauschte. Kein Geräusch. Nicht einmal das Ticken einer Uhr. Der Teppich war dick und dämpfte meine Schritte. An der Tür stand ein großer Tisch neben einem Garderobenständer, an dem eine Regenjacke hing. Auf dem Tisch lag ein Stapel Briefe, darunter auch ein großer brauner Umschlag, dick genug für eine Zeitschrift oder einen Katalog. Ich warf einen Blick auf den Poststempel. Oxford. Wenn Edward Lily hier wäre, hätte er diese Briefe geöffnet. Dennoch musste sie jemand von der Fußmatte aufgehoben haben.

Draußen klickte das Gartentor. Ich erstarrte. Schritte auf dem Weg. Ich wich zurück, machte mich darauf gefasst, flüchten zu müssen. Die Klappe des Briefschlitzes schepperte, als ein Prospekt hindurchgeschoben wurde. Die Schritte zogen sich zurück, und ich entspannte mich.

Als Nächstes das Wohnzimmer. Die Vorhänge waren zugezogen, und meine Augen brauchten einen Moment, um sich an die Düsternis zu gewöhnen. Im Zimmer roch es nach Holzrauch und Tabak. Eine Sekunde lang hielt ich inne, zu dem Tag zurückversetzt, an dem Gabriella verschwunden war. Der Aschenbecher, der Besucher in unserem Haus.

Ich blickte mich um. Das Mobiliar war solide: ein Sofa mit gerader Lehne, ein mit Chintz bezogener Sessel, eine Samtchaiselongue. Ein hölzerner Pfeifenständer. Es gab einen Couchtisch, der von einer Spirale von Teeflecken verunstaltet war. Über dem Kamin hing ein Spiegel mit goldenem Rahmen. Im Zimmer verteilt waren Vasen mit Blumen, die man hatte verwelken lassen, eine beklagenswerte Yuccapalme, eine kunstvolle Bronzeurne, mit Blau und Gold bemalte Holzikonen und neben dem Kamin die Skulptur einer Giraffe.

Auf der Armlehne eines der Sessel waren ein paar Zeitschriften liegen geblieben, obendrauf lag ein aufgeklappter Prospekt. Er zeigte das Foto eines riesigen alten Hauses. Es erinnerte mich an Saint Barnabas. Doch dieses Haus sah eher nach einer Klinik aus. Auf einigen Bildern waren Schwestern zu sehen. Und Zimmer mit Betten.

Die Treppe wurde, wie ich schon vorher gesehen hatte, von einem kleinen Absatz unterbrochen. Dort blieb ich einen Moment lang stehen und schaute zum Fenster hinaus. Nichts rührte sich. Der Garten war trostlos. Der Himmel grau. Ich schlich die zweite Treppe hinauf. Die Vorstellung, dass Gabriella gegen ihren Willen hier im Cottage festgehalten wurde, verblasste allmählich, aber ich musste sichergehen.

Die erste Tür im oberen Flur war nur angelehnt. Sie führte

in ein kleines Zimmer mit Doppelbett, das den vorhandenen Raum fast komplett ausfüllte. Auf dem Nachtschränkchen stand eine Lampe mit Bronzefuß und einem Schirm mit Blattmuster, und an dem Fußende des Bettes lag ein hellorangefarbener Morgenmantel. Das musste der plötzliche Farbfleck gewesen sein, den ich durchs Fenster gesehen hatte. Ich hob den Morgenmantel auf, um den Duft einzuatmen. Er war frisch und unvertraut. Es roch nach Blumen. Rosen, vielleicht.

Jetzt war ein Geräusch zu hören: das Zuschlagen eines Tors. Mein Herz hämmerte. Ich fuhr herum, ließ den Morgenmantel fallen und rannte aus dem Zimmer und die Treppe hinunter, die Arme ausgestreckt, um das Gleichgewicht zu halten, und immer wieder an die Wände stoßend. Ich flüchtete hinten hinaus, so verzweifelt darauf bedacht wegzukommen, dass mir der Lärm, den ich machte, oder der Grund, warum ich überhaupt gekommen war, völlig egal waren und ich nicht einmal mehr die Tür zumachte, weil ich schon Stimmen und das Geräusch eines Schlüssels hörte.

Auf dem Fahrweg beschleunigte ich meine Schritte und zwang mich zu rennen, ohne zurückzublicken. Und während ich zum zweiten Mal vom Lemon Tree Cottage flüchtete, packte mich Enttäuschung und legte sich schwer auf meine Brust. Gabriella war nicht im Cottage. Es war nicht ihr Duft und auch nicht ihre Stimme gewesen. Es waren nicht ihre Kleider, die auf dem Bett lagen. Es waren nicht ihre Hände, die die Sachen in Edward Lilys Haus berührten, und auch nicht ihre Lippen, die aus seinen Gläsern tranken.

Ich verlangsamte meinen Schritt und humpelte den Hügel hinunter, und meine Augen schwammen in Tränen. War das das Ende meiner Nachforschungen? Wo sollte ich sonst noch suchen?

Im Dorf kam mir auf dem schmalen Fußweg eine Gruppe

Jungs entgegen, die Hände um Bierdosen geschlossen. Es war nicht genügend Platz, um an ihnen vorbeizukommen. Ich würde auf die Straße treten müssen. Aber ich hielt Kurs. Es war mir egal. Und während sie mich mit ihren missmutigen Gesichtern ansahen, hob ich das Kinn und funkelte sie unter meiner Kapuze hervor zornig an. Sie konnten sagen, was sie wollten. Es berührte mich nicht. Ich war auf der Suche nach meiner Schwester. Die Bedeutung dieser Jungs war geschrumpft. Ich war stark, und sie waren schwach. Ich hatte vor nichts Angst.

Sie senkten den Blick, traten vom Fußweg herunter und machten mir Platz, und mir wurde plötzlich klar warum – nichts, was sie sagten oder wozu sie imstande waren, konnte schlimmer sein als das, was ihrer Meinung nach Gabriella angetan worden war.

Zum ersten Mal bezweifelte ich, dass sie sich irgendwo versteckte. Vielleicht hatten die Leute recht. Irgendetwas Schreckliches war meiner Schwester zugestoßen, und sie würde nie mehr nach Hause kommen.

29

Martha öffnete den Mund, als wolle sie etwas sagen, aber es kam nichts heraus. Ich nahm mir einen Moment Zeit, um sie anzusehen, bevor ich etwas sagte, um sie ganz zu erfassen, um den Zorn zu begreifen, der in mir aufstieg.

»Warum?«, sagte ich schließlich und zeigte auf die Porträts.

Martha starrte zurück, noch immer stumm. Am liebsten hätte ich sie an den Schultern gepackt und die Worte aus ihr herausgeschüttelt, aber ich zwang mich, ruhig zu bleiben.

»Warum?«, wiederholte ich. »Warum hast du all diese Porträts gezeichnet? Warum hat Gabriella dich überhaupt gelassen? Antworte mir, Martha. Ich muss es wissen.«

Jetzt reagierte sie, ließ den Kopf hängen und die Schultern sinken. »Weil sie nett war. Sie war als Einzige nett zu mir. Sie ist hierhergekommen, und wir haben uns unterhalten. Sie hat mir *zugehört,* und ich habe ihr Sachen erzählt.«

»Und sie hat sich von dir zeichnen lassen?« Ich konnte es kaum glauben, dabei erinnerte ich mich an den schmerzhaften Stich, als ich Gabriella aus Marthas Haus hatte kommen sehen, an das Gefühl von Verrat. Wie oft hatte Gabriella sie besucht? Vermutlich öfter, als mir bewusst gewesen war.

»Es ist nicht so schrecklich, oder?«, sagte Martha. »Ich konnte gut zeichnen, oder?«

Ich schaute auf die Porträts. Es war nicht zu bestreiten. Martha war unglaublich begabt.

»Aber warum hast du Edward Lily das Porträt gegeben?«

»Das habe ich nicht«, sagte sie heftig. »Ich hätte ihm überhaupt nichts gegeben.«

»Wieso nicht?«

»Er war auch nicht besser als die anderen.«

»Ach ja?« Meine Stimme klang scharf.

»Ich hab es dir doch gesagt. Männer und Jungs. Alle hinter Gabriella her. Das konnte ja nicht gutgehen, oder?«

Sie sah zur Seite, und ich folgte ihrem Blick. Weil mich die Porträts so stark beschäftigten, hatte ich den Schrank, den ich aufgebrochen hatte, völlig vergessen. Jetzt registrierte sie, was ich getan hatte. »Dazu hattest du kein Recht«, sagte sie mit erhobener, zorniger Stimme. Sie schob die Tür zu. »Wofür hältst du dich eigentlich?«

»Ich hatte jedes Recht dazu«, fauchte ich zurück. »Ich suche nach meiner Schwester.«

»Du wirst sie nicht finden.«

Ich machte einen Schritt vorwärts, und sie zuckte zurück. Ihr Gesicht war weiß, ihre Augen funkelten. Wovor hatte sie Angst? Ich drehte mich zu dem Schrank um und packte den Türgriff.

»Lass das«, blaffte sie.

»Wieso. Was versteckst du da drin?« Eine zugeklebte Tür und ein zerbrochener Suppenteller. Wieso hatte Martha den Schrank zugestrichen? Ich ließ die Hand sinken. In meinem Kopf bildete sich ein schrecklicher Gedanke und stahl sich in mein Bewusstsein. Mit gesenkter Stimme presste ich die Worte hervor. »War da jemand eingesperrt?«

»Das geht dich nichts an.«

»Das geht mich sehr wohl was an. Hat dein Vater Gabriella in diesen Schrank gesperrt?«

»Nein!«

Ich trat vor Martha. »Du lügst. Dein Vater hat meine

Schwester hier eingesperrt, stimmt's? Und was hat er dann getan?«

Ich packte sie am Handgelenk und zog sie näher heran. Ich stellte mir Gabriella gefangen vor. Hatte sie geschrien? Hatte sie gegen die Tür gehämmert? Ich folgte dem Fluss ihrer Empfindungen: der Ungläubigkeit, der Wut, der zunehmenden Angst und Verzweiflung, als ihr klar wurde, dass niemand kommen würde.

Martha atmete schwer. Angewidert lockerte ich meinen Griff. Sie glich einem Tier: hilflos, erbärmlich.

»Wie lange war sie im Schrank?«

»Hör auf damit«, sagte Martha. »Er hat sie da nicht eingesperrt.«

»Warum hast du ihn dann zugestrichen?«, bohrte ich nach. »Was versuchst du zu verstecken?«

»Es war nicht sie«, sagte sie mit starrem Blick.

»Was soll das heißen?«

»Ich war es.«

Schweigen. »Du?« Ich ließ den Atem entweichen. »Wieso?«

»Drei Tage«, sagte sie und ignorierte meine Frage. »Drei Tage lang hat er mich dort eingesperrt. Kannst du dir vorstellen, wie das war?«

Sie ging durchs Zimmer und setzte sich aufs Bett. Ich beobachtete sie mit schlaff herunterhängenden Armen, vollkommen außerstande, mich zu rühren oder etwas zu sagen. Martha, die sich im Dunkeln fürchtete, nicht Gabriella. Eine merkwürdige Art von Erleichterung. Eine merkwürdige Art von Furcht.

Schließlich ging ich zu ihr hinüber und kniete mich vor sie. »Erzähl es mir«, sagte ich und zwang mich, ruhig zu bleiben. Ich legte meine Hand auf ihre. Sie fühlte sich an wie Knochen mit einem ganz dünnen Hautüberzug.

Einen Moment lang ließ sie sie da liegen, dann zog sie ihre Hand rasch weg.

Ich setzte mich auf die Fersen, versuchte, einen anderen Zugang zu finden. »Erzähl es mir«, sagte ich erneut.

Sie schloss die Augen und sagte: »Früher war er nett.«

Ich dachte an das, was Eliza mir erzählt hatte. »War das, bevor er seinen Job verloren hat?«

»Er war Elektriker«, sagte Martha und lächelte, als wäre sie stolz auf die Erinnerung. »Er hat mich mit seinem Werkzeugkasten spielen lassen. Ich war seine kleine Gehilfin.«

»Und dann?«

Das Lächeln verschwand. »Dann war er Vertreter.«

Wieder trat Schweigen ein. »Und wie war er danach?«

»Betrunken. Zuerst nur freitagsabends. Dann jeden Abend. Und wenn er nach Hause kam, hat er im Haus herumgewütet.« Sie schloss die Augen, während sie sich erinnerte. »Ist auf der Treppe gestolpert, hat in die Schüssel gepinkelt, sich die Hose hochgezogen, an seinem Reißverschluss gezerrt, sich den Gürtel zugemacht.« Jetzt sah sie mich an. »Hab ich dir schon von seinem Gürtel erzählt?« Sie wartete nicht auf die Antwort. »Er hat ihn ihr um den Hals gelegt und fest zugezogen. Willst du über meinen Vater Bescheid wissen? Ich hätte ihn umgebracht, wenn er nicht gestorben wäre. Ich hätte ihn ersäuft, wenn er alt und schwach gewesen wäre, hätte ihm den Kopf in die Badewanne gedrückt oder ihn mit einem Kissen erstickt. Ich hätt's getan, das schwöre ich, sobald er zu langsam gewesen wäre, um mich mit seinen Fäusten zu erwischen.«

Mir gefror das Blut. »Wem um den Hals gelegt?«

»Meiner Mutter.«

»Und dir?«

»Nein.«

»Und Gabriella?«, flüsterte ich.

Sie schüttelte langsam den Kopf.

»Wer dann?«

Martha vergrub das Gesicht in den Händen, und ich hütete mich davor, sie zu drängen. Ich musterte sie noch einige Sekunden lang, beschwor sie innerlich zu reden, aber sie weinte, und dicke Tränen klatschten aufs Bett. Mit einem Gefühl der Hilflosigkeit stand ich auf, und mein Blut raste, während ich zu begreifen versuchte. Wenn Martha es nicht sagen wollte, musste ich die Wahrheit eben auf andere Weise herausfinden.

Ich ging zurück zum Zimmer ihrer Eltern, blieb in der Tür stehen und schaute mich um. Die Atmosphäre war finster und brütend, passend zu dem Dämon in meinen Träumen. Irgendetwas verbarg sich hier. Geheimnisse. In den Ritzen und Spalten der Wände. Ich war ganz nahe dran, alles zu verstehen. Ich musste nur genauer hinsehen, dann würde ich Bescheid wissen.

Über den Gürtel und die Zeitschriften, den schäbigen Teppich und den Läufer ging ich zu den Kartons hinüber. Ich fuhr mit den Fingern über ihre sich durchbiegenden Seiten und las die Etiketten auf den Deckeln. Da stand der Name der Firma: Rawlinson Supplies. Und die Adressen von Läden und Geschäften in verschiedenen Städten im ganzen Land. Die Ziele eines Handlungsreisenden. Glasgow. Warrington. Sheffield. Und York.

Noch einmal las ich die Namen, bemüht, einen Zusammenhang herzustellen. Es war, als arbeitete mein Gehirn in Zeitlupe. *York*, las ich.

Der Gürtel. Mit dem Fuß drehte ich ihn um. Die Schnalle wurde sichtbar. Sie war geformt wie ein Adler, das Metall vom Alter angelaufen.

York. Das Wort klang wie der Schlag der Totenglocke.

Martha war mir so geräuschlos gefolgt wie ein Gespenst. Ich blickte auf, und eine Kälte strich durch meine Brust.

»Manchmal denke ich, ich sehe sie«, sagte sie.

Ein Bild stellte sich ein. Ein blondes Mädchen mit Ponyfrisur. Das in York ermordete Mädchen. »Victoria Sands?«, sagte ich mit kaum hörbarem Flüstern.

Martha machte eine ungeduldige Handbewegung, schüttelte den Kopf. »Nein. Ich sehe *sie.* Auf der Straße oder am Teich. Und hier – Schritte, die durchs Haus laufen. Hörst du sie auch manchmal? Siehst du sie?«

Ich schüttelte den Kopf. »Das ist nicht möglich.«

Aber ich wusste, dass sie recht hatte. Auch ich sah Gabriella überall.

»Was ist ihr zugestoßen?«, sagte ich. »Wenn er sie nicht erwürgt hat…« Ich hielt inne. »Hat er dann etwas anderes getan?«

Sie sah mich an, und trotz allem erhellte Verwunderung ihr Gesicht. »Nein. Das hab ich dir doch gesagt. Er hat Gabriella nicht umgebracht.«

Mit plötzlicher schuldbewusster Erleichterung atmete ich aus. Es bestand noch Hoffnung. Leicht schwindelig machte ich einen Schritt auf Martha zu und streckte die Hände aus, als könnte ich die Wahrheit greifen. Sie fuhr zurück. »Warum bist du zurückgekommen?«, fragte sie. »Jetzt muss ich das alles noch einmal durchleben.«

»Was musst du noch einmal durchleben, Martha?«, fragte ich leise. »Sag es mir.«

Sie bedachte mich mit einem neugierigen Blick, als hätte sie einen bestimmten Gedanken zum ersten Mal. »Du bist wie diese Frauen, stimmt's?«

»Welche Frauen?«

»Die mich dazu gebracht haben, zur Kirche zu gehen.«

»Zur Kirche?«

»Ja. Sie haben gedacht, ich wäre einsam, als meine Mutter gestorben ist.« Sie warf mir einen verschlagenen Blick zu. »Wieso hätte ich einsam sein sollen? Einmal bin ich hingegangen. Das reichte. Sie haben Faltblättchen über Christus verteilt und dass er uns errettet hätte und unsere Sünden von uns nehmen würde, uns vergeben würde, was wir getan haben. Solange wir uns Gott anvertrauten und bereuten. Wahrscheinlich haben sie gedacht, sie könnten mich auch erretten.«

»Von was, Martha?«

»Du hättest gern, dass ich dir das erzähle, was?«

Ich bemühte mich um eine ruhige und feste Stimme. »Dass du mir was erzählst?«

»Das Wie und das Warum.«

»Ja, Martha«, sagte ich. »Ich hätte gern, dass du mir das Wie und das Warum erzählst.«

»Das *Warum* ist einfach – hast du schon mal einen Schmetterling in einem Spinnennetz gesehen?«

»Sag's mir!«, sagte ich mit lauter werdender Stimme. Ich war wieder zwölf, mit notdürftig reparierter Brille, das Heft mit Verdächtigen in der Hand. »Was weißt du, Martha? Erzähl mir von dem Tag, an dem sie verschwunden ist. Hast du sie gesehen?«

Martha hörte gar nicht zu. »Ich kann es fast hören«, sagte sie. »Ich kann es fast riechen.«

»Was kannst du hören?«

»Geschrei.«

»Was kannst du riechen?«

»Blumen.«

Ich wartete, und mein Herz schlug so laut, dass es im ganzen Haus widerhallen musste. »Erzähl es mir«, sagte ich. »Erzähl mir von dem Tag.«

Sie runzelte die Stirn. Ich malte mir die Bilder aus, die in ihrem Kopf entstanden, die Folge der Ereignisse. Sie war nach der Schule zu einer zusätzlichen Kunststunde dageblieben. Sie war im Halbdunkeln nach Hause gegangen. War sie gleichzeitig mit Gabriella in der Acer Street angelangt?

»Um welche Zeit bist du nach Hause gekommen?«, fragte ich.

Martha verdrehte die Augen nach oben, als versuchte sie, sich zu erinnern.

»Das weiß ich nicht mehr. Aber ich wusste, meine Mutter würde mich umbringen, weil ich zu spät kam. Sie würde mich aussperren.«

»Und das ist dann auch passiert, du bist ausgesperrt worden?«

»Ich hab mich auf die Mauer gesetzt«, sagte sie.

»Auf welche Mauer?«

»Entlang der Straße.«

»Du bist nicht weitergegangen, weil du Angst davor hattest, nach Hause zu gehen?«

Sie machte schmale Augen. »Ich bin nicht weitergegangen, weil ich den Mann gesehen habe.«

»Welchen Mann?« Jetzt klangen meine Worte fern, als befände ich mich in einem Traum.

»Edward Lily.«

Ich atmete tief ein und zählte im Kopf, ehe ich wieder etwas sagte. »Was hat er gemacht?«

»Mit Gabriella geredet.«

»Hast du gehört, was sie gesagt haben?«

Sie nickte. »Zuerst haben sie mich nicht bemerkt.«

»Was? Was haben sie gesagt?«

Sie hielt inne. »Er hat gesagt, dass er sie liebt. Dass er mit ihr zusammen sein will. Ich dachte … ich dachte, er versucht …« Sie brach ab.

»Hast du gewusst, dass er ihr Vater ist?«

Sie starrte mich an und schüttelte den Kopf. »Nein. Ich dachte …« Wieder verstummte sie, ihr Gesicht war gerötet. Sie musste das Schlimmste von Edward Lily geglaubt haben.

»Er ist ihr Vater«, wiederholte ich und beobachtete, wie dieses Wissen sich bei ihr festsetzte. »Was hat Gabriella zu ihm gesagt?«

»Das weiß ich nicht mehr. Ich verstehe das nicht. Wieso hat sie mir nicht gesagt, dass er ihr Vater ist?«

»Wieso sollte sie?«, sagte ich. »Mir hat sie's ja auch nicht gesagt.« Bemüht, meine Emotionen im Zaum zu halten, verschränkte ich die Arme, packte meine Ellbogen, bohrte mir die Fingernägel in die Haut. »Versuch es«, sagte ich. »Versuch, dich zu erinnern, was Gabriella gesagt hat.«

Sie schüttelte den Kopf. »Ich kann nicht.«

»Bitte, Martha. Es ist wichtig. Was hat Gabriella gesagt?«

Sie stieß sich die Handballen in die Augenhöhlen, als versuchte sie, die Erinnerungen herbeizuzwingen. »Sie hat gesagt, sie würde ihre Familie nicht verlassen.«

Vor Erleichterung atmete ich wieder aus. »Was noch?«

»Sie hat gesagt, sie wollte niemandem wehtun. Und … und sie hat ihm eines von meinen Porträts gegeben. Das, das ich ihr geschenkt hatte.«

Warum? Als Entschuldigung dafür, dass sie ihn zurückwies? Als Ersatz für sie? »War er wütend?« Martha schüttelte den Kopf. »Und du? Hat es dich geärgert, dass Gabriella ihm das Porträt gegeben hat, das du gezeichnet hattest?«

Martha wandte den Blick ab. Es stimmte. Sie war wütend und eifersüchtig gewesen … genau wie ich.

»Und Tom?«, sagte ich endlich, und mein Herz hämmerte. »War er auch da? Ist er vorbeigekommen, während die beiden sich unterhalten haben?«

Martha nickte.

Toms sich immerzu ändernde Aussage. Seine Vergesslichkeit. Hatte er Gabriella mit einem Mann oder mit einem Mädchen gesehen? Die Antwort lautete: sowohl als auch. Er hatte die ganze Zeit die Wahrheit gesagt.

»Was hat Edward Lily getan? Hat er ihr wehgetan?«

Sie schüttelte den Kopf. »Er ist weggegangen.«

»Und Gabriella?«

»Sie hat geweint.«

Ich senkte die Stimme zu einem Flüstern. »Und dann?«

»Ist sie zu mir gekommen. Kannst du dir das vorstellen? Sie *wollte* mit mir zusammen sein.«

»Und was ist dann passiert?«

»Ich hab sie nach Hause mitgenommen.«

»Du hast sie nach Hause mitgenommen«, wiederholte ich.

Schweigen. Ich stellte mir Gabriella vor, weinend und verletzlich, wie sie sich von Martha abschleppen ließ, dem Menschen, dem sie geholfen und für den sie sich eingesetzt hatte. Aber jetzt hatte sich das Blatt gewendet, und Martha half ihr. Sie hatte ihre Chance ergriffen und meine Schwester noch einmal zu sich nach Hause geholt. Wie sie sich darüber gefreut haben musste, eine Freundin nach Hause mitzubringen wie jedes normale Mädchen mit normalen Eltern in einem normalen Zuhause. Aber Martha war nun mal nicht normal. Sie hatte ein schreckliches Leben mit einem mörderischen Vater und einer misshandelten Mutter gehabt.

»Sie war ein Miststück.«

Mein Blut geriet in Wallung und pochte mir im Kopf. Ich starrte Martha an. »Was zum Teufel soll das heißen?«

»Sie hat mich Kekse kaufen geschickt.«

Verwirrt wandte ich den Blick ab. »Gabriella?«

»Meine Mutter. Sie war ein Miststück.«

Bilder schossen mir durch den Kopf: dieses verlassene Zimmer, die antiseptische Küche, die Sterilität des Wohnzimmers, das Fehlen jeglicher Persönlichkeit. Das Grab der Ellis mit den Schändungsspuren am Stein. Sie hasste ihren Vater. Hatte sie auch ihre Mutter gehasst? Sie hatte sie sterben sehen. Mein Gott, wie war das gewesen? Wieder beschlich mich der Gedanke. Hatte sie ihre Mutter gestoßen? Ich rieb mir die Augen, drückte mir die Handballen in die Höhlen. Martha hatte *beide* Eltern gehasst. Ihr Vater war ein Monster, das war klar, aber ihre Mutter war in dieser Geschichte ein Opfer. Oder nicht?

Martha war still. Ich beugte mich vor und legte erneut meine Hand auf ihre. Sie wirkte angesichts der Berührung überrascht, doch diesmal ließ sie sie zu.

»Was ist passiert, als ihr ins Haus gegangen seid?«

»Sie hatte ihr Halstuch nicht um«, sagte Martha und berührte mit den Fingern ihre Kehle.

»Deine Mutter.«

»Ja. Und sie war wütend. Wütend auf mich, weil ich spät dran war und weil ich Gabriella mitbrachte.«

»Aber Gabriella war doch schon öfter da gewesen, und deine Mutter hatte nichts dagegen gehabt.«

»Ja, aber ... die blauen Flecken. Sie waren ...« Sie hielt inne.

»Hatte dein Vater ...?«

»Ja. Er hatte sie am Abend vorher verprügelt, und Gabriella hat immerzu auf die neuen blauen Flecken geschaut und gesagt, sie müsste nach Hause. Ich hab versucht, sie nach oben zu lotsen, ich hab's wirklich versucht, aber das Miststück hat sie überredet, ins Wohnzimmer zu gehen. Sie hat gesagt, sie macht ihr was zu trinken. Ich wusste nicht, was ich tun sollte.«

Ich stellte mir vor, wie Gabriella zumute gewesen war, als die Tür sich geschlossen und sie Marthas Mutter gesehen hatte. Der Flur musste ihr noch dunkler und schmaler vorgekommen sein. Bestimmt hatte sie sich umgesehen, und ihr waren große Bedenken gekommen. Bestimmt hatte sie nach Hause zu Mum und Dad kommen wollen. Zu mir.

Ich ballte die Fäuste, öffnete sie wieder. »Und dein Vater … war er zu Hause?«

»Nein«, sagte Martha bitter. »Er war im Pub. Da war er ja ständig.«

Ich konzentrierte mich darauf, mit ruhiger Stimme zu sprechen. »Und was habt ihr gemacht?«

»Wir haben uns aufs Sofa gesetzt.«

»Worüber habt ihr geredet?«

Sie lächelte in der Erinnerung. »Gabriella hat gesagt, ich soll niemandem etwas von dem Mann sagen. Sie hat mir vertraut. Und ich hab ihr verziehen, dass sie das Porträt weggegeben hat.«

Ihre Augen schlossen sich von der Anstrengung des Sprechens. Ich zwang mich, wieder ihre Hand zu nehmen, und drückte sie. »Sag's mir, Martha. Was ist als Nächstes passiert?«

»Sie hat gesagt, sie müsse jetzt gehen. Sie wollte sich mit dir im Laden treffen und wäre schon spät dran.«

Das stimmte. Ich war im House of Flores gewesen, hatte in die Dunkelheit gestarrt und darauf gewartet, dass Gabriella kam. Wenn ich sie doch nur suchen gegangen wäre. Wenn wir uns doch nur vor der Schule getroffen hätten.

Jetzt hatte Marthas Stimme etwas Boshaftes. »Vielleicht hätte ich ihr geholfen, wenn sie *dich* nicht erwähnt hätte. Vielleicht hätte ich sie aus dem Haus gebracht und ein paar hinter die Löffel gekriegt, weil ich sie gehen ließ.«

Ich ließ ihre Hand los, schlug mir die Hand vor den Mund. Ich durfte nicht wütend werden oder sie am Reden hindern. Ich würde mir alles von ihr gefallen lassen, wenn sie mir nur sagte, was sie wusste.

»Sie wäre nie dahintergekommen, wenn die die Zeitung nicht aufgehoben hätten.«

Ich starrte sie an. »Was für eine Zeitung? Wohinter ist sie gekommen?«

»Die mit dem Foto von dem Mädchen. Dem Mädchen aus Yorkshire. Das er umgebracht hat. Die Zeitung lag auf dem Sofa, und Gabriella hat sie in die Hand genommen. Und da ist *sie* reingekommen. *Leg das hin,* hat sie gesagt. Aber es war zu spät. Gabriella hat auf das Bild geschaut und große Augen gekriegt, und ich hab gesehen, was meine Mutter draufgeschrieben hatte. *Flittchen,* stand da. Draufgekritzelt. Quer über die Seite.«

Ich spürte, dass ich schwankte, und stellte mir vor, auf den schmutzigen Boden zu sinken. Ich suchte einen festen Stand und zwang mich zu sprechen. Ich war ganz nahe daran, alles zu verstehen. »Und was hat deine Mutter getan?«

»Sie hat ihre Tasche geholt.«

»Ihre Tasche?«

»Sie hat ihr Portemonnaie geholt, das Geld herausgenommen und es mir gegeben. Sie hat gesagt, ich solle Kekse kaufen. Sie hat gesagt, es geht nicht, dass wir Gabriella zu Besuch haben und ihr keine Kekse anbieten.«

Kekse. Die Härchen auf meinen Armen richteten sich auf. »Was hat Gabriella gesagt?«

»Sie hat gesagt, sie hat keinen Hunger. Das Miststück hat gar nicht zugehört. Sie hat gesagt, ich soll noch Saft kaufen. Und Milch. Sie hat gesagt, ich soll mir Zeit lassen, sie kümmert sich in der Zwischenzeit um meine Freundin. Sie hat mich zur Tür hinausgeschoben. Das Miststück hat mich zur Tür hinausgeschoben.«

»Martha«, sagte ich und kämpfte um Fassung. »Sag mir, was danach passiert ist.«

»Ich hatte keine Wahl. Du verstehst das nicht. Ich dachte, das ginge schon. Zehn Minuten. In zehn Minuten konnte doch nichts passieren, oder?« Sie sah mich mit flehendem Blick an, als sollte ich sie in diesem Punkt beruhigen.

»Und der Zeitungsartikel? Hatte Gabriella es sich zusammengereimt?«

Sie nickte. »Ja. Aber ich dachte, wenn ich schnell wieder zurück bin … Und dann, als ich draußen war, hab ich ihn gesehen.«

»Wen?«, drängte ich.

»*Ihn.* Er ist gerade vom Pub zurückgekommen.«

Mein Kopf wurde klar, als mich die Erkenntnis traf. Mr Ellis, gewalttätig und unberechenbar, im selben Haus wie Gabriella. Warum hatte Martha seine Schuld bestritten? Warum schützte sie ihn?

»Ich hätte wieder hineingehen sollen«, sagte Martha. »Aber ich hatte Angst. Also bin ich so schnell gerannt, wie ich konnte.«

Inzwischen schaute Martha an mir vorbei, und ihr Blick flackerte, als sähe sie sich selbst dabei zu, wie sie durch die Straßen hetzte. »Ich hab Kekse gekauft«, sagte sie. »Den Saft und die Milch hab ich nicht gekauft. Ich wollte Zeit sparen, verstehst du.« Sie sah mich mit bittendem Blick an. »Aber als ich zurückkam, war es zu spät. Ich hab versucht, es dir zu sagen. Weißt du nicht mehr? Ich hab dir von den Keksen erzählt.«

Ich wandte den Blick ab, bemüht, das Schluchzen zu unterdrücken, das in mir aufstieg. Denn jetzt erinnerte ich mich an jenen Tag; als ich Martha zurückgewiesen, sie auf der Straße angeschrien hatte. Ich hatte gedacht, sie wolle meine Freundin werden, aber ich hatte mich geirrt. Sie hatte versucht, mir zu sagen, was Gabriella passiert war.

Und seit meiner Rückkehr hatte sie mich erneut beobachtet, war mir gefolgt, hatte sich unbedingt offenbaren wollen. Und was hatte ich getan? Ich hatte sie erneut abgewiesen – sie daran gehindert, die Wahrheit zu sagen.

30

1982

Sowie ich vom Lemon Tree Cottage nach Hause kam, wusste ich, dass etwas nicht stimmte. Rita stand im Flur, ihr Gesicht war weiß. »Wo sind Mum und Dad?«, sagte ich und versuchte, mich an ihr vorbeizudrängen.

Unbehaglich trat sie von einem Fuß auf den anderen und versperrte mir den Weg. »Es tut mir leid«, sagte sie mit ernster Stimme. »Ich habe schlechte Nachrichten.«

»Was?« Ich starrte sie an.

»Deine Mutter musste zur Polizeistation.«

Meine Beklemmung löste sich, und Freude stieg in mir auf. Auf meinem Gesicht breitete sich ein Grinsen aus. Man hatte Gabriella gefunden. Sie würde nach Hause kommen – ich hatte es immer gewusst. Ich trat vor und breitete die Arme aus, alle negativen Gedanken waren wie weggeblasen. Rita war die Überbringerin der großartigsten Nachricht, und ich wollte sie umarmen.

Doch noch während ich mich nach vorn sinken ließ, schüttelte sie den Kopf, packte mich an den Armen und wehrte mich ab. »Es tut mir leid, Anna. Es sind keine guten Nachrichten.« Ich spürte einen kalten Hauch von Angst. »Es geht um deinen Vater. Er … ist verschwunden.«

»Verschwunden?« Sie nickte. Die Kälte verwandelte sich in Eis, und ich schauderte. »Nein«, sagte ich, und meine Stimme klang belegt. »Das stimmt nicht.«

»Anna, du musst ruhig bleiben.«

Ich biss die Zähne zusammen, damit sie zu klappern aufhörten. Rita log. Ich hasste sie. Ich versuchte, an ihr vorbeizukommen, aber sie rührte sich nicht vom Fleck. Ich schubste sie mit beiden Händen, und sie wankte und schrie auf, als sie gegen die Wand schlug. Sie war nichts als eine dreckige Lügnerin. Immer zwei Stufen auf einmal nehmend, rannte ich die Treppe hinauf, um Abstand zu ihr zu gewinnen.

»Anna, komm zurück«, rief sie.

Ich gab keine Antwort. Mein Dad war nicht verschwunden. Er hätte mich niemals verlassen. Nicht jetzt, nicht, nachdem Gabriella fort war. Ich stürmte in mein Zimmer und warf mich aufs Bett. Rita war ein Miststück. Ein fettes, böses Miststück. Ein Schwein. Eine dreckige Lügnerin. Ich dachte an die schlimmsten Wörter, die ich je gehört hatte, und verknüpfte sie mit ihrem Namen. Alles, was sie wollte, war, unsere Familie zu ruinieren. Ich setzte mich auf. Genau das war es. Sie hatte Dad entführt und hielt ihn irgendwo versteckt. Was, wenn sie auch Gabriella entführt hatte? Und Mum als Nächste drankam?

Ich vergrub den Kopf im Kissen und schluchzte. Ich wollte nicht allein sein.

Plötzlich war Rita wieder da und schlang die Arme um mich. Sie zog mich hoch, drehte meinen Körper und drückte mich an ihre Brust. Ich gab nach – ließ mich erschlaffen. Und weinte und weinte, während sie mir über die Haare strich. »Wo ist er?«, schluchzte ich. »Warum hat er mich verlassen?«

»Sie werden ihn finden«, sagte sie besänftigend.

Aber ich glaubte ihr nicht. Ich hatte bereits gelernt. Niemand kam wieder, wenn er erst einmal verschwunden war.

Am nächsten Tag blieben wir drei im Haus. Mum war spätnachts heimgekehrt. Ich hatte die Haustür, Geflüster und, noch später, leises Weinen aus ihrem Zimmer gehört.

Rita nahm die Zügel in die Hand, kochte Mahlzeiten, die keine von uns aß, sagte Dinge, auf die niemand antwortete. Abends fanden sich erneut alle ein: Großmutter Grace, Großvater Bertrand, Onkel Thomas und Donald.

Es war Onkel Thomas, der mir schließlich erzählte, was passiert war. Er sagte, eine Frau habe meinen Dad gefunden, in einem Gestrüpp, im Wald hinter dem Dorfanger. Sie habe dort frühmorgens ihren Hund ausgeführt und einen Krankenwagen und die Polizei gerufen. Es hieß, er habe einen Herzinfarkt gehabt. Warum war er dorthin gegangen? Hatte er ein letztes Mal nach Gabriella gesucht?

Eine Ewigkeit lang verspürte ich einen fast nicht zu beherrschenden Drang, diese Frau kennenzulernen und sie darüber zu befragen, was genau sie gesehen hatte, denn solange ich das nicht wusste, konnte ich über die Lage von Dads Leichnam, den Ausdruck in seinem Gesicht, die Einzelheiten, von denen ich träumte, nur spekulieren.

Ich widerstand diesem Bedürfnis, zumal ich ohnehin nicht wusste, wo die Frau wohnte. Stattdessen machte ich mich auf den Weg in den Wald und suchte nach einem Gestrüpp. Im Gehen erinnerte ich mich daran, wie Gabriella auf Dads Schultern gesessen hatte und die beiden sich über die Namen der Bäume unterhalten hatten und wie das Sonnenlicht zu verschiedenen Tageszeiten zwischen den Ästen hindurchschien; ich war hinterher gezockelt, hatte zugehört und nach einem Kiefernzapfen oder einem Insekt gesucht, das auf einem Blatt krabbelte. Wo war Mum? Sie tauchte in diesen Szenen nicht auf. Sie musste zu Hause gewesen sein und das Badezimmer geputzt, die Wäsche aufgehängt, Essen zubereitet oder Marmelade gekocht haben; vielleicht machte sie aber auch einen Ausflug, hatte sich fein gemacht und zog in Covent Garden die Blicke auf sich.

Irgendwann fand ich ein Gestrüpp und machte allein deswegen halt, weil es dort einen umgestürzten Baumstamm gab, auf dem ich sitzen konnte. Ich warf Erdklumpen und Steine nach den Bäumen um mich herum, bis mir die Arme wehtaten, mein Gesicht von Dreck und Tränen verschmiert war und mir die Kehle wehtat, so oft schrie ich Dads Namen. Und dann den von Gabriella. Denn es drehte sich immer um Gabriella.

Was Mum anging, so vergaß sie nach Dads Tod zu funktionieren. Sie starrte die Wand an, ohne etwas zu sagen, sie ging im Regen spazieren, sie öffnete und schloss Schränke, ohne etwas herauszunehmen, und sie verpflegte weder mich noch sich selbst. Wir waren auf die Freundlichkeit von Nachbarn angewiesen, die Suppe und Eintöpfe kochten, welche danach in unserem Kühlschrank vor sich hin schimmelten.

Rita organisierte die Beisetzung. Der Tag verging als verschwommenes Ineinander von Sonntagskleidern und ernsten Gesichtern. Mum nahm völlig mechanisch daran teil, ihr Gesicht aschfahl, ihr Körper gespensterhaft. Onkel Thomas kümmerte sich um mich. In der Kirche hielt er mich bei der Hand und setzte mich zwischen sich und Donald.

Das Haus füllte sich mit Trauergästen, die meine Mutter auf ihrem Platz umschwirrten. Onkel Thomas und Donald verschwanden. Ich erspähte sie im Garten, wo sie sich unter dem Zwetschgenbaum unterhielten. Donald hatte seinen hochgewachsenen, mageren Körper heruntergebeugt und sprach eindringlich auf Onkel Thomas ein.

Ich überließ sie ihrem Gespräch und ging zwischen den Gästen umher. Gelegentlich erinnerte sich jemand an mich und drückte mir einen Keks oder ein Blätterteigteilchen in die Hand. Diese Gaben häufte ich auf der Anrichte aufeinander.

(Am nächsten Tag fand ich dort ein bröckelndes Gebilde aus den Resten.) Am Ende verschwand ich in Gabriellas Zimmer und blieb dort, bis Rita mich fand.

Als ich zum zweiten Mal in die Schule zurückkehrte, war es nicht mehr ganz so schwer. Die Direktorin machte erneut den Versuch, in ihrem Büro, wo wir beide auf dem Ledersofa saßen, mit mir zu reden, aber ihre bruchstückhaften Sätze waren noch kürzer, und die Begegnung dauerte nur wenige Minuten.

Zu Hause kamen regelmäßig meine Großeltern vorbei, obwohl meine Mutter sie jedes Mal, wenn sie erschienen, behandelte, als wären sie gar nicht im Zimmer; als wäre überhaupt niemand im Zimmer, einschließlich ihrer selbst. Aber sie hielten an ihren Besuchen fest und kamen weiterhin, und Großmutter Grace, deren Gesicht grauer und deren Körper zerbrechlicher geworden war, entschied sich wie immer für den Stuhl mit der geraden Lehne. Sie redete, aber ihre Stimme war zögerlich, und sie gab keine Geschichten von Liebe mehr zum Besten, während Großvater Bertrand immer tiefer ins Polster hinein schwand, bis ihm sein Wunsch eines Tages erfüllt wurde und er gar nicht mehr da war.

Das House of Flores blieb geschlossen. Zufällig hörte ich Mum und Rita darüber reden. Jedenfalls stellte Rita Fragen. Mum schüttelte den Kopf und zuckte die Achseln. »Ich weiß nicht«, sagte sie immer nur.

Irgendwann erschien Onkel Thomas mit einem einzigen Koffer, wie ein Handelsvertreter. Donald hatte ihn verlassen. Er war ganz plötzlich gegangen, hatte eine Stelle an einer Universität in Amerika angetreten. Onkel Thomas gab mir einen Umschlag, sowie er zur Tür hereinkam.

Donald hatte einen Brief geschrieben und ihn um einen versteinerten Fisch gewickelt. Der Fisch sei Jahrmillionen alt, fast so alt wie er selbst, scherzte er. In dem Brief schrieb er, es tue ihm sehr leid, aber solche Dinge passierten nun einmal, und niemand könne sie vorhersagen oder verhindern. Er hoffe, ich würde ihn nicht vergessen. Er werde mich jedenfalls ganz bestimmt nicht vergessen. Ich legte den Fisch und den Brief in die Schuhschachtel und tat den Deckel darauf. Ich war daran gewöhnt, verlassen zu werden.

Onkel Thomas verkaufte seinen Laden in Nordwest-London, der seit Donalds Weggang nicht besonders gut gelaufen war, und übernahm das House of Flores. Er habe Pläne, sagte er: eine besondere Abteilung für Zaubertricks, eine Hommage an Houdini, mit Fotos und Nachbildungen der Ketten und Schlösser, die er verwendet habe. Im Dorf gab es zweifellos Getuschel über diese neue Konstellation. Bestimmt fanden die Leute, das Eintreffen meines Onkels habe etwas von *Hamlet* – von wegen das Gebackne vom Leichenschmaus gebe kalte Hochzeitsschüsseln und so weiter. Ich wusste, dass es auf keinen Fall zu einer Heirat von Onkel Thomas und meiner Mum kommen konnte, doch seine Ankunft rief gleichwohl gemischte Gefühle bei mir hervor. Ich war zu alt für seine Zaubertricks. Außerdem war mir nicht danach zumute, verblüfft zu werden. Vom Unerwarteten hatte ich genug.

Trotzdem gewöhnte ich mich daran, dass er bei uns zu Hause wohnte. Er füllte einen Teil der Leere. Seine Gesten waren ausladend, und seine Stimme war laut – sein kehliges Husten ersetzte das für Dad typische dezente Räuspern. Alles, was er tat, war energisch. Er hatte die Angewohnheit, sich überall im Haus die Zähne zu putzen. Er lief mit schäumender Zahnbürste herum, die Treppe hinunter und die Flure entlang, und fand in Bad oder Küche ein Waschbecken oder eine Spüle, in die er ausspucken konnte. Er trug löchrige Socken und ausgeleierte Pullover und roch nach Old Spice. Der Duft hing im ganzen Haus.

Ich mied den Laden, aber ich saß gern im Wohnzimmer auf dem Boden, die Arme um die Knie geschlungen und Jasper neben mir, und hörte Onkel Thomas beim Reden zu. Er war dazu übergegangen, mich Pommes holen zu schicken, die wir direkt aus der Tüte aßen, ehe er sich seine Pfeife anzündete – eine Angewohnheit, die er seit Donalds Weggang angenommen hatte. Ich sah ihm dabei zu, wie er den Pfeifenkopf im Aschenbecher ausklopfte, ihn erneut füllte und den Tabak festdrückte, während er über die Vergangenheit sprach. Ich liebte seine Geschichten, diejenigen, die auch Dad mir immer erzählt hatte: wie sie von Ort zu Ort gezogen waren, wie sie zusammen gekämpft, Stöcke geschwungen und die brutalen Typen abgewehrt hatten, mit denen sie aneinandergeraten waren, Burschen, die keine Neulinge in ihrem Revier haben wollten und etwas gegen sie hatten, weil ihre Mutter Jüdin war und ihr Nachname Flores lautete. Ich wollte Geschichten von Widerstandskraft und Sieg hören, um den Geschichten von Verlust und Verzweiflung etwas entgegenzusetzen.

Doch während Onkel Thomas den Raum unseres Hauses immer mehr auszufüllen schien, zog sich Mum immer mehr in sich selbst zurück. Trotz Ritas gutem Zureden aß sie nicht, und sie wurde dünn und schweigsam und kümmerte sich nicht einmal mehr um die Früchte im Garten, die sie den ganzen folgenden Herbst lang sich selbst überließ, bis die Bäume unter ihrer Last erst ächzten und dann wie beraubt dastanden, während die verfaulten Pflaumen und Zwetschgen eine nach der anderen herunterfielen.

Ungefähr ein Jahr nach Onkel Thomas' Ankunft erschien, als wir uns die Nachrichten ansahen, Gabriellas Foto auf dem

Bildschirm. In Irland war ein Mädchen verschwunden; es gab keine eindeutige Verbindung, aber die Medien erwähnten dennoch die Einzelheiten von Gabriellas Fall. Die Familie des Mädchens hörte sechs Wochen später von ihr. Sie hatte in Kanada ein neues Leben angefangen. Kein Mensch erklärte, wie sie es allein und ohne fremde Hilfe bis dorthin geschafft hatte.

Ein anderes Mal ging es um ein vermisstes Mädchen in London, das wohlbehalten wieder auftauchte – da lächelte sie in die Kamera, die Arme um den Hals ihres deutlich über dreißig Jahre alten Freundes geschlungen, und entschuldigte sich für das Leid, das sie hervorgerufen hatte. Und das Mädchen mit der Ponyfrisur. Man zeigte jedes Mal ihr Gesicht, auch wenn alle wussten, wie die Sache für sie ausgegangen war. Und das Mädchen aus Glasgow. Das keine Familie hatte, die sie vermissen konnte.

Onkel Thomas faltete die Zeitung zusammen oder schaltete auf einen anderen Sender um, sobald diese Geschichten kamen. »Essen wir Pommes«, sagte er dann bemüht fröhlich, während meine Mutter von der Tür aus auf den Bildschirm starrte. Und wenn ich beipflichtete, steckte er mir einen Zehn-Pfund-Schein zu, den er mit müdem Schwung hinter meinem Ohr hervorholte.

Einmal machte ich beim Lebensmittelhändler halt, um Ketchup zu holen. Der Laden war voll, aber das Stimmengewirr der Gespräche verstummte, als ich erschien. Es dauerte nur einen Moment lang, dann ging es wieder los, und die alten Damen und Mrs Henderson quasselten weiter, ein endloser Strom von Klatsch.

»Ist es schon auf dem Markt?«, fragte jemand.

»Er verkauft nicht«, sagte Mrs Henderson. Ich spürte, dass sie wieder über das Lemon Tree Cottage redeten, und die Saat der Abneigung, die ich für diese Frau empfand, schlug in meinem Bauch Wurzeln.

»Aber sie sind doch schon vor einer Ewigkeit weggezogen, oder?«, sagte der Jemand wieder. »Wohnen sie jetzt nicht in Spanien?«

»Die Kleine nicht«, sagte Mrs Henderson.

»Wer?«

»Die Tochter.« Ich umklammerte den Hals der Ketchupflasche, die ich vom Regal genommen hatte. »Er hat sie fortgeschickt, hab ich gehört. In ein Heim.« Sie senkte die Stimme. »Sie ist nämlich doch verrückt. Und die halten sich in einem Dorf nicht lange, oder? Solche Leute.«

Was meinte sie mit *solchen Leuten*? Außenseiter vermutlich. Leute, die sich nicht einfügten. Ich stellte mir das Cottage vor – wie einsam es lag und wie leer es ohne einen Bewohner sein würde. Vielleicht würden die Lebewesen aus dem Garten und den Feldern in das Haus eindringen, die Mäuse, das Wild und die Dohlen von nebenan. Vielleicht würde ich, wenn ich je dorthin ginge, einen Dachs im Kamin finden, eine Wühlmausfamilie im Stoff der Polster und klaffende Löcher im Dach von den Vögeln, die sich hindurchpickten.

Ich bezahlte den Ketchup, kehrte den tratschenden Frauen den Rücken und verließ den Laden. Ich glaubte nicht, dass ich noch einmal zum Lemon Tree Cottage gehen würde. Das Aufblitzen von Orange, das ich gesehen hatte, verblasste in seiner Bedeutung, und obwohl mir das Haus weiter lebhaft vor Augen stand und seine Mauern meiner Meinung nach eine ganze Menge Geheimnisse bargen, glaubte ich nicht, dass die Kenntnis dieser Geheimnisse mir verraten würde, wohin meine Schwester verschwunden war. Und das war alles, was ich wissen wollte.

Auf den Straßen war es ruhig. Keine Journalisten stürzten sich mehr auf Nachbarn, um Geschichten aus erster Hand zu erfahren; keine Mütter pirschten mehr in Scharen ihren Töchtern hinterher durchs Dorf. Ich trottete die Acer Street entlang, und im Gehen war es, als träte ich in Gabriellas Fußstapfen, folgte der Strecke, die sie an jenem Tag genommen hatte. Ich strich mit den Händen an einem Lorbeerstrauch, einer Mauer entlang und über die Rinde eines Baums, und meine Fingerspitzen prickelten, während ich mich fragte, ob Gabriella diese Stellen ebenfalls berührt hatte.

Martha saß auf ihrer Schwelle. Meine schöne Schwester war fort, vermutlich tot – ein Leichnam, kalt und einsam an einem fernen Ort. Und hier saß Martha, als wäre nichts geschehen. Alte Wut stieg in mir auf. Sie musste es gespürt haben, denn Angst huschte über ihr Gesicht, und sie sprang auf, drückte gegen die Tür, schlug an den Briefschlitz, aber niemand ließ sie herein. Sie war ausgesperrt worden, und sie weinte. Meine Wut fiel in sich zusammen, mein Herzschlag verlangsamte sich, und ich fragte mich, wie es gewesen war, als Gabriellas Herz aufgehört hatte zu schlagen – wenn es denn aufgehört hatte. Wie sollte ich es je erfahren?

31

Sie kamen und durchsuchten das Haus. Es war, als ob sie Gabriella vielleicht in einer Ecke versteckt finden würden. Warum fingen sie nicht im Garten an? Bestimmt war sie dort. Das hatte Martha gesagt, während sie ruhig dasaß und bekannte, was sie wusste.

Und während sie suchten, stand ich, die Hände wärmesuchend in die Taschen geschoben, vor dem Haus, betete, dass sie sie fanden, und dann, dass sie sie nicht fanden. Irgendwann verlagerten sie die Suche in den Garten. Sie kamen und gingen, Leute mit Grabgeräten und einem Zelt; Männer und Frauen in weißen Overalls, mit Taschen in den Händen. Ich war davon getrennt: Ich war kein Teil dieser fremdartigen Szene. Nur das kurze Nicken der Polizeibeamten und ihre mitfühlenden Gesichter erinnerten mich daran, dass ich es doch war.

Nach und nach strömte eine Menschenmenge zusammen, aber die Leute waren so klug, nicht nahe heranzukommen. Wieder einmal übernahm ich die Rolle der Schwester der Vermissten, und ich hatte das Recht, Distanz zu wahren. Da war nur Rita, deren Hand auf meiner Schulter lag. Sie war stets bei mir gewesen, bei jeder Tragödie meines Lebens.

Sie brauchten nicht lange. Martha hatte uns genau gesagt, wo die Leiche verscharrt worden war, nämlich unter den Rosen. Natürlich dort; kein Wunder, dass sie so schön geblüht hatten.

Es war die Stille, die es mir verriet, das jähe Verstummen jeden Geräuschs. Keine dumpfen Schläge von Metall auf Erde mehr, kein angestrengtes Ächzen und Gemurmel. Sogar der Wind schien sich zu legen – als ob die Welt Luft geholt hätte.

Und dann löste sich die Spannung. Der Lärm setzte wieder ein, die Stimmen der Männer und Frauen, lauter und drängender. Nicht, dass sie noch irgendetwas für Gabriella hätten tun können.

Martha war mit zwei Päckchen Keksen nach Hause gekommen. Das hatte sie mir erzählt. Aber die Tür war geschlossen und zugesperrt gewesen. Sie hatte immer wieder mit beiden Fäusten gegen das Holz gehämmert; sie hatte durch den Briefschlitz gerufen und sich auf die Schwelle sinken lassen, um zu warten. Nebenan hatte Eliza Davidson den Kopf zur Tür herausgesteckt und gefragt, ob alles in Ordnung sei. Martha hatte nicht geantwortet, und Eliza war wieder ins Haus gegangen. Schließlich war das schon einmal passiert, und die Polizei hatte nichts unternommen.

Als Mr Ellis sie hereingelassen hatte, hatte ihre Mutter auf dem Sofa gelegen, mit stierem Blick und starrem Körper, das Gesicht grau wie ein Brocken Stein. Martha hatte sie geschüttelt, ihr zu entlocken versucht, was mit Gabriella passiert war. Sie hatte geschrien und gebrüllt, sie angefleht, die Wahrheit zu sagen, bis Mr Ellis gekommen war, mit wildem Gesicht und vom Alkohol schalem Atem. Er hatte Angst gehabt, das hatte Martha seinem Blick angesehen. Seine bisherigen Opfer waren seinem Zuhause nicht so nahe gewesen.

Um Martha zum Schweigen zu bringen, hatte er sie geohrfeigt, sie weggezerrt und gedroht, sie umzubringen, wenn sie nicht leise sei, bis sie sich irgendwann verdrückt und das Haus durchsucht hatte, leise von Zimmer zu Zimmer gegangen war. Sie hatte sich auf Zehenspitzen in den Garten geschlichen und dort gestanden, während es angefangen hatte zu regnen. Und sie hatte die frische Erde gesehen und gewusst, was das hieß, und sie hatte ein Heulen ausgestoßen, das ihren Vater aus dem Haus geholt hatte.

Diesmal zerrte er sie ins Haus zurück und sperrte sie im Schrank ein, ihrer eigenen Art von Grab. Er hatte Gabriellas Tasche zu ihr hineingeworfen und ihr Essen gegeben, das Martha nicht anrührte, und er hatte es dort gelassen, bis sie den Teller an der Wand zerschmettert hatte. Er hatte sie mit seinem Gürtel verprügelt. Aber er hatte immer noch nicht gesagt, was mit Gabriella passiert war, während man Martha auf die Straße verbannt hatte.

Drei Tage später ließ er sie heraus. Zu diesem Zeitpunkt war Gabriellas Verschwinden allgemein bekannt, die Suche war in vollem Gang, und die frische Erde war festgestampft worden und wurde von Rosensträuchern verdeckt. Der Regen hatte sämtliche Spuren weggespült. Niemandem fiel etwas auf, als die Polizei die Familie Ellis befragte. Niemandem fiel etwas auf, als man ihren Schuppen durchsuchte. Warum sollte die Familie verdächtig sein? Mr Ellis hatte ein Alibi. Er war im Pub gewesen, als man Gabriella zum letzten Mal gesehen hatte. Er war in einen Streit verwickelt gewesen. Dafür gab es reichlich Zeugen. Unter anderem meinen Vater.

Mrs Ellis hatte ihre Kräfte zusammengenommen. Sie hatte der Polizei von Tom erzählt. So machten sie das. Mörder. Meldeten sich vor allen anderen. Traten unaufgefordert ins Rampenlicht und lieferten Informationen. Die falschen Informationen. Die Sorte, die eine Ermittlung so weit vom Kurs abbringen und in die entgegengesetzte Richtung trudeln lassen konnte, dass sie vielleicht niemals ans Ziel kam.

»Deine Mutter war's«, hatte Mr Ellis zu Martha gesagt, nachdem er sie aus dem Schrank gelassen hatte; den Gürtel schlagbereit in der Hand, hatte er vor ihr gestanden.

»Nein«, hatte Martha gesagt.

Aber Mr Ellis hatte genickt. »Doch. Es hat sie regelrecht gejuckt, das Mädchen zu erwürgen. Eifersüchtiges Luder. Sie wollte bloß nicht, dass ich sie zuerst in die Finger kriege.«

Und Martha hatte ihm immer noch nicht geglaubt. Erst, als er ihre Mutter hergeschleppt hatte, um es zu beweisen. »Sag es, Dorothy. Sag Martha die Wahrheit.« Und das hatte sie getan. Den Kopf gesenkt, hatte sie dagestanden, hatte sich vor ihrem Mann geduckt und es zugegeben.

Schließlich hatte Mr Ellis Martha ins Ohr geflüstert: »Aber es war deine Schuld. Du hast deine kleine Freundin mit nach Hause gebracht, und wenn du jemals etwas verrätst, dann kriege ich dich. Auch wenn ich schon tot bin.« Mit den Fingern hatte er die Bewegung einer Schere nachgeahmt. »Schnipp, schnapp. Du weißt, was mit kleinen Mädchen passiert, die Lügen erzählen.«

Später hatte er Gabriellas Tasche aus dem Versteck im Schrank geholt. Er hatte die Geldbörse herausgenommen und war sie losgeworden, hatte sie irgendwo im Wald vergraben. Er hatte Martha gezwungen, mit Gabriellas Tasche zum Bahnhof zu gehen und sie hinter dem Abfallbehälter zu verstecken. Dass Martha gesehen wurde, war weniger wahrscheinlich. So wie sie durchs Dorf schlich, war sie unsichtbar. Und da nun die ganze Familie in das Verbrechen verwickelt war, konnte Martha niemals die Wahrheit sagen.

Als die Polizei Gabriella fand, schlich ich mich weg. Es herrschte hartnäckiger Frost. Die Hecken leuchteten von kristallbesetzten Spinnweben, und die Wege waren weiß bestäubt, als wäre über Nacht irgendein Kältezauber ausgeführt worden. Ich wanderte die Straßen entlang und ging die Steigung hinauf in Richtung Dorfanger.

Ich kam an der Kirche vorbei, blieb am Friedhofstor stehen und schaute hinüber zu dem frischen Hügel: meine Mutter, neben meinem Vater begraben. Schon lagen frische Blumensträuße da, die die alten ersetzten. Kummer stieg in mir auf, und ich schluckte kräftig, wartete darauf, dass er sich legte. Eine Krähe rief, eine andere antwortete. Der Wind frischte auf und trieb das Herbstlaub auseinander.

Der Fußweg wurde schmaler, als ich das Dorf dort verließ, wo die Häuser groß und weitläufig waren, auf allen Seiten von Mauern und hohen Hecken eingefasst, als würden sie sich sonst unkontrolliert ausbreiten. Ich nahm den Weg die Devil's Lane entlang und empfand leichte Beklemmung, als mir einfiel, warum sie so hieß. Hier traten die Häuser zurück, bis sie nicht mehr zu sehen waren. Zu beiden Seiten erhoben sich Hecken, von Brombeerranken durchflochten. Felder schoben sich ins Blickfeld, ausgedehnte Flächen gefurchten Landes. Krähen hüpften darüber hin und pickten am gefrorenen Boden.

Der Weg endete abrupt an einem kaputten Zauntritt. Ich balancierte auf der wackeligen Stufe, blickte über das vertraute, weite, von Büschen und Bäumen begrenzte Grün. Am anderen Ende stand die wuchtige, ausladende Zeder, die den Durchgang zum Teich markierte.

In der Ferne führte eine Frau ihren Hund aus. Ich legte die Hände flach auf den gesplitterten Zauntritt, kletterte hinüber, sprang ins Gras und landete ungeschickt in einer Vertiefung im Boden. Ich überlegte, in welche Richtung die Hundeausführerin wohl gehen würde, und schlug die andere ein. Ich war nicht in der Stimmung für Beileidsbekundungen oder Anspielungen auf die Vergangenheit.

Und doch, dachte ich, während ich weiterstapfte und meine Stiefel im feuchten Gras einsanken, wie konnte ich sie vermeiden? Die Vergangenheit war ein Gespenst, im Wesentlichen dahin, aber doch immer gegenwärtig und mit ihren Fragen und Zweifeln im Hintergrund lauernd. Und als ich den Wald erreichte, spürte ich sie um mich herum: im Seufzen der Bäume, dem Fließen des Bachs; in der Luft über mir und um mich herum und in der Erde unter meinen Füßen. Und da war, ein letztes Mal, Gabriella: wie sie sich zwischen den Bäumen hindurchschlängelte, wie die Herbstsonne schräg zwischen den Ästen hindurchschien und wie zu Gabriellas Füßen Dunst dahintrieb; und ihr Lachen schließlich verklang und sich mit dem Wind verflüchtigte.

Rita kam zum Haus. Sie ließ sich selbst herein und fand mich in Gabriellas Zimmer, wo ich auf dem Boden lag. Sie las mich auf, nahm mich mit nach unten und machte starken, süßen Tee.

Wie eine Kranke in eine Decke gewickelt, saß ich im Garten unter dem Zwetschgenbaum, als David kam. Zuerst lächelte er unsicher. »Es tut mir leid, dass ich nicht da war«, sagte er.

»Woher hätten Sie es denn wissen sollen?«

»Sie hätten es mir sagen sollen.« Er griff nach meiner Hand, und ich zog sie nicht weg. »Künftig könnten Sie sich vielleicht ein bisschen mehr auf mich verlassen.«

»Ich hab ein paar Kisten, die weggeschafft werden müssen«, sagte ich und genoss die Wärme seiner Finger, die meine hielten.

Er grinste. »Kein Problem. Ich bin ein Mann mit einem Transporter und kann alles wegschaffen.«

Meine Augen füllten sich mit Tränen. Er drückte meine Hand und wandte den Blick ab. Wir wussten beide, dass niemand die Last dessen, was ich jetzt empfand, wegschaffen konnte. Trotzdem bat ich ihn, bei mir zu sein, wenn die Polizei die Ergebnisse der Autopsie bekanntgab.

Der Coroner erklärte, es sei zu lange her, als dass sich die genaue Todesursache noch ermitteln lasse. Aufgrund der verstrichenen Zeit seien sämtliche Spuren vernichtet worden. Marthas Aussage wurde überprüft. Sie sagte erneut aus, ihre Mutter habe Gabriella erwürgt, ehe ihr Vater sich an ihr habe vergreifen können. Offenbar war es darum gegangen, ihn um ein weiteres Opfer zu betrügen. Es hieß, wir könnten nur darüber spekulieren, was sich in Marthas Abwesenheit in jenem Haus abgespielt habe; wie Gabriella genau zu Tode gekommen sei und wie die letzten Momente ihres Lebens ausgesehen hätten.

Der für mich zuständige Detective Constable kam und gab mir Bescheid. (Er erinnerte mich auf merkwürdige Weise an PC Atkins. Er hatte die gleiche Bedächtigkeit, die gleiche müde Freundlichkeit.) Er erzählte mir, die Polizei habe bei einer gründlicheren Durchsuchung von Marthas Haus den Zeitungsartikel über Victoria Sands gefunden, den Mrs Ellis verunstaltet hatte. Er sei versteckt worden, mit Klebeband an der Unterseite des Garderobenschranks befestigt. Außerdem hatte man, unter die Matratze gestopft, einen weiteren Artikel gefunden. Darin ging es um das Mädchen aus Glasgow. Das Kind, das keine Familie hatte, die es hätte vermissen können.

Ich sah in den Fernsehnachrichten, wie Victorias Bruder über den Mord an seiner Schwester sprach, der Polizei dafür dankte, dass sie den Fall schließlich aufgeklärt hatte, und die Hoffnung äußerte, dass die Familie nun endlich Frieden finden würde. Ich erinnerte mich an das Foto, das ich von ihm als Jungen gesehen hatte. Große, verlorene Augen, in denen die Frage stand, wohin seine Schwester gegangen war. Und wieder spürte ich diese schmerzhafte Gemeinsamkeit, das Wissen nämlich, dass uns beide ein Verständnis dessen verband, wie es war, ein Geschwister zu verlieren.

Martha hatte recht damit gehabt, sich über den Tod ihres Vaters zu freuen. Wer weiß, wie viele Mädchen er noch umgebracht hätte? Vielleicht hatte es ja auch noch andere gegeben – Mädchen, deren Verschwinden niemandem aufgefallen war; die niemanden gehabt hatten, der sie als vermisst hätte melden können.

Die Beisetzung fand in kleinem Kreis statt: Rita, David und ein paar Frauen von der Kirche. Ich suchte einen weißen Sarg für Gabriellas zarte Gebeine aus, und wir sangen Kirchenlieder und hörten Siouxsie and the Banshees. Wir versuchten, es so zu machen, dass es allen gefallen hätte.

Und wir beerdigten sie nahe am Grab meiner Eltern. Wieder regnete es. Das lange, feuchte Gras durchnässte den Saum meines Rocks, und kräftige Düfte lagen in der Luft: nach Regen, Erdreich und dem Flieder, den ich aufs Grab gelegt hatte. Diesmal trug ich meine Doc Martens und meine Jeansjacke voller Stolz. Unpassend? *Na und?* Ich hörte Gabriella lachen.

Martha kam zur Beerdigung. Sie stand mit ihrem Strauß roter Rosen in der Nähe des geschändeten Grabs ihrer Eltern. Kein Wunder, dass sie das getan hatte. Ich stellte mir vor, wie sie im Laufe der Jahre an ihren Namen herumgemeißelt und versucht hatte, sie komplett auszulöschen. Wer konnte es ihr verdenken, nachdem die beiden ihr die einzige Freundin genommen hatten?

Vielleicht würde ich sie irgendwann noch einmal besuchen gehen. In der Zwischenzeit behielten die Sozialarbeiter sie genau im Auge. Sogar Eliza schaute vorbei, mühte sich an ihrem Stock hinüber, ein Versuch, ihr schlechtes Gewissen zu beschwichtigen, weil sie nicht mehr getan hatte, als sie ein kleines Mädchen weinend auf einer Türschwelle hatte sitzen sehen.

Und dann, als ich den ersten Erdklumpen ins Grab geworfen hatte, kamen die Dorfbewohner in stummem Gänsemarsch auf den Friedhof, um von dem Mädchen Abschied zu nehmen, das vor so vielen Jahren verschwunden war.

Nachdem die Beisetzung und der Leichenschmaus vorbei waren, verbrachte ich meine Zeit allein, betrauerte meine Schwester und spazierte durchs Dorf, bis mir auffiel, dass ich, anders als vorher, Erinnerungen nicht mied, sondern sie stattdessen suchte. Da war das Tor, auf dem wir uns hin und her geschwungen hatten; die Mauer, an der wir entlanggegangen waren; die Einfahrt, die Gabriellas Handabdruck im Zement trug.

Einmal, als ich auf dem Friedhof war und Blumen auf dem Grab meiner Eltern und dem von Gabriella niederlegte, spazierte ich zum Grab von Edward Lily hinüber und legte auch dort einen Strauß Lilien hin.

Die Kirchentür ging auf und Nicholas kam heraus, wie üblich mit Motorradhelm unter dem Arm. Als er bemerkte, dass ich zu ihm hinsah, winkte er und kam herüber. »Hallo, Anna«, sagte er und berührte mich sanft am Arm. »Wie geht es Ihnen?«

»Es wird schon. Danke der Nachfrage.«

Er nickte, und wir standen nebeneinander und betrachteten Edward Lilys Grab. Es gab dort keine Blumen außer meinen, und in den Ritzen zwischen den Steinen schaute etwas Unkraut hervor. Geistesabwesend beugte ich mich hinunter, um es herauszuziehen. Wer im Dorf würde das übernehmen, wenn ich nicht mehr da war? Rita vielleicht. Sie hatte versprochen, sich um das Grab meiner Eltern zu kümmern. Und um das von Gabriella. Vielleicht würde sie auch Edward Lilys Grab pflegen.

Ich dachte an Lydia. Warum war sie nicht bei der Beerdigung ihres Vaters gewesen? Laut Dawn lebte sie noch, schließlich hatte die Tante sie erwähnt. Wohnte sie, worüber wir spekuliert hatten, in einem Heim, oder war sie vielleicht krank? Sonst wäre sie doch bestimmt gekommen.

»Erinnern Sie sich an Edward Lilys Beerdigung?«, fragte ich Nicholas.

Er schüttelte den Kopf. »Das war vor meiner Zeit, fürchte ich.«

»Ich dachte gerade an Lydia.« Ich sah ihn von der Seite an, um festzustellen, wie er reagierte, aber er wartete nur interessiert darauf, was ich sagen würde. »Sie wissen von Edward Lilys Verbindung zu meiner Familie, nicht wahr?«

Er nickte, und seine Wangen liefen rosa an.

»Lydia fehlte auf seiner Beerdigung. Ich hab mich gefragt, wo sie war, wie es ihr ergangen ist. Ich hab gehört, Edward hat sie in einem Heim untergebracht. Sie hatte eine Geisteskrankheit, glaube ich. Es erscheint mir grausam, seine Tochter einfach so abzuschieben. Glauben Sie, es stimmt?«

Nicholas überlegte. »Das kann ich nicht sagen, aber es lässt sich herausfinden. Ich könnte Lawrence fragen.«

»Lawrence?«

»Der Vikar, der vor mir hier war. Er müsste Edward Lilys Beerdigung organisiert haben. Er ist mittlerweile im Ruhestand.«

»Ja, würden Sie mit ihm reden? Ich wäre Ihnen sehr dankbar.«

Wieder errötete Nicholas. »Keine Ursache. Das mache ich gern. Ich rufe ihn heute Nachmittag an, mal sehen, was er sagt.«

Mir fiel noch etwas ein. »Lydia hat eine Tante – Edward Lilys Schwester –, aber ich weiß nicht, wo sie wohnt. Vielleicht weiß es Lawrence? Ich könnte ihr schreiben.«

»Ich kümmere mich darum.«

»Danke.«

Beide schauten wir schweigend auf das Grab, bis Nicholas ging.

Lawrence war für ein paar Tage weg – ein Angelausflug, sagte seine Frau. Ungeduldig versuchte ich, aus anderen Quellen Informationen zu bekommen. Rita hatte gesagt, unser Kontakt für die Haushaltsauflösung sei die Anwaltskanzlei, aber vielleicht hatte sie ja auch die Adresse der Schwester. Das war nicht der Fall, aber sie schlug vor, ich solle bei Martin und Martin nachfragen. *Verschwiegenheitspflicht,* teilte mir die affektierte Sekretärin mit, als ich dort anrief. Kaum verwunderlich. Ich bat sie, eine Nachricht weiterzuleiten. Vielleicht würde der mit der Sache befasste Anwalt mich zurückrufen.

Während ich darauf wartete, entweder von Nicholas oder von Martin und Martin zu hören, versuchte ich, auf andere Weise nachzuforschen. David meldete sich und bot seine Hilfe an. Wir suchten in den sozialen Medien, fanden aber nichts. Wir suchten auf genealogischen Websites nach Verwandten von Edward Lily, aber außer seiner Schwester, einem Neffen und Lydia gab es keine lebenden Verwandten, und über Isabella besaß ich keine Informationen. Ihre Geschichte war in Spanien verborgen.

Ich besuchte Dawn, die ihre Erinnerungen an Lydia mit mir teilte. Sie erzählte mir von ihrem Leben als Edward Lilys Haushälterin; dass Robert Unkraut gejätet und die Sträucher und Bäume zurückgeschnitten habe; dass Lydia stundenlang im Garten des Lemon Tree Cottage herumspaziert sei oder aus dem Fenster auf die Felder dahinter gestarrt habe.

Während ich mir Lydia im Garten ausmalte, entsann ich mich, wie ungepflegt dort alles gewesen war. Robert hatte keine sonderlich gute Arbeit geleistet. Ich stellte mir vor, wie eine jüngere Dawn mit ihm flirtete und ihn von der Arbeit ablenkte. Das war nicht schwer. Dawn war nur sieben, acht Jahre älter als ich.

Mir kam ein neuer Gedanke. Ich ging ihm nach. »Haben Sie das Cottage auch geputzt, als Edward in Spanien war?«

Sie nickte. »Er wollte, dass das Haus einen bewohnten Eindruck macht, und außerdem kam er ja manchmal zurück.«

»Also sind Sie ins Haus gegangen, wenn niemand da war, Sie und Robert gemeinsam, um zu putzen und sich um den Garten zu kümmern?«

Sie nickte erneut und errötete. Rätsel gelöst: die Aschenbecher, das Essen und der Wein, die zerknüllten Decken auf dem Bett. Ich war damals, als ich auf der Suche nach Gabriella das Cottage erforscht hatte, auf ein Liebesnest gestoßen.

Dawn zückte ihr Taschentuch und schnäuzte sich die Nase, um ihre brennenden Wangen zu tarnen. Hatte Robert im Schlafzimmer auf sie gewartet? Ich stellte mir ihre Gesichter vor, als sie die Klettergeräusche auf der Veranda gehört hatten, und Dawns Schock, als sie in ihrem orangefarbenen Morgenmantel herausgekommen war und ein Kindergesicht gesehen hatte. Wie oft hatte ich von diesem flatternden Stück Stoff geträumt?

Ich erlaubte mir ein kurzes Aufwallen von Verärgerung über diese Frau: den Eindringling, der meine Zeit verschwendet hatte. Und dann erlaubte ich mir, ihr zu verzeihen. Es spielte keine Rolle mehr.

Lawrence kehrte von seinem Angelausflug zurück. Nicholas kam zu mir und gab mir eine Adresse und eine Telefonnummer. »Edward Lilys Schwester. Sie heißt Elizabeth. Sie wohnt in der Nähe von Oxford. Sie sagt, Sie können sie anrufen oder ihr schreiben und sie fragen, was Sie wollen.«

Ich nahm den Zettel mit einer gewissen Nervosität entgegen. Was genau wollte ich eigentlich herausfinden? Der Gedanke an ein direktes Gespräch erfüllte mich mit Bangigkeit, also schrieb ich nach einigen Anläufen einen Brief und brachte die nächsten Tage damit zu, zusammen mit Rita die letzten Details der Haushaltsauflösung abzuwickeln. Ich setzte mich mit einem Immobilienmakler in Verbindung und bat um eine Wertbestimmung. Es wurde Zeit, den Laden auf den Markt zu bringen. Es wurde Zeit, daran zu denken, was ich als Nächstes tun würde.

Der Umschlag lag auf der Fußmatte, als ich aus dem House of Flores nach Hause kam. Ich betrachtete die unbekannte Handschrift, und freudige Erregung erfasste mich. Ich wusste, er war von Elizabeth, noch bevor ich ihn geöffnet hatte. Ich streifte mir die Schuhe von den Füßen, zog die Jacke aus und ging in die Küche, wo ich mich an den Tisch setzte, um den Brief zu lesen. Er war lang, drei Seiten, der Ton von unmittelbarer Herzlichkeit. »Es hat mir leidgetan«, schrieb Elizabeth, »von Ihrer Schwester zu hören. Wie traurig, dass ich meine Nichte nie kennengelernt habe.«

Ich blinzelte Tränen weg und las weiter. Elizabeth hatte nichts gewusst, bis ihr Bruder sie kurz nach Gabriellas Verschwinden besucht hatte. Er hatte seine Affäre mit meiner Mutter und die Geburt ihrer Tochter gebeichtet und Elizabeth gebeten, sich um Lydia zu kümmern, eine Aufgabe, der er sich nicht gewachsen fühlte. Elizabeth, selbst Mutter eines behinderten Sohns, hatte sie beide versorgt. Es freute mich zu erfahren, dass Edward seine Tochter nicht in ein Heim abgeschoben hatte, aber ich musste an meine Mutter und ihre Cousine Mary denken und verurteilte ihn nicht wegen der Entscheidung, die er getroffen hatte.

»Lydia hat eine Form von Psychose«, schrieb Elizabeth. »Eine Persönlichkeitsstörung, die sie möglicherweise von ihrer Mutter geerbt hat. Manchmal, wenn es in ihrem Leben nicht gut läuft, fühlt sie sich verletzlich, aber sie hat gelernt, diese Momente zu erkennen, und sie kommt damit zurecht und begibt sich freiwillig ins Pflegeheim. So ging es ihr auch, als Edward starb, und im Augenblick ist sie im Pflegeheim, aber ich weiß, sie wird schon bald wieder bei mir sein. Meine Nichte ist stark und selbstständig. Sie ist ein außergewöhnlicher Mensch.« Ich nickte, während ich ihre Worte las. Das hätte ich mir schon denken können. Gabriella war genauso gewesen.

Im Weiteren erzählte mir Elizabeth von Edwards Testament und erklärte, sie sei die Vollstreckerin und Treuhänderin. Edward habe den Erlös aus dem Verkauf des Lemon Tree Cottage, dessen Inhalt und alles andere in Treuhandschaft Lydia und Elizabeths Sohn vermacht, was bedeutete, dass Lydia, wenn Elizabeth einmal nicht mehr da war, immer genug Geld haben würde, um ihre Pflege bezahlen zu können.

»Mein Mann war ebenfalls Testamentsvollstrecker und Treuhänder«, schrieb sie. »Doch nun, da er verstorben ist, muss ich einen neuen Treuhänder ernennen. Jemanden, dem Lydia vertrauen kann, wenn ich einmal nicht mehr da bin.« Ich las ihre Worte noch einmal. Verbarg sich zwischen den Zeilen eine Frage? Sie hatte mich nie kennengelernt. Vielleicht konnte sie meinem Brief entnehmen, dass ich mir alle Mühe geben würde zu helfen.

Schließlich bat mich Elizabeth, sie zu besuchen. »Wir haben uns so viel zu erzählen«, schrieb sie. Und sie nannte mir die Adresse des Heims, in dem Lydia vorübergehend lebte, falls ich sie ebenfalls kennenlernen wollte.

Seufzend steckte ich den Brief wieder in den Umschlag und

überlegte, was für ein wunderbarer Mensch Elizabeth sein musste. Die Sorte Mensch, die Opfer brachte, die sich anderer Leute Kinder annahm. Jemand wie mein Vater. Lange Zeit saß ich da, versank in meinen Gedanken, vermisste meine Familie, konzentrierte mich darauf, wer sie gewesen waren, rief mir jeden von ihnen ins Gedächtnis zurück und hielt sie dort fest, und sei es nur für einen Augenblick.

Später, als das Licht sich getrübt und mein Trauern sich erschöpft hatte, schlich ich nach oben in Gabriellas Zimmer. Das Fenster stand offen. Draußen glitten Wolken vorbei, strichen über einen unvollkommenen Mond; der Wind seufzte und nuschelte, schöpfte in den Ästen von Bäumen Atem. Stimmen. Gespenster. Ich meinte, sie zu hören, wie sie mich drängten weiterzumachen.

»Ich vermisse dich«, flüsterte ich in die Dunkelheit, als ein Windhauch ins Zimmer drang und mein Gesicht liebkoste.

Ich vermisse dich. Kam ein Echo zurück?

Als ich mich auf die Seite drehte, stellte ich fest, dass das Kissen tränenfeucht war. Ich weinte, noch einmal – darum, wie meine Kindheit geendet hatte; um den Tod meiner Eltern.

Und um den Tag, an dem meine Schwester verschwunden war.

Epilog

Es war ein herrlicher kalter Novembertag. Der Himmel war strahlend blau mit kleinen Wölkchen, wie Brandungsschaum.

Ich fuhr die gekieste Auffahrt entlang und hielt vor dem Gebäude. Im Sonnenschein wirkte es mit seinem halbkreisförmigen Grundriss und dem Grün, das es umgab, weniger streng, als ich es mir vorgestellt hatte. Auf einer Seite ragte eine Eiche auf, und ein Springbrunnen erinnerte mich an das Foto von der Plaza de España.

Eine Frau schlenderte über den Rasen, eingehakt bei einem älteren Mann. Ich sah ihnen zu, stellte mir vor, er sei Edward Lily. Und ich dachte an dich, Gabriella. Und wünschte, du wärst bei mir.

David hatte mitkommen wollen, aber das hatte ich abgelehnt. Ich hatte mir einen Wagen gemietet und war selbst gefahren. Das war immer noch zu privat, um es mit ihm zu teilen. Vielleicht, wenn alles gut lief … Ich ließ meine Phantasie schweifen. Bald würde ich mehr Zeit haben. Ich würde das House of Flores verkaufen. Es hatte sich ein Käufer gefunden. Darüber war ich froh. Ich würde mein Leben in Athen aufgeben, um mich auf das Schreiben zu konzentrieren, und mit dem Geld von Mum würde ich vielleicht einen Geschenkeladen eröffnen. David hatte mir gesagt, auch für ihn werde es langsam Zeit, etwas Neues anzufangen. Er hatte angedeutet, wir könnten ja öfters zusammen sein. Möglich war es. Inzwischen war alles möglich. Rita hatte sich gefreut, das zu hören.

Ich umklammerte meine Tasche fester, als ich die Treppe

hinaufstieg. In der Eingangshalle war es ruhig. Es gab einen Empfangsbereich mit Sesseln und niedrigen Tischen mit Zeitschriften und Büchern. Eine Katze spazierte über den Teppich. In einem Sessel döste eine Frau vor sich hin. Sie trug ein geblümtes Kleid und eine Strickjacke, ihr Haar war zu einem Dutt zusammengesteckt, und als die Katze auf ihren Schoß sprang, wachte sie auf und lachte entzückt. Ich lächelte und musste an Jasper denken.

Von der Anmeldung rief eine Stimme: »Kann ich Ihnen helfen?«

»Ja«, sagte ich. »Ich möchte zu Lydia. Ich habe vor ein paar Tagen angerufen. Sie ist eine Verwandte.«

Die Worte klangen seltsam aus meinem Mund. Ich rechnete damit, dass die Frau das auch so empfinden, dass sie mich befragen und irgendeine Legitimation verlangen würde, aber sie nickte nur und hielt mir einen Stift mit goldener Spitze hin. »Bitte hier unterschreiben. Ich bringe Sie hin.«

Ich unterschrieb und hielt mich an meiner Tasche fest, während ich ihr in einen Flur folgte. »Weiß sie, dass ich komme?«

»Natürlich. Wir sagen das unseren Bewohnern immer im Voraus – damit sie auch die Möglichkeit haben abzulehnen. Nicht jeder möchte gestört werden.«

»Haben Sie ihr meinen Namen gesagt?«

Zum ersten Mal sah sie mich direkt an. »Ja, obwohl ich mir nicht sicher bin, inwieweit sie ihn registriert hat.«

»Sie ist wohl nicht daran gewöhnt, viel Besuch zu bekommen.«

»Ganz im Gegenteil«, sagte die Frau. »Ihre Tante ist immer wieder mal wieder hier, und ihr Vater kam früher und auch dessen Freundin.«

Mein Herz setzte einen Schlag aus. »Freundin?«

»Esther.« Sie sah mich neugierig an. »Esther Flores. Ich bin davon ausgegangen, dass das eine Verwandte von Ihnen ist.«

Unsere Mutter hatte Lydia besucht. Eigentlich dürfte mich das nicht wundern. Rita hatte mir erzählt, dass sie und Edward ihren Frieden gemacht hatten. Mum musste sich derart hintergangen gefühlt haben, als Edward sich auf die Suche nach dir machte, Gabriella. Als er dir die Wahrheit sagte. Und dennoch verzieh sie ihm. Sie besuchte seine andere Tochter – Lydia. War das eine Buße dafür, dass sie einem Kind seinen wahren Vater vorenthalten hatte? Oder war der eigentliche Grund, dass sie dir so am nächsten kommen konnte?

»Wann war sie zuletzt hier?«, fragte ich, ohne mich näher zu erklären.

»Im Spätsommer. Ich erinnere mich ganz deutlich, ein herrlicher sonniger Tag. Sie saßen draußen, Sie werden gleich sehen, wo. Lydia ist jetzt dort.«

Einen Moment lang wurde ich wieder wütend. Warum bloß hatte mir Mum nichts davon anvertraut? Und dann stieg mein Zorn empor, legte sich wieder und verflog. Diese Generation. Sie hatte ein Recht auf ihre Geheimnisse – obwohl ich mir schwor, selbst von jetzt an keine mehr zu haben.

Im Garten blickte ich mich um und versuchte, Lydia unter den Leuten, die sich dort aufhielten, zu erkennen. Eine Gestalt saß, ein Schultertuch um sich geschlungen, allein auf einer Bank. Ihr offen getragenes Haar war hell und fließend und glich einer Wolke um ihr Gesicht. Und während wir näher kamen, war es ganz unverkennbar. Sie hatte die gleiche Zerbrechlichkeit, die ich auf den Fotos gesehen hatte; ihr Hals war schlank wie der Stiel einer Blume; ihr Gesicht, obwohl runzlig, war so fahl wie Stein; ihre Wangenknochen markant. Die Schönheit war noch vorhanden. Und sie hatte hellgraue mandelförmige Augen, ernst und traurig. Wie deine.

Mir kamen Tränen. Ich hatte keine Ahnung, was ich sagen sollte. Wie konnte ich dem Gefühl Ausdruck geben, das ich empfand, oder über den Schaden reden, den die Vergangenheit angerichtet hatte? Wie würde ich erklären, wer ich war und welche Verbindung zwischen uns dreien bestand?

Mir wurde bewusst, dass die Frau sich vorbeugte, Lydia am Arm berührte und dabei etwas sagte, allerdings so leise, dass ich es nicht verstand. Und als Lydia aufblickte, sah ich einen Anflug von Neugier in den mandelförmigen Augen. Er kam und ging so rasch, dass man ihn vielleicht gar nicht bemerken würde, wenn man nicht schon miteinander bekannt wäre.

Aber das war ich. Jedenfalls hatte ich das Gefühl, es zu sein.

Abgesehen von einer Amsel, die in einem der Bäume trillerte, herrschte Stille. Lydia legte den Kopf schräg, als hörte sie zu. Und ich wusste, was ich sagen würde. Ich würde Lydia von dir erzählen. Ich würde ihr all die wunderbaren Dinge erzählen, die ich in Erinnerung hatte – über die Liebe und das Lachen und die besonderen Dinge, die wir zusammen gemacht hatten. Ich würde ihr erzählen, dass du eines Tages noch da warst. Und dann verschwunden.

Ich nahm Marthas Porträt aus meiner Tasche. Es war ein schönes Bild, mit Liebe gezeichnet. Die Amsel unterbrach ihr Lied. Der Wind holte Atem. Lydia starrte das Bild an, und einen Moment lang dachte ich, sie würde reagieren. Aber dann sah sie mich an, und mit deinen Augen, Gabriella, lächelte sie.

Dank

Ich möchte meiner Agentin, der großartigen Sophie Lambert, dafür danken, dass sie von Anfang an von *The Missing Girl* überzeugt war. Sie hat mir das Selbstvertrauen vermittelt, das mich an den Erfolg glauben ließ, und ihr kreativer Input, ihre Anleitung und ihr Rat sind unschätzbar gewesen.

Mein Dank geht auch an das Team bei C & W und vor allem an Jake Smith-Bosanquet für sein Verhandlungsgeschick, was Auslandsrechte angeht, und an Emma Finn für all ihre Unterstützung. Ein großer Dank geht an Carrie Plitt, die dafür gesorgt hat, dass das Buch auch in der Hörfassung gelungen ist.

Unendlich dankbar bin ich Sam Humphreys für ihr hervorragendes Lektorat und ihre scharfsinnigen Ratschläge darüber, wie man diesen Roman stärker machen konnte. Ich wusste von unserer ersten Begegnung an, dass ich mit Sam zusammenarbeiten wollte. Riesiger Dank an Josie Humber, Laura Carr, Katie James und den Rest des Teams bei Mantle, die zur Entstehung dieses Buches beigetragen haben, und Dank auch an Emma Draude und Frances Gough für ihre phantastische Unterstützung in Sachen Publicity. Ich bin ungeheuer stolz darauf, bei Pan Macmillan zu erscheinen.

Allen meinen Studienkollegen bei Curtis Brown Creative bin ich für ihr freundliches und ehrliches Feedback zu Dank verpflichtet; desgleichen Rufus Purdy und besonders Anna Davis, deren einfühlsame Kommentare mich auf einen besseren Weg geschickt haben. Dankbar bin ich auch der begabten Erin Kelly für ihren wunderbaren Unterricht im Rahmen des Kurses und für all ihre ausgezeichneten und gutgelaunten Ratschläge zum Schriftstellerdasein seither.

Dank an die Autorin Morag Joss für ihre großartigen Workshops als Creative Writing Fellow an der Universität Reading. Ich beherzige ihre goldenen Ratschläge noch immer. An Alex Birtles, Jan Dacre, Caz Frear, Helen Hathaway und Maddy Read-Clarke – vielen Dank, dass ihr euch die Zeit genommen habt, frühe Fassungen zu lesen und mir so großartige Rückmeldungen zu geben. An Russ Aitkins für seine Ideen und Vorschläge in Bezug auf die Arbeitsweise der Polizei in den 1980er Jahren. Etwaige Fehler sind ganz allein mir selbst zuzuschreiben. Und an Jack Rogers, der mir eine Vorstellung von juristischen Verfahrensweisen vermittelt hat. Ich bitte um Entschuldigung, sollte ich auf den Holzweg geraten sein.

Dank an alle meine Familienmitglieder und Freunde, die mich auf dem Weg zur Veröffentlichung unterstützt haben, und besonders an meine wunderbare Freundin und frühe Fürsprecherin Jenny Noël, die verstorben ist, bevor dieses Buch erschien.

All meine Liebe und Dankbarkeit geht an meine schönen Kinder: Stephen, Amelia und Olivia, die sich so viele Jahre lang mit verkochtem Essen abgefunden haben und einer zerstreuten Mutter, die sich ständig in einer anderen Welt befindet.

Danke an meinen großartigen Mann Derick, der diese verkochten Essen gerettet, mir unzählige Tassen Tee zubereitet und nie den Glauben an meine Fähigkeit, meinen Traum zu verwirklichen, verloren hat.

Und schließlich möchte ich an meine Eltern erinnern, die geduldig meine frühen Krimiversuche gelesen, mich mit Regalen voller Bücher versorgt, mich auf endlose Ausflüge zu

Bibliotheken mitgenommen und nie einen Zweifel daran gehabt haben, dass mein Traum, Schriftstellerin zu werden, eines Tages wahr werden würde. Ich vermisse euch noch immer. Dieses Buch ist für euch.